中國語言文字研究輯刊

十 一 編

許 錟 輝 主編

第 **15** 冊

《通鑑音註》語音研究（資料篇）（第四冊）

馬 君 花 著

花木蘭文化出版社

國家圖書館出版品預行編目資料

《通鑑音註》語音研究（資料篇）（第四冊）／馬君花 著 --

初版 -- 新北市：花木蘭文化出版社，2016〔民 105〕

目 2+252 面；21×29.7 公分

（中國語言文字研究輯刊 十一編；第 15 冊）

ISBN 978-986-404-742-0（精裝）

1. 資治通鑑音注 2. 語音 3. 研究考訂

802.08　　　　　　　　　　　　　　　　　105013770

ISBN-978-986-404-742-0

9 789864 047420

中國語言文字研究輯刊

十一編　　第十五冊　　　　ISBN：978-986-404-742-0

《通鑑音註》語音研究（資料篇）（第四冊）

作　　　者　馬君花

主　　　編　許錟輝

總 編 輯　杜潔祥

副總編輯　楊嘉樂

編　　　輯　許郁翎、王筑　美術編輯　陳逸婷

出　　　版　花木蘭文化出版社

社　　　長　高小娟

聯絡地址　235 新北市中和區中安街七二號十三樓

　　　　　　電話：02-2923-1455／傳眞：02-2923-1452

網　　　址　http://www.huamulan.tw 信箱 hml810518@gmail.com

印　　　刷　普羅文化出版廣告事業

初　　　版　2016 年 9 月

全書字數　295393 字

定　　　價　十一編 17 冊（精裝）　台幣 42,000 元

《通鑑音註》語音研究（資料篇）（第四冊）

馬君花　著

目次

K

揩，口皆翻，摩也　樞密使張居翰覆視，就殿柱揩去「行」字，改爲「家」字。
8970

鍇，口駭翻　丙寅，蜀門下侍郎、同平章事王鍇罷爲兵部尙書。8758

鍇，苦駭翻　蜀主以御史中丞王鍇爲中書侍郎同平章事。8716

鍇，器駭翻　甲戌，都頭張鍇、郭咄帥行營兵攻東陽門。8212

鎧，可亥翻　數月，食盡窮困，乃賣鎧弩，食其筋革。1469

鎧，苦亥翻　藩全鎧入水，潛行三十許步，乃得登岸。3569

闓，可亥翻，又音開　張闓及魯國孔衍爲參軍。2730

闓，苦亥翻，又音開　荀崧、尙書張闓共登御床，擁衛帝。2951

闓，音開，又可亥翻　初，益州郡耆帥雍闓殺太守正昂，因士燮以求附於吳。
2216

闓，音開，又苦亥翻　武衛將軍恩、偏將軍幹、長水校尉闓。2445

愾，許氣翻　羣蠻懾服，皆送糧餼，遣子弟入質。5114

戡，音堪　虎賁郎將扶風司馬德戡素有寵於帝。5776

龕，口含翻　請援於東夷校尉何龕。2591

龕，苦含翻　秦國內史賈龕、安定太守賈疋等起兵擊顒。2720

埳，徒感翻　無得爲坎埳以害耕種。8185

衎，空旱翻，又虛岸翻　帝更名衎。1134

衎，苦旦翻，又音侃　天平節度副使、知鄆州顏衎遣觀察判官竇儀奏。9264

衎，苦旱翻　工部郎中顏衎並罷守本官。9201

衎，苦旱翻，又苦旦翻　奏請以端明殿學士顏衎、樞密直學士陳觀代范質、李
穀爲相。9493

衎，苦旱翻，又苦旰翻　丁丑，以端明殿學士顏衎權知兗州事。9478

衎，苦旱翻，又苦汗翻　每宴會則論難衎衎。1567

衎，賢曰：衎衎，和樂貌。衎，音侃，又苦旦翻　蓋事以議從，策由眾定，誾
誾衎衎得禮之容。1504

瞰，古濫翻　戊戌，崇文遣驍將范陽高霞寓攻奪之，下瞰關城。7633

瞰，苦鑒翻，視也　瞰三光之文耀，視山河之分流。1738

瞰，苦濫翻　又爲巢車高十丈，俯瞰城中。6155

闞，戶監翻　晉用六卿而國分，齊簡公用陳成子及闞止而見殺。79

闞，苦鑑翻，姓也　吳越王弘佐初立，上統軍使闞璠強戾。9251

闞，苦濫翻　沮渠牧犍尤喜文學，以敦煌闞駰爲姑臧太守。3877

忼，口黨翻　意氣忼慨，曾無懼容。2906

忼，苦廣翻　則夜起，飲帳中，悲歌忼慨，泣數行下。351

忼，苦朗翻　梁士彥忼慨自若。5357

嵻，丘岡翻　築城於嵻㟍山而據之。3609

嵻，音康　公府奔嵻㟍南山。3651

慷，忼同，音口黨翻　庾翼爲人慷慨。3053

慷，苦廣翻　華性忠直，有才略，應對慷慨，上悅。7325

扛，音江　籍長八尺餘，力能扛鼎。261

扛，音江，舉也　王有材力，能扛鼎。456

亢，晉灼曰：亢，音剛　別遣軍主蕭瓛等攻龍亢。4421

亢，居郎翻　有星孛於角、亢。3193

亢，口浪翻　自古以直致禍者，當由矯枉過正，或不忠篤，欲以亢厲爲聲。2602

亢，口浪翻，高也　膺性簡亢。1715

亢，口浪翻，禦也　方今宗室衰弱，外無強蕃，天下傾首服從，莫能亢扞國
　　難。1161

亢，苦郎翻　先是，術者絁彥超云：「鎮星行至角、亢，角、亢兗州之分。」9477

亢，苦浪翻　君亢急而臣下促迫。1353

亢，音岡，又下郎翻　乃仰絕亢，遂死。385

亢，音岡，又下郎翻，喉嚨也　夫與人鬬，不搤其亢，拊其背，未能全其勝也。
　　362

亢，音剛　臣聞天有二十八宿。音註：二十八，宿、角、亢、氐、房、心、尾、
　　箕、斗、牛、女、虛、危、室、壁、奎、婁、胃、昴、畢、觜、參、井、
　　鬼、柳星、張、翼、軫，天之經星也。213

亢，音剛，康苦浪翻　荊軻曰：「今行而無信，則秦未可親也。誠得樊將軍首與
　　燕督亢之地圖。」226

亢，音抗　　於是青尊寵於羣臣無二。公卿以下皆卑奉之。獨汲黯與亢禮。617

亢，音抗，又音剛　　今秦之攻齊則不然，倍韓、魏之地，過衞陽晉之道，經乎
　　亢父之險，車不得方軌，騎不得比行。71

亢，與抗同　　未敢亢衡。2220

亢，與抗同，口浪翻　　憙亢志在公，當官而行。2502

亢，與吭同，居郎翻　　佛嵩與夏王勃勃戰果敗，爲勃勃所執，絕亢而死。3654

亢父，師古曰：音抗甫　　自將輕兵晨夜馳赴。至亢父。1330

亢父，音抗甫　　武信君引兵攻亢父。275

伉，胡朗翻，又去浪翻　　民聞伉坐執人被戮。2321

伉，口浪翻　　猶未嘗不以尊漢爲辭，以魏武之暴戾強伉。2174

伉，口浪翻，敵也　　形不堪復伉。2067

伉，口浪翻，健也，高也　　黯伉厲守高。612

伉，苦浪翻　　私於帝左右楊珉，與同寢，處如伉儷。4346

伉，苦浪翻，敵也　　宣太后平素之時，不伉儷於先帝。3415

伉，師古曰：伉，音杭，又工郎翻　　封青三子伉、不疑、登，皆爲列侯。616

伉，音抗　　而使游擊將軍韓說、長平侯衛伉屯其旁，使強弩都尉路博德築居延
　　澤上。703

伉，音抗，又音剛　　閏月諸邑公主、陽石公主、及皇后弟子長平侯伉皆坐巫蠱，
　　誅。726

邟，苦浪翻　　卓以爲然，乃即拜紹勃海太守，封邟鄉侯。1907

邟，音亢　　邟鄉忠侯黃瓊薨。1768

炕，口盎翻　　以宣徽南院使潘炕爲內樞密使。8721

炕，苦浪翻　　以前武泰節度使兼侍中潘炕爲內樞密使。8773

拷，苦晧翻，掠也，擊也　　趙輔威將軍呼延青人獲之，拷問安所在。2913

拷，音考　　閉獄掠拷。1718

犒，口到翻　　夫犒賜不豐，有司之過也。7357

犒，苦到翻　　於是遼夜募敢從之士得八百人，椎牛犒饗。2141

犒，苦告翻　　魔閉門自守遣，使獨以牛酒犒宇文氏。2872

苛，音何　　吏民出入持錢，以副符傳，不持者廚傳勿舍，關津苛留。音註：
　　荷，問也。1188

苛，音何，細也　父老苦秦苛法久矣！299

柯，音哥　乙丑，牂柯酋長謝能羽及充州蠻入貢。6068

柯，音歌　浮江下，觀藉柯，渡海渚，過丹陽，至錢唐。247

柯，音哥　國珍，本牂柯夷也。6963

珂，丘何翻　武官馬加珂，戴幘，服袴褶。5624

榼，戶盍翻　子胥不蚤見主之不同量，是以入於江而不化。音註：應劭曰：鴟夷，榼形也，以馬革爲之。141

榼，克合翻　趙襄子漆智伯之頭，以爲飲器。音註：韋昭注曰：飲器，椑榼也。15

榼，苦合翻　代郡人趙榼帥三百餘家叛燕歸趙。3106

榼，苦盍翻　燕王兟以榼盧城大悅縮爲禦難將軍。3035

磕，古盍翻　丁和以大石磕殺鮑泉及虞預，沈於黃鶴磯。5068

礚，丘蓋翻　張永、沈攸之進兵逼彭城，軍於下礚。4128

咳，口慨翻　常對珪舒放不肅咳唾任情。3516

可，從刊入聲　柔然可汗斛律遣使獻馬三千匹於跋。3647

可，讀從刊入聲　其子度拔尚幼，部眾立社崙弟斛律，號藹豆蓋可汗。3634

可，讀如渴　至可汗毛，始強大。2459

可，今讀從刊入聲　可汗恨汝曹讒殺太子。2548

可，苦曷翻　突厥佗鉢可汗常謂齊顯祖爲英雄天子，以紹義重踝，似之。5375

岢，枯我翻　統天兵、大同、橫野、岢嵐四軍。6849

溘，口答翻，奄也　承嗣今年八十有六，溘死無日。7233

溘，苦答翻，又苦合翻。溘，奄也　質常恐溘先朝露。音註：朝露，言其易晞。4012

騍，音課。《晉書》作「騧」　有騍馬生白額駒。3509

吭，古郎翻　遂扼吭而死。9320

吭，戶郎翻，又戶浪翻　絕吭而死。4454

吭，居郎翻；人頸曰吭　夜伺守者稍怠，扼吭而死。9329

吭，苦郎翻　劉仁贍聞援兵敗，扼吭歎息。9566

吭，音剛　若睢者，亦非能爲秦忠謀，直欲得穰侯之處，故搤其吭而奪之耳。163

鏗，丘耕翻　軍司段鏗謂周虓曰。3274

空，苦貢翻　閩主又以空名堂牒使醫工陳究賣官於外。9176

空，音孔　宜卻徙完平處更開空。音註：師古曰：空，猶穿也。1148

悾，康董翻　所陳之事，與卿不異，每苦悾偬。音註：悾偬，困苦也，不暇給也。4931

悾，苦紅翻　故致忿耳，安有悾悾忠益而返見怨疾乎。2602

恐，《索隱》曰：恐，起拱翻。愒，許曷翻，又呼曷翻，謂相恐脅也。鄒氏愒音憩　是以衡人日夜務以秦權，恐愒諸侯，以求割地。67

恐，康曰：恐，丘用翻。余謂恐，如字。　太傅之計，曠日彌久，令人心惽然，恐不能須也。224

恐，欺用翻，又如字　上輒漏泄令寵聞，以脅恐之。1299

恐，丘共翻　昭辭疾篤。吳主燒其門欲以恐之。2289

控，口弄翻　以故冒頓得自強控弦之士三十餘萬。373

鞚，空貢翻　奕豫戒之，俟約氣下，安突前持其馬鞚，因挾之而馳。3117

鞚，苦貢翻　中庶子溫嶠執鞚諫曰。2900

鞚，苦貢翻，馬勒也　事勢如此，安可迴鞚！9290

鞚，音控，馬勒也　執馬鞚諫曰。3564

彄，恪侯翻　魏人以鉤車鉤城樓，城內繫以彄絚。3965

叩，去后翻，又丘候翻　帝召諸將議兵事，以橜叩地曰。1301

釦，去厚翻　淳金釦器。1787

㱿，居候翻　主父欲出不得，又不得食，探雀㱿而食之。119

㱿，苦候翻　假餘息於熊蹯，引殘魂於雀㱿。6241

㱿，苦角翻　卵㱿不除。7892

刳，師古曰：刳，剖也，音口胡翻　莽使太醫、尚方與巧屠共刳剝之。1210

矻，口骨翻　器用利，則用力少而就效眾。故工人之用鈍器也，勞筋苦骨，終日矻矻。840

窟，苦骨翻　寔子珪尚幼，慕容妃之子闥婆、壽鳩、紇根、地干、力眞、窟咄皆長。3278

苦，韋昭曰：苦，音靡鹽之鹽　且所給，備、善則已；不備、苦惡，則候秋熟，以騎馳蹂而稼穡耳。469

苦，音戶，又如字　帝遣中常侍左悺之苦縣祠老子。1777

苦，音怙　乃令符離人葛嬰將兵徇蘄以東，攻銍、酇、苦、柘、譙，皆下之。255

楛，侯古翻，木名，似荊　會挹婁國獻楛矢石砮於趙。3042

俈，通作「嚳」，音括沃翻　《譜記》普云：蜀之先肇自人皇之際，黃帝子昌意娶蜀山氏女，生帝俈。28

庫，音舍　庫傉官漁陽烏桓大人庫傉之餘種。3119（編者按：「庫」當作「庫」。）

袴，苦故翻，脛衣也　昭侯有弊袴，命藏之。55

袴，徐廣曰：袴，一作胯。胯，股也。漢書作跨，同耳。……《索隱》曰：胯，枯化翻　不能死，出我袴下。309

絝，古袴字也　昏夜，平善，鄉晨，傅絝韤欲起。1053

絝，五故翻，脛衣也　昔無襦，今五絝。1489

嚳，苦沃翻　孫愐曰：孔姓，殷湯之後，本自帝嚳元妃簡狄，吞乙卵生契，賜姓子氏。114

夸，師古曰：夸，音跨　而藩國大者夸州兼郡，連城數十。1179

胯，苦瓦翻　陝尉崔成甫著錦半臂，鈌胯綠衫以褐之。6858

蒯，苦怪翻　不疑曰：「諸君何患於衞太子！昔蒯聵違命出奔，輒距而不納，春秋是之。」756

蒯，丘怪翻，姓也　范陽蒯徹說武信君曰。257

塊，口內翻　使湯塊然被見拘囚。音註：師古曰：塊然，猶獨處之意，如土塊也。1070

塊，苦對翻，土塊　會萬紀宅中有塊夜落。6187

塊，苦潰翻　豈得徒勞，無一塊土，而足下來欲收地邪。2137

襘，睽桂翻，衣裾分也　上將祀圓丘。故事，中尉、樞密皆襘衫侍從。僖宗之世，已具襴笏。8390

鄶，工外翻　徙鄶王元裕為鄧王。6125

鄶，古外翻　以鄶稽內史王舒行揚州刺史事。音註：鄶稽，即會稽。2947

噲，苦夬翻　謂燕王噲破國之恥。93

廥，《說文》曰：廥，芻稾藏，音工外翻　不韋匿於廥中，鑿地旁達昌之寢室。1831

廥，工外翻，芻藁之藏也，一曰：庫廄名　天子遣使者虛郡國倉廥以振貧民。
635

獪，古外翻　豈復得出入狡獪。4194

恈，曲陽翻，亦怯也　玄雖竊名雄豪，內實恈怯。3570

恈，去王翻　馥性恈怯，因然其計。1923

恈，去王翻，怯也　於是人情恈懼。7712

恈，音匡　卿是書生，定猶恈怯。5706

恈，音匡，怯也　穆之之卒也，朝廷恈懼。3713

洭，去王翻　紇聞昭達奄至，恈擾不知所為，出頓洭口。5286

筐，去王翻　皆受五斗織銀絲筐及笊籬各一。6902

誆，居況翻　五月，將軍紀信言於漢王曰：「事急矣，臣請誆楚。」335

礦，古猛翻　李適之性疏率李林甫嘗謂適之曰華山有金礦。6870

纊，苦謗翻　司徒以幽州少絲纊，故與汝曹竭力血戰以取深州。7324

纊，苦謗翻，絮也　外府衣物、繒布、絲纊。4278

䖂，音況　古者以龜、貝為貨，今以錢易之。音註：孔穎達曰：爾雅貝居陸猋
在水蜬大者䖂，小者鰿。1078

刲，涓畦翻　婢僕小過，或抉目，或刀刲火灼。9068

刲，涓畦翻，割也　令壯士十人刲其肉自啗之。9046

悝，苦回翻　《索隱》：曰高陵君名顯，涇陽君名悝。108

闚，缺規翻　然高句麗去國密邇，常有闚覦之志。3050

蒯，區韋翻，又苦鬼翻，又丘愧翻　立妻王氏為皇后，子蒯為皇太子。5125

蒯，音歸，又區胃翻　太子蒯即皇帝位。5222

馗，渠龜翻　泰，宣帝弟馗之子也。2591

馗，渠追翻　獪胡王遣其弟吶龍、侯將馗帥騎二十餘萬。3332

馗，音逵　殺太僕魯馗。1938

戣，巨龜翻　初，國子祭酒孔戣為華州刺史。7736

戣，渠龜翻　知匭使、諫議大夫孔戣見其副章，詰責不受。7687

暌，工攜翻　大者暌孤橫逆以害身喪國。1180

頯，匡軌翻　古者以龜、貝為貨，今以錢易之。音註：蚆，博而頯，中廣，兩
頭銳。蜠，大而儉，鰿小而惰。1078

傀，口猥翻　綸使先造傀儡。6104

傀，口猥翻，又公回翻　乙巳立皇弟酒爲益王，傀爲蜀王。7262

傀，苦猥翻　蜀王傀更名遂。7310

跬，空累翻　使吳失與而無助，跬步獨進。529

跬，窺婢翻　不可跬步失也。4809

跬，犬榮翻，半步也　多設鈴索吠犬，人跬步不能過。9149

頍，丘弭翻　王頍者，僧辯之子。5605

磈，口猥翻　淮北民桓磊磈破魏師於抱犢固。4244

喟，丘貴翻　恐已降而後見辱，喟然歎曰：「與人刃我，寧我自刃！」遂自殺。
　　198

喟，丘愧翻　嘉喟然仰天歎曰。1119

喟，去貴翻　子順相魏凡九月，陳大計輒不用，乃喟然曰。174

喟，于貴翻　文王聞之喟然而嘆。179（編者按：此處「于」疑爲誤字）

媿，古愧字也。媿，辱也　王至掩耳起走，曰：「郎中令善媿人！」777

憒，工內翻　前後相乘，憒眊不渫。1206

憒，古對翻　諸君憒憒。2297

憒，古悔翻，悶悶也　又督農楊敏嘗毀琬曰：「作事憒憒。」2348

憒，亂也，古對翻　天下憒憒。1900

憒，烏外翻　爾父憒憒，敗我大事。2446

潰，戶對翻，潰散也　及城潰，人爭門而出，皆以軸折車敗爲燕所擒。137

蕢，其位翻，草器也。　魯仲連曰：「將軍之在即墨，坐則織蕢。」144

蕢，鄭氏音匱，師古從蘇林音蒯　沛公引兵繞嶢關，踰蕢山。295

餽，與饋同　塡國家，撫百姓，給餉餽，不絕糧道，吾不如蕭何。357

簣，求位翻　以覆簣之基，成九仞之功。3237

聵，五怪翻　不疑曰：「諸君何患於衞太子！昔蒯聵違命出奔，輒距而不納，春
　　秋是之。」756

聵，五怪翻，耳聾也　至於師傅之官非眊聵廢疾不任事者。7632

媼，公渾翻　霸先命炊米煮鴨，人人以荷葉裹飯，媼以鴨肉數臠。5145

髡，枯昆翻，鬄其髮也　布乃髡鉗爲奴，自賣於魯朱家。359

髡，苦昆翻　而令與眾庶同黥、劓、髡、刖、笞、僵、棄市之灋。478

褌，古渾翻，䙝衣也　刑部侍郎辛寊嘗衣緋褌。5554

悃，《說文》曰：悃愊，至誠也。悃，音苦本翻。愊，音孚逼翻。　又詔三公曰安靜之吏悃愊無華。1501

悃，苦本翻，誠也　面陳悃款，帝不許。9485

壼，苦本翻　又以紀瞻爲軍祭酒，卞壼爲從事中郎。2730

閫，苦本翻，門橛也　閫以內者，寡人制之；閫以外者，將軍制之。498

栝，音聒，通作筈　然而不矯揉，不羽栝，則不能以入堅。14

筈，古活翻　癸卯，蜀將陳彥威出散關，敗岐兵於箭筈嶺。8858

筈，音括　遣馬步使高彥儔、眉州刺史申貴擊漢箭筈安都寨，破之。9405

L

拉，盧合翻　將軍之舉武昌，若摧枯拉朽，尙何顧慮耶。2896

拉，落合翻　以司馬模之強，吾取之如拉朽。2816

剌，來達翻　天子加恩，赦王太子建爲庶人，賜旦諡曰剌王。765

剌，來葛翻　二月，奴剌、党項寇寶雞。7105

剌，來曷翻　秋七月，詔立燕剌王太子建爲廣陽王。795

剌，盧達翻　陰陽乖剌。1854

剌，音來曷翻　朝臣舛午，膠戾乖剌。912

來，郎代翻　今膠東相土成，勞來不怠。808

來，力代翻　勞來循行。823

來，師古曰：來，郎代翻，余謂來讀如字亦通　送往勞來之禮不行。956

徠，力代翻　琨撫循勞徠，流民稍集。2724

淶，音來　壬子，朱克融焚掠易州、淶水、遂城、滿城。7799

睞，洛代翻　每瞻視昈睞，光采溢目，照映左右。5478

賚，來代翻　周主大悅，賜賚甚厚。5377

賚，來代翻，賜也　秋，八月，軍發洛陽，大賚將士。2467

賚，來戴翻　加馬燧兼侍中，渾瑊檢校司空，餘將卒賞賚各有差。7465

賚，洛代翻　以宮女二千分賚將士。4509

賚，洛代翻，賜也，與也　購求遺書於天下每獻書一卷，賚縑一匹。5462

瀨，音賴　甲爲下瀨將軍，下蒼梧。668

癩，落蓋翻，惡疾也　豫讓又漆身爲癩，吞炭爲啞。16

癩，音賴，惡疾也　吾聞殺天子者身當病癩。4487

婪，盧含翻　中常侍侯覽兄參爲益州刺史，殘暴貪婪。1778

婪，盧含翻。方言殺人而取其財曰婪　豺狼貪婪。1516

婪，盧南翻　續素貪婪。4947

嵐，盧含翻　詔以爲嵐州總管。5856

嵐，盧含翻　嵐州刺史喬鍾葵將赴京。5607

藍，盧甘翻　又令西園賣葵菜，藍子、雞、麵等物而收其利。2633

藍，魯甘翻　將軍藍懷恭與魏邢巒戰於睢口。4564

襤，力三翻　每出，襤褸盈路。8206

襤，路談翻，《類篇》：盧甘翻。　殺匈奴十餘萬騎，滅襜襤。207

襴，音闌　中尉樞密皆裌衫侍從。僖宗之世，已具襴笏。8390

讕，落干翻，又力誕翻　上責萬歲，萬歲詆讕。音註：讕，逸辭也。5562

攬，魯敢翻，手取也　權以曹操在北方，當廣攬英雄。2102

攬，與欖同　而攬得慈項上手戟。1972

攬，與欖同，魯敢翻　欲西馳下峻。阪中郎將袁盎騎，並車攬轡。450

纜，盧瞰翻　頃之，會暴風吹吳呂範等船，綆纜悉斷。2209

纜，盧闞翻，維舟索也　繹懼，鑿船，沈米，斬纜。5013

灆，音檻　奉高之器，譬諸汎灆，雖清而易挹。1624

狼，盧當切　智伯又求蔡皋狼之地於趙襄子。10

狼，師古曰：狼，音浪，史記作浪，《正義》音狼　始皇東游，至陽武博浪沙中。241

狼，音浪　秋七月曹操引水軍自渦入淮。音註：《班志》：淮陽扶溝縣，渦水首受狼湯渠。2098

莨，音浪　安祿山屢誘奚、契丹，爲設會飲以莨菪酒。6900

琅，音郎　後軍侯趙德使罽賓，與陰末赴相失；陰末赴鎖琅當德。978

稂，魯當翻　夫養稂莠者害嘉穀。6055

閬，音浪　宋白曰：巴子後理閬中。84

浪，力葬翻　雖甚友愛，而多譴浪，無長幼體，上以是薄之。9602

浪，音郎　玄菟、扶餘、朝鮮、沃沮、樂浪。5659

浪，音狼　以故遂定朝鮮，爲樂浪、臨屯、玄菟、眞番四郡。689

浪，音琅　馥紹竟遣故樂浪太守張岐等，齎議上虞尊號。1919

峴，盧當翻　築城於嶁峴山而據之。3609

峴，音郎　公府奔嶁峴南山。3651

勞，來到翻　上以爲貞信，勞苦之曰。531

勞，郎到翻　今膠東相王成，勞來不怠。808

勞，力到翻　使通事舍人丹楊劉係宗隨軍慰勞。4270

勞，力到翻；凡撫勞之勞皆同音　王朝日宜召田單而揖之於庭，口勞之。142

勞，師古曰：勞，郎到翻　送往勞來之禮不行。956

勞，音來到翻　斗酒自勞。877

薆，音勞，魯刀翻　采薆豆生食之。5870

醪，來高翻　爲酒醪以靡穀者多。503

姥，莫補翻　杜黑騾徑進至杜姥宅。4181

潦，盧皓翻　會潦水漲滿。5223

潦，魯皓翻，雨水大貌。　復值秋潦。2667

橑，魯皓翻，椽也，史炤：憐蕭切　於是京城大索，公卿家有複壁、重橑者皆
　　索之。7714

轑，徐廣曰：轑，音老，在并州。據十三州志轑，當音遼　王翦攻閼與、轑陽。
　　218

轑，音料，又音聊　會赦，太常轑陽侯德免爲庶人。771

酪，歷各翻，乳漿也　來春草生，湩酪將出。3681

酪，盧各翻，以乳爲之　以示不如湩酪之便美也。468

酪，音洛　食馬齒羹，不設鹽、酪。7256

嫪，居虯翻　且曰：「自今以來，操國事不道如嫪毒、不韋者，籍其門，視此。」
　　219

嫪，師古曰：嫪，居虯翻，許愼郎到翻，康盧道切。　乃詐以舍人嫪毒爲宦
　　者，進於太后。213

舡，《集韻》：朗鳥翻　又以艨舡千艘載戰士。5079

仂，與力同，又音勒　禁中錄事席仂日。3274

扐，音力　扐侯辟光爲濟南王。502

笶，盧得翻　深壍其外，泄城中水，壍外植竹，寇不能冒。音註：范成大《桂海虞衡志》：笶竹，刺竹也，芒刺森然。8066

樂，讀如洛　乃與人言朕鳥喙如句踐，難與共安樂，有之乎。9237

樂，故樂，音洛　夫樂能感人，故樂者聞之則喜。6051

樂，來各翻　夏，六月，封上官安爲桑樂侯。756

樂，盧各翻　帝自衣藍縷之服，行乞其間以爲樂。5339

樂，上樂，讀如本字，又音五孝翻。下樂，音來各翻　其後幸酒，樂燕樂。949

樂，師古曰：樂，來各翻　又，樂陵侯史高以外屬舊恩侍中，貴重。874

樂，所樂，音洛　樂者聖人之所樂也。6052

樂，徒各翻　發東土諸郡免奴爲客者，號曰樂屬。3497

樂，五教翻　好遊畋而樂絲竹。3174

樂，五孝翻，又音洛　中尉琅邪王吉上疏諫曰：「大王不好書術而樂逸游。」776

樂，意當音洛　代地震，自樂徐以西，北至平陰。222

樂，音洛　衞鞅言於秦孝公曰：「夫民不可與慮始，而可與樂成。」46

樂，音洛，快意也　得一樂戰。120

樂，魚教翻　黃門侍郎郭祚曰：「山水者，仁智之所樂。」4389

樂浪，音洛　樂浪王溫爲司隸校尉。3364

樂浪，音洛琅　其東出者至玄菟、樂浪、高句驪、夫餘。1176

雷，盧對翻　瑜等率輕銳繼其後，雷鼓大震。2093

檑，盧對翻　吐蕃但以數百人守之，多貯糧食，積檑木及石。6896

縲，力追翻　卿輩自犯國刑身嬰縲紲。5587

櫑，盧對翻　依山拒戰，礮櫑如雨。6885

羸，倫爲翻　冒頓匿其壯士、肥牛馬，但見老弱及羸畜。377

羸，偷爲翻　契丹遣輕騎三千，不被甲，直犯其陳。唐兵見其羸爭逐之至汾曲。9148

纍，力追翻　民歌之曰：「牢邪，石邪！五鹿客邪！印何纍纍，綬若若邪！」933

纍，倫追翻　今成德、魏博雖盡節效順，亦不過圍一城、攻一堡、係纍釋老而
　　已。7983

靁，古雷字　夏霜，冬靁，春凋，秋榮。929

耒，盧對翻　劉備以從事龐統守耒陽令。2104

絫，古累字　冬，有司言：「縣官用度太空而富商大賈冶鑄煮鹽財或絫萬金，不
　　佐國家之急。」638

絫，師古曰：絫，孟音來戈翻。此字讀亦音纍絏之纍　至是初行開元通寶錢，
　　重二銖四參。音註：按《漢書・律曆志》：權輕重者不失黍絫。……參，當
　　作「絫」，蓋筆誤也。5924

傫，倫追翻　傫，石子之子也。3523

傫，倫追翻，懶懈貌　主父使惠文王朝羣臣而自從旁窺之，見其長子傫然也。
　　118

誄，魯水翻　與太子右率蕭誄等。4376

磊，落猥翻　淮北民桓磊魂破魏師於抱犢固。4244

儡，落猥翻　綸使先造傀儡。6104

壘，力水翻　堅壁二十八日不行，復益增壘。156

壘，盧對翻　軍吏持尺刀入陬谷，單于遮其後，乘隅下壘石。715

壘，盧對翻，與此礌音同　聚礌石，臨崖下之，以拒魏兵。音註：《漢書・李
　　陵傳》：乘隅下壘石。4414

壘，魯水翻　趙廉頗軍於長平。音註：杜佑曰：白起阬趙卒於長平，有頭顱
　　山，築臺於壘中因山爲臺。167

灅，力水翻　己巳魏主珪東如涿鹿，西如馬邑，觀灅源。3510

灅，師古曰：灅，力水翻，又音郎賄翻。……《類篇》音魯水翻　又作新平於
　　灅水之陽。2806

肋，盧則翻，脅肋　乃以所食羊肋骨賜伏。5378

纍，力癸翻　上問其故，對曰：「悲者不可爲纍歔，思者不可爲歎息。」560

纍，力瑞翻　足下通行無所纍。290

纍，力瑞翻，罪纍也　比來所遣外任多是貶纍之人。6570

纍，力委翻　人不自安，皆求苟免，莫有固志，重足纍息。5397

累，力僞翻　聞其兵精，得無爲孤累乎。1985

累，力僞翻，事相緣及也　不得道以持之，則大危也，大累也。127

累，力追翻　三月，盜殺韓相俠累。24

累，良瑞翻　陳王曰：「寡人之軍，先生無累焉。」258

累，魯水翻　王無重世之德於韓、魏而有累世之怨焉。151

累，師古曰：累，力追翻　見咸前後爲莽所拜，故遂立咸爲烏累若鞮單于。1200

累，師古曰：累，託也，音力瑞翻　顯曰：「將軍素愛少女成君，欲奇貴之，願以累少夫。」798

累，賢曰：累，托也，音力僞翻　以父母、昆弟長累陛下。1311

累，與縲同　不能朝請二十餘年，常患見疑，無以自白，脅肩累足，猶懼不見釋。518

酹，盧對翻　至是穉往弔之，進酹哀哭而去。1768

酹，賢曰：以酒沃地謂之酹，音力外翻　奐於諸羌前以酒酹地。1733

礧，盧對翻　鷲峽之口，聚礧石，臨崖下之。4414

礧，落猥翻　大丈夫行事，宜礧礧落落，如日月皎然。2981

纇，盧對翻　若徧歷諸司，搜摘疵纇。6032

纇，盧對翻，絲節也，疵也　事任公平，坦然無纇。3588

楞，盧登翻　安定梁楞爲前將軍，領左長史。3102

稜，賢曰：稜，威稜也，音力登翻。余謂稜，方稜也；剛稜，猶言剛方　允性剛稜疾惡。1936

冷，魯杏翻。姓也。按本或作泠。泠，音魯經翻　璋遣其將劉璝、冷苞、張任、鄧賢、吳懿等拒備。2120

倰，力曾翻　戶部侍郎、判度支崔倰，性剛褊，無遠慮。7796

犂，呂靜曰黎，結也，力奚翻。程大昌曰：徐說非也。犂、黎古字通。……康云：力追切　犂明。410

劙，里之翻　胡夷爲之劙面者數百人。4658

劙，力之翻　思順諷羣胡割耳劙面請留己，制復留思順於河西。6904

劙，力之翻，劃也　嘗欲以小刀劙其腹。5148

劙，力之翻，以刀劃面也　權渠大懼，被髮、劙面請降。2880

嫠，里之翻　初高力士有養女嫠居東京。7296

嫠，陵之翻　嫠婦猶知恤宗周之隕。3043

貍，康從本字，音力之切。余謂康音是　趙人伐燕，取貍陽。218

氂，力之翻　天雨白氂。711

籬，音離　皆受五斗織銀絲筐及笫籬各一。6902

罹，師古曰：罹，音離，遭也　以罹寒暑之數。508

羅，音離　諒選精銳數百騎，戴冪羅。608

藜，力脂翻，又力兮翻　退則據於蒺藜。2673

驪，音黎，又音良脂翻　襄所乘駿馬曰驪眉騧。3162

釐，讀曰僖　韓襄王薨，子釐王咎立 117

釐，力之翻　莫肯釐正。2498

釐，力之翻，治也　與太傅懌、太保懷、侍中胡國珍入居門下，同釐庶政。4620

釐，師古曰：釐，本作「禧」，假借用耳，音禧。祝，職救翻　且曰：「吾聞祠官祝釐，皆歸福於朕躬，不爲百姓，朕甚愧之。500

離，扐智翻　烏介恐其與奚、契丹連謀邀遮，故不敢遠離塞下。7963

離，力智翻　將建旗伐鼓以令三軍之進退，死不離局。194

離，力智翻，去也　備還至紹軍，陰欲離紹。2031

離，去智翻　因請遙隸神策不離舊所。7546

離，與罹同　離毀辱之誹謗，墮先王之名，臣之所大恐也。141

離，與罹同，遭也　州郡承旨，或有未嘗父關，亦離禍毒。1820

黧，師古曰：黧，與邰同，音胎　攻燒官寺，殺右輔都尉及黧令。1162

灕，音离　江西、湖南餽運者皆泝湘江入灕渠、灕水。8106

蠡，里弟翻　昔三苗氏，左洞庭，右彭蠡，德義不修，禹滅之 28

蠡，憐題翻　馳騁渴乏，輒下馬，解取腰邊蠡器酌水飲之。4456

蠡，盧奚翻　復株累若鞮單于以且糜胥爲左賢王，且莫車爲左谷蠡王。960

蠡，魯戈翻　秦魯公紹遣長史姚洽、寧朔將軍安鸞、護軍姚墨蠡。3704

蠡，鹿奚翻　烏累單于咸立以弟輿爲右谷蠡王。1200

蠡，如字，若如《述征記》之說，音盧戈翻　遷襄於梁國蠡臺。杜預曰：盧門，宋城南門也。《續述征記》曰：迴道似蠡，故謂之蠡臺。3134

蠡，師古曰：蠡，盧奚翻。鹿蠡王，即仍漢時谷蠡王號也。谷、鹿字雖不同，
　　而音則同耳　以聰爲鹿蠡王。2700

蠡，音黎　擊走匈奴伊蠡王於伊和谷。1628

蠡，音禮　其父請分蠡吾縣以侯之。1707

驪，力支翻　其東出者至玄菟、樂浪、高句驪、夫餘。1176

驪，力知翻　喻告高句驪、烏桓、鮮卑攻其左。1417

驪，呂支翻　李斯至驪邑而還。217

俚，音里　李遜餘黨李脫等結集俚獠五千餘人以應循。3645

娌，兩耳翻　我女豈可使與田舍女爲姒娌邪。6402

澧，里弟翻　秦武安君初置巫、黔中。音註：今辰州溆、漊、溪、澧、朗、施
　　八州，是秦漢黔中郡之地。146

澧，音禮　十二月，武陵澧中蠻反。1595

邐，力爾翻　乘輿迤邐入宣政門。7912

邐，力紙翻　要須大度水北更築一城，迤邐接黎州。7873

例，時詣翻　帝欲兼稱帝，羣臣乃引德明、玄元、興聖皇帝例，皆立廟京師。
　　9012

戾，郎計翻，康曰力結切，曲也，音義非　釃黍而苵，投之無戾，苵而釃黍，
　　投之無郵。174

沴，音戾　且東南卑濕，沴氣易構。3304

荔，力計翻　岐、梁、涇、漆之北有義渠、大荔、烏氏、朐衍之戎。208

荔，力制翻　世基，荔之子也。5525

荔，立計翻　嶺南舊貢生龍眼、荔枝。1559

栗，與慄同　因退立，股戰而栗。435

詈，力智翻　祝詛後宮，詈及主上。996

詈，力智翻，罵也　智積登陴詈之。5681

溧，音栗　進屯溧水。5898

厲，師古曰：厲，音賴　隴東、武都、安定、北地、扶風、始平諸郡戎、夏皆
　　起兵應之。音註：魏收《地形志》有隴東郡，領涇陽、祖厲、撫夷三縣。
　　2971

綟，郎計翻　丁酉，夏至，賜貴近絲，人一綟。6778

篥，力質翻　及師古疾篤，師道時知密州事，好畫及醫篥。7634

隸，力計翻　搢紳何咎，皆爲皁隸！5129

櫟，郎狄翻　攸之無所歸，與其子文和走至華容界，皆縊於櫟林。4214

櫟，陸德明曰：櫟音立　申無宇曰：鄭京、櫟實殺曼伯 161

櫟，音藥　獻公即位，鎮撫邊境，徙治櫟陽。44

櫟，音藥。藥、畧聲相近，因語訛而致傳寫字訛耳　據櫟陽積穀之實。2427

礪，力制翻，礦也　然而不鎔範，不砥礪，則不能以擊強。14

麗，讀曰驪，力知翻　高句麗王宮遣子遂成詐降而襲玄菟、遼東，殺傷二千餘人。1608

麗，力之翻　初，高麗王建用兵吞滅鄰國，頗強大。9298

麗，力知翻　乃陰說高句麗、段氏、宇文氏使共攻之。2872

麗，力智翻　遼東公高句麗王釗雲遣其世子入朝。4320

麗，力智翻，又力兮翻　初唐滅高麗。8848

麗，鄰知翻　乙丑，高句麗王建武遣使入貢。5923

麗，與驪同　對曰：「布，故麗山之徒也，……」398

櫪，音歷，馬棧也　自經於馬櫪間。9334

蠡，古戾字　安所繆蠡而陵夷若是？554

蠡，古戾字，盧計翻　其有中罪者，聞命而自弛，上不使人頸蠡而加也。479

蠡，師古曰：蠡，古戾字。戾，草名也　賜以冠帶、衣裳、黃金璽、蠡綬。887

蠡，賢曰：蠡，音戾　詔賜單于冠帶、璽綬。音註：南匈奴傳黃金璽蠡綃綬。1415

礫，即擊翻　市人爭持瓦礫擊之。9101（編者按：此處「即」疑爲「郎」之誤字）

礫，郎狄翻　就使當今沙礫化爲南金瓦石變爲和玉。1737

礫，郎擊翻　士民疾朱粲殘忍，競投瓦礫擊其尸。5917

礫，狼狄翻　或以瓦礫擊賊。8250

礫，小石也，音歷　大風起，砂礫擊面。642

礫，音歷　遂乃方之土芥，比之沙礫。6501

穤，郎葛翻　恐諸將及使者妄求供頓，乃自食疏穤。6536

穤，盧達翻　惟菜羹、穤飯而已。4933

穤，盧達翻，麤也　於是民爭獻穤飯。6972

穤，盧達翻，脫粟飯也　迪簡無以犒士，乃設穤飯與士卒共食之。7680

儷，郎計翻　宜皆出之，任求伉儷。6057

儷，力計翻　與同寢，處如伉儷。4346

儷，力計翻，並也　宣太后平素之時，不伉儷於先帝。3415

酈，音歷　高陽人酈食其，家貧落魄。287

酈，音櫟　新陽侯陰就子豐尙酈邑公主。1437

酈，直益翻，又郎益翻　還攻胡陽，遇番君別將梅鋗，與偕攻析酈，皆降。290

轢，車踐也，音狼狄翻　陵轢諸將。4107

轢，來各翻，碾也　但恐革車之所轔轢。4967

轢，郎狄翻　羽矜其驍氣，陵轢於人。2165

轢，郎擊翻　恃寵驕恣陵轢王公，爲衆所疾。4535

轢，郎擊翻，車踐曰轢　凌轢公族，殘傷百姓。63

漣，音連　侍御史漣水王義方欲奏彈之。6298

蓮，音輦　周徧三輔，嘗困於蓮勺鹵中。791

蓮勺，音輦酌　上之爲太子也，受《論語》於蓮勺張禹。978

奩，力鹽翻　局竟，斂子內奩。4169

匲，鏡匣也，音廉　帝從席前伏御床，視太后鏡匲中物。1463

簾，師古曰：簾，戶簾也，音廉　置飾室簾南去。1073

斂，力贍翻　軍士不幸死者，吏爲衣衾棺斂，轉送其家。348

斂，力驗翻　寬其賦斂。130

斂，力贍翻　夫以小敵大，則役煩力竭；以貧敵富，則斂重財匱。2399

璉，力展翻　丙午，高句麗王璉遣使入貢於魏。3858

璉，立展翻　癸酉，吳主立江都王璉爲太子。9039

斂，九贍翻　用兵不息，賦斂愈急。8174

斂，力贍翻　明主知其然也，故務民於農桑，薄賦斂。492

斂，力贍翻，又上聲　一旦居王彥章、霍彥威之右，自將兵以來，專率斂行伍，以奉權貴。8891

斂，力儼翻　或以咎公楚，公楚數戒用之，少自斂，毋相累。8290

斂，力驗翻　臣光曰：孝武窮奢極欲，繁刑重斂。747

斂，力豔翻　取民者安，聚斂者亡。133

斂，力瞻翻　自茲以外，不得橫有調斂。5840

楝，郎甸翻　雲南王異牟尋遣其弟湊羅楝獻地圖。7561

殮，力贍翻　凡有玉匣殮者，率皆如生。1305

鏈，抽延翻，又陵延翻　諸取金、銀、連、錫、鳥、獸、魚、鱉於山林、水澤。
　　音註：師古曰：《說文》鏈，銅屬也；一曰屮也。1182

嬾，音連　當朝貴重，所結姻嬾，莫非清望。4393

涼，力尚翻　陛下目不視鳴條之事，耳不聞檀車之聲。音註：余按《大雅‧大
　　明》之詩曰：維師尚父，時維鷹揚，涼彼武生。1732

踉，呂張翻，又音郎　譬如猛獸，自於山林中咆哮跳踉。7849

輬，音涼　輼輬車未出端門，亟稱疾還內。4339

兩，力讓翻　計千家之資，不下五百耦牛，為車五百兩。3925

兩，力讓翻，乘也　段遼以車數千兩輸乙連粟。3010

兩，音亮　輅車乘馬，後屬百兩。138

裲，里養翻　攸之有素書十數行，常韜在裲襠角。4202

量，力讓翻　子胥不蚤見主之不同量，是以至於入江而不化。141

量，呂張翻，量度也　臣竊量大王之國不下楚。69

量，音良　而計民未加益，以口量地。503

量，音良，度也　及帝誅何邁，量慶之必當入諫。4083

量，音亮　司市掌市之治教政刑，量度禁令。132

廖，力弔翻　張印、廖湛、胡殷、申屠建與隗囂合謀。1280

廖，力弔翻，姓也。裴松之：理救翻　初，長水校尉廖立。2299

廖，力弔翻，又力救翻　廖湛將赤眉十八萬攻漢中王嘉。1305

廖，力救翻　還攻胡楊，遇番君別將梅鋗，與偕攻析酈，皆降。290

廖，力救翻，今讀從力弔翻　決勝指揮使廖匡齊。9207

廖，力救翻，今俗音力弔翻，姓也　泉州人張延魯等以刺史廖彥若貪暴。8326

廖，力救翻，又力弔翻　昔諸葛亮竄廖立、李嚴於南夷，亮卒而立、嚴皆悲泣。
　　6048

廖，力救翻，今讀如料　延昌表其將廖爽爲韶州刺史。8730

廖，力救翻，今力弔翻　十二月，吳將廖式殺臨賀太守嚴綱等。2348

廖，賢曰：音力弔翻　平林人陳牧廖湛復聚等千餘人號平林兵以應之。1232

廖，音聊　虎賁中郎將馬廖。1458

憀，落蕭翻，無憀賴也　況有司迫於供軍，百端斂率，不許即用度交闕，盡許則人心無憀。7806

脟，力彫翻　羅八珍於前。音註：珍，謂淳熬、淳毋、炮豚、炮牂、擣珍、漬、熬、肝脟也。6028

嫽，師古曰：嫽，音了　初楚主侍者馮嫽。883

寮，力么翻　遣其妃王氏及世子寮爲質於魏。5031

撩，連條翻　撩虺蛇之頭，蹍虎狼之尾。1823

撩，落雕翻　凡人取果，宜待熟時，不撩自落。5067

撩，落蕭翻，取動也　我欲捶汝，天下人必謂汝能撩李日知嗔。6679

獠，盧皓翻　梁州刺史楊亮帥巴獠萬餘拒之。3264

獠，盧皓翻，又竹絞翻　道庠問其故。伸曰：「憨獠。」9310

獠，魯皓翻　李賁奔新昌獠中。4937

獠，魯皓翻　屈獠洞斬李賁。4977

獠，音老　以獠爲導，紿之。8108

獠，魯皓翻　秦武安君定巫、黔中。音註：自永嘉以後，沒於夷、獠。146

燎，力照翻，徐又力燒翻　趙左校令成公段作庭燎於杠末。3009

璙，力彫翻，又力弔、力小二翻　吳越王鏐遣其子傳瓘、傳璙。8776

璙，力弔翻，又力小翻　鏐命其子傳璙爲全武僕。8583

璙，力小翻，又力弔翻　鎮海、鎮東節度使吳王錢鏐遣其子傳璙、傳瓘討盧佶於溫州。8670

療，力弔翻　自是有疾不療。5323

療，力照翻，治疾也　宗劭等診療之時。8159

繚，讀曰僚　我已別立郡海昏上繚，不受發召。2011

繚，力照翻　乃翦髮一繚而獻之。6898

繚，師古曰：繚，音遼　又封橫海將軍說爲桉道侯，橫海校尉福爲繚嫈侯。678

鐐，力彫翻，又力弔翻　丙子，王仙芝陷汝州，執刺史王鐐。8185

蓼，力竹翻　常有《蓼莪》、《凱風》之哀。1559

蓼，盧鳥翻，或音六，非　于仲文軍至蓼隄，去梁郡七里。5426

蓼，音了。康曰：音六。未知其何據　張敺免，上欲以蓼侯孔臧爲御史大夫。
　　609

蓼，音六　下思《伐木》友生之義，終懷《蓼莪》罔極之哀。2270

料，力條翻，量也，又力弔翻　權料諸小將兵少而用薄者，并合之。2039

料，連條翻，量度也；又力弔翻　因霖雨，完城浚壕，料丁壯，實倉廩。6938

料，師古曰：料，量也，音聊　往者數不料敵。920

料，音聊　復立縣邑，料出兵萬人；拜齊平東校尉。2052

料，音聊，量度也　又科兵子弟十八已下十五以上三千餘人。音註：科，程也，
　　程其長短小大也。或曰：「科」，當作「料」，音聊，量度也。2435

料，音聊，量也，度也　今請先誅左右貪濁者，大赦黨人，料簡刺史、二千石
　　能否，則盜無不平矣。1866

料，音聊，又如字　諸侯之地五倍於秦，料度諸侯之卒十倍於秦。67

埒，力輟翻　太后爲太上君造寺，壯麗埒於永寧。4635

埒，龍輟翻　時營壘未成，但立標埒。2227

埒，龍輟翻，等也　自謂建義之功與裕相埒。3649

埒，龍輒翻，等也　自是南詔工巧埒於蜀中。7868

冽，師古曰，冽冽，風貌也，音列　故虎嘯而風冽。841

茢，音列，又音例　古之諸侯行弔於國，尚先以桃茢祓除不祥。7759

捩，練結翻，拗捩也　爲世充騎所逐，刺槊洞過，知節迴身捩折其槊。5811

鬣，良涉翻，鬚也　使於積尸中求長鬣者，不得。5364

惏，與婪同，盧含翻　魏虜貪惏。5123

漣，力珍翻　左補闕裴潾諫曰。7746

遴，良刃翻　初，侯景將使太常卿南陽劉之遴授臨賀王正德璽綬。5019

璘，離珍翻　永王璘充山南東道、嶺南黔中江南西道節度都使。6983

璘，力珍翻　庚子以永王璘爲山南節度使江陵長史源洧爲之副。6940

臨，哭也，力禁翻　武南鄉號哭歐血，旦夕臨，數月。758

臨，力浸翻　乃與諸將大臨三日。5512

臨，力禁翻　於是漢王爲義帝發喪，袒而大哭，哀臨三日。317

臨，力鴆翻　濟陰王以廢黜，不得上殿親臨梓宮。1635

臨，力鴆翻，哭也　護羌校尉鄧訓卒，吏、民、羌、胡旦夕臨者日數千人。1536

臨，良鴆翻，哭也　其舍人臨者，皆逐遷之。219

臨，臨哭也，力鴆翻　唯得朝晡入臨。1429

臨，如字　堅比斂，三臨哭。3269

臨，師古曰：臨，哭也，力禁翻　且朕既不德，無以佐百姓；今崩，又使重服久臨。508

翽，求仁翻　與右僕射兼西御院使王翽謀出弘度鎮邕州。9236

轔，良刃翻　斬首數百級，虜自相轔藉，死者千餘人。1463

轔，賢曰：轔，轢也，音力刃翻　以轔烏合之眾如摧枯折腐耳。1259

驎，離珍翻　執南陽太守劉驎。1304

驎，力珍翻　刺史蕭寶寅遣兼長史崔伯驎擊之。4616

麟，當作「潾」，音力珍翻　山南節度使王宗威以梁、開、通、渠、麟五州。8941

菻，力錦翻，又力鴆翻　是歲，大食擊波斯、拂菻破之。6339

稟，筆錦翻　威復請以爲衙隊，而稟賜皆仰縣官。9293

稟，筆錦翻，賜穀也，供給也；又力錦翻，廩食也　與袁淑等四家，長給稟祿。4005

稟，筆錦翻，給也　且西域之人，無他求索，其來入者不過稟食而已。1605

稟，必錦翻，受命曰稟　今朝廷隔絕，號令無所稟。4814

稟，讀曰廩　爲作長檻，令所在給其稟食。2176

稟，師古曰：稟，給也，彼音甚翻　流民入關者數十萬人，乃置養贍官稟食之。1232

廩，當作「稟」，筆錦翻，給也　將士人廩米日一合，雜以茶紙樹皮爲食。7027

廩，與凜同。廩廩，危懼之意　可以爲富安天下而直爲此廩廩也。452

廩，力錦翻。毛晃曰：倉有屋曰廩　食不足而財有餘，則弛於積財而務實倉廩。7535

懍，力錦翻　時宿衛兵皆在行營，人心懍懍。9317

懍，力荏翻，又巨禁翻　領軍將軍胡僧祐、太府卿黃羅漢、吏部尚書宗懍。5104

懍，力荏翻，又力禁翻　朱買臣按劍進日：「唯斬宗懍、黃羅漢，可以謝天下。」
　　5119

賃，乃禁翻　店人訴稱高氏強奪民田，於內造店賃之。5526

賃，女禁翻，亦傭也　但往日初至，隨穀庸賃。2667

賃，女禁翻。毛晃日：借也，傚也。市傭，謂市人之受雇者　是其去賃市傭而
　　戰之幾矣。190

藺，離進翻　魏敗趙師於北藺 37

藺，力刃翻　趙王欲勿與，畏秦強；欲與之，恐見欺。以問藺相如。132

藺，良刃翻　詣長史藺仁基請代之行。6381

躪，音藺　秋，關內大雨四十餘日。京師民相驚，言大水至；百姓奔走相蹂躪。
　　960

轥，力刃翻，踐也　但恐革車之所轥轢。4967

轥，良刃翻　為車馬所轥踐。5808

伶，盧經翻　及善日：「擲倒自有伶官。」6370

囹，盧丁翻　夫人幽苦則思，善故智者以囹圄為福堂。4183

囹，盧經翻，獄也　下情不得上通，沈冤困於囹圄。3096

泠，盧經翻，姓也　弘農王遣將泠業將水軍屯平江。8686

泠，師古日：泠，音零　郎中令泠褒。1076

泠，賢日：姓也，周有泠州鳩，音零　殺護羌校尉泠徵。1873

泠，楊正衡日：泠，郎丁翻　陶侃使明威將軍朱伺救之，羍退保泠口。2802

苓，力丁翻　五苓夷強盛，州兵屢敗。2718

玲，盧經翻　又遣其將易揣、張玲帥步騎萬三千以襲瓊。3148

瓴，音鈴　帶河阻山，地勢便利；其以下兵於諸侯，譬猶居高屋之上建瓴水也。
　　365

凌，力證翻，冰也，又閭承翻　勃勃於陽武下峽鑿凌埋車以塞路。3603

凌，力證翻，音陵　秋，七月，乙亥，未央宮凌室災，丙子織室災。416

凌，力證翻，又音陵　春，正月，癸丑，太官凌室火。999

悷，力膺翻　悷，逞之五世孫也。4817

羚，音零　　唯羚羊角能破之。6151

蛉，郎丁翻　　入自蜻蛉川，至於南中。5551

軨，音零　　光遣宗正德至曾孫家尚冠里，洗沐，賜御衣，太僕以軨獵車迎曾孫。
　　792

零，音憐　　先零豪言：「願時度湟水北，逐民所不田處畜牧。」837

零，音隣　　溫又使孤討先零叛羌。1920

零、靈通用　　南至牂柯爲徼，通零關道。591

澪，音零　　江西、湖南餽運者皆泝湘江入澪渠、灕水。8106

僚，音憐　　西奔僚海。3479

醽，孟康曰：醽，音零　　并大進醽酒。3960

櫺，盧經翻　　其門牆階級，窗櫺楣柱，柳桼枡栱。6358

領，古領嶺字通　　則葱領可通。1487

領，古嶺字，通　　自率諸將自江南緣山截領。2200

領，與嶺同　　是時，漢兵遂出，未陥領。574

令，讀如軍令之令　　齊主既出，臨眾，將令之，不復記所受言，遂大笑。5366

令，法令，力政翻；令誦，力呈翻　　他日，問中山王：「獨從傅在何法令？」不
　　能對；令誦《尚書》，又廢。1039

令，郎定翻　　乃至郡縣小吏亦不得公選，牧、守、令、長率皆貪污之人。4674

令，力成翻　　後宮女史、使令有直意者。963

令，力呈翻　　兗州刺史令狐愚。2384

令，力丁翻　　公叔曰：「君即不聽用鞅，必殺之，無令出境。」45

令，奏令，力丁翻　　奏令宿衛既離營。7269

令，力丁翻，使也　　多與之重器而不及今令有功於國。164

令，力丁翻，使也。又力正翻，命令也　　令國人謂己曰君。76

令，力丁翻，使也　　濠、壽、舒、廬，已令弛備，韜戈卷甲，伏俟指麾。7388

令，力定翻　　公子行，侯生曰：「將在外君令有所不受」。181

令，力定翻，美也　　昔在江南，久承令問。5520

令，力經翻　　願陛下募敢死之士，日令挑戰以綴之。8887

令，力正翻　　或以號令，夏禹合諸侯，大計東冶之山會計，因名會稽是也。102

令，力正翻，號令也，命令也。令者，出於上而行於下者也　孝公下令國中曰。
　　44

令，力正翻，令，命也，告也，律也，法也，長也　并諸小鄉，聚集爲一縣，
　　縣置令、丞。57

令，力政翻　王速出令，反其旄倪。89

令，力政翻，命令也，號令也　寡人之國唯太子所以令之。88

令，令下之令，力丁翻，使也　臣善其令，請得使之令下足下。288

令，盧經翻　齊王令人謂太子曰。88

令，盧經翻，使也　令天下之將相會於洹水之上。67

令，魯定翻　晏球集諸將校令之曰。9019

令，孟康音連，師古音零　麻奴等又敗武威、張掖郡兵於令居。1616

令，使也，力丁翻　對曰：「然幾能令臧（筆者按：臧獲之臧，臧獲，奴婢也）
　　三耳矣……」115

令，使也，音零　昔先零作寇，趙充國徙令居內。1807

令，遺令，力定翻　鴻漸病甚，令僧削髮，遺令爲塔以葬。7209

令，音鈴　往三十餘歲西羌反時，亦先解仇合約攻令居，與漢相距，五六年乃
　　定。837

令，音鈴，師古郎定翻　燕王噲引兵攻掠令支以北諸城。3015

令，音鈴，又郎定翻　撫軍將軍李農爲使持節、監遼西北平諸軍事、征東將軍、
　　營州牧，鎮令支。3035

令，音鈴。師古曰郎定翻　即去令支，國人不樂。2939

令，音零　漢渡河，自朔方以西至令居。645

令，應劭曰：令，音鈴。……師古曰：令，又音郎定翻　王浚從事中郎陽裕，
　　軌之兄子也，逃奔令支。2814

令，應劭曰：令，音鈴。師古音郎定翻　慕容廆遣其世子皝襲段末杯，入令支。
　　2910

令，應劭曰：令，音鈴；師古曰：音郎定翻　留其子養守令支。3496

令狐之令，力丁翻　護軍令狐盛數以爲言。2783

留，力救翻　然後入宮，其宿留告曉人，具備深切。993

留，力就翻　及羣臣又言老父，則大以爲仙人也，宿留海上。678

留，宿留，賢曰：宿留，猶停留也，音秀溜。　廢置事重，此誠聖恩所宜宿留。
　　1632

留，音溜　選懦之恩，知非國典，且復宿留。1559

遛，音留　故逗遛漕運，不時進發。5672

瘤，音留，胅也，肉起疾腫曰瘤　時師新割目瘤，創甚。2420

瞜，力留翻　辛未，東路軍破賊將孫馬騎於上瞜村。8087

瀏，力求翻，又音柳　自瀏陽趣潭州。8845

瀏，力周翻　水軍副指揮使黃璠帥戰艦三百屯瀏陽口。8682

瀏，音留　甲辰，希崇等從鎬入城，鎬舍於瀏陽門樓。9466

瀏，音留，又音柳　唯臨湘、湘陰、瀏陽、羅四縣尚全。4511

瀏，音劉　彭師暠葬之於瀏陽門外。9446

鏐，力求翻　子襄城王塲有勇力，好兵，有薛鏐等爲之謀主。7007

驑，力求翻　乘契丹所贈黃驑，帥百餘騎由雕窠嶺遁歸。9507

罜，力救翻　又以說符侯崔發等爲中城、四關將軍，主十二城門及繞罜、羊頭、
　　肴㠜、汧隴之固。1177

罜，力又翻　明堂祭門、戶、井、竈、中罜。4313

癃，良中翻，疲病也　後數日，周兵至，城中餘癃病十餘人而已。9575

癃，音隆　臣聞山東吏布詔令，民雖老羸癃疾，扶杖而往聽之。450

瀧，閭江翻　藏用流瀧州。6685

瀧，呂江翻　辛亥瀧州、扶州獠作亂。5984

瀧，所江翻　六月，戊寅，貶暉崖州司馬彥範瀧州司馬。6603

礱，力公翻　而桂陽太守文礱。1653

礱，盧紅翻　竇憲遣副校尉閻礱將二千餘騎掩擊北匈奴之守伊吾者，復取其
　　地。1525

籠，力董翻　吾藥籠中物，何可一日無也。6532

籠，盧東翻　臨淄市掾田單在安平，使其宗人皆以鐵籠傅車轊。137

籠，師古曰：籠，所以盛土也，音盧紅翻。陸德明：音，力董翻　恭身自率士
　　輓籠。1467

龒，力鍾翻，又盧紅翻；《歐史》作「龓」，亦音龍　帝遣內養龒脫鎧郭威，威
　　獲之。9434

婁，師古曰：婁，力于翻　遣子右賢王銖婁渠堂入侍。882

僂，力主翻　鉉朝見，常鞠躬俯僂。4407

僂，力主翻，俯也　行則僂身自卑。1556

僂，力主翻，姓，他口翻　時爲道成軍副。音註：翟僂新居于新里，既戰，說
　　甲于公而歸。4179

僂，隴主翻　黙爲始安公，僂爲南康公。3140

嘍，力侯翻　嘍嘍赤心，志在滅卓。1919

嘍，盧侯翻　今者恪等嘍嘍。音註：嘍嘍，恭敬貌。2397

嘍，洛侯翻　雖叔世所行，事可承踵，是以臣等嘍嘍干請。4299

蔞，賢曰：蔞，音力于翻　成丹、王常、張卬等收散卒入蔞谿，晷鍾、龍間。
　　1236

蔞，音力于翻　不敢入城邑，舍食道傍，至蕪蔞亭。1260

樓，與蔞同　魏主又遣并州刺史伊樓拔助奚斤攻虎牢。3756

髏，郎侯翻　得髑髏三萬餘枚。3575

髏，洛侯翻　勃勃積人頭爲京觀號曰髑髏臺。3721

髏，音蔞　勃勃積尸而封之，號曰髑髏臺。3603

漊，郎侯翻　武陵漊中蠻反。1484

鏤，卽（郎）豆翻　熟錦袴，金銀鏤帶。3008

鏤，郎豆翻　又善雕鏤玩好之物。1788

鏤，力豆翻　夏四月詔曰：「雕文刻鏤，傷農事者也。」544

鏤，力俱翻，又力侯翻　闔閭卒，夫差立，子胥屢諫不聽，賜之屬鏤以死。141

鏤，盧侯翻　金銀雕鏤雜物。4507

旅，與盧同，黑色也　彤弓一，彤矢百，旅弓十，旅矢千。2120

盧，昌侯「盧卿」，《功臣表》作「旅卿」，古字借用也　而拜昌侯盧卿爲上郡將
　　軍。497

瀘，龍都翻　邛、簡、嘉、眉、瀘、戎等州蠻反。7088

瀘，魯都翻　故五月渡瀘深入不毛。2247

瀘，音盧　瀘南諸鎮亦皆廢省，於瀘北置關。6538

櫨，音盧　用牛百頭，鹿櫨引之，乃出。3008

櫨，音盧，柱上枅　中有巨木十圍，上下通貫，栭櫨樗櫨藉以爲本。6454

臚，凌如翻　帝覽之不悅，謂鴻臚卿曰。5637

臚，陵奴翻　回紇使者擅出鴻臚寺。7218

臚，陵如翻　立拜千秋爲大鴻臚。737

臚，音閭　又發楫棹士以予大鴻臚商丘成。731

艫，音盧　舳艫千里，薄樅陽而出。692

鑪，音爐，冶也　秦王世民、齊王元吉賜三鑪，裴寂賜一鑪，聽鑄錢。5925

顱，龍都翻，首骨也　賊執元衡馬行十餘步而殺之，取其顱骨而去。7713

顱，音盧　趙廉頗軍於長平。音註：杜佑曰：白起阬趙卒於長平，有頭顱山，築臺於壘中因山爲臺。167

樐，與櫓同　諸將爭樐，呂僧珍出先所具者，每船付二張。4474

鹵，郎古翻　水皆鹹鹵，不甚宜人。5457

鹵，亦作滷，音郎古翻，鹹滷　注塡閼之水漑舄鹵之地四萬餘頃，收皆畝一鍾。204

鹵，與虜同　所過亡得鹵掠。290

滷，龍五翻　魏主如翳犢山，遂至馮滷池。3736

淥，音綠　陸納襲擊衡州刺史丁道貴於淥口，破之。5094

硉，郎兀翻　吐蕃遣其相論尚他硉入見，請於赤嶺爲互市，許之。6796

逯，盧谷翻　以趙郡張賓爲謀主，刁膺爲股肱，夔安、孔萇、支雄、桃豹、逯明爲爪牙。2743

逯，師古曰：逯，姓也，並，名也。逯，音錄，又音鹿。今東郡有逯姓，二音並得書　將作大匠蒙鄉侯逯並爲橫壄將軍，屯武關。1162

逯，音錄　卑爰寔恐，遣子趨逯爲質匈奴。1089

勠，力竹翻，古戮字。《說文》：并力也。《字林》音遼　勠力本業，耕織致粟帛多者，復其身。47

勠，與戮同　名勠辱而身全者，下也。187

輅，蘇林曰：輅，音凍洛之洛。一木橫遮車前，一人輓之，三人推之。師古曰：輓，音晚。輅，胡格翻，洛音同　過洛陽，脫輓輅。361

漉，音鹿　謹烽火，多間諜。音註：索隱曰：《字林》：簏，漉米藪也。206
戮，音留，又音六，並力也　今侯景初平，宜同心戮力。5100
潞，魯故翻　《史記正義》曰：閼與在潞州銅鞮縣西北二十里。155
錄，今云慮囚，本「錄」聲之去者耳，音力具翻　每行縣、錄囚徒還。751
錄，今之慮囚，本「錄」聲之去者耳，音力具翻，而近俗不曉其意訛其文，遂爲思慮之慮，失其源矣　後二日，車駕自幸洛陽獄錄囚徒。1456
錄，音祿。索隱曰：音六。王劭曰：錄，借字耳　毛遂左手持盤血而右手招十九人曰：「公等相與歃此血於堂下。公等錄錄，所謂『因人成事者』也。」178
璐，音路　庚午，賊攻陷之，璐走免。8125
簏，盧谷翻　又以簏箱載道上年少入宮。2628
艫，盧谷翻　呂蒙至尋陽，盡伏其精兵𦪇艫中。2168
籙，龍玉翻　魏主備法駕，詣道壇，受符籙，旗幟盡青。3895
觻，音祿　漢武帝開置張掖郡及觻得縣。6633
膢，音婁　欲以立秋日貙膢時共劫更始。1280
旅，與膂同，脊骨也　東魏靜帝，美容儀，旅力過人。4958
稆，賢曰：稆，音呂。《埤蒼》曰穭，自生也。稆，與穭同。　羣僚飢乏，尚書郎以下自出採稆。1981
稆，音呂　百官飢乏，採稆以自存。2826
屢，力句翻，又音如字　八月壬戌詔以薛延陀新降，土功屢興。6248
屢，力主翻　景達屢訶責之。9337
屢，力住翻　在位年穀屢豐。9095
屢，力住翻，又如字　請死於此，恥復屢遷。3963
屢，力注翻　近歲關輔屢豐，公儲委積。7535
屢，良遇翻，又如字　增懇田數十萬畝屬歲屢稔。7684
屢，龍遇翻　九月，上與馮道從容語及年穀屢登。9032
膂，力舉翻　委以心膂。5427
褸，力主翻　每出，襤褸盈路。8206
縷，龍主翻　以試人，血濡縷，人無不立死者。226

率，讀如字　東宮置三師、三少、詹事及兩坊、三寺、十率府。5978

率，列恤翻，約數也　且關中之人百餘萬口，率其少多。2626

率，如字　步樂召見，道陵將率得士死力。714

率，讀與帥同，所類翻　將率既至。1183

率，讀曰帥　謁者僕射一人為謁者臺率，其下有給事謁者，有灌謁者。158

率，讀曰帥，所類翻　惟取其造謀魁率治之。2144

率，所類翻　膠西王、膠東王為渠率。520

率，所律翻　左衛率東平劉卞，以賈后之謀問張華。2634

率，音律　有軍功者，各以率受上爵。47

率，與帥同，所類翻　益州、永昌、牂柯、越嶲四郡皆平，亮即其渠率而用之。2225

慮，《漢書》音盧　席毗羅眾號八萬，軍於蕃城，攻陷昌慮、下邑。5417

慮，讀如閭　有林慮令潘子密，曉占候。5216

慮，師古音盧　操乃分琅邪、東海為城陽、利城、昌慮郡。2007

慮，師古曰：慮，音盧　使躬邀擊尤來於隆慮山。1270

慮，音盧　徐廣曰：洹水出汲郡林慮縣。67

慮，音閭　遣隆慮侯周竈將兵擊南越。429

鑢，良倨翻，錯也　官錢每出，民間即模效之，而更薄小，無輪郭，不磨鑢，謂之耒子。4073

攣，閭緣翻　繕牆正瓦，不必拘攣小忌。2633

攣，閭緣翻　晚年病風，一手攣縮。6833

攣，閭緣翻，牽縮也　彪見漢室衰微，政在曹氏，遂稱腳攣。2001

攣，呂員翻　帝知諸儒拘攣。1508

攣，呂緣翻　長社城中無鹽，人病攣腫。5019

臠，力兗翻　霸先命炊米煮鴨，人人以荷葉裹飯，媕以鴨肉數臠。5145

臠，力兗翻，割切其肉也　入討羣賊，斬而臠之。5026

臠，力兗翻，肉作片也　掃馬糞，得臠炙，感恩無窮。9046

灤，落官翻　行至灤水山峽中。6702

鸞，賢曰，鸞，音藋，沽丸翻　賢追到鸞鳥。1617

鸞，音雚　段熲擊之於鸞鳥。1797

綟，力全翻　秀逆戰於南綟，不利。1266

綟，孟康曰：綟，力全翻　癸卯，封蕭何六世孫南綟長喜爲酇侯。1006

霛，讀如彎　吳主寢疾，口不能言，乃手書呼丞相濮陽興入，令子霛出拜之。
　　2487

霛，烏關翻。據《吳志》，吳主休爲四子作名字，音湖水灣澳之灣　戊子，立子
　　霛爲太子。2461

掠，音亮　又令郡國歲上繫囚以掠笞若瘐死者。821

掠，陸德明《經典釋文》：音亮　不承則已死於拷掠矣。6480

掠，音亮，笞也　除前世訊囚酷法，考掠不得過二百。5445

掠，音亮，考箠也　趙高治斯，榜掠千餘。278

攊，歷各翻　攊然扶持心國，且若是其固也。127

侖，盧昆翻　騎都尉劉張出敦煌昆侖塞，擊西域。1465

崙，盧昆翻　有李陵容者，在織坊中，黑而長，宮人謂之「崑崙」。3257

崙，盧崐翻　使其妻兄唐崑崙於外扇誘山民。4768

惀，力迍翻，又力尹翻　乙亥，以其子大理司直惀爲恭陵令。6697

論，盧昆翻　世民朝謁公事之暇，輒至館中，引諸學士討論文籍。5932

論，盧昆翻，說也，辯也　重榮上章論訴不已。8322

論，盧困翻，決罪曰論　初，商君相秦，用法嚴酷，嘗臨渭論囚，渭水盡赤。
　　62

論，盧困翻，康盧昆切　宗室非有軍功論。47

論，魯昆翻　天下用兵，諸將競論功賞，故官爵不能無濫。7258

捋，郎括翻　後軌因內宴上壽，捋帝鬚。5351

捋，盧括翻　上捋其鬚。4597

囉，魯何翻　丙戌，冊回鶻嗣君爲登囉羽錄沒密施句主毗伽崇德可汗。7791

螺，盧戈翻　令饑者盡得魚菜螺蜯之饒。2550

騾，來戈翻　單于遂乘六騾，壯騎可數百，直冒漢圍，西北馳去。642

騾，雷戈翻　左右勸向靈州依曹泥，悅從之，自乘騾。4842

騾，力戈翻　淮西少馬，精兵皆乘騾，謂之騾軍。7478

騾，盧戈翻　牛馬騾驢多死。2359

騾，落戈翻　遣別將李克誠將騾軍三千人。7343

邏，郎左翻　會有司奏寂之擅殺邏尉，徙越州。4160

邏，郎佐翻　劉備在樊口，日遣邏吏於水次候望權軍。2092

邏，郎佐翻，巡也　時內外疑阻，津邏嚴急。3474

邏，力佐翻　且姑臧去敦煌千有餘里，防邏甚難。4184

邏，魯可翻，又魯佐翻　於是緣江戍邏，望風請服，景拓邏至於隱磯。5065

邏，賢曰：音力賀翻　皆領部眾，為郡縣偵邏耳目。1416

襹，力賀翻　故召卿，欲使著黃襹耳。4160

倮，郎果翻　胤長史張滿等素輕黙，或倮露見之。2972

倮，魯果翻　但兜鍪刀楯，倮身緣堨。2399

裸，郎果翻　道遇更始親屬，皆裸跣飢困。1288

裸，魯果翻　裸剝士女。2951

躶，郎果翻　慎矜退朝，輒躶貫桎梏坐其中。6880

躶，郎果翻，赤身也　聞漢王能用人，故歸大王。臣躶身來。322

蠃，蚌屬，盧戈翻　袁術在江淮，取給蒲蠃。1990

蠃，力果翻　古者有發，則命大司徒教士以車甲，蠃股肱，決射御。6795

洛，音樂　魏以涼州刺史李叔仁為司徒，万俟洛為太宰。4872

落，當作「格」，音閣，留止不下曰格　生飲酒無晝夜，或連月不出，奏事不省，往往寢落，或醉中決事。3163

落，與絡同，聯絡也　今邊壤之守，與賊相遠，賊設羅落，又特重密。2398

漯，師古曰：音他答翻　譚將劉詢起兵漯陰以叛譚。2049

漯，他合翻　封渾邪王萬戶為漯陰侯。633

漯，吐合翻　其一則漯川也，河自王莽時遂空，惟用漯耳。683

漯，託合翻　渡清河，指博關。音註：趙兵從貝州度清河指博關，則漯河以南臨菑、即墨危矣。96

搉，呂角翻　則權不在臣下，然後能滅仁義之塗，絕諫說之辯，搉然行恣睢之心。267

駱，音洛　國於海上者，漢之甌越、閩越、駱越其後也。66

濼，郎狄翻　又嘗用皁莢，以餘濼授左右曰：「此可更用。」4397

濼，匹各翻　大度設懼，將其眾自赤柯濼北走。6172

碧，離灼翻　尚書褚碧、郭奕皆表駿小器，不可任社稷之重。2545

碧，力灼翻　主簿陳廞、褚碧。2456

M

蟆，謨加翻　嘗在華林園聞蝦蟆。2629

蟇，謨加翻　辛未，矯詔貶昭圖嘉州司戶，遣人沈於蟇頤津。8256

傌，音罵，毛晃曰：戮辱也　而令與眾庶同黥、劓、髡、刖、笞、傌、棄市之
　　灋。477

禡，馬嫁翻　禡祭黃帝。5690

霾，謨皆翻　甲辰，風霾，晝晦。3437

霾，亡皆翻，雨土也　是日風霾晝昏。5778

脈，莫獲翻　八月，王與孟說舉鼎，絕脈而薨。103

勱，莫敗翻　郭舒奉弘子璠以討勱，斬之。2722

勱，音邁　鴻為楚王，勱為齊王。2778

姏，姑三翻，老女稱　又崇尚浮屠，窮奢極費，所親暱者皆姏姆、僧尼。3390

樠，謨干翻　甲子，南譙太守徐樠克石樑城。5320

曼，陸德明曰：曼，音萬　申無宇曰：鄭京、櫟實殺曼伯 161

曼，韋昭曰：曼，音瞞；師古曰：莫安翻。《索隱》曰：冒，音墨，又莫報翻。
　　單于頭曼有太子曰冒頓。371

曼，音萬　乙酉，罷魚龍曼延戲。1567

曼，音萬。師古曰：曼丘、毌丘，本一姓也，語有緩急耳。曼，音萬　白土人
　　曼丘臣、王黃等立趙苗裔趙利為王。377

墁，謨官翻　中堂既成，召工坊墁，約錢二百萬，復求賞技。6892

幔，莫半翻　車乘帳幔，精光耀日。2111

幔，莫半翻，幕也　董承懼射之，以被為幔。1969

漫，謨官翻　上谷賊帥王須拔自稱漫天王。5695

漫，謨官翻，塗也　豈可復以己之腥臊污漫賢者乎。7411

漫，莫干翻　師古曰：引虞書堯典之辭也。靖，治也。庸，用也。違，僻也。滔，漫也。972

漫，音萬，又莫官翻　馬牛雜畜，長數百里，彌漫在野。7181

蔓，謨官翻　《詩》曰：「采葑采菲，無以下體。」音註：鄭氏《箋》曰：此二菜蔓菁與葍之類也。79

蔓，音萬　角詆燿百姓，遭赦不悔，稍益滋蔓。1864

縵，莫半翻　唯留老醜者，衣以縵綵。5574

縵，音漫　非鄭、衛之樂者，別屬他官。音註：東海鼓、長樂鼓、縵樂鼓，凡鼓八，員百二十八人。1058

謾，莫連翻，又莫官切，又音慢，欺誑也　妄言以十萬眾橫行，是面謾也。413

謾，師古曰：謾，誑也，音慢，又莫連翻　越以兵擊千秋等，遂滅之；使人函封漢使者節置塞上，好為謾辭謝罪。667

謾，音慢，又莫連翻　然文吏習為欺謾，而廉吏清在一己。1446

邙，謨郎翻　魏主曰：「代人遷洛者，宜悉葬邙山」。4387

邙，莫郎翻　引兵憩於北邙茂林之下。8975

邙，音亡　涇州總管王雄軍於邙山。5246

芒，謨郎翻，姓也　魏芒卯始以詐見重。121

芒，莫郎翻　穰侯復伐魏，走芒卯，入北宅。147

芒，音忙　劉季亡匿於芒、碭山澤之間。261

尨，莫江翻　潁陰令渤海苑康以為昔高陽氏才子有八人。音註：《左傳》曰：昔高陽氏有才子八人，蒼舒、隤敳、檮戭、大臨、尨降、庭堅、仲容、叔達。1715

駹，莫江翻　冉駹為汶山郡。672

駹，音尨　相如曰：「邛、筰冉駹者近蜀，道亦易通。」590

莽，莫補翻　德宗之末，叔文之黨多為御史，元衡薄其為人，待之莽鹵。7612

莽，莫補翻，又母黨翻　皆仗兵野逸，白首於林莽。2301

莽，莫朗翻　今山東連兵，暴骨如莽。7346

蟒，音如草莽之莽　吳主封太子霆及其三弟皆為王。音註：霆弟名奠。次名蟒。次名寇。2489

蟒，莫朗翻　尋又改王氏姓爲蟒氏，蕭氏爲梟氏。6294

旄，讀曰髦　王速出令，反其旄倪。89

蛃，音矛　故揚子論之，以要離爲蛛蛃之靡，聶政爲壯士之靡。232

蟊，莫侯翻　山崩川涸不足懼，蟊賊傷稼不足懼。9078

茆，賢曰：茆，莫老翻　更始遣丞相松與赤眉戰於茆鄉。1275

冒，密北翻　右軍將軍趙王倫執兵柄，性貪冒。2638

冒，莫北翻　冒白刃，北首爭死敵。716

冒，莫北翻，又如字　凌冒雨雪，不避阬穽。4456

冒，莫克翻　單于遂乘六騾，壯騎可數百，直冒漢圍，西北馳去。642

冒，如字，本冒頓單于依阻其中，治作弓矢，來出爲寇，是其苑囿也。942

冒，如字，又莫克翻　其遺毒餘烈使習俗薄惡，人民囂頑，抵冒殊扞。551

冒，師古曰：冒，莫北翻，犯也　朝則冒霧露。776

冒，茵莫北翻　是後羌人旁緣前言，抵冒渡湟水。837

冒，索隱曰：音墨，又莫報翻　單于頭曼有太子曰冒頓。371

眊，莫報翻　前後相乘，慣眊不澤。1207

眊，莫報翻，不明也　先王之道，必有偏而不起之處，故政有眊而不行。553

眊，莫報翻，目昏也　至於師傅之官，非眊聵廢疾不任事者。7632

眊，師古曰：眊，與耄同。鄭玄曰：眊，惽忘也。　臣資性淺薄年齒老眊。1128

眊，與耄同　寶對曰：「年七十，詩眊，恩衰共養，營妻子，如章」。1134

耄，莫報翻　迥末年衰耄。5425

耄，莫到翻　今尉遲迥雖曰舊將，昏耄已甚。5424

袤，莫候翻　師問計於光祿勳鄭袤。2420

袤，師古曰：袤，長也，音茂　延袤萬里。1192

袤，音茂　子何不受地，從某至某廣袤六里。91

袤，音茂，長也　注渭中，袤二百里。722

媢，莫報翻　成結寵妾妒媢之誅。1075

媢，音冒　媢嫉以毀其功，愎戾以竊其名。6709

貿，音茂　是以廉恥貿亂，賢不肖渾殽，未得其眞。553

貿，音茂，易也　雖朝代遷貿，人無間言。9511

貿，音茂，易也，市賣也　陛下奈何乃以臣等貿馬三千匹、羊三萬口。3590

鄚，音莫　領衛、相、洺、貝、冀、魏、深、趙、恆、定、邢、德、博、棣、
　　營、鄚十六州。6799

楙，音茂　初，征西將軍夏侯淵之子楙尚太祖女清河公主。2239

瑁，莫報翻　東郡太守橋瑁。1907

瑁，蒲佩翻　帝使人以馬易珠璣、翡翠、玳瑁於吳。2314

瑁，音冒　并召東郡太守橋瑁屯成皋。1898

瑁，音妹　又非獨珠匳有珠、犀、瑇瑁也。905

瞀，莫候翻　得疾昏瞀。8825

瞀，師古曰：瞀，莫構翻　屠耆單于還，以其長子都塗吾西爲左谷蠡王，少子
　　姑瞀樓頭爲右谷蠡王，留居單于庭。867

沒、慕，沒利延，即慕利延，沒、慕聲相近也　吐谷渾王慕璝遣其弟沒利延將
　　騎五千會蒙遜伐秦。3811

玫，謨杯翻　與其妹夫御史中丞諸葛玫。2724

玫，莫杯翻　驃騎從事琅邪諸葛玫　2683

玫，莫回翻　請除權知京兆尹盧士玫爲觀察使。7792

玫，莫杯翻　裨將朱玫舉城降於曹翔。8146

郿，音眉，又音媚　恢不從南攻郿城。3698

郿，音媚　董卓自爲太尉，領前將軍事，加節傳、斧鉞、虎賁，更封郿侯。1905

郿，音媚，今音眉　登退屯於郿。3399

郿，音媚，又音眉　張合欲分兵駐雍、郿。2267

媒，服虔曰：媒，音欺，謂詆欺也。孟康曰媒，酒教；糱，麴也；謂釀成其罪
　　也。師古曰孟說是也。齊人名麴餅曰媒。賈公彥曰：齊人名麴餅曰媒者，
　　麴麩和合得成酒醴，名之爲媒。　今舉事一不幸，全軀保妻子之臣隨而媒
　　糱其短。716

湄，旻悲翻　誨整衆鳴鼓，止於江湄。9420

渼，音美　辛酉，立皇子溫爲鄆王，渼爲雍王。8025

沫，音妹　除邊關，關益斥，西至沫、若水。590

昧，莫佩翻　最少，不肖，而臣憐愛之，願得補黑衣之缺以衛王宮，昧死以聞。

164

昧，荀子作薎，楊倞注曰：與昧同，語音相近，當音末。《索隱》音莫葛翻　敗
　　其師於重邱，殺其將唐昧。110

媚，音魅　夏，四月，辛亥，詔：畜貓鬼、蠱毒、厭媚野道之家。5561

魅，明祕翻　死老魅！復能損我曹員、數奪我曹稟假不。1811

魅，音媚　敢有非井田聖制無法惑眾者，投諸四裔以禦魑魅。1176

捫，音門，摸也。　漢王傷胸，乃捫足曰：「虜中吾指。」343

懣，莫困翻，心煩也　龐勛憂懣不知所爲，但禱神飯僧而已。8147

懣，莫困翻，又莫旱翻　其先至者，各已發憤吐懣。1486

懣，莫困翻，又莫緩翻，中煩也　林甫時已有疾，憂懣不知所爲。6914

懣，母本翻，又音滿，又音悶　大將軍光憂懣。782

懣，母本翻，又莫困翻　及聞河北軍敗，憂懣不知所爲。2659

懣，師古曰：懣，音滿，又音悶　遂加煩懣，崩。799

懣，師古曰：懣，音悶　及其黨牢梁、陳順皆免官，顯與妻子徙歸故郡，憂懣
　　不食，道死。954

懣，師古曰：音滿，又音悶，煩也　平曰：「左將軍已死，百姓皆知之，不可發
　　也！」王憂懣。765

懣，音滿，又莫困翻　自近世大臣能若丹者少發憤懣奏封事。1078

懣，音悶　言可采取者，秩以升斗之祿，賜以一束之帛，若此，則天下之士發
　　憤懣。1020

懣，音悶，又音滿　莽憂懣不能食。1246

甿，謨耕翻　迭行小惠，競誘姦甿。7558

萌，謨耕翻　《華陽國志》曰：昔蜀王封其弟於漢中，號曰苴侯，因命其巴曰
　　葭萌。84

萌，師古曰：萌，音氓　璋還成都備北到葭萌。2112

萌，與氓同　百姓深懲王聖傾覆之禍，民萌之命危於累卵。1664

萌，與氓同，謂邊民也。　以遏邊萌之禍。1106

夢，陸德明曰：壽夢，莫公翻。餘祭，側介翻。餘眛，音末　音註：吳王壽夢
　　有子四人。3

夢，如字，又莫公翻　雲夢之竹，天下之勁也。14

盟，讀曰孟　行至盟津。3107

甍，謨耕翻　至於度地居民，則清濁連甍，何其略也。4350

蛑，音盲　宋義曰：「不然。夫搏牛之蛑，不可以破蟣蝨。」283

濛，莫紅翻　導辟太原王濛爲掾。3001

朦，謨蓬翻　少府劉朦妾孕臨月。4085

艨，莫公翻　又有平乘、青龍、艨艟、艪艐、八櫂、艇舸等數千艘。5621

艋，莫梗翻　文育乘單舴艋與戰。5144

艋，莫幸翻　乘舴艋沿流赴建康。4295

艋，音猛　琳乘舴艋冒陳走。5195

蠓，莫孔翻　臣視北軍猶蟻蠓耳。9436

宷，與彌同　及諸小國驪潛、大益、車師、扜宷、蘇䪨之屬。696

彌、靡，音有輕重耳，蓋本一也　天子報曰：「從其國俗，欲與烏孫共滅胡。」
　　岑娶遂妻公主。昆莫死，岑娶代立，爲昆彌。696

麋，《說文》曰：麋，糜也，取麋爛之義，音忙皮翻。幾，居依翻，又渠希翻，
　　近也　生民之類麋滅幾盡。6

麋，忙皮翻，粥也　時天下荒饉，百姓餓死，帝聞之曰：「何不食肉麋。」2629

麋，忙皮翻，繫也　父子且不相保，況烏合之眾乎！思綰、景崇但分兵麋之，
　　不足慮也。9398

麋，靡爲翻　若加麋繫，則自郢公以下莫不驚疑。5421

麇，武悲翻　若使澤中之麇蒙虎之皮，人之攻之也必萬倍矣。134

麇，音眉　隃麇相曹鳳上言。音註：隃麇，侯國。1552

禰，乃禮翻　前與白衣禰衡跌蕩放言。2081

禰，乃禮翻，姓也　平原禰衡，少有才辯，而尚氣剛傲。1993

禰，奴禮翻　都邑之士則知尊禰矣。6820

靡，讀曰糜，散也　生之者甚少而靡之者甚多。451

靡，美爲翻　男子疾耕，不足於糧餉，女子紡績，不足於帷幕，百姓靡敝。600

靡，母被翻　衛有胥靡亡之魏。75

靡，師古曰：靡，散也，音糜　靡敝中國。599

靡，師古曰：靡，散也，音糜。　捐五萬之師，靡億萬之費，經四年之勞，而
　　僅獲駿馬三十匹。948

靡，師古曰：靡，音武皮翻　靡敝天下。1010

靡，溫公《揚子註》音如字；康美爲切，謂縻爛也。余謂康音義俱非　故揚子論之，以要離爲蛛蝥之靡，聶政爲壯士之靡。232

靡，武彼翻；師古曰：言與仇人俱斃。康曰：武皮切，碎也　白公爲亂，非欲取國代主，發忿快志，剡手以衝仇人之匈，固爲俱靡而已。481

靡，音糜　爲酒醪以靡穀者多。503

黂，莫兮翻，康綿披切　黂袞而帠，投之無戾，帠而黂袞，投之無郵。174

芈，眉婢翻　同父弟曰華陽君芈戎。108

芈，亡氏翻　昭襄王母芈八子。104

弭，眉比翻　李泌欲弭德宗之欲而豐其私財。7510

弭，緜婢翻　若非積取三吳人情，何以得弭伏如此。4163

眯，莫禮翻　有舉人沈全交續之曰：「翲心存撫使，眯目聖神皇。」6478

眯，毋禮翻，一作「寐」，《說文》曰：「寐而眯。」　常恐眯夢漏泄以益，臣讀預罪。2278

瀰，莫比翻　景素乃與錄事參軍陳郡殷瀰……謀爲自全之計。4189

瀰，音彌　決河水，瀰浸數里，以限晉兵。8824

孊，晉灼曰：孊，音靡　許后姊孊爲龍雒思侯夫人。1045

汨，越筆翻　冊回鶻葛薩特勒爲愛登里囉汨沒密於合毗伽昭禮可汗。7843

宓，莫必翻，通作密　廣漢處士秦宓。2189

宓，音密，又音伏　侍御史劍南留後李宓。6926

泌，兵媚翻　楊行密以舒州團練使泌陽劉存代爲招討使。8636

泌，薄必翻　及李泌赴陝。7462

泌，薄必翻，又兵媚翻　南康侍讀濟陽江泌哭子琳。4420

泌，毗必翻　李泌曰：「建寧誠元帥才。」6995

泌，毗必翻，又兵媚翻　先是，琳使侍中袁泌。5195

泌，毘必翻　上曰北軍泌之故吏也。7215

泌，史炤曰：兵媚翻　代宗之世，泌居蓬萊書院。7441

冪，莫狄翻　諒選精銳數百騎戴冪。5608

免，音問　宗室屬未盡而以罪絕者復其屬。音註：謂祖免以上親以罪絕屬。1131

沔，迷兗翻　安南將軍、監沔北諸軍事孟觀，以爲紫宮帝座無他變。2657

沔，迷遠翻　自淮、汝至於江、沔，咸被其患。3981

沔，彌兗翻　又遣陸遜、諸葛瑾將萬餘人入江夏、沔口，向襄陽。2293

沔，與湎同　與從官、官奴夜飲，湛沔於酒。786

俛，美辨翻，俯也　上俛首久之，既而流涕泫然。7927

俛，師古曰：俛，亦俯字。予謂：俛，音免，亦通　故以大爲小，以強爲弱，在俛仰之間耳。487

俛，音免　休則俛仰屈伸以利形。776

俛，音免，俯首也　於是信孰視之，俛出袴下，蒲伏。310

眄，彌見翻　凡爲上所眄遇者，莫不入子鸞之府。4058

眄，眠見翻　陛下指麾則中原清晏，顧眄則四夷讋服，威望大矣。6207

眄，眠見翻，目偏合而斜視也　劭愈怒，因眄淑曰：「事當克不？」3989

眄，眠見翻，目斜視也　伯超揮刀眄確。5005

眄，莫甸翻　每瞻視眄睞，光采溢目，照映左右。5478

眄，莫甸翻，斜視　冬，十月，壬戌，帝至東都，顧眄街衢。5699

娩，師古曰：娩，音晚，又音免　是歲，以匈奴降者介和王成娩爲開陵侯。718

娩，音晚，又音免　是時漢恐車師遮馬通軍，遣開陵侯成娩將樓蘭、尉犁、危須等六國兵。735

挽，與免同，又音晚　會榮請入朝，欲視皇后挽乳。4779

勔，彌兗翻　推前太子舍人蕭勔爲刺史。5036

恓，彌兗翻　孫恓曰：孔姓，殷湯之後，本自帝嚳元妃簡狄，吞乙卵生契，賜姓子氏。114

湎，彌兗翻　遊宴沈湎，或旬日不出。5393

湎，面善翻　紹鼎沈湎無度。8064

緬，彌兗翻　以會稽太守安陸侯緬爲雍州刺史。4293

麪，眠見翻　弓月南結吐蕃，北招咽麪。6372

麪，眠見翻，麥粉　呂兗選男女羸弱者，飼以麴麪而烹之。8720

麪，莫甸翻　詔太廟四時之祭，薦宣皇帝，起麪餅、鴨臛。4305

麪，眠見翻　俄而三姓咽麪與車薄合兵拒方翼。6409

怋，彌遣翻　封憲宗子怋爲信王。8089

怋，彌兗翻　冬，十二月，信王怋薨。8119

澠，彌兗翻　發至霸上，趙涉遮說亞夫曰：「吳王素富，懷輯死士久矣。此知將軍且行，必置間人於殽、澠阨陿之間。」524

澠，莫善翻，又莫忍翻　今秦有敝甲凋兵軍於澠池。97

澠，彌兗翻　此知將軍且行，必置間人於殽、澠阨陿之間。524

澠，莫踐翻，又莫忍翻　秦王使使者告趙王，願爲好，會於河外澠池。135

澠，時陵翻　黃金橫帶而騁乎淄、澠之間。145

澠，神陵翻　河凍皆合，而澠水不冰。3610

杪，弭沼翻　舉火炬於樹杪。8606

眇，彌沼翻　天祐初高麗石窟寺眇僧躬乂聚眾據開州稱王。8848

眇，彌沼翻，一目小也　克用一目微眇。8295

眇，亡沼翻　見道路民有跛眇者，停駕慰勞。4338

眇，音妙，精微也　今臣心結日久，每聞幼眇之聲。560

藐，美角翻；《爾雅》云：悶也　誨爾諄諄，聽我藐藐。930

藐，妙小翻，又亡角翻　寡我兄弟，藐孤同氣，猶有十三。4092

藐，亡沼翻　嗣主沖藐。5127

乜，母野翻，虜姓也　於是西部鐵勒酋長乜列河等將三萬餘戶南詣深降。4705

咩，莫者翻，又徐婢翻。史炤曰：咩，音養，又彌嗟切　異牟尋懼，築苴咩城。7271

咩，蜀《註》：咩，彌嗟翻　崔佐時至雲南所都羊苴咩城。7552

滅，綿結翻　從其國俗，欲與烏孫共滅胡。696

篾，莫結翻　令軍人銜刀潛行水中，以斫籠，篾皆解。5286

篾，莫結翻，竹筠也　雖外列兵衞，內有女伎，按繩破篾，傍若無人。5156

篾，音蔑　板艦、黃篾等數千艘。5621

蠛，莫結翻　臣視北軍猶蠛蠓耳。9436

璊，孟康曰：璊，音漫。師古曰：璊，音秣，謂塗染也。　汙璊宗室。1024

岷，武巾翻　三年春正月丙寅蜀郡岷山崩。1038

忞，莫巾翻　刺史楊忞。8151

旼，莫貧翻　乙巳，以左金吾大將軍郭旼爲邠寧節度使。7936

緡，眉巾翻　率緡錢二千而一算。639

緡，彌賓翻　皆以錢千緡賂韓瑗使請無不如志。6892

緡，彌巾翻　賜將士裝錢二萬緡 7784

緡，彌頻翻　祿山乃獻錢樣千緡。6900

泯，彌忍翻，盡也，又彌鄰翻。毛晃曰：沒也，滅也　社稷無不泯絕。6

湣，讀與閔同　燕湣公薨，子僖公立。21

湣，讀曰閔　是歲，齊宣王薨，子湣王地立。90

湣，與閔同　魏景湣王薨，子假立。224

愍、閔字通　有李存沼者，莊宗之近屬。音註：余按莊宗諡光聖神閔皇帝，《唐
　　愍帝實錄》即《莊宗實錄》也。8977

㟭，音岷　太常楊㟭復勸燕王速遣太子入侍。3859

㟭，與岷同　北盡窮髮，南極庸㟭，西被崑嶺，東至河曲。3834

黽，彌兗翻　主十二城門及繞霤、羊頭、肴黽、汧隴之固。1177

黽，音盲，康彌兗切，非也　秦踰黽阨之塞而攻楚，不便。211

閩，眉巾翻　越以此散，諸公族爭立，或爲王，或爲君，濱於海上。音註：國
　　於海上者，漢之甌越、閩越、駱越其後也。66

閩，應劭曰：閩，音文飾之文。師古曰：非也，音緡，閩人本蛇種，故其字從
　　虫　今以爲閩粵王，王閩中地。356

僶，民尹翻　上以二相言叶，僶俛從之。8397

洺，彌幷翻　洺州嚴備，世讓不得進。5907

洺，音名　竇建德將兵十餘萬趣洺州。5860

茗，莫迥翻　希烈贈之僕、馬及縑七百匹，黃茗二百斤。7263

暝，莫定翻　日暝，聞城陷，乃散。5120

暝，莫定翻，夕也　李嗣源大軍前鋒至潞州，日已暝。8922

瞑，陸德明音莫遍翻，瞑眩，困極也　臣光曰：「昔高宗命《說》曰：『若藥弗
　　瞑眩，厥疾弗瘳。』」1385

瞑，莫遍翻　藥弗瞑眩，厥疾弗瘳。8446

瞑，莫定翻　欲令瞑目之日，無所復恨。1484

瞑，莫定翻，閉目也　吾死瞑目矣。8648

繆，讀與穆同　穆公舉之牛口之下。音註：《孟子》：百里奚，虞人也。以食牛
　　干秦繆公。62

繆，讀曰穆　繆公行霸，由余歸德。1020

繆，靡幼翻　子幽繆王遷立。218

繆，靡幼翻，又莫六翻，姓也　繆蔚、郭頤、秦秀、傅珍上表曰。2583

繆，靡幼翻，詐也　嶠乃繆爲勤敬。2922

繆，莫彪翻　綢繆往來，情深義重。2955

繆，莫侯翻　吾少與綢繆。4440

繆，莫留翻，姓也；今靡幼翻，又音穆　韓宣惠王欲兩用公仲、公叔爲政，問
　　於繆留。79

繆，音謬　退見官屬將兵法度不與他將同，遂自結納故趙繆王子林。1255

謬，靡幼翻　應侯謬曰。187

謬，靡幼翻，誤也，詐也　范雎謬曰：「秦安得王，秦獨有太后、穰侯耳！」158

謬，姓也，音靡幼翻，與繆同　亳人謬忌奏祠太一。579

摸，音莫　嘗謂人曰處事不宜明白但摸稜持兩端可矣。6535

嫫，音謨　故嫫母輔佐黃帝。6291

膜，莫乎翻　上御安福門降樓膜拜。8165

膜，莫呼翻　召大臣膜拜圍繞。7116

膜，莫胡翻　山東大蝗，民或於田旁焚香膜拜設祭，而不敢殺 6710

膜，莫湖翻　設無遮大會，帝親出闕前膜拜。5168

麼，莫可翻　又況么麼尚不及數子。1328

橅，讀曰模，其字從木　今將軍規橅，云若管、晏而休，遂行曰昃，至周、召
　　乃留乎？897

磨，康莫賀切　王又割濮磨之北。150

磨，莫臥翻　凡征高麗，拔玄菟、橫山、蓋牟、磨米、遼東、白巖。6230

磨，莫臥翻，石磑也　昭又以繩連石磨壓其衝車。2250

謩，與謨同　內史大夫杜陵韋謩。5408

魔，眉波翻　道高魔盛，行善尌生。4937

魔，莫婆翻　成道時，有天魔燒宮七寶臺，須臾散壞。6500

麼，眉波翻　我所以益憐阿麼者。5577

沬，《索隱》曰：亡葛翻。《左傳》、《穀梁》並作曹劌。然則沬宜音劌，沬、劌
　　聲相近而字異耳　昔齊桓公不背曹沬之盟。49

沬，莫曷翻，涎也　王按劍而坐，口正沬出。214

沬，音末，又讀曰劌　劫秦王，使悉反諸侯侵地，若曹沬之與齊桓公，則大善
　　矣。225

眛，莫葛翻　謂殺唐眛也，見上卷十四年。159

眛，莫曷翻　項王將鍾離眛素與楚王信善。364

眛，師古曰：眛，莫曷翻，其字從本末之末　陳平曰：「項王骨鯁之臣，亞父、
　　鍾離眛、龍且、周殷之屬。」334

眛，師古曰：眛，音本末之末　而立宛貴人之故時遇漢善者名眛蔡為宛王。706

眛，張守節曰：眛，莫葛翻　宋宣公、吳餘祭，足以觀矣。音註：吳子謁、餘
　　祭、夷眛與季子同母。2921

秣，音末　乘輿秣馬，無乏正事而已。908

莫，讀曰暮　常州危在旦莫，不宜中易主將。9550

莫，與幕同　以便宜置吏市租皆輸入莫府為士卒費。206

袙，莫白翻　陝尉崔成甫著錦半臂缺胯綠衫以袙之紅袙首居前船唱得寶歌。6858

漠，無聲也，音莫　朝廷方以為憂，而遭羌變，玄成等漠然，莫有對者。920

貊，莫白翻　為烏桓貊人所鈔擊略盡。1278

貊，莫百翻　遼東徼外貊人寇邊。1408

貊，莫北翻　言忠信，行篤敬。雖蠻貊行焉。1529

靺，莫撥翻　高麗王元帥靺鞨之眾萬餘寇遼西。5560

靺，音末　強敵在前靺鞨出後。5661

靺鞨，音末曷　高麗引靺鞨攻之，劉氏擐甲帥眾守城，久之，虜退。6371

瘼，音莫，病也　願陛下時開延英，接對四輔，力求人瘼。8098

鉾，亡侯翻　夏，四月，簡又破守厚於銅鉾。8429

鉾，音牟。楊正衡曰：鉾，古矛字　將士皆刻鉾、鎧為「死」「休」字。3371

鍪，莫侯翻　但兜鍪刀楯，保身緣堨。2399

鍪，音牟　胄今謂之兜鍪。95

麰，音牟，小麥也　密乃積金帛麰米於一寨。8362

姆，莫補翻，女師也，又音茂　又崇尙浮屠，窮奢極費，所親暱者皆姑姆、僧尼。3390

畮，古畝字　治湟陿以西道橋七十所，令可至鮮水左右。田事出，賦人三十畮。851

畮，古畝字　中常侍張讓、趙忠說帝斂天下田，畮十錢。1876

畮，古畝字　太史公曰：羽起隴畮之中。354

沐，莫卜翻，姓也。《風俗通》：漢有東平太守沐寵，蜀本作「沭」，音述，非也　裕使刺客沐謙往刺之。3726

沐，食聿翻　南寇舒、廬，北侵沂、海，破沐陽、下蔡、烏江、巢縣。8134

沐，音木　雒陽市長沐茂。1751

苜，音目　大宛左右多蒲萄，可以爲酒，多苜蓿。697

N

拏，奴加翻　及起兵，以小御正崔達拏爲長史。5425

拏，女加翻，相牽引也　曾不料兵連禍拏，變故難測。7349

拏，女居翻　時已昏，漢匈奴相紛拏。642

拏，音奴　免其拏戮。4409

挐，女居翻　遣其弟建忠將軍挐、牧府長史張潛。3528

挐，女余翻　蒙遜署從兄伏奴爲張掖太守、和平侯，弟挐爲建忠將軍、都谷侯。3525

內，讀曰納　魏人不受，復內之秦。61

內，音納，又如字。今傳內從「人」者奴對翻。從「入」者讀爲「納」　可急使兵守函谷關，無內諸侯軍。300

內，與納同　賊據西岸，列船上流，而兵入洲中，是爲自內地獄。2211

那，諾何翻，姓也　執魏遼西太守那頡。3534

邢，與那同，奴何翻　柔然可汗社崙從弟悅代大邢謀殺社崙。3570

衲，奴答翻　解去衲衣被以兗冕。9287

納，與衲同　高祖微時，嘗自於新洲伐荻，有納布衫襖，臧皇后手所作也。3887

捺，奴刺翻　乙酉，幽州節度使張守珪破契丹於捺祿山。6826（按：文淵閣本電子版「刺」作「軋」。）

捺，奴葛翻　魏始於馬頭置戍，如聞復欲修白捺故城。4667

貀，女滑翻　及豹、貀、鬬雞、獵犬之類，悉縱之。7260

耐，乃代翻　秦之戍卒不耐其水土，戍者死於邊，輸者僨於道。487

耐，奴代翻　每罵云「漢狗大不可耐，唯須殺之。」5315

耐，楊正衡曰：耐，乃代翻　珍曰：「目何可溺？」約曰：「卿目睕睕，正耐溺中。」3040

耐，師古曰：中都官，京師諸官府。應劭曰：輕罪不至於髡，完其耏鬢，故曰耏。古「耏」字從「彡」，髮膚之意也。杜林以為法度之字皆從「寸」，後改如是。耐，音若能。如淳曰：耐，猶任也，任其事也。師古曰：依應氏之說，「耏」當音「而」；如氏之說，則音乃代翻。其義亦兩通。耏，謂頰旁毛也。彡，毛髮貌也，音所廉翻，又先廉翻。而《功臣表》，宣曲侯通耏為鬼薪。則應氏之說斯為長矣。　及中都官耐罪徒。957

難，乃旦翻　商君弗從。居五月而難作。63

難，乃旦翻，辯折之也　嘗與其父奢言兵事，奢不能難。169

難，乃旦翻，患也，阸也。少，音多少之少　晉國有難而無以尹鐸為少。8

難，難旦翻　道濟因義康以請之，湛拒之愈堅，故不染於二公之難。3888

難，如字　觀往者得失之變，作孤憤、五蠹、內、外儲、說林、說難五十六篇，十餘萬言。221

難，危難，如字　分趙氏之田而欲為危難不可成之事乎！13

赧，奴板翻　德彝赧然而退。5780

赧，奴版翻　一云：以赧王為秦所滅，黜為庶人，百姓稱為周家，因氏焉。100

赧，音奴版翻　赧王。87

湳，乃感翻　初，安夷縣吏略妻卑湳種羌人婦。1481

撓，呼高翻，撓亂之也　景巖潛使人撓之曰：「契丹強盛，汝曹有去無歸。」9153

撓，呼高翻，擾也　撓亂近畿。4707

撓，火高翻　大抵詆訾聖人，即爲怪迂、析辯詭辭以撓世事。1217

撓，火高翻，撓也，擾也，又音擾，又女巧翻，又尼交翻，又女教翻　朝廷以
　　倫撓亂關右。2615

撓，火高翻，又奴巧翻　撓亂朝廷。2653

撓，師古曰：撓，攪也，火高翻，其字從手；一曰：橈，曲也，弱也，音女教
　　翻，其字從「木」　若夫平原、易地，輕車、突騎，則匈奴之眾易橈亂也。
　　486

撓，奴高翻，又奴巧翻　蕭澣等善交結，依附權要，上干執政，下撓有司。7883

撓，奴教翻　孫禮亮直不撓，爽心不便，出爲揚州刺史。2347

撓，奴教翻，屈也　臨之以兵，辭氣不撓。5607

撓，奴教翻，又奴巧翻　設使謀撓朝命。7846

撓，奴教翻，又女巧翻　崔鴻曰：鄧羌請郡將以撓法，徇私也。3235

撓，奴巧翻　劉君既得朝旨爲副帥，必撓吾事。7596

撓，奴巧翻，又火高翻　安而不撓，外而不拘。7890

撓，奴巧翻，又奴教翻　又陰以金玉啗建德諸將，以撓其謀。5913

撓，女教翻　延光過期不克，言忠嗣沮撓軍計。6879

撓，女巧翻，又女教翻　后進止詳閑，辭色不撓。5407

撓，弱也，奴教翻，又音乃卯翻　秦攻一國，五國各出銳師，或撓秦，或救之。
　　67

撓，師古曰：撓，擾也，音火高翻　自貴外家丁、傅，撓亂國家。1132

撓，師古曰：撓，音火高翻，其字從手　皆乘便爲姦於外，撓亂州郡。1193

鐃，女交翻　使具導從，列鐃吹。5798

巎，奴刀翻　壬子以少府監李昌巎爲京畿、渭南節度使。7359

淖，《索隱》曰：淖，女教翻；康曰：竹角切，姓也　楚使淖齒將兵救齊，因爲
　　齊相。126

淖，奴教翻　彭祖取江都易王所幸淖姬。725

淖，奴教翻，泥也　而賊將支伯仁自後斫仲禮，中肩，馬陷於淖。5001

淖，奴教翻，濘泥也　並陷於蘆荻泥淖中。5195

淖，女教翻　齊淖齒之亂，湣王子法章變姓名爲莒太史敫家傭。131

淖，女教翻，姓也　有宣帝時披香博士淖方成在帝後。996

淖，鄭氏音卓，師古音奴教翻，淖姓也　與其父易王所幸淖姬等及女弟徵臣姦。632

吶，女劣翻，聲不出也　齊主言語澀吶。5339

吶，女劣翻，又女鬱翻　獪胡王遣其弟吶龍、侯將馗帥騎二十餘萬。3332

吶，如悅翻，又奴劣翻　昔趙武吶吶而爲晉賢臣。7384

吶，如悅翻，又奴劣翻；吶吶，言緩也　高子內文明而外柔順，其言吶吶不能出口。4035

訥，內骨翻　今宰相宗楚客紀處訥用事。6626

餒，弩罪翻　晉王以親軍千騎先進，遇奚酋托餒五千騎。8873

能，囊來切　權京兆尹薛能，嚴所擢也。8162

能，奴代翻　李庭望、崔乾祐、尹子奇、何千年、武令珣、能元皓。6906

能，奴代翻，姓也　河東郡縣皆下之；惟能元皓據北海，高秀巖據大同，未下。7044

尼，女夷翻　仍往青園尼寺。4196

怩，女夷翻　太后忸怩不自安。8882

泥，乃計翻　孔子以爲致遠則泥，君子固當志其大者。1841

倪，五兮翻　王速出令，反其旄倪。89

郳，五稽翻　詔以要漢爲汴州摠管賜爵郳國公。5894

埿，與泥同　吐延不抽劍，召其將紇扢埿。2973

蜺，讀曰霓　間者日尤不精，光明侵奪失色，邪氣珥、蜺數作。1063

鯢，五兮翻　詔曰：「今當掃除鯨鯢。」2799

鯢，五奚翻　書曰反虜逆賊鱷鯢。1164

睨，五計翻　蒙以牛革設睥睨戰格如城狀。8845

睨，五計翻，衺視也　梨園弟子往往歔欷泣下，賊皆露刃睨之。6994

睨，研計翻　睥睨，故久立與其客語。180

睨，研計翻，邪視也　帝不睨之。5200

麑，賢曰：麑，鹿子曰麑子，音研奚翻　虎豹窟於麑場。1732

儗，與擬同。師古曰：儗，比也　臣聞膠西王有諛臣侯得，王所爲儗於桀、紂也。777

迡，與遲同，又奴計翻　諮議參軍劉之迡等三上牋請留，答教不許。4999

昵，尼質翻　且爲人任，爲人死，親昵之職也。2379

昵，尼質翻，近也，比也　遠之猶恐禍及，況昵之乎。2415

昵，尼質翻，狎也，近也　上遊幸無常昵比羣小。7842

溺，乃弔翻　沛公輒解其冠，溲溺其中。287

溺，奴狄翻　我常恐其溺於深淵而餘波及我。2632

溺，奴弔翻　人有愛其狗者，狗嘗溺井。53

溺，奴吊翻　卷以簀，置廁中，使客醉者更溺之。158

溺，奴歷翻　常人安於故俗，學者溺於所聞。46

暱，尼質翻　又崇尙浮屠，窮奢極費，所親暱者皆姅姆、僧尼。3390

膩，女利翻　越將召劉興，或曰：「興猶膩也，近則污人。」2722

黏，女廉翻　右十二軍出黏蟬。5660

捻，奴協翻　立其弟特勒遏捻爲可汗。8025

撚，乃殄翻　兀欲姊壻番聿撚爲橫海節度使。9333

碾，尼展翻　敕毀白渠支流碾磑以漑田。7250

碾，尼展翻。丁度集韻：碾，女箭翻，所以轢物器也　自京師及諸方都會處，
　　邸店、碾磑。5596

碾，紐善翻　己巳，晉王軍於黃碾，距上黨四十五里。8694

碾，魚蹇翻　太平公主與僧寺爭碾磑。6607

鳥，讀曰雀　段頴擊之於鸞鳥。1797

鳥，音雀　賢追到鸞鳥。音註：鸞鳥縣，屬武威郡。1616

臬，當作裊，乃了翻　後秦制爵，一級曰公士，二上造，三簪臬，四不更，五
　　大夫，六官大夫，七公大夫，八公乘，九五大夫，十左庶長。31

臬，奴鳥翻。《歐史》作「裊」　契丹主遣其臣臬骨文與朱憲偕來。9456

枿，五葛翻　踰城而墜，爲枯枿所傷而死。7569

涅，《漢書音義》：乃結翻　秦伐趙，圍閼與。音註：司馬彪《志》：上黨郡涅縣
　　有閼與聚。155

涅，乃結翻　最以父死頗有功，爲涅陽侯。689

涅，乃結翻，姓也　中常侍涅皓。3172

涅，奴結翻　敬旋救樊，宣與戰於涅水，破之。2983

涅，師古曰：涅，音乃結翻　征南將軍山簡遣督護王萬將兵入援，軍於涅陽。
　　2754

聶，尼輒翻　雁門馬邑豪聶壹。581

聶，尼輒翻，姓也　全忠遣其將聶金掠泗州。8503

聶，尼輒翻。軹，音只　仲子聞軹人聶政之勇 24

聶，昵輒翻　蜀郡太守聶尚。1537

孽，魚列翻　今天子闇弱，太后淫亂，孽孽擅命，朝政不行。4737

孽，魚列翻　異人以庶孽孫質於諸侯，車乘進用不饒。183

孽，魚列翻，庶出為孽　我，孽子也。2852

囁，而涉翻　反呫囁於郭公之門。音註：呫囁，細語也。8947

囁，而涉翻，又之涉翻　高駢不識大體，反因一僧呫囁卑辭誘致其使。8204

齧，倪結翻，噬也　帝齧超臂出血為盟。1746

齧，五結翻　張儀及齊、楚之相會齧桑。76

齧，五結翻，噬也　可汗豺狼性，過與爭，將齧人。5476

齧，魚結翻　秦張儀自齧桑還而免相，相魏。76

齧，魚結翻，噬也　使親近擲蕃首，作虎跳狼爭咋齧之。2496

蘖，魚列翻　齊氏沈溺倡優，耽昏麴蘖。5343

讘，之涉翻　唯永和縣丞甯嘉勗解衣裹太子首號哭。音註：永和，漢狐讘縣地。
　　6612

躡，尼輒翻　里吏嘗以過笞陳餘，陳餘欲起，張耳躡之，使受笞。255

躡，泥輒翻　行儉又使副揔管劉敬同、程務挺等將單于府兵追躡之。6404

躡，質涉翻　近者畏懾而偷容避罪之態生。7381（編者按：「躡」，文淵閣本為
　　「懾」）

鑷，尼輒翻　一旦，知誥臨鏡鑷白髭。9104

寧，今人傳讀「寧」如甯武子之「甯」。洪邁《隨筆》曰：今吳中人語，尚多用
　　「寧馨」字為言，猶言若何也。　衍神情明秀，少時，山濤見之，嗟歎良
　　久，曰：「何物老嫗，生寧馨兒。」2618

寧，相傳讀從去聲。劉禹錫詩從平聲　太后怒謂侍者取刀來割我腹那得生如此
　　寧馨兒。4070

儜，尼耕翻，困也，弱也　以此觀之，儜兒情見。3821

濘，乃定翻　時方夏水雨，而濱海洿下，濘滯不通。2071

濘，乃定翻，淖也　道路泥濘。8935

濘，乃定翻，泥淖也　且渭曲葦深土濘，無所用力。4885

忸，尼丑翻　虜兵臨境，忸忕小利。1347

忸，與狃同，串習也……忸，音女九翻　劫之以勢，隱之以阨，忸之以慶賞，鰌之以刑罰。191

忸，女九翻，驕也，玩也，狎也　皆忸志而貪權。3920

忸，女九翻，又女六翻　賀樓氏爲樓氏，勿忸于氏爲于氏，尉遲氏爲尉氏。4393

忸，女六翻　太后忸怩不自安。8882

狃，女九翻　子通無壁壘，又狃於初勝，乘其無備擊之可破也。5899

狃，女九翻，驕忕也，又相狎也　智伯好利而愎，不與，將伐我；不如與之。彼狃於得地。9

狃，女久翻　突厥狃於驟勝。5463

狃，與忸同。杜預曰：忸，忕也　燕狃於滑臺、長子之捷，竭國之資以來，有輕我之心。3422

杻，敕九翻　太子陰作偶人，縛手釘心，枷鎖杻械。5594

杻，敕久翻　遂加以杻械。7772

杻，女九翻　時豻備加杻械，瀘度愍之，命更著小者。4535

紐，女九翻　通引環紐。1219

儂，音農　常嘆負情儂，郎果今許行。4425

憹，如多翻　仲雄於御前鼓琴作《懊憹歌》。4425

耨，奴篤翻　癸酉，北漢忻州監軍李勍殺刺史趙皋及契丹通事楊耨姑。9513

耨，奴屋翻　丁巳，高麗北部耨薩延壽、惠眞帥高麗、靺鞨兵十五萬救安市。6224

帑，賢曰：帑，子也，音奴　諸將見尋邑兵盛，皆反走入昆陽，惶怖，憂念妻帑。1241

帑，音奴　事末利及怠而貧者，舉以爲收帑。47

帑，音奴，子也　援妻帑惶懼。1411

駑，音奴　相如雖駑。136

砮，音奴　會挹婁國獻楛矢石砮於趙。3042

怒，奴古翻　怒目視之。8569

傉，奴沃翻　乃殺鬱律而立其子賀傉。2891

女，讀曰汝　吾發軍多，無騎予女。713

女，師古曰：女，讀曰汝　陛下嘗自言約不負女。1073

女，音汝　女曹不務奉大將軍餘業。811

衄，女六翻　我若退縮，士氣沮衄，不可復用。2659

衄，賢曰，衄，女六翻。傷敗曰衄　遂懷猜恨，信叛羌之訴，飾潤辭意，云臣：「兵累見折衄」。1806

恧，女六翻　子弟逃刑，父兄無愧恧之色。4284

恧，師古曰：恧，愧也，音女六翻　敢爲激發之行，處之不慚恧。1001

瘧，逆約翻　八月，辛丑，上以瘧疾令太子於延福殿受諸司啓事。6371

瘧，逆約翻　乃託瘧疾，住鵲頭不進。4119

瘧，魚約翻　會世民得瘧疾。5801

煖，音許遠翻，又許元翻　初，劇辛在趙與龐煖善。210

燠，乃短翻　故服絺綌之涼者，不苦盛暑之鬱燠；襲貂狐之燠者，不憂至寒之悽愴。840

麐，奴昆翻　涼散騎常侍、太常西平郭麐，善天文數術。3456

郍，與那同　遣其長史乙郍婁馮追謝之。2852

諾，奴各翻　公孫戌許諾。78

懦，乃亂翻　石光坐懦弱徵還。3040

懦，乃臥翻，又乃亂翻　公等自以官高又恃家世，欲以暗懦待我邪。5663

懦，乃臥翻，又奴亂翻　性懦，不堪人視。5339

懦，奴過翻，又奴亂翻　段達性庸懦。5801

懦，奴亂翻　言其懦弱如婦人也。5076

懦，奴臥翻，又奴亂翻　楷洛戰不利，佺怯懦不敢救。6673

懦，奴臥翻，又萬亂翻　雉奴懦，恐不能守社稷，奈何！6206

懦，人兗翻　選懦之恩，知非國典。1559

懦，柔怯也。懦，而掾翻　而公卿選懦，容頭過身。1654

O

歐，惡后翻　令將軍薛歐、王吸出武關。313

歐，孟康曰：歐，音驅；《索隱》曰：於后翻　以太中大夫周仁爲郎中令，張歐爲廷尉。511

歐，烏口翻　霍顯聞立太子，怒恚不食，歐血曰。809

歐，賢曰：歐刀，刑人之刀也、歐，音一口翻。余謂古歐冶子善作劍，故謂劍爲歐刀；當音烏侯翻　怨者詐作璽書譴責煥光賜以歐刀。1620

歐，於后翻　至舍，因歐血而死。513

毆，擊也，一口翻　酷吏毆殺。1100

毆，烏口翻　而使人復乘勢橫暴，妻略婦女，毆擊吏卒。1719

毆，烏口翻，擊也　宗之毆殺超。4029

毆，於口翻，擊也　初，勒微時，與李陽鄰居，數爭漚麻池相毆。2890

甌，一侯翻。脫，土活翻　東胡與匈奴中間，有棄地莫居，千餘里，各居其邊，爲甌脫。372

謳，師古曰：齊歌曰謳，一侯翻　悅謳者衛子夫。559

偶，師古曰：偶，五口翻。余按《後漢書》，匈奴有溫禺犢王。班固《燕然銘》曰：斬溫禺以釁鼓，……當讀曰禺　此溫偶騟王所居地也。1044

嘔，《索隱》曰：嘔嘔，猶姁姁，同音吁　項王見人恭敬慈愛，言語嘔嘔。311

嘔，一口翻　又歷大頭痛、小頭痛之山，赤土、身熱之阪，令人身熱無色，頭痛嘔吐，驢畜盡然。979

漚，烏侯翻　燕王述軋及偉王之子太寧王漚僧作亂。9463

漚，烏候翻，久漬也　百姓未入山，時多漚藏者。8433

漚，於候翻，久漬也　初，勒微時，與李陽鄰居，數爭漚麻池相毆。2890

P

杷，蒲巴翻　河東節度使苻澈修杷頭烽舊戍，以備回鶻。7958

帊，普駕翻　以布帊纏尸。5122

帕，莫白翻。項安世家說：頭巾，一名䭝，音陷，一名帕。陸游曰：袙頭者，巾幘之類，猶今言幞頭　津好鬼神事，嘗著絳帕頭。2105

俳，蒲皆翻　太子洗馬劉訥言常撰《俳諧集》以獻賢。6398

排，讀與鞴同，音步拜翻，韋囊也，所以吹火　塞柴投火，以皮排吹之。4942

排，蒲拜翻　零陵太守楊琁制馬車數十乘，以排囊盛石灰於車上。1858

箄，賢曰：箄，木筏也，音步佳翻　縫革爲船置於箄上以度河。1518

派，普拜翻　河自楊劉至於博州百二十里，連年東潰，分爲二派，匯爲大澤。
　　9519

柈，薄官翻　嘗侍宴，醉伏地，貂抄肉柈。4263

柈，蒲官翻　欣泰等使人懷刀於座斫元嗣，頭墜果柈中。4492

槃，薄官翻　龜茲、疏勒、烏孫、悅般、渴槃陁、鄯善、焉耆、車師、粟特九
　　國入貢於魏。3857

盼，匹莧翻　長民知我蒙公垂盼，今輕身單下，必當以爲無虞。3656

盼，匹莧翻，又披班翻。按丁度《集韻》，盼，與眅同　吾臣有盼子者，使守高
　　唐，則趙人不敢東漁於河。50

盼，與眅同音，匹莧翻　齊因起兵，使田忌、田嬰、田盼將之。59

畔，與叛同　周公知其將畔而使之與？90

攀，普患翻　會理懦而無謀，所乘攀輿。4957

滂，普郎翻　瓊辟汝南范滂。滂少厲清節，爲州里所服。1747

逄，皮江翻　雖有烏獲、逄蒙之技。566

逄，音龐　崇同郡人逄安。1217

旁，步光翻，羌姓也　初羌豪旁企地以所部附薛舉。5829

旁，步浪翻　持矛而操闒戟者旁車而趨。63

旁，師古曰：旁，依也，步浪翻　吏用苛暴立威，旁緣莽禁。1214

榜，賢曰：榜，即榜也，古字通用　斷獄者急於榜格酷烈之痛。1474

榜，音彭　聞卿爲吏，榜婦公。1424

龐，薄江翻　初，孫臏與龐涓俱學兵法。51

龐，部江翻　邠府宿將史抗、溫儒雅、龐仙鶴、張獻明、李光逸功名素出懷光
　　右。7269

龐，皮江翻　故左校令河南龐參。1576

蠭，師古曰：蠭，古蜂字。一說：蠭，與鋒同，言鋒銳而起者　楚蠭起之將皆
　　爭附君者。274

鑯，師古曰：鑯，與鋒同　是以九家之術鑯出並作。1059

鑯，師古曰：鑯與鋒同，言鋒銳之氣　專屬強壯鑯氣。823

咆，蒲交翻，嘷也　譬如猛獸，自於山林中咆哮跳踉。7849

炰，音步交翻　烹羊，炰羔。877

袍，步刀翻，長襦也　留坐飲食，取一綈袍贈之。162

匏，蒲爻翻　絲、竹、匏、土，僅有七聲，名爲黃鍾之宮。9592

礮，匹貌翻　依山拒戰，礮檑如雨。6885

礮，普教翻　立戰棚，具礮檑，造器備，嚴警邏。8154

礮，與砲同　明日復進攻城，設百礮環城。6956

礮，與砲同，匹兒翻　衝車礮石，壞其樓堞。6229

礮，與砲同，匹貌翻　大礮飛石重五十斤，擲二百步。5905

礮，與砲同，普教翻　辛亥，李穀奏賊艦中流而進，弩礮所不能及。9535

礮，與砲同，音普豹翻　自取一石，馬上持之，至寨以供礮。9545

礮，與砲同；匹貌翻　攻者盡露，礮至則張網以拒之。8708

培，蒲枚翻。又薄口翻　終不負永陵一培土，餘無所知。音註：培，蒲枚翻。
　　唐陸龜蒙《築城詞》：「城上一培土，手中千萬杵。」則培土以益土爲義。
　　一培土，猶言益一畚土也；又薄口翻。《說文》曰：培塿，小冢也。一培土，
　　猶言一冢土也。歐《史》作「一抔土」。9546

沛，博蓋翻　九月，沛人劉邦起兵於沛。259

沛，普蓋翻　天油然作雲，沛然下雨，則苗浡然興之矣。82

沛，音貝　離諸侯心，吾見其顚沛也。8398

浿，普大翻　右翊衛大將軍來護兒帥江淮水軍，舳艫數百里，浮海先進入自浿
　　水。5663

浿，普蓋翻　壬午，以左驍衞大將軍契苾何力爲浿江道行軍大總管。6322

浿，普蓋翻，又滂沛翻、普大翻。杜佑曰：浿，滂拜翻　漢興，爲其遠難守，
　　復修遼東故塞，至浿水爲界。684

歕，蒲悶翻　丈夫性命自有所在，豈能然艾灸�頞，瓜蔕歕鼻，治黃不差，而臥
　　死兒女手中乎。5661

瓫，蒲奔翻　建興太守高瓫。3145

瓫，與盆同，蒲奔翻　十二月後秦主萇使其東門將軍任瓫。3393

盆，讀與溢同，蒲悶翻　徐、岱山之濱，海水盆溢。1621

溢，蒲奔翻　三月，庾亮兵至溢口。2976

溢，師古曰：溢，湧也，普頓翻　秋，勃海、清河、信都、河水溢溢。997

溢，音盆　柳元景統寧朔將軍薛安都等十二軍發溢口。3996

怦，普耕翻　司馬王僧略直兵參軍徐怦固諫，不從。5084

怦，普萌翻　初劉怦薨。7538

砰，普耕翻　嗣徽驍將鮑砰獨以小艦殿軍。5144

芃，蒲紅翻　河陽節度使李芃〔芃〕引兵逼衛州。7313

埲，補鄧翻，射垛也　元濟殺元卿妻及四男，以圬射埲。7706

埲，補隥翻　領軍腹大，是佳射埲。4194

棚，蒲庚翻　旁出四五尺爲戰棚。8142

倗，蘇林曰倗，音朋。晉灼曰：音倍。師古曰：晉音是也　南山羣盜倗宗等數
　　百人爲吏民害。965

搒，音彭　吏治，搒笞數千，刺劇。384

澎，服虔曰：澎音彭　以涿郡太守劉屈氂爲丞相封澎侯。726

輣，薄庚翻　王乃使孝客江都人枚赫、陳喜作輣車、鍜矢。619

輣，步耕翻　或爲地道、衝輣撞城。1242

伾，音丕　邢州刺史李共臨洺將張伾堅壁拒守。7300

批，《索隱》曰，批，白結翻，亢，苦浪翻。按批者，相排批也，音白滅翻　批
　　亢擣虛，形格勢禁，則自爲解耳。52

批，白結翻，又偏迷翻，手擊也　未幾，沈湎益甚，或於諸貴戚家角力批拉。
　　5178

批，匹迷翻　給事中李藩在門下，制敕有不可者，即於黃紙後批之。7656

批，匹迷翻，筆題之也　昶批其紙尾曰：「一葉隨風落御溝。」9137

批，匹迷翻，判也　守珪亦惜其驍勇，乃更執送京師，張九齡批曰：昔穰苴誅
　　莊賈。6814

批，蒲鱉翻，又普迷翻　欲批其口，且復隱忍。5704

批，蒲結翻，又匹迷翻，反手擊也　優人敬新磨遽前批其頰。8904

批，蒲列翻，擊也，又匹迷翻　良嗣大怒，命左右捽曳，批其頰數十。6441

批，賢曰：音片支翻。余按前書音義：批，音蒲結翻　而臣兄弟獨以無辜，爲專權之臣所見批抵。1775

披，芳靡翻　卓疑有變，使其軍士以兵脅邵，邵怒，稱詔叱之。軍士皆披。1899

披，丕彼翻　竭力奮擊，所向披靡。6112

披，普彼翻　於是項王大呼馳下，漢軍皆披靡。352

披，普靡翻　權人馬皆披靡，無敢當者。2141

披，普皮翻　彥回少立名行，何意披猖至此。4225

紕，匹毗翻，又必二翻，又扶規翻，冠飾也，緣也　帝易祭服，縞冠素紕。4313

紕，頻彌翻　大帶、素帶，不朱裏，亦紕以朱綠。5573

紕，音卑，緣也　六月，癸未，隋詔郊廟冕服必依禮經。5442

劈，匹歷翻　其餘謂之「齊山」、「截海」、「劈浪」之類甚眾。8607

劈，普壁翻　乃更爲酷法，或斷腰，或斜劈。8414

岯，平眉翻　帝行幸緱氏，登百岯山。1560

郫，師古曰：郫，音疲　乃阻長圍，緣郫水作營，連延七百里。2668

郫，音皮　復攻拔繁、郫，與吳漢會於成都。1374

郫，師古曰：音疲　密乃使人獻春綵於京師。將別，謂曰：「有少物在郫。」6867

郫，音疲　遂取郫城。2682

陴，符支翻　智積登陴罝之。5681

陴，頻眉翻　威已閉門登陴。9292

陴，頻彌翻　誕已列兵登陴。4043

陴，音疲　其餘羸弱，猶能登陴鼓譟，足抗羣虜三萬矣。3925

埤，皮弭翻，又讀與卑同　使說曹操以許下埤溼。2003

椑，音鼙　趙襄子漆智伯之頭，以爲飲器。韋昭注曰：「飲器，椑榼也。」15

鼙，部迷翻　身不知稼穡之勞，耳不聞鼓鼙之音。9259

鼙，駢迷翻　由是言之，戰克之將，國之爪牙，不可不重也。蓋君子聞鼓鼙之聲，則思將帥之臣。966

鼙，師古曰：鼙，本騎上之鼓，音步迷翻　或置鼙鼓殿下，天子自臨軒檻上，隤銅丸以擿鼓。950

梐，婢脂翻，屋梐也　中有巨木十圍，上下通貫，栭櫨樽梐藉以爲本。6454

頏，薄諧翻，又蒲回翻　頏所奏事，餘慶多勸上從之，上以爲朋比。7591

庀，卑婢翻，具也　鴻漸、漪使、少遊居後，葺次舍，庀資儲。6981

圮，部鄙翻，毀也　見城闕荒圮。5030

圮，部鄙翻，毀也　鄴城密皇后廟頹圮，請更葺治。4388

圮，應劭曰：謂放棄教令，圮其族類。圮，皮美翻　高武侯喜附下罔上，與故
　　大司空丹同心背畔，放命圮族。1083

擗，毗亦翻　德願應聲慟哭，撫膺擗踊，涕泗交流。4065

擗，毗亦翻，拊心也　庚寅，遵擐甲曜兵，入自鳳陽門升太武前殿，擗踊盡哀。
　　3090

擗，毗亦翻，撫心也　伯獻等被髮受弔擗踊哭泣過於己親。6794

擗，頻亦翻　遂於擗踊之際，擇葬地以希官爵。6167

嚭，匹鄙翻　此魏之宰嚭。4712

潷，《類篇》潷，必至翻　行密、瑾、延壽乘勝追之，及於潷水。8510

睥，匹計翻　蒙以牛革，設睥睨、戰格如城狀。8845

睥，匹詣翻　睥睨，故久立與其客語。180

睥，與睥同，匹詣翻　尚方今造一物，小民明已睥睨。4007

甓，扶歷翻　或使跪捧枷，累甓其上，謂之「仙人獻果」。6439

甓，蒲力翻，甎也　蜀土疏惡，以甓甃之，環城十里內取土，皆剗丘垤平之。
　　8185

甓，蒲歷翻，瓴甋也　侃在廣州無事，輒朝運百甓於齋外。2825

甓，蒲歷翻，搏埴而陶之，今謂之甎　壙中無用石，以甓代之。9500

鷿，扶歷翻　壬寅，振武、天德軍奏回鶻數千騎至鷿鵜泉。7702

駢，步田翻　君之出也，後車載甲，多力而駢脅者爲驂乘。63

剽，匹妙翻　楚人剽疾。401

剽，匹妙翻，急也　德使將軍慕容宙帥騎一千爲前鋒，與晉兵遇，宙曰：「晉人
　　輕剽。」3217

剽，匹妙翻，劫也　昏暮，與其奴、亡命少年數十人行剽殺人，取財物以爲好。
　　653

剽，師古曰：剽，劫也，音頻妙翻　數剽殺漢使。978

剽，師古曰：剽，輕也，平妙翻，又匹妙翻　且其人剽悍。

漂，紕招翻　燕太子寶列兵將濟，暴風起，漂其船數十艘泊南岸。3422

漂，匹妙翻　信釣於城下。有漂母見信飢，飯信。309

漂，匹招翻　風水迅急，有漂渡北岸者。3703

縹，匹紹翻　嗣大悅，語至夜半，賜浩御縹醪十觚。3706

縹，匹小翻　遣內參詣晉陽取皇后服御褘翟等。音註：《五代志》：梁制：皇后
　　謁廟，服褘襦大衣，蓋嫁服也。皁上皁下，親蠶則青上縹下。5359

縹，匹沼翻　隋詔郊廟冕服必依禮經。5442

縹，普沼翻　帝嘗著帽，被縹綾半袖。2308

殍，被表翻　河東平陽大蝗，民流殍者什五六。2833

殍，彼表翻　餓殍甚眾。7453

殍，皮表翻　貨輕物重，穀價騰踊，餓殍相望。7089

殍，平表翻　河南、山東大水，餓殍滿野。5752

票，匹妙翻　私賂遺趙皇后、昭儀及票騎將軍王根。1040

票，頻妙翻　霍去病為票騎將軍。630

票姚，服虔曰票姚音飄搖。師古曰：票，匹妙翻。姚，羊召翻。票姚，勁疾之
　　貌。　去病年十八，為侍中，善騎射，再從大將軍擊匈奴，為票姚校尉。
　　620

僄，師古曰：僄，疾也，音頻妙翻，又匹妙翻　崇聚僄輕無義小人以為私客。
　　1009

嫖，匹昭翻　長公主嫖欲以女嫁太子。532

慓，當作「慄」。慓，音匹妙翻　由是能搏擊豪強，京師莫不震慓。1397

慓，匹妙翻　鄂地險民雜，夷俗慓狡為姦。7877

慓，匹妙翻，急疾也　主上自東宮素無令譽，媟近左右，慓輕忍虐。4445

慓，頻妙翻，又匹妙翻　關懷王諸老將皆曰：「項羽為人，慓悍猾賊。」282

瞥，普蔑翻，暫見也　而不為陛下瞥然一言。4496

玭，部田翻　以渝州刺史柳玭為瀘州刺史。8441

玭，蒲蠲翻　甲戌，鳳翔節度使李玭取秦州。8039

毗，蒲蠋翻，又蒲賓翻　上不悅，及歸，其甥柳毗尤之。8062

毗，蒲眠翻　辛酉，遣光祿卿盧毗等使於蜀，遺蜀主書。8751

毗，蒲田翻　以瓊弟毗爲齊州防禦使。8479

琕，部田翻　馬仙琕曰。4564

甂，部田翻　有供奉侏儒名黃甂，性警黠。6801

甂，扶田翻　祚嘗從魏主幸東宮，懷黃甂以奉太子。4602

嬪，毗賓翻　安平郭貴嬪有寵。2188

顰，與矉同，愁蹙之貌　昭侯曰：「吾聞明主愛一顰一咲，顰有爲顰，咲有爲咲。今袴豈特顰咲哉？吾必待有功者。」56

屏，卑郢翻　屏藩皇家，斯爲美矣。6556

屏，卑郢翻，又卑正翻　雖姦盜屏迹，而冤死者甚眾，莫敢辯訴。9402

屏，卑郢翻，又卑正翻；後凡屏退之屏皆同音。　王微聞其言，乃屏左右。158

屏，迸郢翻　不敢苟申私怨，乞屏居田里，不許。3969

屏，必逞翻　建在上側，事有可言，屏人恣言極切，至廷見，如不能言者。558

屏，必郢翻　盎對曰：「願屏左右。」上屏人，獨錯在；盎曰：「臣所言，人臣不得知。」乃屏錯。522

屏，必郢翻，蔽也　各隱屏而鑄作。464

屏，必郢翻，又卑正翻　羣臣奏言：「古者廢放之人，屏於遠方。」787

屏，必郢翻，又必正翻　濬屏左右言於上曰。8399

屏，必郢翻，又畢正翻　屏其從兵，於坐取之。7919

屏，必郢翻。屏，卑郢翻　侯嬴屏人曰。180

屏，必政翻，又必郢翻　廢放之人，屏之以遠。3253

枰，音平　預表適至，華推枰斂手曰。2558

骿，步丁翻　會骿侯成知澤等謀。750

軿，蒲眠翻　《字林》曰：軿車有衣蔽無後轅者謂之輜。52

潑，普活翻　煎油潑之，又以膠麻挈其瘡。8264

鏺，普活翻　哐利失窮蹙，逃奔鏺汗而死。6151

叵，普火翻　布目備曰：「大耳兒，最叵信！」2007

朏，滂佩翻，又普罪翻，又普沒翻　甲戌，都頭張鎬、郭朏帥行營兵攻東陽門。8212

粕，普各翻　氾公糟粕書生，刺舉小才。2914

粕，許慎曰：粕，已漉粗糟也，音匹各翻，又普白翻　謂《六經》爲聖人糟粕。
　　　2381

頗，傍禾翻，亦偏也　叔翻到省之初，甚有善稱，比來偏頗懈怠。4359

頗，滂何翻，偏也　據此頗僻，亦非將材。7550

頗，普何翻　趙王歸國，以藺相如爲上卿，位在廉頗之右。136

頗，普河翻　廉頗、藺相如計曰。135

魄，鄭氏曰：魄，音薄　高陽人酈食其，家貧落魄。287

剖，普口翻　甲申，始剖符封諸功臣爲徹侯。366

抔，薄侯翻　且張釋之有言，設有盜長陵一抔土，陛下何以處之。6380

抔，步侯翻　今盜宗廟器而族之，有如萬分一，假令愚民取長陵一抔土。461

抔，蒲侯翻　一抔之土未乾。6424

掊，薄侯翻　不勝毒憤，掊地。6606

掊，芳遇翻。《類篇》曰：頓也　乃顧麾左右執戟者掊兵罷去。438

掊，蒲溝翻，以手爬土也　有乳母於泥中掊得金纏臂，獻之，冀以贖其主。9474

掊，蒲侯翻　上素聞滉掊克過甚。7261

裒，薄侯翻　儀子裒痛父非命，隱居教授，三徵七辟皆不就。2536

裒，蒲侯翻　與同郡張宗、上谷鮮于裒不相好。1396

裒，蒲侯翻，與掊同，取也　願君侯裒多益寡，非禮勿履，然後三公可至。2375

仆，方遇翻，頓也　仆用誠於地，跨其腹以刀擬其喉，曰：「出聲則死。」7409

仆，音赴，仆，顛也　將有僵仆者。1143

扑，蒱卜翻　將吏則加鞭扑。2935

扑，普卜翻　至被毆扑。1611

扑，普卜翻，擊也　常典作役課督苛虐捶扑慘毒。4075

撲，弼角翻　生怒，以爲妖言，撲殺之。3164

撲，弼角翻，擊也　撲殺仵士政於殿庭。5823

撲，弼角翻，又普卜翻　囊撲二弟。214

撲，弼角翻，又普木翻　昭儀在簾中大言曰：「何不撲殺此獠。」6290

撲，蒲卜翻，又弼角翻　是後九卿無復捶撲者。1666

撲，普卜翻　又加以捶撲。1665

撲，普卜翻，蜀本弼角翻　太后大怒，皆令盛以縑囊，於殿上撲殺之。1609

撲，普木翻　然後席卷北，向以撲饑疲之眾。4523

撲，揚正衡曰：撲，弼角翻　後趙王勒盛之以囊，於百丈樓上撲殺之。2908

鋪，普故翻　今令吏人坐鋪自糶。7816

匍，薄乎翻　薛延陀所以匍匐稽顙，惟我所欲不敢驕慢者。6201

匍，音蒲　帝欲太后笑，自匍匐以身舉牀，墜太后於地。5147

莆，音蒲　清掃所災之處，不敢於此有所立作，則蓂莆、嘉禾必生此地。2311

菩，薄乎翻　蒙遜乃立興國母弟菩提為世子。3812

菩，薄胡翻　奉贖皇帝菩薩。4769

菩，蓬晡翻　馮后私於宦者高菩薩。4435

菩，音蒲　以人為菩薩、鬼神之狀 7176

蒲，音蒲　陵世子堅屯太陽門，終日蒲飲，不恤吏士。5009

蒲，音蒲，撐蒲也　乃至蒲博、鷹狗，皆為新書，無不精洽。5694

蒲，蓬逋翻，手行也　夫其膝行、蒲伏，非恭也。231

酺，薄乎翻　帝之為太子也，受《尚書》於東郡太守汝南張酺。1502

酺，薄胡翻　甲寅，上御翔鸞閣，觀大酺。6373

酺，音蒲　歸，行賞，大赦，置酒，酺五日。117

璞，匹角翻　寔遣太府司馬韓璞。2842

濮，博木翻　魏還師，與齊戰於桂陵，魏師大敗。《水經註》：濮渠與酸水會水
　　東逕滑臺城南，又東南逕瓦亭南，又東南會於濮。53

濮，音卜　楚軍軍濮陽東。275

朴，孫盛曰：朴，音浮　不如依杜濩赴朴胡。2139

朴，姓也，孫盛曰：朴，音浮　雄使武都朴泰給羅尚。2686

浦，滂五翻　放行至寧浦。2912

樸，蒲木翻　紹琛心不平，謂璋曰：「吾有平蜀之功，公等樸樕相從。」8947

譜，博古翻　又遇神人李譜文。3762

譜，博古翻，藉錄也　崇韜因曰：「遭亂，亡失譜諜，嘗聞先人言，上距汾陽四
　　世耳。」8915

譜，師古曰：譜，音補，世統譜諜也　周譜云定王五年河徙 1147

曝，步木翻　璋帳下驍卒大譟曰：「日中曝我輩何為！」9069

Q

妻，七細翻　單父人呂公，好相人，見季狀貌，奇之，以女妻之。260

妻，千細翻　冬，上取家人子名為長公主，以妻單于。382

妻，如字　梁緯妻辛氏，美色，曜召見，將妻之。2833

妻，子細翻　復以曆妹妻之。1717

妻妻，七細翻　今奪彼以與此，亦無以異於奪兄之妻妻弟也。2325

郪，千移翻　梁起於新郪而北著之河。484

郪，師古曰：郪，音妻，又千私翻　遣胡烈等追維，維至郪。2474

郪，音妻　軍至郪口。3862

郪，音妻，又千私翻　雄入成都，軍士饑甚，乃帥眾就穀於郪。2691

戚，如字；如淳將毒翻　泗川守壯兵敗於薛，走至戚。265

期，讀如《荀子》「目欲綦色」之綦。楚人謂極為綦　又盛怒，曰：「臣口不能
　　言，然臣期期知其不可！陛下欲廢太子，臣期期不奉詔。」387

期，讀曰朞　不期年，千里之馬至者三。93

期，讀作朞　作織錦樓以織地衣，用織工數百，期年乃成。9296

期，師古曰：期，年也，音基。　一尊之身三期之間，乍賢乍佞豈不甚哉。973

期，音基　不出期年，其人自蒙其咎。1084

郄，與膝同　墮馬傷郄，還營。1313

圻，渠希翻　八月，溫至赭圻。3195

圻，音畿　擅用溢口、鉤圻米。4011

其，如淳曰：其，音基　竺夔以東陽城壞不可守，移鎮不其城。3757

其，音基　夏，四月，幸不其。724

奇，紀宜翻，隻也　每奇日未嘗不視朝。7853

奇，居宜翻　操其奇贏日游都市。493

奇，居宜翻，異也　是以詭誕之士，奇邪之術，君子遠之。4809

祇，巨支翻　己亥，移居祇洹寺。5119

祇，其支翻　臣力屈至此，非敢負國，天地神祇實知之。5768

祇，翹移翻　賊臣王敦，傾覆社稷，枉殺忠臣，神祇有靈，當速殺之。2903

旂，渠希翻　輅車乘馬，後屬百兩。音註：龍旂九斿、七仍、齊軫以象大火。
　　138

耆，讀曰嗜　穆生不耆酒；元王每置酒，常爲穆生設醴，及子夷王、孫王戊即
　　位。519

耆，古嗜字，通用　其慈子、耆利，不同禽獸者亡幾耳。474

耆，渠伊翻，長也，老也　初，益州郡耆帥雍闓殺太守正昂，因士燮以求附於
　　吳。2216

崎，丘奇翻　蒲子崎嶇，難以久安。2740

崎，丘宜翻　今王眾不過數十萬，皆蠻夷，崎嶇山海間。395

崎，渠希翻　陳霸先修崎頭古城，徙居之。5047

萁，師古曰：萁，豆莖也，音基　其詩曰：「田彼南山，蕪穢不治；種一頃豆，
　　落而爲萁。」877

跂，丘弭翻，又去智翻　跂望綏拯。3946

跂，渠宜翻，舉足也　然朝廷播越，新還舊京，遠近跂望。1985

跂，去智翻　敬則橫刀跂坐。4426

跂，去智翻，舉踵而立也　雖先僕射背德其民何罪，今雖盛強，其亡可跂立而
　　待也。7414

跂，去智翻，舉踵也　患情不能跂及耳，衣服何在。2497

琦，居宜翻　初，劉表二子琦、琮。2081

琦，音奇　令第五琦攝京兆尹，與之偕行。7153

祺，音其　左師公曰：老臣賤息舒祺。164

碕，渠羈翻　慧度帥州府文武拒循於石碕，破之。3645

碕，渠宜翻　引兵自江北鴛鴦碕渡向犍爲。3074

頎，渠希翻　公孫頎謂韓懿侯曰：「魏亂，可取也。」40

頎，音祈　城門校尉崔烈、越騎校尉王頎。1938

綦，齊人謂極爲綦，音其　有之不如無之。及其綦也。127

綦，音其　初北海賊帥綦公順。5818

齊，才計翻　遣方士入海求蓬萊安期生之屬，而事化丹砂諸藥齊爲黃金矣。579

齊，才細翻　畫界分境，水土異齊，風俗不同。1800

齊，讀曰齋　固舉以禮，有司齊肅端冕，見之南郊。474

齊，讀曰齋，言齋戒而授斧鉞於將帥，一讀曰資，應劭曰利斧也　蓋上天所
　　忿，驅就齊斧。5463

齊，讀曰資，張晏曰：齊，如字，征伐斧也，一說：齊，作齋。凡師出入齊戒
　　入廟而受斧鉞也　今兵屈於外，國危於內，恐其凶命先盡，不得以膏齊斧
　　耳。3704

齊，津夷翻　尙書杜預以爲「古者天子、諸侯三年之喪，始同齊、斬。」2538

齊，齊戒之齊，讀曰齊　請得齊戒與童男女求之。240

齊，音咨　澄遣人曉示情禮，以喪兄齊衰之服給之。4516

齊，音咨。縗裳而緶其下　封王氏齊縗之屬爲侯。1172

齊，與臍同　帝乃更以鞄箭射，正中其齊。4195

錡，渠綺翻，又魚綺翻，又音奇　從兄銛爲殿中少監錡爲駙馬都尉。6866

錡，渠宜翻　衛尉卿韋璿、左千牛中郎將韋錡、長安令韋播、郎將高嵩分領之。
　　6642

錡，魚豈翻　遣左右喬令則、庫狄仲錡。5639

錡，魚豈翻，又音奇　以常州刺史李錡爲浙西觀察使、諸道鹽鐵轉運使。7582

錡，魚倚翻　三姊與銛、錡五家，凡有請託，府縣承迎，峻於制敕。6891

騎，奇寄翻　車六百乘，騎五千匹。70

騎，其計翻　乾輕騎入見爾朱羽生，與指畫軍計。4812

騎，奇計翻　晝則遣騎圍繞，夜則離彼百里外宿。3940

騎，奇寄翻，康曰姓也　乃使騎劫代將而召樂毅。139

騎，渠吏翻　遣貳師將軍廣利以三萬騎出酒泉，擊右賢王於天山。712

騎，亦寄翻　李洪徐整騎隊還助之。3105（編者按：此處「亦」當作「奇」）

蘄，居衣翻，又音其　進克蘄城。5321

蘄，居依翻，又音其　今唯須武昌以下，蘄、和、滁、方、吳海等州。5493

蘄，巨依翻　毒懼，矯王御璽發兵，欲攻蘄年宮。213

蘄，渠希翻　少誠竟不能過，遂南寇蘄、黃，欲斷江路。7394

蘄，渠依翻　秋，七月，陽城人陳勝、陽夏人吳廣起兵於蘄。254

蘄，渠之翻　遣族子孝節攻蘄春。5918

蘄，渠之翻，又音機　王翦追之，令壯士擊，大破楚師，至蘄南。231

蘄，音機，又音其　王世積在蘄口。5513

蘄，音機，又音祈　齊遣尚書左丞陸騫將兵二萬救齊昌，出自巴蘄。5325

蘄，音祈　皋聲言西取蘄州。7342

乞，丘計翻，與也　蕭衍若降，乞萬戶侯。4779

乞，如字，匄也　上謂侍臣曰：「君集有功，欲乞其生可乎？」6194

乞，音氣　今縣官出三千萬自乞之，何哉。796

乞，音氣，與也　5461

邔，孟康曰：邔，音忌。師古曰：邔，音其　邔人秦豐起兵於黎丘，攻得邔、
　　宜城等十餘縣。1272

企，欺冀翻　見逼迫，無以自救，企望義兵，解國患難。1907

企，區智翻　藩內弟羅企生爲仲堪功曹，藩退，謂企生曰。3409

企，去智翻　東土遭亂，企望官軍之至。3500

企，去智翻，舉踵也　聞本土安寧，皆企望思歸。2017

屺，壚里翻　未取廢陟屺寺，欲居之。5336

玘，口紀翻　議郎周玘。2690

玘，壚里翻　賀循爲丹陽內史，周玘爲安豐太守。2715

玘，《索隱》曰：「玘」，一作「起」，並音怡　其欲無窮，劫陛下之威信，其志
　　若韓玘爲韓安相也。277

玘，起里翻　弘玘結封州刺史劉隱，許妻以女。8496

玘，區里翻　是夕作亂，殺班。推都指揮使雍丘劉玘爲留後。8714

玘，壚里翻　吳興太守周玘宗族強盛。2796

棨，師古曰：棨，有衣之戟，音啓　棨戟十。887

棨，音啓　荊、江、雍、梁、交、廣、益、寧八州刺史印傳、棨戟。2995

綮，康禮翻　以右散騎常侍鄭綮爲禮部侍郎、同平章事。8452

綺，區几翻　妻曹氏不衣紈綺。5842

契，洪遵曰：契丹之讀如喫，惟《新唐書》有音。今從欺訖翻　仁恭辭以契丹
　　入寇。8506

契，苦結翻　死生契濶，相與共之。1984

契，欺紇翻，又音喫　廣陽不受欲北入奚契丹至溫泉柵。7139

契，欺詰翻。程大昌曰：契丹之契，讀如喫　十二月燕王熙襲契丹。3588

契，欺訖翻　庫莫奚者，本屬宇文部，與契丹同類而異種。3384

契，欺訖翻，又音喫　契丹、庫莫奚皆降於燕。3668

契，師古曰：契，音詰結翻　私恩微妾，而以天下公用給其私門，契國威器，
　　共其家備。音註：李奇曰：契，缺也。……師古曰：李說是也。1099

契，息列翻　稷、契、皋陶、伯益、伊尹、周公、孔子皆大儒也。881

契丹，欺訖翻，又音喫；契骨，苦結翻　東走契丹，北並契骨。音註：契骨，
　　即唐之結骨。《新唐書》曰：黠嘎斯，古堅昆國，或曰居勿，或曰骨結。蓋
　　堅昆語訛為結骨，稍號紇骨，亦曰紇扢斯。5140

訖，下沒翻　柔然紇升蓋可汗先不設備，民畜滿野，驚怖散去。3810（編者按：
　　此處「訖」當作「紇」）

訖，亦盡也，居乞翻　帝王之怒，不宜訖情盡意。2410

愒，呼葛翻　若糾彈之司，使奸人得而恐愒。6714

愒，今人讀如喝，呼葛翻　恐愒愚夫。6001

愒，許葛翻　纂本以恐愒超。3519

葺，七入翻　諸道兵入城縱掠，焚府寺民居什六七，王徽累年補葺，僅完一二。
　　8328

憩，去例翻　至城旁市中憩止。5964

憩，去例翻，息也　引兵憩於北邙茂林之下。8975

磧，七迹翻　築長城，自代並陰山下，至高闕為塞。音註：劉昫曰：高闕北拒
　　大磧口三百里。209

磧，七逆翻　吳人於江磧要害之處。2561

磧，七亦翻　賜啓民璽書，論以「磧北未靜，猶須征戰」。5632

薺，齊濟翻　斧鉞之誅，其甘如薺。5230

薺，齊禮翻　今日就戮，甘心如薺。4213

薺，在禮翻　葅醢之戮，其甘如薺。2694

掐，苦洽翻　掐興宗手。4085

帢，苦洽翻　死之日，當以白帢入棺，勿以朝服斂。2922

帢，苦洽翻，帽也　機聞秀至，釋戎服，著白帢。2688

帢，苦洽翻　欲悉呼外兵入，人賜白帢。2481

洽，音狹　上益喜，前後賞賜優洽。5548

芊，音千　文育由閒道兼行，據芊韶。5161

岍，輕煙翻　洛周自松岍赴之。4710

岍，與研同　居延州都督李合珠並爲冷岍道行軍總管。6320

汧，口肩翻　帥其眾奔泚至汧陽。7368

汧，口堅翻　三輔聞翟義起自茂陵以西至汧。1162

汧，苦堅翻　又使司馬錯發隴西兵。音註：扶風汧縣之西有大隴山，名隴坻。135

搴，起虔翻　明徹奮髯曰：「搴旗陷陳，將軍事也。」5384

搴，師古曰：搴，拔也，音騫　搴歂侯之旗。947

譽，與愆同　其令許侯思譽田廬。1492

譽，與愆同，籀文也　是歲，命將作大匠康譽素之東都毀明堂。6831

騫，音仙。莽改汝南新蔡曰新騫（服虔曰）。師古曰：騫，猶仙耳，不勞假借音。其立安爲新騫王。1222

褰，起虔翻　承業入，褰帳撫王曰：「此豈王安寢時耶。」8732

拑，其炎翻　且臣恐天下之士拑口，不敢復言矣。523

拑，賢曰：何休《公羊傳》曰：拑，以木銜其口也。拑，音巨炎翻　方將拑勒鞭䪕以救之，豈暇鳴和鑾調節奏哉。1725

乾，孟康曰：乾，音干　又西擊庫狄部，徙其部落，置之桑乾川。3281

乾，孟康曰：乾，音干　至桑乾之北。2156

乾，音干　上以旱爲憂。公孫卿曰：「黃帝時，封則天旱，乾封三年。」上乃下詔曰：「天旱，意乾封乎！」685

揵，師古曰：揵，巨偃翻　淮陽包陳而南揵之江。484

鈐，其廉翻　以左玉鈐衛中郎將淳于處平爲陽曲道行軍摠管，擊之。6434

鈐，與鉗同，其廉翻，刃也　太官雜器、太僕乘具、內庫弓矢刀鈐。4278

鉆，其廉翻　自往者大獄以來，掠者多酷，鉆鑽之屬，慘苦無極。音註：《說文》曰：鉆，鍛也。《國語》曰：中刑用鑽鑿，皆謂慘酷其肌膚也。1497

鉗，其廉翻　錘鉗鋸鑿，可以害人之具。3151

鉗，其炎翻　輒收捕驗治，燒鐵鉗灼，強服之。728

鉗，其炎翻，以鐵束項　布乃髡鉗爲奴，自賣於魯朱家。359

箝，其廉翻　忠臣烈士皆撫髀於私室而箝口於公朝。6565

黔，巨今翻　黔中、巫郡非王之有。95

黔，其今翻　要以割巫、黔中郡。112

黔，其今翻，又其炎翻　秦武安君定巫、黔中，初置黔中郡。146

黔，其廉翻，黎黑也　今乃棄黔首以資敵國。217

黔，渠今翻　楚自漢中，南有巴、黔中。43

黔，渠今翻，又其廉翻　韋士宗既入黔州。7594

黔，《姓譜》：齊有黔敖，則黔亦姓也，音其淹翻　吾吏有黔夫者，使守徐州。50

黔，音琴　秦惠王使人告楚懷王，請以武關之外易黔中地。94

黔，音禽　賢卒死於黔中。7037

黔，音禽，又其廉翻　丙寅，韋士宗復入黔中。7589

灊，音潛　乃燒宮室，奔其部曲陳簡、雷薄於灊山。2014

慊，苦簟翻　但舉朝無蹈難之臣，使聖情慊慊耳。7358

繾，詰戰翻，又去演翻　繾綣朝夕，臣節愈恭。2956

譴，詰戰翻　嘗譴后，欲加之罪。5407

譴，去戰翻　戊辰，珪譴責賀夫人。3623

譴，去戰翻，責也　今坐朝廷譴舉有不當者。276

芡，巨險翻　采草根、木葉、菱芡而食之。5039

俔，賢曰：俔，音苦見翻。《說文》曰：俔，譬諭也　俔天必有異表。1656

倩，七正翻　賈妃大懼，倩外人代對。2551

倩，七政翻　三五民丁，倩使暫行。3947

倩，七政翻，假倩也　或自不能書牒，倩人書者，必書所倩姓名。9485

倩，千甸翻　倩、柔，皆蘊之弟也。3251

倩，千見翻　與客胡倩等謀反。737

傔，丁念翻　悅傔人周子俊射之。7107

傔，苦念翻　會希逸傔人孫誨入奏事。6827

傔，苦念翻，傔從也　傔人王義自後抱賊大呼，賊斷義臂而去。7713

嗛，乎監翻，口有所銜也　王夫人知帝嗛栗姬。533

蒨，倉甸翻　上立兄子蒨爲臨川王，頊爲始興王；弟子曇朗已死而上未知。5169

蒨，七見翻　及將圖僧辯，密使兄子蒨還長城。5134

塹，七艷翻　使高壘深塹勿與戰。338

塹，七豔翻　塹山堙谷。244

塹，士豔翻　既而長圍已立，塹柵嚴固。4506

壍，即塹字，音尺豔翻　四面圍城，各有所守，穿壍，塞門戶。938

歉，苦簟翻　貞觀之初，天下饑歉。6132

壍，七艷翻　以土丸填壍。2250

壍，七豔翻　死傷蔽地，血流盈壍。2442

蜣，丘良翻　取蛣蜣之轉也。8999

槍，千羊翻　初，李希烈據淮西，選騎兵尤精者爲左右門槍。7478

羫，苦江翻　餉武陵王贊犢一羫。4213

鎗，楚庚翻　聞喜公子良持酒鎗。4253

鏘，千羊翻　鄱陽王鏘爲司徒。4357

鏘，于羊翻　鏘爲鄱陽王。4230

強，巨兩翻　長沙太守張羨，性屈強。2008

強，陸德明音義曰：其良翻，又其兩翻　李吉甫常言人臣不當強諫。7690

強，其良翻　今非稅而誅求者殆過於稅。後又云和糴，而實強取之。7508

強，其良翻，又其兩翻　楚王怒曰：「秦詐我，而又強要我以地！」112

強，其兩翻　少年強請，乃許。287

強，其兩翻　王聞之，怒，強起武安君。181

強，其兩翻，姓也　會有天變，榮與強國言於秦主生日。3152

強，其兩翻，又如字　豎眼遣虎威將軍強蚪攻信義將軍楊興起。4625

強，其兩翻，又音如字　今逐李公而強請之，是反也，其可乎！7079

強，如字　欲強取之。7378

強，師古曰：強，勉也，音其兩翻　治性之道，必審己之所有餘而強其所不足。925

強，師古曰：強，其兩翻　不欲者不強。1104

漒，其良翻　秦以辟奚爲安遠將軍、漒川侯。3245

漒，渠良翻　長史鍾惡地，西漒羌豪也。3245

嬙，慈良翻　嬪嬙之儀，既已盛矣。竊聞後庭之數，或復過之。2306

嬙，音牆　帝以後宮良家子王嬙字昭君賜單于。942

繦，居兩翻　帝二子丕、奕，皆在繦褓。3048

褓，居兩翻　太后以帝在褓褓。1563

褓，舉兩翻　因收積宗族，匡周以下至褓褓中子，皆殺之。8008

繦，居兩翻，亦錢貫也　錢之爲用，貫繦相屬。4631

繦，舉兩翻　大將軍抱持幼君褓繦之中。779

繦，舉兩翻，錢貫也　老幼繦屬，月餘不絕。8626

悄，七小反　相對抱膝，終日悄然。8364

悄，千小翻　故《詩》云：憂心悄悄，慍于羣小。914

鄡，苦么翻　賴朱敬則及鳳閣舍人桓彥範、著作郎陸澤魏知古保救得免。音註：先天元年，方復置深州，又分饒陽、鹿城於古鄡城置陸澤縣。6566

鄡，苦幺翻　將軍孫威拒琨於黃丘。音註：魏收《地形志》：鉅鹿郡鄡縣有黃丘。3114

鄗，呼各翻　魏、韓會於鄗。49

鄗，音浩　使豐、鄗之都復輸寇手。3714

鄗，古么翻　師古曰：茲鄉，鄗陽縣之鄉也。403

鄗，苦堯翻　蕭王擊銅馬於鄗。1269

鄗，羌堯翻　樂成王黨坐賊殺人，削東光鄗二縣。1544

磽，杜佑曰：磽，口交翻；磝，音敖；楊正衡曰：磽，口勞翻；磝，五勞翻；毛晃曰：磽，丘交翻；磝，牛交翻；或曰：磽，音確；磝音爻　屯於磽磝津。3124

磽，丘交翻，楊正衡曰：磽，口勞翻，杜佑曰：磽，口交翻　會謝玄遣龍驤將軍劉牢之等據磽磝。3336

磝，牛交翻　乃自硃磝津西渡。2779

硃，丘交翻　乃自硃磝津西渡。2779

蹻，居畧翻　得賂則譽跖、蹻爲廉良，佛意則毀龔、黃爲貪暴。7668

蹻，巨嬌翻　則事可定，賊可死，功可蹻足而待矣。2243

蹻，巨驕翻　不至二年，卒散民盡，可蹻足而待也。4007

蹻，訖約翻，屨也，草履也　違覆而得中，猶棄敝蹻而獲珠玉。2214

僑，渠嬌翻　使敵無所資，彼僑軍無食。3615

僑，渠驕翻　南人昔有淮北之地，自比中華，僑置郡縣。4351

僑，音喬　時朱鮪、李軼、田立、陳僑將兵，號三十萬。1271

僑，音喬，寄也，客也　今維孤軍遠僑。2428

譙、巢，聲相近　陳守、尉皆不在，獨守丞與戰譙門中，不勝。音註：樓，一
　　名譙，故謂美麗之樓爲麗譙；亦呼爲巢。所謂巢者，亦於兵車之上爲樓以
　　望敵也。255

憔，慈消翻　久之，歡見子如，哀其憔悴。4923

憔，昨遙翻　榮見其憔悴，未之奇也。4737

趫，巨嬌翻，善走也　隆基有二奴，王毛仲、李守德皆趫勇善騎射。6648

趫，丘妖翻　飛燕名燕，輕勇趫捷。故軍中號曰「飛燕」。1878

趫，丘妖翻，捷也　堅心然之，畏生趫勇，未敢發。3164

愀，七小翻　王導愀然變色曰：「當共戮力王室，克復神州。」2771

愀，子小翻　勒愀然長嘯。2776

陗，與峭同。陗，謂峻陋也，章笑翻　錯爲人陗直刻深。491

峭，七肖翻　烏桓峭王亦率種人。1977

峭，七肖翻，峻也　休爲人峭直，不干榮利。6801

峭，七笑翻　遼東蘇僕延有眾千餘落，自稱峭王。1813

峭，賢曰：峭，峻也，七笑翻　倫雖天性峭直。1482

誚，才笑翻　楚王由此怨布，數使使者誚讓。320

誚，七笑翻，責也　二世數誚讓李斯：「居三公位，如何令盜如此。」267

鞘，所交翻　突厥遣其杜國康鞘利等。5740

鞘，所交翻，鞭鞘也　上自繫薪於馬鞘以助役。6230

窽，苦弔翻，空也，穴也　羊侃使鑿門上爲窽。4987

翹，祈消翻　以六軍判官永泰葉翹爲內宣徽使、參政事。9136

切，師古曰，切，門限也，音千結翻　切皆銅沓，黃金塗。1002

茄，《類篇》：茄，求加翻　與侃等會於茄子浦。2957

且，七余翻　迪趙且顧望，並不至。5220

且，師古曰：且，音子餘翻　至興國且同亭。975

且，師古曰：且，子閭翻　秋，羌若零、離留、且種、兒庫共斬先零大豪猶非、楊玉首。855

且，師古曰：且，子如翻　魏主珪如豺山宮，遂至寧川。音註：《地理志》曰：於延水出代郡且如縣塞外。3605

且，師古曰：且，子余翻　單于自將精兵度姑且水。735

且，師古曰：且，子余翻。車，昌遮翻　生二子，長曰且莫車。959

且，師古曰：且，子餘翻。鞮，丁奚翻　匈奴呴犂湖單于死，匈奴立其弟左大都尉且鞮侯爲單于。708

且，賢曰：且，子余翻　且凍、傅難種羌遂反。1687

且，姓也，子余翻　詔益州行臺右僕射寶軌、渭州刺史且洛生救之。5953

且，音苴，子閭翻　馳義侯發南夷兵，欲以擊南越。且蘭君恐遠行。672

且，子閭翻　太子使舍人無且。729

且，子余翻　楚使項聲、龍且攻九江。331

且，子於翻　進攻集木且羌於河西，克之。2971

且如之且，子如翻　拓跋珪大會於牛川。音註：《班志》，於延水出代郡且如塞外，則牛川亦當在且如塞外也。3358

挈，即提挈之挈，音詰結翻　挈國以呼禮義，而無以害之。127

愜，苦叶翻　移之他鎮，乃愜眾心。7676

愜，音苦頰翻　凡中國所以爲通厚蠻夷，愜快其求者，爲壞比而爲寇。979

愜，詰叶翻　遂擊滔於愜山之西。7331

愜，苦叶翻　不建不世之勳，不足以鎮愜民望。3248

悏，與愜同，詰叶翻　受命則無違迕之患，使令則有稱悏之效。8595

朅，丘竭翻　安西節度使高仙芝破朅師，虜其王勃特沒。6898

朅，丘竭翻，又去謁翻　吐火羅葉護失里怛伽羅遣使表稱：「朅師王親附吐蕃。」6897

篋，古頰翻　俗吏之所務，在於刀筆、筐篋。474

篋，詰協翻，竹笥也　是時新遭大憂，法禁未設，宮中亡大珠一篋。1561

篋，苦協翻　賜敬德金銀一篋。5891

篋，竹笥也，音古頰翻　文侯示之謗書一篋。103

鍥，賢曰：鍥，刻也，音口結翻　願陛下寬鍥薄之禁。1737

劘，巨斤翻　時綿竹土豪何義陽、安仁費師勲等。8380

沁，七浸翻　李懷光等屯晉州張維岳等屯沁州。7147

沁，七鴆翻　尉遲迥遣其子魏安公惇帥眾十萬入武德，軍於沁東。5421

沁，千浸翻。任，音壬　遣其僕射任褒將兵南掠至沁水。4750

沁，千鴆翻　所有者并、汾、忻、代、嵐、憲、隆、蔚、沁、遼、麟、石十二
　　州之地。9453

沁，師古曰：沁，千浸翻　憲以賤直請奪沁水公主田園。1493

沁，牛鴆翻　以沁州刺史李存進爲天雄都巡按使。8790（編者按：「牛」，文淵
　　閣本作「午」）

蜻，倉經翻　入自蜻蛉川，至於南中。5551

輕，苦定翻　吳兵剽輕，難與角逐。8607

輕，牽正翻　曾習軍旅，豈同剽輕之師。4965

輕，遣政翻　且赫連昌狷而無謀，好勇而輕。3799

輕，區竟翻　主上自東宮素無令譽，媟近左右，慓輕忍虐。4445

輕，區正翻　僕固懷恩恃功驕蹇，其子瑒好勇而輕。7142

輕，虛勁翻　太尉亞夫言於上曰：「楚兵剽輕，難與爭鋒。」523

輕，墟正翻　其所任用，好奇取異，多剽輕小才。1989

輕，墟政翻　余公理輕而無謀。5611

勍，其京翻　岳私謂其兄勝曰：「醜奴，勍敵也。」4771

勍，渠京翻　將軍獨拔勍敵，其功又難於信也。1334

勍，渠京翻，強也　此亦勍敵，何謂弱也。3311

黥，其京翻　君又殺祝懽而黥公孫賈。63

黥，渠京翻　刑其傅公子處，黥其師公孫賈。48

頃，窺營翻　楚襄王兵散，遂不復戰。音註：班《志》，陳縣屬淮陽國。《註》
　　云：楚頃襄王自郢徙北。146

囚，徐尤翻　湯亦治他囚導官，見謁居弟，欲陰爲之，而佯不省。654

蚪，渠幽翻　以義陽內史龐孟蚪爲司州刺史。4095

訧，渠留翻　是歲，齊桓公亦薨，子威王因齊立。音註：《謚法》：強毅訧正曰威。33

酋，才由翻　高州酋長馮盎馳詣京師請討之。5589

酋，慈秋翻　酋豪泣血，驚懼生變。1690

酋，慈尤翻　蠻酋樊五能攻破淅陽郡以應魏。4858

酋，慈由翻　收烏桓酋豪，縛，倒懸之。酋豪兄弟怒共殺匈奴使。1183

酋，師古曰：酋，才猶翻。涂，音塗　至祁連山，得單桓、酋涂王。631

酋，自秋翻　帝以北方酋長及侍子畏暑。4410

遒，才由翻　立阜陵王代兄勃遒亭侯便爲阜陵王。1710

遒，慈秋翻，健也，固也　庫狄干鮮卑老公，斛律金敕勒老公，並性遒直，終不負汝。4945

遒，師古曰：遒，音才由翻　聰遂寇逡遒、阜陵。2943

綵，音求　緗爲集王，綵爲冀王。7614

賕，音求　上患吏多受賕。6029

璆，渠幽翻　謂故吏留臺治書陽璆曰。3447

璆，渠尤翻　朱儁與荊州刺史徐璆等合兵圍之。1874

璆，音求　與弟璆謀，使人告義珣非上金子。　6758

璆，音求，又渠幽翻　執戍主曹璆等。4982

璆，與球同　及安祿山反，軍使成如璆遣其將衛伯玉將千人赴難。7096

蝤，才由翻　李大目、白繞、眭固、苦蝤之徒，不可勝數。1878

蝤，音由　龍興而致雲，蟋蟀竢秋唫，蜉蝤出以陰。841

銶，音求　立皇弟銶爲晉熙王。4271

糗，去九翻　吾眾十倍於敵，糗糧山積。3285

糗，去久翻　彼糧糗日盡，野無所獲。6171

糗，去久翻，熬米麥爲之　揚州民感悅軍還，或負糗糒以送之。9558

糗，去久翻，又丘救翻　隗囂病且餓，餐糗糒。1361

曲，蘇林曰：曲，音齲。遇，音顒。師古曰丘羽翻　西與秦將楊熊會戰白馬，又戰曲遇東。288

曲、逆，讀皆如字。《文選・高祖功臣贊註》曰：曲，區句翻；逆，音遇；非也。
　　顏之推曰：俗儒讀曲逆爲去遇；票姚校尉曰飄搖。票姚，諸儒有兩音；最
　　無謂者，曲逆爲去遇也　帝南過曲逆。378

陕，師古曰：陕，音祛　以罔爲周陕。1039

屈，北屈，陸求忽翻，顏居勿翻　《水經註》：孟門在河東北屈縣西。29

屈，九勿翻　昭、屈、景，皆楚之同姓，楚，強族也。51

屈，九勿翻，姓也　君之子無傳，臣進屈侯鮒。20

屈，居勿翻　下江諸將雖屈強少識。1238

屈，其勿翻　欲戰不得，攻之不拔，情見勢屈。328

屈，其勿翻，盡也　則物力必屈。451

屈，丘勿翻　以涿郡太守劉屈氂爲丞相封澎侯。726

屈，求勿翻　功德不紀，而得屈起在此位者也。1327

屈，區勿翻　煬帝遣車騎將軍屈突通以高祖璽書徵之。5606

屈，渠勿翻　長沙太守張羨，性屈強。2008

屈，師古曰：屈，居勿翻　姚襄將圖關中。夏，四月，自北屈進屯杏城。3161

屈，師古曰：屈，音居勿翻　琨進據藍谷，猗盧遣拓跋普根屯於北屈。2800

屈，師古曰：屈，音其勿翻　雖屈強於此。882

屈，賢曰：屈，求勿翻　諸將皆庸人屈起。1254

屈，姓也，音九勿翻　楚王不聽，使屈匄帥師伐秦。92

屈，與倔同，其勿翻　若兵以義立，則屈強之徒不足爲明公敵矣。4803

祛，丘於翻，攘卻也　故作《學箴》以祛其蔽。3023

祛，音區　上曰：「吾居代時，吾尚食監高祛數爲我言趙將李齊之賢。」498

祛，丘居翻　臣以爲封禪告成，合祛於天地神祇。676

區，豈俱翻，又音歐，今湖南多此姓　辭以晝寢恆謂客將區弘練曰。9260

區，烏侯翻，姓也，又如字　長沙賊區星自稱將軍。1886

區，烏侯翻，姓也。又虧于翻　爲其將區景所殺。2105

區，烏侯翻。今廣中猶有此姓。姓譜云今長沙有此姓，音豈俱翻　象林蠻區憐
　　等攻縣寺，殺長吏。1680

蛆，子余翻　目中生蛆。1609

詘，讀曰黜　裂楚之地，足以肥國，詘楚之名，足以尊王。134

詘，曲勿翻，《禮記》不充詘於富貴。詘者，喜失節貌。予謂：此詘即屈伸之屈
　　與富貴而詘於人。198

詘，區勿翻　君不以此時恤民之急而顧益奢，此所謂時詘舉贏者也。65

詘，與屈同　富貴不能淫，貧賤不能移，威武不能詘。100

詘，與屈同，渠勿翻　南足以破楚，西足以詘秦，北足以敗燕，中足以舉宋。
　　129

趨，七喻翻　夫大儒者，惡肯毀其規矩、準繩以趨一時之功哉。376

嶇，丘于翻　蒲子崎嶇，難以久安。2740

嶇，音區　今王眾不過數十萬，皆蠻夷，崎嶇山海間。395

敺，讀與驅同　不示以大化而獨敺以刑罰。1050

敺，讀曰驅　先敺光祿大夫張猛進曰。911

敺，師古曰：敺，與驅同　太子引兵去，敺四市人。731

敺，烏口翻　阿鼠家童數人曳如晦墜馬，敺之，折一指。5959（編者按：「敺」，
　　當爲「毆」字之誤）

敺，與驅同　今敺民而歸之農，皆著於本。452

趨，《索隱》曰：趨者，向也，附也，音七喻翻　明日秦人皆趨令。48

趨，讀曰促　而急趨丞相、御史定功行封。370

趨，讀曰趣　治城郭，收賦租，先明布告其日，以期會爲大事。吏民敬畏，趨
　　鄉之。862

趨，讀曰趣，七喻翻　定方乃命蕭嗣業、回紇婆閏將胡兵趨邪羅斯川。6306

趨，讀曰趣，趨玉翻　乃命悉以其錢帛散之軍士，且趨使戰。3234

趨，讀曰趣，與促同　而有司奏請加賦，甚繆經義，逆於民心，市怨趨禍之道
　　也。1028

趨，七喻翻　又處戰攻之世，天下趨於詐力，猶且不敢忘信，以畜其民。49

趨，七喻翻，又逡須翻　舉遣晉王仁越將兵趨劍口，至河池郡。5746

趨，七喻翻，又音如字　趙奢許諾。即發萬人趨之。157

趨，七諭翻　眞北趨中山，屯於承營。3333

趨，逡喻翻　拔悉密眾潰走，趨北庭，不得入。6743

趨，逡遇翻　徑乘小船欲趨懿。2389

趨，逡諭翻　今欲與君敕裝共趨魏州。7322

趨，師古曰：趨，讀曰趣　見日磾，色變，走趨臥內，欲入。744

趨，師古曰：趨，讀曰趣，言苟取辦。趣，與促同　喪事倉卒，吏賦斂以趨辦。
　　1013

趨，師古曰：趨，讀曰趣。趣，嚮也　竊見當世趨務不合於道者，謹條奏。844

趨，師古曰：趨，讀曰趣。趣，向也，七喻翻　引兵獨進，敗走；趨立營。975

趨，與趣同，尺玉翻　謂璟曰：「朕謂已斬，乃猶未也！」命趨斬之。6602

趨，與趣同，七著翻　吏部尚書何尚之言於帝曰：「范曄志趨異常。」3890

趨，與趣同，音七喻翻　時正晝出兵，歷北邙，抵河陽，趨鞏而去。5910

趣，讀如趣嚮之趣，逡須翻。後以義推，又七喻翻　從驪山下道芷陽間行趣霸
　　上。303

趣，讀曰促　王大怒曰：「是人也，故來犯吾，趣召鑊烹之。」214

趣，讀曰促，催也　語未卒，信陵君色變，趣駕還魏。201

趣，讀曰促，速也　參聞何薨，告舍人，趣治行。412

趣，讀曰趨　寔以時俗喜進趣。2595

趣，讀曰趨，又七喻翻　此乃孤幼時進趣之行也。1464

趣，急也，音促　於是秀趣駕而出。1259

趣，七喻翻　令董璋引陝虢、澤潞之兵，自石會關趣太原。8891

趣，七喻翻　於是士爭趣燕。93

趣，七喻翻，又讀曰趨　弼知其驕惰，更引兵趣孔範。5508

趣，七喻翻，又逡須翻　辛巳，旦，東南由山足細道趣霍邑。5748

趣，七喻趣　己酉，威聞之，即引兵行，趣澶州。9447

趣，逡喻翻　李希烈攻逼汴、鄭，江、淮路絕，朝貢皆自宣、饒、荊、襄趣武
　　關。7379

趣，逡諭翻　若有變則汝曹西趣柏泉以分其勢。7486

趣，逡諭翻，又逡須翻　以塞雲南趣蜀之路。7516

趣，師古曰：趣，讀曰促　高威自此成，故秦之亂，正先趣之。932

趣，謂曰促　昌宗從旁迫趣說，使速言。6564

趣，賢曰：趣，向也，春遇翻　彭趣索欲上。1285

趣，與趨同，七喻翻　命中山王英趣義陽。4588

趣，與趨同，音七喻翻　帥步騎六萬及蘭河二州降胡趣遼東。6214

麴，丘六翻，酒母　呂兗選男女羸弱者，飼以麴麪而烹之。8720

麴，音曲　或請聽民造麴，而於秋稅畝收五錢。9021

朐，師古曰，朐，音劬。晉書音義：朐，音蠢　璋以讎爲征東中郎將，率眾擊
　　劉表，屯朐䏰。1956

朐，音劬　於是立石東海上朐界中，以爲秦東門。245

朐，應劭曰：朐，音煦。師古音香于翻，康求于翻，非　岐、梁、涇、漆之北
　　有義渠、大荔、烏氏、朐衍之戎。208

朐，音劬　又遣平南將軍郎大檀等三將出朐城。4239

璩，其於翻　以前東川節度使高璩爲兵部侍郎、同平章事。8111

璩，強魚翻　玄遣使加益州刺史毛璩散騎常侍左將軍。3557

璩，求於翻　敦煌太守尹璩卒。2523

蘧，其於翻　昶使典籤蘧法生奉表詣建康，求入朝。4078

蘧，求於翻　此蘧伯玉之敬也。1477

欋，其俱翻　欋推侍御史。6478

取，讀曰娶　起取齊女爲妻。21

取，師古曰：取，讀曰娶　故使天下承化，取女皆大過度。895

取，師古曰：取，皆讀曰娶　乃者國家之難，本從無嗣，配取不正，請考論五
　　經，定取后禮。1138

取，音趣，又音秋　操攻郯不能克，乃去，攻取慮、睢陵、夏丘。1945

娶，字當從《史記》作取　呂不韋娶邯鄲諸姬絕美者與居。185

去，起呂翻　起易去也，起爲人剛勁自喜。30

去，羌呂翻　初，齊湣王既滅宋，欲去孟嘗君。145

去，羌呂翻，除也；後以意推　秦王亦去帝，復稱王侯。122

去，丘呂翻　掘野鼠、去草實而食之。757

去，丘呂翻，棄也　得漢食物，皆去之。468

去，上聲　今存要去閒，併小爲大。5468

去，師古曰：去，除也，丘呂翻　乃去其單于號。643

去，師古曰：去，謂除去皇后也，音丘呂翻　今皇后當免身，可因投毒藥去也。
　　798

閴，苦鵙翻　臺省監署莫不閴然。5836

覰，七慮翻，伺視也　儻有賊臣啗寇，點虜覰邊。7349

佺，莊緣翻　立皇子佺爲東陽王。5496

悛，丑緣翻　假使所非實是，則固應悛改。1499

悛，丑緣翻，改也　此取禍之道也，飛猶不悛。2189

悛，丑緣翻，改也，止也　智伯不悛。絺疵請使於齊。13

悛，丑緣翻，又七倫翻　釋子冀州主簿悛、幽州參軍抽來奔喪。2773

悛，七倫翻，又丑緣翻　是歲益州行事劉悛上言。4304

悛，七倫翻，又且緣翻　釋子悛勸釋伏兵請本，收斬之，悉誅其家。2747

悛，七緣翻　纂遜辭謝之然猶不悛。3519

悛，且緣翻，改也　豈若開門作節度使終身富貴邪及今悛悔。8464

圈，其卷翻，又其權翻　敕勒皆驚駭，曰：「圈我於河西，欲殺我也。」3815

圈，丘員翻　或以鐵圈轂其首而加楔。6440

圈，求阮翻　上幸虎圈鬭獸。927

圈，求遠翻　釋之從行，登虎圈，上問上林尉諸禽獸簿。458

圈，渠篆翻　攻馬圈城四十日。4436

佺，丑緣翻　良佺棄石會關，退屯鼓腰嶺。7999

佺，此緣翻　幽求薦左羽林將軍孫佺代之。6672

佺，且緣翻　楊佺期、趙睦追之。3410

拳，康曰：與絭同，攘臂繩也。……余謂當從《索隱》說，康說非　夫解雜亂
　　紛糾者不控拳。52

拳，賢曰：拳拳，猶勤勤也，音權　而欲先營外家之封，違慈母之拳拳乎。1479

惓，讀曰拳　臣不勝惓惓。733

惓，達員翻　以是見聖人於君臣之際，未嘗不惓惓也。3

痊，且緣翻　陛下御膳違和，痊復非久。5255

觠，巨員翻，曲角也　觠牸牛犢。4923

詮，丑緣翻　鑒，詮之子也。4685

詮，此緣翻，《說文》具也　帝命祕書監柳顧言等詮次，除其複重猥雜。5694

詮，且緣翻　吳將于詮曰。2442

眄，姑泫翻　冠軍將軍王景胤、李眄、輔國將軍魯方達等與魏王足戰。4551

眄，古泫翻　大王興於眄畝。8463

綣，區願翻　繾綣朝夕，臣節愈恭。2956

炔，師古曰：炔，音桂，姓也　事未決給事中博士申咸炔欽上書。1078

卻，丘略翻　羣居黨議，朋友相爲，使夫宗室擯卻。561

郤，與隙同　上令公卿、列侯、宗室雜議，莫敢難；獨竇嬰爭之，由此與錯有郤。517

埆，克角翻，磽瘠也　然其方土寒埆，穀稼不植。2287

埆，音覺，又音確，土薄也　今西州邊鄙，土地墝埆。1739

确，克角翻，磽确也。瘠土薄也　況天德故城僻處确瘠。7700

确，克角翻，山多大石也　武昌土地危險墝确。2499

榷，古岳翻　而元懿幸災榷利，重增困瘵。4282

榷，古岳翻　春，二月，詔有司問郡國所舉賢良、文學，民所疾苦、教化之要，皆對：「願罷鹽、鐵、酒榷、均輸官。」757

榷，訖岳翻　以本官兼學士令講論前言往行，商榷政事，或至夜分乃罷。6023

榷，《前書音義》曰：辜，障也。榷，專也，謂障餘人買賣而自取其利。榷，古岳翻　豪右辜榷。1859

榷，《前書音義》曰：辜，障也；榷，專也。謂障餘人買賣而自取其利。榷，音古岳翻　甫使門生於京兆界辜榷官財物七千餘萬。1851

榷，如淳曰：榷音較　初榷酒酤。719

慤，師古曰：慤，謹也，口角翻　高武侯喜姿性端慤。1125

確，克角翻　上深以爲然，眾亦服其確論。6084

闋，古穴翻，終也　陛下祥練已闋，號慕如始。4314

闋，空穴翻，盡也　常思歲熟得歸鄉里，眾雖萬數，不敢署有城邑，日闋而已。1228

闋，苦穴翻　裕聞華賢，欲用之，乃發厥喪，使華制服，服闋，辟爲徐州主簿。3691

闋，苦穴翻，歌終也　元忠車上取箏皷之，長歌慷慨，歌闋。4804

闋，師古曰：闋，盡也，音口決翻　且無巡狩，須闋大服，以安聖體。1201

闕，其月翻　文公於是懼而不敢違。音註：杜預曰：闕地通路曰隧，此乃王者葬禮也。5

齾，傾雪翻　以其嘗墜馬折齒，更名曰齾。3140

囷，區倫翻　至有空申簿帳，僞指囷倉。7535

囷，去倫翻　諸將爭取金帛，徐溫獨據米囷，爲粥以食餓者。8388

逡，七倫翻　翟璜逡巡再拜曰：「璜，鄙人也。失對，願卒爲弟子。」20

逡，七旬翻　讓召元帥府記室邢義期博，逡巡未就，杖之八十。5763

逡，七荀翻　世民逡巡稍卻以誘之。5910

逡，千旬翻　是時清名之士，又有琅邪紀逡、齊薛方、太原郇越、郇相。1195

逡，師古曰：逡，七旬翻　有功者上，無功者下，則羣臣逡。594

逡，師古曰：逡，千旬翻　顯心欲附之，薦言：「昭儀兄謁者逡脩敕，宜侍幄帷。」945

逡，師古曰：逡，音峻　聰逐寇逡遒、阜陵。2943

帢，渠云翻　宋元嘉之世，諸王入齋閣，得白服、帢帽見人主。4264

裙，渠云翻　高敖曹時在外略地，聞之，以乾爲婦人，遺以布裙。4805

裙，渠云翻，下裳也　蕭淵藻裙屐少年。4552

R

然，與燃同　見火起，則亦然之。4417

然，與燃同，燒也　矢石不能入，火不能然。8156

髯，而占翻　珪自將大軍從中道出駮髯水以襲高車。3486

髯，如占翻　惟山陵使長而多髯，攀靈駕不去。8030

髯，人占翻　鼎既成，有龍垂胡髯下迎黃帝。664

顲，如占翻　北漢主奮顲曰。9504

染，陸德明：染，而豔翻；劉而險翻　使告司染都尉韓文殊父子謀作亂立懌。4657

染，陸德明曰：染，如豔翻；劉而險翻　卜者蘇玄明與染坊供人張韶善。7836

染，如艷翻，又如險翻　非惟塗炭平人，實亦污染將士。8125

染，如豔翻，又而險翻　何爲虛取容納之名，染於人口。8019

瀼，而章翻　太后命於朝堂杖之一百，長流瀼州。6428

瀼，如羊翻，又而章翻　下制但述毛仲不忠怨望，貶瀼州別駕。6793

瀼，如羊翻。杜佑曰：而章翻　於是瀚海大都督回紇承宗流瀼州。6779

禳，而羊翻　有司以天文失度，請禳之。4252

禳，加羊翻　陛下宜恭默思道以禳災譴。6410

禳，如羊翻　必迎神於西，禳惡於北，具行吉禮。4301

禳，如羊翻，除殃祭也　秦羣臣奏請禳災。3156

禳，如羊翻，厭除也　辛亥，復罷兵還府，其實無赴難心，但欲禳雉集之異耳。8258

穰，人羊翻　秦宣太后異父弟曰穰侯魏冉。108

穰，如羊翻　然用兵，司馬穰苴弗能過也。21

穰，師古曰：穰，豐也，人羊翻　世之有饑、穰，天之行也。452

穰，師古曰：穰，音人掌翻，又音如羊翻　古者歲豐穰則充其禮。1208

攘，卻也，人羊翻　至孝武世，出師征伐，斥奪此地，攘之於幕北。942

攘，如羊翻　閔攘袂大言曰：「吾戰決矣，敢沮衆者斬。」3115

蕘，如招翻　法異者各令自說師法博觀其義，無令芻蕘以言得罪。1550

橈，奴高翻　羣臣側足而立，唯喬正色無所回橈。1710

橈，奴教翻　守職不橈。529

橈，奴教翻，或奴巧翻　復有改易，橈權亂政。8545

橈，奴教翻，曲也　配意氣壯烈，終無橈辭。2055

橈，奴教翻，曲也，屈也　又武皇帝聖於用兵，察蜀賊棲於山巖，視吳虜竄於江湖皆橈而避之。2236

橈，奴教翻，屈曲也　天子與天同德，以四海爲家，何必橈廢公方。7396

橈，奴教翻，屈也　敢與素抗而不橈者。5596

橈，奴教翻，又奴巧翻　是時，太后可足渾氏侵橈國政。3225

橈，奴教翻。勢屈爲橈　李嗣源與李從珂相失見晉軍橈敗。8841

橈，奴巧翻，又奴教翻　朕爲鄭光故橈卿法。8060

橈，奴巧翻，又奴教翻，攪也　以桀詐堯，譬之以卵投石，以指橈沸。189

橈，女教翻，弱也，字從木　漢王與酈食其謀橈楚權。331

橈，曲也，弱也，音女教翻，其字從「木」　若夫平原、易地，輕車、突騎，則匈奴之眾易橈亂也。486

橈，師古曰：楫，謂棹之短者，今吳、越之人謂之橈，音饒　立羽蓋，張周帷，楫棹越歌。995

嬈，《集韻》爾紹翻，擾也　而休仁從此日生嬈懼。4159

嬈，乃了翻　於是天下之士莫不延頸想望太平，而帝乳母趙嬈及諸女尚書。1808

嬈，乃了翻，又如紹翻　趙末，樂陵朱禿、平原杜能、清河丁嬈。3136

嬈，奴鳥翻　前者乳母趙嬈貴重天下。1846

稔，而凜翻　古先哲王，儲積九稔。4276

任，如林翻，堪也　今當立帝，宜擇長年，高明有德，任親政事者。1701

任，如林翻。不任，謂不堪也　武安君病，不任行。175

任，汝鳩翻，保也。今之任子，義亦如此　田單任貂勃於王。142

任，師古曰：任，充也，男服之義，男亦任也，音壬　大功為伯，小功為子，緦麻為男；其女皆為任。1172

任，市林翻　任章曰：「何故弗與？」10

任，賢曰：任，堪也，人林翻　皆用儒生清白任從政者。1659

任，音壬　任座趨出。18

任，音壬，堪也　上屢遣宮人諭以「皇后新產，未任進路」。8630

任，音壬，勝也　天下重器，常恐不任。1397

任，音壬，勝也，堪也　朝夕食粥，粗可支任。4298

任，音壬，姓也　召術士任海川問我有王者之相否。6911

任，音壬，猶當也　任天下之怨。933

任，讀曰姙　任身十四月而生。723

姙，如林翻，孕也　帝以貴人有姙。2133

姙，賢曰：姙，孕也，音壬　今諸懷姙者。1501

紝，人禁翻　嬪婦桑蠶織紝紡績補縫。1182

紝，汝鳩翻　為女不正，雖復華色之美，織紝之巧，不足賢矣。9512

紝，賢曰：紝，如深翻。杜預注《左傳》云織紝，織繒布也。《字釋》云：紝，機縷也，又如沁翻　令男得耕種，女得織紝。1577

馹，人質翻　戎虜馳突，迅如風飆，馹書上聞。7546

馹，人質翻，亦驛馬也　四皇后及文武侍衛數百人並乘馹以從。5402

馹，人質翻，驛傳也　魏主命黃門侍郎甄琛馳馹鎖昶，窮其敗狀。4599

馹，音日　胡太后遣遊擊將軍王靖馳驛諭城人。4620

肜，以中翻　琅邪太守楊肜與王鳳連昏。977

肜，余沖翻　冬秦王堅使益州刺史王統、祕書監朱肜帥卒二萬出漢川。3264

肜，余中翻　獨信都太守南陽任光和戎太守信都邳肜不肯從。1261

肜，餘中翻　肜為梁王。2493

茷，如融翻　行軍司馬裴茷謀奪瑱位，密表瑱倔強難制。7121

茸，而隴翻　卿不宜自同闒茸。音註：闒茸，不肖也，劣也。4931

嶸，乎萌翻　南康王侍郎潁川鍾嶸上書言。4398

嶸，戶萌翻　癸酉，與桓玄遇於崢嶸洲。3570

嶸，音宏　又有三池盤、石阪道，陜者尺六七寸，長者徑三十里，臨崢嶸不測
　　之深。979

冗，而隴翻　趙以觸龍為左師，蓋冗散之官以優老臣者也。164

冗，而隴翻，散也　典郡從政，才非所宜，乞留備冗官。1543

冗，如隴翻　上曰：「錯所穿非眞廟垣，乃外堧垣，故冗官居其中。513

冗，散也，而隴翻　百姓饑窮流冗者數十萬戶。1728

冗，師古曰：冗，散也，音人勇翻　其不能出布者冗作，縣官衣食之。1182

冗，師古曰：冗，亦散也。冗，音人勇翻　流散冗食，餧死於道，以百萬數。
　　1010

揉，人九翻　延伯取車輪去輞，削銳其輻，兩兩接對，揉竹為絚。4622

揉，如久翻　然而不矯揉，不羽括，則不能以入堅。14

糅，女救翻　上下否隔於其際，眞僞雜糅於其間。7380

糅，女救翻，雜也　世有增損，錯糅無常。2258

糅，汝救翻　粉墨雜糅。1752

糅，師古曰：糅，和也，音汝救翻　白黑不分，邪正雜糅。912

蹂，人九翻　王翳取其頭，餘騎相蹂踐。354

蹂，人九翻，踐也　且陵提步卒不滿五千，深蹂戎馬之地。716

蹂，人九翻，又如又翻　陛下賦斂既急，今稼穡將成，復蹂踐之。8924

蹂，人九翻，又徐又翻　若平原相遇，虜以萬騎蹂吾陳，吾無遺類矣。8817

蹂，忍久翻　餘老弱者蹂踐殺之。8082

蹂，忍久翻，又如又翻　全諷兵大潰，自相蹂藉。8714

肉，而救翻　更鑄五銖錢，背、面、肉、好皆有周郭。5444

肉，韋昭曰：肉，錢形也。好，孔也。杜佑曰：內郭爲肉，外郭爲好。孟康曰：
　　周郭，周匝爲郭也。肉，疾僦翻　上乃鑄五銖錢，肉好周郭皆備。4676

如、時聲相似　京相璠曰：今臨淄有澅水，西北入沛，即班《志》所謂如水；
　　如、時聲相似，然則澅水即時水也。129

茹，康曰：茹，人諸切，姓也　中書舍人吳興茹法亮封望蔡男。4260

茹，楊正衡曰：茹，音如，又而據翻；江浙間有此姓　茹千秋本錢塘捕賊吏。
　　3419

茹，音如　文度與茹法亮、呂文顯皆以姦諂有寵於上。4269

孺，而樹翻　棣王琰有二孺人爭寵。6916

濡，乃官翻　運穀千一百萬斛於樂安城。音註：《水經註》濡水東南過遼西海陽
　　縣。3039

濡，人余翻　以試人，血濡縷，人無不立死者。226

濡，汝朱翻　《易》曰：狐涉水濡其尾。151

濡，師古曰：濡，音乃官翻　濡源之西。2614

襦，人朱翻　近太常於民間借婦女裙襦五百餘襲以充妓衣。5796

襦，汝朱翻　太后被珠襦。784

襦，汝朱翻，短衣　其人懇以苦寒爲辭，跪奏乞一襦袴。7371

襦，汝朱翻，短衣也　昔無襦，今五絝。1489

繻，詢趨翻　是年，鄭繻公駘之二十二年。23

蠕，人兗翻　今當用兵赫連、蠕蠕，二國何先？3786

乳，人喻翻　吏民出入關者號曰「寧見乳虎，無值寧成之怒」。646

乳，人喻翻，產也　豺狼乳於春囿。1732

乳，如住翻　隴右節度使朱泚獻猫鼠同乳不相害者，以爲瑞。7251

乳，如注翻，挽乳也　許美人元延二年懷子，十一月乳。1073

乳，儒遇翻，乳育也。乳狗，育子之狗也　愚者雖欲爲不善，智不能周，力不能勝，譬如乳狗搏人，人得而制之。15

乳，儒遇翻，育也　乳母寄產。4456

乳，上乳，如字。下乳，人喻翻　斷懷敬乳而乳之。3499

乳，師古曰：乳，產也，音而具翻　元延元年，宮有身，其十月，宮乳掖庭牛官令舍。1072

鄏，音辱　成王定鼎於郟鄏，寶之以爲三代共器。85

洳，呂庶翻　辛酉，魏主嗣如沮洳城。3683

洳，人恕翻　天漸暑，士卒久屯沮洳之地。7588

嶿，孟康曰：嶿，音辱，匈奴種。師古曰：嶿，音奴獨翻。余謂西嶿自是一種，爲匈奴所得，使居左地耳，非匈奴種也　其秋，匈奴前所得西嶿居左地者。807

溽，儒欲翻　帝苦溽暑，於禁中擇高涼之所，皆不稱旨。8934

壖，而緣翻　錯爲內史，東出不便，更穿一門南出。南出者，太上皇廟壖垣也。512

壖，而宣翻　是歲，春夏旱，秋冬水，蝗大起，東自海壖，西距隴坻。9257

壖，而緣翻，河邊地也　左射軍使石敬瑭與梁人戰於河壖。8850

壖，與壖同，而緣翻　三月，臨江王榮坐侵太宗廟壖垣爲宮，徵詣中尉府對簿。534

耎，師古曰：耎，乃亂翻，又乳兗翻　人有懼心，精銳銷耎。1000

耎，師古曰：耎，柔也，音而兗翻　數以耎脆之玉體。776

耎，人兗翻　恐議者選耎，復守和解。974

輭，人兗翻　坐罷輭不勝任者，不謂罷輭，曰「下官不職」。478

愞，而戀翻，又奴亂翻　又以畏愞捐城委守者，皆不以爲負。1388

愞，奴亂翻　滕數密表流民剛剽，蜀人愞弱。2647

愞，如淳曰：……愞，如橡翻。師古曰：又，音乃館翻　太守坐畏愞棄市。720

輭，乳兗翻，柔也　潁復上言臣本知東羌雖眾，而輭弱易制。1806

綏，如佳翻　鳴玉垂綏，同慶賜之燕。4284

蕤，如佳翻　謝葳蕤密圖之。5086

蕤，如佳翻　壬辰，立皇弟蕤爲陽平王。2229

汭，杜預曰，水之隈曲曰汭，音如銳翻　權收餘衆，退屯渭汭。2989

汭，儒稅翻　六月，曜屯渭汭。2815

蜹，而銳翻　夫木腐而蠹生，醯酸而蜹集。7900

蜹，宋祁曰：蜹，如蛻翻；又《字林》人劣翻　蜹蟻蜂蠆皆能害人。9

挼，奴禾翻　雖外列兵衞，內有女伎，挼繩破篾，傍若無人。5156

挼，奴禾翻，兩手相切摩也　言賊中乏食，令婦人挼穗舂之以給軍。8004

挼，奴禾翻，兩手相切摩也；今俗云挼莎　取庭中樹葉挼服之。4508

若，人者翻　十一月，乙未，上幸同泰寺，講《般若經》，七日而罷。4816

若，孫恓曰：若，人者翻　明日復戰，泰爲中軍，中山公趙貴爲左軍，領軍若
　　於惠等爲右軍。4916

鄀，市灼翻　軍至鄀州。音註：隋無鄀州，《蕭琮傳》作「鄀州」，當從之。5491

鄀，音若　周主詔以基、平、鄀三州與之。5299

婼，孟康音兒。師古曰：而遮翻　婼羌國王，號去胡來王，去陽關千八百里。
　　1137

爇，儒劣翻　會日暮，范令軍士各交縛兩炬，三頭爇火，營中星列。1463

爇，如劣翻　上遣銳卒登衝竿之末，爇其西南樓。6221

爇，如悅翻　吏以火爇其體。3967

爇，如悅翻，燒也　癸未，夜，用之與其黨會倡家，歸禮潛遣人爇其室。8290

爇，賢曰：爇，音而悅翻　秀引車入道傍空舍，馮異抱薪，鄧禹爇火。1260

朒，如允翻。賢曰：朒，音閏。……裴松之曰：朒，如振翻　璋以韙爲征東中
　　郎將率衆擊劉表屯朐朒。1956

S

撒，山割翻　契丹主之弟撒剌阿撥號北大王。8841

洒，讀曰洗　王若洒心易行。5559

洒，師古曰：洒，先禮翻　以惑誤主上，爲臣不忠。幸蒙洒心自新。1154

洒，所賣翻，又如字　不得已，廬於舍外，且入洒掃。1611

洒，所賣翻，又上聲　給十戶以供洒掃。4174

洒，先禮翻　遂曰：「即無有，何愛一善以毀行義！請收屬吏，以湔洒大王。」
　　780

灑，所買翻，又所賣翻　上聰察強記，宮中廝役給灑掃者，皆能識其姓名。8056

灑，所賣翻，又如字　自貴人以下至掖庭灑掃凡數千人。2306

灑，所賣翻，又山寄翻　願在左右，供給灑掃。1770

灑，所賣翻，又上聲　掃灑宮庭。4765

灑，所賣翻，又所買翻　丙申，詔魯郡脩孔子廟及學舍，蠲墓側五戶課役以供
　　灑掃。3898

灑，所賣翻，又如字　置吏卒數人，供給灑掃。1457

鈒，色立翻，戟也，鋋也　又令虎賁持鈒馬上稱警蹕。5405

駭，先合翻　可汗兵敗，自殺，國人立廬駭特勒為可汗。7942

颯，師古曰：颯，音立　莽遣歙、歙弟騎都尉、展德侯颯使匈奴。1203

颯，音立　冬，更始遣中郎將歸德侯颯、大司馬護軍陳遵使匈奴。1270

薩，桑割翻　齊以衛菩薩為太尉。5301

薩，桑葛翻　馮后私於宦者高菩薩。4435

塞，師古曰：塞，悉則翻，滿也　太平之責塞，優游之望得。842

塞，師古曰：塞，止也。塞，悉則翻　欲以內屬天子而外塞百姓之議厲。1143

塞，昔則翻　插木以塞江口。7099

塞，息則翻　多置私黨充塞朝廷。821

塞，悉則翻　秦下甲據宜陽，塞成皋。95

塞，悉則翻，當也　郡縣力事上官，應塞詰對。1229

塞，悉則翻。塞，猶遏也　董太后每欲參干政事，何太后輒相禁塞。1895

塞，先代翻　故立欣為塞王，王咸陽以東至河，都櫟陽。305

塞，與簺同，先代翻　遂作塞。音註：樗蒲得盧者勝，反一子而作塞，塞者擲
　　采未成，次擲者塞之以決勝負。4573

鰓，音魚鰓之鰓，先才翻；人名也，史失其姓　高武侯鰓、襄侯王陵降。290

僿，西志翻　賢曰：太史公曰：夏之政忠，忠之敝小人以野，故殷人承之以敬；
　　敬之敝小人以鬼，故周人承之以文；文之敝小人以僿，故救僿莫若以忠。
　　三王之道若循環周而復始。1558

賽，先代翻　賽南越，祠泰一、后土，始用樂舞。671

三，蘇暫翻　在榮爲福，於卿爲禍。卿宜三復。4761

三，息暫翻　未嘗不三復流涕，門人爲之廢《蓼莪》。2536

三，息暫翻，又如字　願陛下深垂三思。2893

三，息暫翻，又音如字　然此事至重，不可不慇懃三思。3987

傘，與繖同，先旰翻，又蘇旱翻，蓋也　賜束帛及御傘。5447

散，如字　且兵法：「諸侯自戰其地爲散地」，今別爲三，彼敗吾一軍。401

散，蘇但翻　諫官爭上言時未偃兵度有將相全才不宜置之散地。7810

散，蘇旱翻　上曰懷州之人其塗炭乎立以刺史爲散官。6810

散，蘇旱翻。散卒者，冗散之卒，非敗散之卒也。敗散之散，去聲　僧辯慮其
　　爲變，止受散卒千人。5129

散，昔亶翻　宴啓民及其部落，作散樂。5632

散，悉亶翻　趙以觸龍爲左師，蓋冗散之官以優老臣者也。164

散，悉但翻　其後職任閒散。4036

散，悉覽翻　王偉爲散騎常侍。5005

糝，桑感翻　使蔡儔守廬州，帥諸將濟自糝潭。8381

糝，桑頷翻　若有窮乏，糝粒不繼者。2626

繖，蘇旦翻　洗氏親被甲，乘介馬，張錦繖。5533

繖，蘇旰翻，蓋也　敬擎之以楯，覆以青繖。4214

繖，蘇旰翻，又蘇旱翻，蓋也　徧發民丁，使擔腰輿、扇、繖等物。4983

繖，蘇旱翻，又蘇旰翻　命取繖扇麾幢，樹之堤下，示無動志。4561

顙，桑黨翻　乃起拜頓顙。5476

顙，蘇朗翻，額也　嚴進繼之，脫巾頓顙，三拜三進。5394

喪，吾喪，息浪翻　諸將議遣兵守四境，然後發喪。9049

喪，息郎翻　楚懷王發病，薨於秦，秦人歸其喪。116

喪，息琅翻　因奉歸前所斬侍子登及諸貴人從者喪。1206

喪，息浪翻　禮之大體什喪七八矣。5

喪，息亮翻　業喪祚短，職此之由。4855

喪，直浪翻　先是魏主頻喪皇子。4595

慅，采早翻　軍中慅慅。5421

搔，蘇遭翻　其子搔聞之，請節酒。4913

搔，新到翻　夫邊垂之患，手足之疥搔；中國之困，胸背之癰疽。1842

臊，蘇遭翻　夫虎肉臊而兵利身，人猶攻之。134

騷，陸德明曰：騷，音蕭，又音繅　昔莫敖狃於蒲騷之役卒喪楚師。6842

掃，蘇報翻，又如字　止留黃衣幼弱者三十人以備酒掃。8595

掃，蘇老翻，又素報翻　上聰察強記，宮中廝役給灑掃者，皆能識其姓名。8056

掃，素報翻，又如字　不得已，廬於舍外，且入洒掃。1611

掃，素報翻，又上聲　給十戶以供酒掃。4175

掃，素報翻，又蘇老翻　丙申，詔魯郡脩孔子廟及學舍，蠲墓側五戶課役以供灑掃。3898

掃，素早翻，又素報翻　願削封邑，洒掃掖庭，以贖希杲罪。9141

掃，所報翻　彗星見。音註：彗星，世所謂掃星。107

掃，所報翻，又如字　灑掃宮庭。3219

掃，悉報翻　願在左右，供給灑掃。1770

掃，悉報翻，又如字　置吏卒數人，供給灑掃。1457

嗇，音色　嗇夫孫性私賦民錢，市衣以進其父。1695

瑟，色櫛翻　秦王請趙王鼓瑟。135

澀，色入翻　上黨山路險澀。9359

澀，色立翻　漸及秋冬，水更澀滯。3215

澀，色入翻　性重澀少言。4444

沙，讀曰莎，蘇何翻　嶲州人王摩沙舉兵。5965

刹，初轄翻　是歲，師子王刹利摩訶及天竺迦毗黎王月愛皆遣使奉表入貢。3804

刹，初鎋翻　列刹盈衢，無救危亡之禍。6550

刹，所轄翻　浮圖高九十丈，上刹復高十丈。4628

殺，讀曰弒　項羽為無道放殺其主。316

殺，所介翻，減也　若乃多穿漕渠於冀州地，使民得以溉田，分殺水怒。1067

殺，所戒翻　且二宮宜有降殺，以正上下之序，明教化之本。2354

殺，所戒翻，降也，減也　古者凶荒殺禮。2865

殺，所界翻　今吾絕其昏，殺其禮。6201

殺，音所介翻，減也　又其口所居高，於以分殺水力，道里便宜。964

莎，蘇禾翻　初，烏孫公主少子萬年有寵於莎車王。825

莎，素禾翻　莎車王賢、鄯善王安皆遣使奉獻。1383

莎，素何翻　駿等將莎車、龜茲兵七千餘人分爲數部。1212

莎，素河翻　從鄯善傍南山北，循河西行至莎車，爲南道。658

莎，楊正衡曰：莎，素和翻　秋，匈奴胡都大博及姜莎胡各帥種落十萬餘口詣
　　雍州降。2591

裟，音沙　仍賜紫袈裟。6469

蔱，山輒翻，又色洽翻　清掃所災之處，不敢於此有所立作，則蔱莆、嘉禾必
　　生此地。2311

唼，色洽翻　唼血共盟。1810

歃，色甲翻　師古曰：「匈奴嘗以月氏王頭與漢使歃血盟，然則飲酒之器是
　　也。」15

歃，色洽翻　眾莫敢仰視，各以次歃。2061

歃，色洽翻，歠也　劉琨、段匹磾相與歃血同盟。2844

歃，色洽翻，又所甲翻　毛遂奉銅盤而跪進之楚王，曰：王當歃血以定從。177

煞，與殺同翻　叔文聞之，怒，欲下詔斬之，執誼不可，則令杖煞之。7615

褠，色洽翻　侍中褚褠典征討軍事。2948

褠，山立翻，又所甲翻　前冠軍將軍河南褚褠爲梁國內史。2765

褠，所甲翻　褠即入上閤，躬自抱帝登太極前殿。2951

曬，所賣翻　或以椽關手足而轉之，謂之「鳳皇曬翅」。6439

彡，毛髮貌也，音所廉翻，又先廉翻　應劭曰：輕罪不至於髡，完其耏鬢，故
　　曰耏。古耏字從「彡」，髮膚之意也。957

彡，師古曰：彡，音所廉翻，又音先廉翻，今西羌尚有此姓，而彡，音先冉
　　翻　秋，七月，隴西羌彡姐旁種反。920

芟，所銜翻　使羣醜刑隸，芟刈小民。1732

狦，師古曰：狦，音先安翻，又音所姦翻。杜佑山諫翻　虛閭權渠單于子稽侯
　　狦既不得立。858

狦，先安翻，又所姦翻　姑夕王恐，即與烏禪幕及左地貴人共立稽侯狦爲呼韓
　　邪單于。867

痁，失廉翻，瘧疾也　姚崇無居第，寓居罔極寺，以病痁謁告。6723

潸，所姦翻　潸然流涕曰。3173

潸，所姦翻，流涕貌；又所版翻、所晏翻　潸然流涕。3313

潸，音刪，又數板翻　因潸然出涕。7361

陝，失冉翻　虢山崩，壅河。音註：徐廣曰：虢山在陝。23

陝，式冉翻　房至陝。932

睒，失冉翻　又虜施、順二蠻王。音註：順蠻在劍睒西北四百里。7570

苫，詩廉翻　皆以壞席苫草自障。2951

苫，息廉翻　衰麻之節，苫廬之禮，率遵前典。5335

剡，式冉翻，利也　白公爲亂，非欲取國代主，發忿快志，剡手以衝仇人之匈，
　　固爲俱靡而已。481

剡，以冉翻　日擊數牛饗士。音註：古者弦木爲弧，剡木爲矢弧矢之利以爲天
　　下。206

剡，以冉翻，削也　巡欲射子奇而不識，乃剡蒿爲矢。7025

訕，山諫翻　壹誣白故江夏太守刁嘉謗訕國政。2338

訕，師古曰：訕，謗也，音所諫翻　恐天下學士訕己。934

訕，師古曰：訕，謗也，音所諫翻，又音刪　上大怒曰：「小臣居下訕。」1033

鄯，上扇翻　從鄯善傍南山北，循河西行至莎車，爲南道。658

鄯，上扇翻，又音善　自南岐至瓜、鄯。4843

鄯，時戰翻　莎車王賢、鄯善王安皆遣使奉獻。1383

鄯，時戰翻，又音善　乃賂鄯州都督楊矩請河西九曲之地，以爲公主湯沐邑。
　　6661

鄯，以戰翻，又音善　今兩河無虞，若城原、鄯、洮、渭四州。7482

鄯，音善　置保順軍於洮州，領洮、鄯等州。9091

鄯，音善，又時戰翻　杜希望將鄯州之眾奪吐蕃河橋。6835

擅，時戰翻　矯令以擅一旦之命，不難爲也。118

擅，市戰翻　而獨擅山東之利。60

禪，與禪同　震於怪物，欲止不敢，遂登封泰山，至於梁父，然後升禪肅然。
679

鮧，與鱓同，市演翻　問賣鮧者曰：「刺史何如？」對言「躁虐。」綸怒，令
吞鮧而死。4709

贍，昌豔翻　百姓雖贍，無解官乏。4028

贍，而艷翻　孟佗資產饒贍。1825

贍，而豔翻　振贍困乏，敕勸耕桑，以慰綏元元之心，諸夏之亂庶幾可息。1028

贍，力豔翻　朕自即位以來，惡衣菲食，專以贍軍爲念。9499

贍，時斂翻　冬徵夏斂，僅能自贍。9350

贍，時豔翻　晦美風姿，善言笑，博贍多通。3645

殤，音傷　有司奏供張已備，且殤服不足廢事。7290

上，陸德明曰：上，時掌翻，又如字　竈突炎上。173

上，時掌翻，自下而聞於上謂之上　臣所以不敢爲之解上而已。4415

上，時掌翻，奏也　舉、純走出塞，餘皆降散。虞上罷諸屯兵。1893

上，時掌翻　密爲謠言曰：「百升飛上天，明月照長安。」5308

上，別上，時掌翻　而諸方岳正冬朝賀，任土作貢，別上東宮。5574

上，臣上，時掌翻　上問魏徵曰：「羣臣上書可采，及召對多失次，何也？」
6105

上，多上，時掌翻　及上即位，晏久典利權，眾頗疾之，多上言轉運使可罷。
7276

上，而上，時掌翻　給事中張行成退而上書，以爲禹不矜伐而天下莫與之爭。
6174

上，伏上，時掌翻　世伏上表請稱公主爲天后，上不許。5551

上，復上，時掌翻　治書侍御史柳彧復上奏切諫，上乃止。5555

上，宮上，時掌翻　太后居興慶宮，每朔望，上帥百官詣宮上壽。7780

上，列上，時掌翻　上問相於李逢吉。逢吉列上當時大臣有資望者，程爲之
首。7837

上，乃上，時掌翻　蒙乃上書說上曰。589

上，前上，時掌翻　上臨軒泣別令於樓前上馬。8604

上，上封，時掌翻　五月，旱，甲寅，詔五品以上上封事。6147

上，上言，時掌翻　上言「上寵高熲過甚」。5528

上，上之，時掌翻　上命宰相作具員御覽五卷上之。8033

上，上直，時掌翻　高力士尤為上所寵信，嘗曰：「力士上直。」6793

上，上奏也，時掌翻　續上徙田還湟中。1656

上，時長翻　弘鐸將馮暉顏建說弘鐸先擊頵，弘鐸從之，帥眾南上。8575

上，時兩翻　上言者皆歸咎於琦庚午貶琦忠州長史。7089

上，時掌翻　聶政直入上階。25

上，吉上，時掌翻　上儀同三司蕭吉上書曰：「甲寅、乙卯，天地之合也。」5547

上，列上，時掌翻　暐洩其謀於侍御史鄧光賓，上大懼，遽列上其狀。6677

上，上仗，時掌翻　處分閉門，上仗不配欣泰兵，鴻選在殿內亦不敢發。4492

上，中上，時掌翻　縡於獄中上書曰。5484

上，四上，時掌翻　以正上下之序。明教化之本。書三四上，吳主不聽。2354

上，所上，時掌翻　上乃嗟歎。悉焚人所上譖紳書。7833

上，謝上，時掌翻　上見其謝上表。8073

上，引上，時掌翻　時兜樓儲在京師，上親臨軒授璽綬，引上殿，賜車馬器服金帛甚厚。1696

上，與尚同　詔廷尉選上德通理之吏更審考清問。1024

上，直上，時掌翻　侯生攝敝衣冠直上載公子上坐，不讓。179

上輒之上，如字　天文難以相曉，臣雖圖上，猶須口說，然後可知；願賜清燕之閒，指圖陳狀。上輒入之。1030

尚，辰羊翻　希烈以澄為尚書令兼永平節度使。勉上表請罪。7388

尚，而亮翻　或譖之曰：「《尚書》有《五子之歌》，威意甚不遜。」5704

尚，平、去二字通用　剛本以善烹調為尚食典御。音註：嘗食典御，魏官也，掌調和御食，溫涼寒熱，以時供進則嘗之。或曰：「嘗」當作「尚」，平、去二音通用。4623

尚，張羊翻　庚辰，工部尚書張嘉貞薨。6786

弰，所交翻　彎弓纏弰，馳入南城。5298

矟，色角翻　定方令步兵據南原，攢矟外向。6306

稍，所教翻　館有數百生，給其餼廩。音註：鄭玄曰：餼廩，稍食也。4546

筲，所交翻　陛下聖德盛茂所以符合於皇天也，豈當世庸庸斗筲之臣所能及哉。1075

筲，竹器，容斗二升，音所交翻　斗筲小人，依憑世戚。1849

蛸，相邀翻，與蕭音相近　削爵土，易姓蛸氏。4296

勺，市若翻　鴆毒遇於杯勺。5575

勺，音酌　周徧三輔，嘗困於蓮勺鹵中。791

勺，職略翻　突厥降戶僕固都督勺磨及跌跌部落散居受降城側。6740

勺，職略翻，又時灼翻　軍士自采薪芻，日給不過陳米一勺。7808

芍，胡了翻　荊州饑饉，民眾入野澤，掘鳧茈而食之。音註：《爾雅》曰：芍，鳧茈。1215

芍，音鵲　出肥水，軍合肥，開芍陂屯田。2098

少，此多少之少，詩紹翻　朕自覺少理卿二人以爲何如。7504

少，老少，詩照翻　其狹鄉每丁纔至二十畝，老少又少焉。5539

少，失照翻　建年少，國事皆決於君王后。165

少，失照翻，又音小　最少，不肖，而臣憐愛之，願得補黑衣之缺以衛王宮，昧死以聞。164

少，師古曰：使以義，使之遵禮義也。少，詩沼翻　力少則易使以義。471

少，詩紹翻　大人親非骨肉，義非君臣，雖共事少時，意好不協。3478

少，詩昭翻　召羣臣議曰：「少帝荒病昏亂不可以處大位承宗廟。」2447

少，詩沼翻　秦、魏戰於少梁。42

少，日少，詩沼翻　一旦忽謂其弟司衞少卿弼曰：「吾今日少愈，可共置酒爲樂。」6360

少，詩詔翻　賈妃年少，妬者婦人常情，長自當差。2604

少，詩照翻　年雖少，有奇之人才。45

少，詩照翻。沈，持林翻　帝識度沈敏，少居臺閣，明習吏事，即位尤自勤勵。5207

少，時照翻　當今恬然，適遇諸侯之皆少。484

少，始紹翻　謂郭隗曰：「齊因孤之國亂而襲破燕，孤極知燕小力少，不足以報。」93

少，始沼翻　得志少時，鮮不顛覆。5211

少，始照翻　武關，《左傳》之少習地。94

少，所沼翻　國之戶口少於私家。3211

少，又少，詩沼翻　其狹鄉每丁纔至二十畝，老少又少焉。5539

少，與小同　京輔及三河地少而人眾。5539

少，約少，詩沼翻　上嘗與侍中、太子少傅建昌侯沈約各疏策事，約少上三
　　事。4605

佘，孫愐曰：視遮翻，姓也　上以其使者佘志爲騎都尉。6154

蚳，《類篇》：蚳，以者翻，虜姓也。《姓譜》姚萇后蚳氏，南安人也。蚳，食遮
　　翻，又音他。　追尊其父弋仲爲景元皇帝，立妻蚳氏爲皇后。3364

蚳，以者翻，虜姓也。又食遮翻，又音他　秦太后蚳氏卒。3458

蚳，以者翻，又如字　乃遣姚讚及冠軍將軍司馬國璠、建義將軍蚳玄屯陝津。
　　3696

蛇，師古曰：蛇，音移　行所巡至，博、奉高、蛇丘、歷城、梁父。679

舍，《北史》「捨」作「舍」，當從之，讀如字　築城，捨輜重。3793

舍，讀曰捨　率須深根固本，愛力惜費，未有正於此時，舍近治遠，以疲軍旅
　　者也。2288

舍，讀曰捨　襄子曰：「智伯死無後，而此人欲爲報仇，眞義士也。吾謹避之
　　耳。」乃舍之。16

舍，讀曰捨　若能修《六藝》之術而觀此九家之言，舍短取長。1059

舍，讀作捨　若舍布而東。1963

舍，如字　未至井陘口三十里，止舍。326

舍，如字，舘也　太子受而舍之。224

舍，師古曰：舍，廢也，讀曰捨　而長史、守丞畏丞相指，歸舍法令，各爲私
　　教。874

舍，師古曰：舍，廢也。舍，讀曰捨　夫教化之比於刑法，刑法輕；是舍所重
　　而急所輕也。1049

舍，師古曰：舍，謂棄置也。舍，讀曰捨　大閼氏曰：「且莫車雖少，大臣共持
　　國事。今舍貴立賤。」960

舍，始夜翻　爲師道謀，多買田於伊闕、陸渾之間，以舍山棚而衣食之。7716

舍，置也，讀曰捨　忽天地之明戒，聽晻昧之瞽說。963

厙，音舍　趙將解虎及長水校尉尹車謀反，與巴酋句徐、厙彭等相結。2879

射，而亦翻　擊起之徒因射刺起，并中王尸。32

射，使射，而亦翻　之高召善射者使射其子，再發，皆不中。4998

射，共射，而亦翻　若善射者十人共射之。4107

射，度射，而亦翻　魏主人馬俱驚，召善射者原靈度射之。4413

射，射之，而亦翻　東魏使善射者乘大艦臨城射之。5015

射，七亦翻　命左右射之，百箭俱發。4456（按：此處「七」當爲誤字。《通鑑音註》中，「射」共 258 次注音，其中射箭義注音爲而亦翻（221 次）、食亦翻（6 次）、七亦翻 1 次；僕射義注音 30 次，音夜 2 次、音寅謝翻 27 次、「音夜，寅謝翻」1 次。）

射，食亦翻　夜攻王必，燒其門，射必，中肩。2154

射，音夜　征西將軍馬賢與且凍羌戰於射姑山。1689

射，音夜，寅謝翻　爾作右僕射，委寄不輕。5579

射，寅謝翻　遣尙書左僕射高熲安集遺民。5491

慴，《說文》曰：慴，音之涉翻　一府中皆慴伏，莫敢起。262

慴，師古曰：慴，恐也，之涉翻　萬夷慴伏，莫不懼震。947

慴，之涉翻　至月餘，匈奴斬山頭而去。自是之後，羣臣震慴。645

慴，質涉翻　有位望者皆戰慴失色。3261

懾，之舌翻　自胡廣、趙戒以下莫不懾憚。1708

懾，之涉翻　以是豪强懾服，事無不集。1016

懾，之涉翻，怖也，心伏也，失常也，失氣也　繕甲厲兵，力田積粟，愁居懾處，不敢動搖。96

攝，讀曰懾　且虜雖得志，不敢乘勝過陝者，猶攝服大威。3722

攝，孟康曰：攝，安也，奴協翻　淮南王安上書諫曰：「陛下臨天下，布德施惠，天下攝然。」569

灄，日涉翻　使帥其衆數萬徙居清河之灄頭。2989

灄，書涉翻　侃奔灄中。2815

麝，神夜翻　以麝香塗壁。4471

身，與娠同。師古曰：漢史多以娠爲任身字　內之太子宮，生男徹。徹方在身。532

身毒，孟康曰身毒，即天竺也，所謂浮屠胡也。鄧展曰毒音篤。李奇曰一名天
　　篤。師古曰亦曰捐毒。索隱曰身音乾　大夏國人曰：「吾賈人往市之身毒。」
　　628

身毒，音捐篤　因分遣副使使大宛、康居、大月氏、大夏、安息、身毒、于闐
　　及諸旁國。657

娠，孟康曰娠，音身。漢史娠多作身，古今字也　知其有娠。185

娠，升人翻，孕也　乃宣揚太子之短，布於遠近，又詐爲有娠。2634

娠，音身　春申君遂納之，既而有娠。215

深，度深曰深，音式禁翻　高七十尺深九十步。3899

深，度深曰深，音式禁翻，　夏，六月，弘農雨雹，深三尺。2613

深，式浸翻　山陽濟陰雹如雞子，深二尺五寸。816

深，式禁翻　夜，塹漢軍前，深數尺。736

深，式鴆翻　一日深丈餘。801

深，悉禁翻　操一夜濬之，廣深二丈。2053

侁，疏臻翻　楚州刺史崔侁表稱，有尼眞如，恍惚登天。7122

侁，所臻翻　江西採訪使皇甫侁遣兵追討，擒之，潛殺之於傳舍。7020

詵，疎臻翻　給事黃門侍郎古成詵等以文章參機密。音註：古成，姓也。3459

詵，疏臻翻　尙書令董詵勸超降，超怒，因之。3625

詵，莘臻翻　縱遣秦州刺史侯暉、尙書僕射譙詵帥眾萬餘屯平模。3660

沈，持林翻　沈竈產黿，民無叛意。11

沈，持林翻，深也　以爲沈痛。2498

沈，將輦翻　先是，齊主以淑妃爲有功勳，將立爲皇后。5359（編者按：此被
　　註字在原文和註釋中都沒有出現）

沈，時林翻　昶爲人謹厚，名其兄子曰黙、曰沈。2317

沈，式荏翻　初，沈丘人舒元。9403

沈，與霃同，持林翻　路沈雨炎陽，自成癘疫。4379

沈，直禁翻，又持林翻　多伐材竹，沈之檀溪。4444

哂，失忍翻　契丹主大喜，即選騎三萬欲攻幽州，述律后哂之曰。8814

哂，矢忍翻　而哂呂侯無對爲陋。2393

哂，矢引翻　臣在東觀，私常哂之。4415

哂，式忍翻　我若爲司徒，將爲後代所哂，義不敢拜也。3085

諗，式荏翻　翰林學士裴諗，度之子也。8037

諗，式甚翻，告也，深諫也　昔辛伯諗周桓公曰：「內寵並后，外寵貳政。」5614

脪，古愼字　上黨內史王脪，據并州降趙。2935

脪，時刃翻　故連州司馬武攸望之子溫脪坐交通權貴，杖死。6817

椹，音甚　袁紹在河北，軍人仰食桑椹。1990

滲，所禁翻　到彥之自淮入泗，水滲。3818

滲，所蔭翻　聞俗說割血瀝骨，滲則爲父子。4701

省，覽也。省，悉井翻　臣聞漢家舊典，置侍中、中常侍各一人，省尚書事。
　　　　1767

省，師古曰：省，所領翻　不受獻，減太官，省繇賦。545

省，視也，悉井翻　此將不省兵之禍也。485

省，所梗翻　齊世王、侯封爵，悉從降省。4517

省，所景翻　主上信讒，將見罪廢，內省無過，不能受枉。3988

省，所景翻，減也　因各敕以職任，務省繇費以便民。448

省，昔井翻　至於恩澤賜與之間，昏姻省侍之際。9026

省，昔景翻　六月，乙卯，遣十六使巡省風俗。5588

省，悉景翻　冀暴虐日甚。龜上疏言其罪狀，請誅之，帝不省。1741

省，悉井翻　且吾農民甚苦而吏莫之省，將何以勸焉。495

省，悉井翻，察也　良數以太公兵灋說沛公，沛公善之，常用其策，良爲他人
　　　　言，皆不省。271

省，悉井翻，視也　帝弗省。5521

省，悉井翻，猶今言省審也　不經御省。1750

省，悉井翻。察也。悟也　時上初即位，不省召致廷尉爲下獄也。898

省，悉景翻　少府省金，金有輕及色惡者，上皆令劾以不敬，奪爵者百六人。
　　　　669

省，悉景翻，察也　恐不宜一概輕侮而莫之省納也。7383

省，悉景翻，覲省也　今不敢歸省其親。7448

省，悉景翻，視也　壽報曰：「省詩知意。」3035

省，心景翻　湯亦治他囚導官，見謁居弟，欲陰爲之，而佯不省。654

眚，所景翻　若災眚在我，禳之何益。4252

眚，所領翻　中山王箕子，幼有眚病。1080

晟，丞正翻　以陳山提、元晟並爲上柱國。5399

晟，成正翻　河內張晟，眾萬餘人，寇崤、澠間。2062

晟，承正翻　烏程鄒佗、錢銅及嘉興王晟等。2023

盛，時征翻　崔豹《古今註》曰：「城，盛也，所以盛受民物也。」11

盛，受也，時征翻　斬一人首擲空中以稍盛之。5670

勝，書烝翻　馮道根時居母喪，帥鄉人子弟勝兵者悉往赴之。4479

勝，音升　愚者雖欲爲不善，智不能周，力不能勝，譬如乳狗搏人，人得而制之。15

勝，不勝，音升　收籍曄家，樂器服玩，並皆珍麗，妓妾不勝珠翠。3920

勝，音升，任也　房崇吉守升城勝兵者不過七百人。4135

勝，音升，又如字　初，孝武之世，徵發煩數，百姓貧耗，窮民犯法，姦軌不勝。812

嶸，石證翻　太守張嶸與之合謀，舉兵討景。5018

賸，以證翻，又食證翻　請別置欠負耗賸季庫以掌之。7548

施，式豉翻　愛人喜施。260

施，式豉翻，或讀如字　上行之則下從之，上施之則下報之。7382

施，式豉翻；後凡布施之施皆同音　田單之施於人。142

施，式吏翻　又侵漁百姓，取財爲惠，亦未合布施之道也。3391

施，式支翻，設也　凡所增造，但奉修先帝所施。2368

施，式志翻　伏望陛下弘天地之仁，廣雷雨之施。6543

施，式智翻　詔曰：「朕以眇身承至尊，兢兢焉惟德菲薄，不明於禮樂，故用事八神。遭天地況施。」679

施，以豉翻　粲又奏陛下以膝下之愛施及其夫。6613

施，弋智翻　句踐欲廣其禦兒之疆，亦約其身以及家，儉其家以施國。2233

絁，式支翻　其江、淮米錢、僦直並委轉運使折市綾、絹、絁、綿以輸上都。7536

著，升脂翻　古者卿大夫與謀參以著、龜，不吉不行。739

鉈，音蛇　兵法，步兵、車騎、弓弩、長戟、矛鋋、劍楯之地。音註：師古曰：鋋，鐵杷短矛也。孔穎達曰：方言云：矛、吳、揚、江、淮南、楚、五湖之間謂之鉈，或謂之鋋，或謂之鏦，其柄謂之矜。鉈，音蛇。晉陳安執丈八蛇矛，蓋蛇即方言之所謂鉈也。485

蝨，色櫛翻　聞桓溫入關，披褐詣之，捫蝨而談當世之務。3141

蟊，音瑟　宋義曰：「不然。夫搏牛之蝱，不可以破蟣蝨。」283

釃，山宜翻　臣子當擊牛、釃酒以待百官。1334

釃，山支翻　於是禹以為河所從來者高，水湍悍，難以行平地，數為敗，乃釃二渠以引其河。683

什，音十　封雍齒為什方侯。369

祏，音石　遣使奉送宗廟主祏還京師。3569

食，讀曰飼　春，以歲不登，禁內郡食馬粟，沒入之。544

食，讀曰飼，祥吏翻　丁亥，蕭至忠上疏，以為「恩倖者，止可富之金帛，食以梁肉。」6620

食，讀曰飼，音祥吏翻　宮盡徵材士五萬人為屯衛咸陽，令教射。狗馬禽獸當食者多。253

食，如字　為作長檄，令所在給其稟食。2176

食，師古曰：食讀曰飼　絕不飲食。天雨雪，武臥，齧雪與旃毛并咽之。711

食，師古曰：下食，讀曰飼　宛乃出其馬，令漢自擇之，而多出食食漢軍。706

食，祥吏翻　以萬乘之國伐萬乘之國，簞食壺漿以迎王師。89

食，楊食，音嗣　又晉大夫楊食我食采於楊氏，子孫以邑為氏。212

食其，音異基　高陽人酈食其，家貧落魄。287

食其，音異箕　太僕公孫賀為左將軍，主爵都尉趙食其為右將軍。641

食食，下祥吏翻　解衣衣我，推食食我。346

湜，常職翻　侍中高陽王湜為尚書右僕射。5185

湜，丞職翻　命御史知雜事張湜等訓釋，詳定為《刑統》。9569

湜，承職翻　昭義軍亂，大將劉廣逐節度使高湜。8181

蒔，音侍，更種也　其蒔也若子。7710

蝕，李奇曰：蝕，音力　楚與諸侯之慕從者數萬人，從杜南入蝕中。308

識，如字，辨識也　弘正初得師道首，疑其非眞，召夏侯澄使識之。7765

識，師古曰：記也，式志翻　老人爲兒時，從其大父，識其處。579

識，師古曰：識，記也，式志翻，又職吏翻　每出、入下殿門，止進有常處，
郎、僕射竊識視之。745

識，賢曰：識，記也，音志　爕擊黃巾功多，當封。忠譖訴之，帝識爕言。1871

識，音志　己卯，詔標識戰死者尸。6227

識，音志，記也　魋以其臣慕輿句勤恪廉靖使掌府庫。句心計默識，不按簿
書，始終無漏。2676

識，音誌　然天下離析之際，不可無歲、時、月、日，以識事之先後。2187

識，職吏翻　起兔苑於河南城西，經亘數十里，移檄所在調發生兔，刻其毛以
爲識。1718

識，職吏翻，記也　以授二子曰：「謹識之！」7

使，邊使，疏吏翻　時詔以鴻臚卿張賈爲巡邊使，使察回鶻情僞。7953

使，大使，疏吏翻　長恭等當其前，使河南討捕大使裴仁基等將所部兵自氾水
而入以掩其後。5721

使，等使，疏吏翻　今諸道節度都團練觀察租庸等使自判官副將以下皆使自
擇。7269

使，度使，疏吏翻　又使其黨陝州節度使皇甫溫握兵於外以爲援。7211

使，奉使，疏吏翻　二月，魏人使舊嘗奉使柔然者牒云具仁。4663

使，擊使，疏吏翻　張守珪使平盧討擊使左驍衞將軍安祿山討奚契丹叛者。
6814

使，朗使，疏吏翻　上使後軍參軍車僧朗使於魏。4245

使，其使，疏吏翻　使人說津，許以爲司徒，津斬其使，固守三年。4734

使，遣使，疏吏翻　平原公暉遣使讓垂，趣使進兵。3318

使，如字　始皇方毒天下而蒙恬爲之使，恬不仁可知矣。251

使，使使，疏吏翻　上使使拜元爲上開府儀同三司，襲爵遼東公。5560

使，使者，上疏吏翻　於是使樂毅約趙，別使使者連楚、魏，且令趙嚼秦以伐
齊之利。125

使，疏吏翻　齊使者至魏，孫臏以刑徒陰見，說齊使者。52

使，大使，疏吏翻　以左驍衞大將軍契苾何力爲遼東道安撫大使，將兵救之。
　　6348

使，度使，疏吏翻　實使之密諭節度使云：「晏昔朋附姦邪，請立獨孤后。上自
　　惡而殺之。」7297

使，疏吏疏　先遣殿中將軍田奇使於魏。3815

使，疏利翻　帝募能通絕域者，屯田主事常駿等請使赤土。5639

使，往使，疏吏翻　欲使莊參以二千人往使。667

使臣，上疏吏翻　謹使使臣先聞左右。97

使使，上如字　高皇后聞之，大怒，削去南越之籍，使使不通。446

使使，上如字，下疏吏翻　吳攻梁急，梁數使使條侯求救，條侯不許。524

使使，疏吏翻　趙王使使者視廉頗尚可用否。205

使使，下疏吏翻　惠王恐，使使獻河西之地於秦以和。61

使使之使，疏吏翻　秦王使使者告趙王，願爲好會於河外澠池。135

屎，式爾翻　嘗經蕃客館，庭中有馬屎。5556

士，讀曰事　所爭者疆埸之士。3028

氏，音支　師古曰：「匈奴嘗以月氏王頭與漢使歃血盟，然則飲酒之器是也。」
　　15

拭，音式　今天子以盛年初即位，天下莫不拭目傾耳，觀化聽風。781

柿，鉏里翻　叔文入至翰林，而伾入至柿林院。7609

适，古活翻　乙酉，徙奉節王适爲魯王。7126

舐，池爾翻　我曹可自相食，何宜使犬舐其汁乎。1852

舐，直氏翻　以鐵環穿其頷而鏁之，取殺韜刀箭舐其血，哀號震動宮殿。3082

視，讀曰示　掖庭令將則詣御史府以視吉。829

視，讀曰示，示，語之也　豫爲備敕，視諸羌母令解仇。838

視，師古曰：視，讀曰示　乃者以縛馬書徧視丞相、御史、二千石、諸大夫、
　　郎、爲文學者。740

視，師古曰：視，亦讀曰示　夫不足者視人有餘。741

怵，音逝　虜兵臨境，怞怵小利。1347

貰，貸也，始制翻　爾朱天光使侃婦父韋義遠招之，與盟，許貰其罪。4812

貰，時夜翻　陵雖駑怯，令漢貰陵罪。759

貰，時夜翻，赦也　既薨，上追思良，乃貰出子春。1389

貰，時制翻，賒也　吾所以少取者，示貧且不以爲急故也。當爲汝貰之。5740

貰，始制翻　詡爲饗會，悉貰其罪。1584

貰，始制翻，貸也　縣官無錢，從民貰馬。633

貰，始制翻，貸也，恕也，又神夜翻　大荒之後，兵民之命仰我氏活，氏有小罪，不能貰也？2802

貰，賢曰：貰，市夜翻，赦也　數日，貰出之。1494

貰，賢曰：貰縣，屬距鹿，音時夜翻；師古音式制翻　又擊貰縣，降之。1262

適，丁歷翻　然太伯見歷知適，遂循固讓。1074

適，丁歷翻，主也　袁紹愛此二子，莫適立也。2048

適，讀曰嫡　故曰：君終無適子其國可破也。40

適，讀曰讁　楚人拔滎陽，不堅守敖倉，乃引而東，令適卒分守成皋。339

適，師古曰：適，讀曰嫡　涕泣而言曰：「皇太子以適長立，積十餘年。」950

適，賢曰，適，音的，謂無指的討捕也　奉憲之使，莫適討捕。1516

適，音的　孤普請諸將，咨問所宜，無適先對。2171

奭，施隻翻　樗里子、公孫奭挾韓而議之，王必聽之。103

噬，時制翻　其鄰人見，欲入言之，狗當門而噬之。53

噬，時制翻，啗也　爲其吞噬，理在必然。7405

澨，市制翻。水際曰澨　又命望海鎮將雲思益、浙西將王克容將水軍巡海澨。8086

諡，申至翻　追諡俀曰承天皇帝。7200

諡，神至翻　諡法：昭德有勞曰昭，辟地有德曰襄。以沈約諡法言之，則昭襄複諡也。186

諡，神志翻　自今以來除諡法。235

諡，時利翻　尙書議諡曰肅。6258

螫，施隻翻　楊素進曰：「伏望聖心同於螫手。」5581

螫，式亦翻　古人有言：「蝮蛇螫手，壯士解腕。」2427

螫，音釋　蝮虵螫手，壯士斷腕。2826

手，式又翻　貢屬聲質責讓等，且曰：「今不速死，吾將殺汝！」因手劍斬數人。1902

手，守又翻　徑至昆彌所在，召番丘，責以未振將之罪，即手劍擊殺番丘。1036

守，師古曰：守，音狩　沛令後悔，恐其有變，乃閉城城守。261

守，始究翻。監，去聲，康又居銜切。余謂守、尉、監，官名也，當從去聲；若監郡之監，則從平聲。《記・王制》：天子使其大夫爲三監，監於方伯之國。陸德明《經典釋文》：監，古暫翻；監於，古銜翻，可以知之矣　分天下爲三十六郡，郡置守、尉、監。236

守，式又翻　翟璜忿然作色，曰：「西河守吳起，臣所進也。」20

守，手又翻　冬，十月，癸丑，始皇出遊，左丞相斯從，右丞相去疾守。247

守，舒救翻　宮城大駭，閉門設守。4455

守，太守，式又翻　姚讚留寧朔將軍尹雅爲弘農太守，守潼關。3699

守，通守，式又翻　絳郡通守陳叔達拒守。5749

守，音狩　蜀守煇叛秦，秦司馬錯往誅之。110

守，式又翻　帝遣輔國將軍巴西梓、潼二郡太守劉山陽將兵三千之官。4474

首，式救翻　冒白刃，北首爭死敵。716

首，式救翻，或曰首如字　前至溫湯則求首不獲矣。6881

首，式救翻，頭之所向曰首　北首燕路。328

首，式救翻。首，向也　尊修身潔己，砥節首公。972

首，所救翻　帥羣臣而首嚮之者，則舉義志也。127

首，式又翻　庾純詣廷尉自首：「甹以議草見示，愚淺聽之。」2584

首，手又翻　玄紹即首服，於坐斬之。4511

首，守又翻　東首加朝服拖紳。1194

受，讀曰授　王侯通爵，越錄受之。7891

受，音壽　魏以涼州刺史李叔仁爲司徒，万俟洛爲太宰。音註：洛，字受洛干。4872

慢，音受　武安侯慢，富陽侯萌。1156

綬，音受　王因收印綬，自三百石吏已上而效之子之。87

瘦，師古曰：瘦，音搜　狂王傷，上馬馳去，其子細沈瘦會兵圍和意、昌及公主於赤谷城。883

鱳，音瘦，又疏鳩翻　秦敗韓師於修魚，斬首八萬級，虜其將鱳、申差於濁澤。83

抒，《索隱》曰抒音墅。抒者舒也，又常恕翻；康曰：亦音舒　抒意通指。115

抒，敘呂翻　喪車非輸錢不得出城，下至抒廁、行乞之人，不免課率。9412

抒，直呂翻　是月，前輝光謝囂奏武功長孟通浚井得白石。音註：師古曰：浚，抒治之也。1157

姝，逶須翻　富室有珍貨或名姝、駿馬，皆虐取之。9292

姝，賢曰：姝，美也，言反不知斯事之美也。姝，春朱翻　冀州名士，豈肯買官，賴我得是，反不知姝邪。1879

紓，式居翻　紓爲莒王，綢爲密王。7614

紓，山於翻　莒王紓薨。7895

紓，商居翻　始吾屈節以紓軍府之患。8244

紓，商居翻，緩也　鄭珏請自懷傳國寶詐降以紓國難。8898

紓，音舒　因薦諫議大夫李紓可以將命。9209

紓，音舒，緩也　復請和於契丹以紓國患。9294

菽，式竹翻，豆也　五穀所生，非菽而麥。95

郤，音輪　是時，田蚡奉邑食郤。584

疏，讀與疎同　去魏兵數里，疏布騎卒，曳柴揚塵。3115

疏，讀曰疎　上與諸子疏。727

疏，音疎　天下虛耗，百姓罷勞，客土疏惡。1005

疏，與疎同　呂后年長，常留守，益疏。387

疏，使去翻，記也　主帥密疏官過失，欲以啓聞。4054

疏，所故翻　兆之在秀容，左右皆密通款於歡，唯張亮無啓疏。4830

疏，所句翻　左拾遺洛陽獨孤及上疏曰。7173

疏，所據翻　乃上疏，其畧曰。7379

疏，所據翻，條陳也　太子少傅匡衡上疏曰。924

疏，所去翻　劭料檢文帝巾箱及江湛家書疏，得王僧綽所啓饗士幷前代故事。
　　3993

輸，舂遇翻　道路斷隔，委輸不至。1313

輸，舂遇翻，即轉輪之輪　諸侯有變，順流而下，足以委輸。362

輸，凡以物送之曰輸，則音平聲；指所送之物曰輸，則音去聲　糧無半年之儲，
　　常資四方委輸。5018

輸，平聲　轉相灌輸。5469

輸，式喻翻　今可急於淮南因侯景故壘築城，以通東道轉輸。5136

輸，書遇翻　至使民戶殫盡，委輸無入。3211

輸，音戍　以水銀爲百川、江河、大海，機相灌輸。251

儵，式竹翻　上谷公張儵帥衆與桓天生復寇舞陰。4276

攄，抽居翻　僞中郎將孔攄說：「去二月武昌失守，水軍行至。」2571

尗，與菽同，豆也　魏主求甘橘及借博具，皆與之；復餉氈及九種鹽胡豉。音
　　註：豉，是義翻，《說文》曰：配鹽幽尗也。3955

孰，古熟字，通　臣願王孰圖之也。104

孰，古熟字，通用　陛下何不壹令臣得孰數之於前。469

孰，古字孰熟通　吾計之孰矣。1479

孰，熟字通　昭孰視吳主。2284

孰，與熟通　古今所愼，可不孰慮！1982

孰，與熟同　盎曰：「愚計出此，唯上孰計之。」522

孰，與熟同，古字通用　康居之救又且至，至，我居內，康居居外，與漢軍戰，
　　孰計之，何從？706

璹，神六翻　受羽林大將軍孫璹錢二萬緡，爲求方鎭。7686

璹，殊六翻　檢校天官侍郎姚璹爲文昌左丞。6484

璹，殊玉翻　獲文成太守鄭元璹。5753

曙，常恕翻　公眼如曙星，無所不照，當王有天下。5344

曙，常恕翻，天明爲曙　是夕未曙。8900

戍，舂遇翻　卒戍楚、韓、齊、趙之境。83

沭，食律翻，姓也　於是留寧北將軍沭堅戍幽州。3091

沭，食聿翻　以謝沭縣公寶義爲巴陵王，奉齊祀。4518

沭，音術　沭陽王右衛大將軍段暢、開府儀同三司韓骨胡等爲將帥。5363

術，讀曰遂，又食聿翻　更置謹直者數百人，使防邏街術。4228

術，據術字公路，當讀如《月令》「審端徑術」之術，音遂。又據《說文》：術，
邑中道，讀從入聲，則二音皆通　初，太尉袁湯三子，成、逢、隗，成生
紹，逢生術。1822

數，所角翻　越人相攻擊固其常，又數反覆。561

豎，臣庾翻　仲玉至南陵，載米三十萬斛，錢布數十舫，豎榜爲城。4119

豎，而主翻　異大驚，奔桃枝嶺，於巖口豎柵以拒之。5223

豎，上主翻　事畢，使豎一白旄。3703

鈗，十律翻　伯玉諷大將楊鈗等拒昂留己。7214

鈗，時橘翻　以徐公鈗代爲蜀州刺史。8395

鈗，時迄翻　抱眞欲殺懷州刺史楊鈗，鈗奔燧。7326

鈗，辛律翻　蜀州將李行周逐徐公鈗，舉城降建。8405

墅，丞與翻　九月，庚午，將軍周羅睺攻隋故墅，拔之。5443

墅，承與翻　禧不知事露與姬妾及左右宿洪池別墅。4488

墅，承與翻，園廬也　安遂命駕，出遊山墅。3310

墅，神與翻　將兵萬人於胡墅度米三萬石、馬千匹入石頭。5136

數，后數，所角翻　數日之內，太后數以爲言。5280

數，七欲翻，密也　大王之地方千里，地名雖小，然而田舍廬廡之數，曾無所
芻牧。69

數，趨玉翻　夫以四海之廣，士民之數。1020

數，趨玉翻，密也　而陛下崇之彌優，自下慢事愈甚，所謂「大網疏，小網數」。
1662

數，色角翻　遠徙北方，休養士馬，習射獵，數使使於漢。691

數，色主翻　朕爲始皇帝，後世以計數。235

數，山羽翻　眞人所謂「鼠不容穴，銜竇數」者也。872

數，師古曰：數，音所角翻　今陛下久疾，變異屢數。1087

數，所角翻　五官之計，不可不日聽而數覽也。77

數，所角翻，屢也　秦數敗趙兵。168

數，所角翻，《史記正義》：色庚翻　且漢王不可必：身居項王掌握中數矣。345

數，所角反　高歡患之，數遣兵攻延孫，不能克。4900

數，所角類　由是國人不附，諸部數叛。9367

數，數預，所角翻；數之，所具翻　三月，弘陳兵牙門，召鍔及其黨三百人數之以數預於亂。7586

數，師古曰：數，所具翻；宋祁曰：所主翻　乃執滑王而數之。126

數，師古曰：數，責也，音所具翻　羣臣或數黷。576

數，數恐，所具翻　婢婢傳檄河、湟，數恐熱殘虐之罪。8021

數，所矩翻，計也，舊所具翻　並增員而授，或三或四，不可勝數。5366

數，所矩翻，舊所具翻　周主執莫多婁敬顯，數之曰：「汝有死罪三。」5370

數，所具翻　更爲書賜扶蘇，數以不能闢地立功，士卒多耗。249

數，所具翻，俗從上聲　季述以銀檛畫地數上曰。8539

數，所具翻，又所主翻　吏去，張耳乃引陳餘之桑下，數之曰。255

數，所具翻；下因數同，俗從所主翻　乃召思勗等飲酒，祐數思勗等罪。8668

澍，音樹，又音註，時雨也　臣動兵涉夏，連獲甘澍。1807

澍，音註　詔因謝公卿百僚，遂應時澍雨。1439

澍，音註，又殊遇翻，時雨也　行未還宮，澍雨大降。1575

澍，之戍翻，又殊遇翻　忤旨者嚴霜夏零，阿旨者甘雨冬澍。5597

豎，常句翻　望執錄二豎，以謝冤魂。4177

豎，臣庾翻，童僕未冠者也，又音樹　又欲黜諸閹豎及羣小輩，爲致治之方。5321

豎，而涪翻　命益州刺史傅豎眼出巴北。4609

豎，而庾翻　邢巒遣建武將軍傅豎眼討之。4555

豎，而主翻　豎眼，靈越之子也。4532

豎，殊遇翻　龐涓自知智窮兵敗，乃自剄曰：「遂成豎子之名！」60

刷，師古曰：刷，謂拭，刷除之也，音所劣翻　爲宗室刷汙亂之恥。1025

衰，倉回翻　時天子衰粗，委政於丹。1085

衰，倉雷翻　爲齊東昏侯舉哀，服斬衰三年。4704

衰，叱回翻　唯欲衰麻廢吉禮。4299

衰，叱雷翻　崔光攘衰振杖。4612

衰，讀與縗同，倉回翻　衰服之宜，情所未忍。4297

衰，七回翻　其議以衰絰從行。2497

衰，七雷翻　韓王衰絰入弔祠。196

衰，士回翻　丁卯，禮官奏請加高祖父母服齊衰五月。6158

衰，吐回翻　朝臣始除衰絰，猶以素服從事。4309

帥，並帥，讀曰率　契丹帥窟哥、奚帥可度者並帥所部內屬。6263

帥，薄帥，讀曰率　宇文化及以珍貨誘海曲諸賊，賊帥王薄帥眾從之。5841

帥，主帥，所類翻；等帥，讀曰率　子雄弟子略、子烈、主帥廣陵杜天合及弟僧明、新安周文育等帥子雄之眾攻廣州。4913

帥，讀從所類翻　充固陳伐吳不利，且自言衰老不堪元帥之任。2558

帥，別帥，所類翻；稽帥，讀曰率　辛酉，柔然別帥他稽帥眾降魏。4246

帥，讀曰率　智伯怒，帥韓魏之甲以攻趙氏。10

帥，孤帥，讀曰率　魏北部民殺立義將軍衡陽公莫孤，帥五千餘落北走。3905

帥，讀曰卒　帝使懷珍帥龍驤將軍王廣之將五百騎步卒二千人浮海救之。4132

帥，基帥，讀曰率　惠基帥部曲擊之，斬其渠帥。4127

帥，能帥，讀曰率　賊別帥洪師簡許會能帥所部降。8084

帥，勤帥，讀曰率　柔然別帥叱呂勤帥眾降魏。4291

帥，渠帥，所類翻；相帥，讀曰率　曷薩那誅其渠帥百餘人，敕勒相帥叛之。6045

帥，師類翻　出塞二千餘里，斬燒何大帥，降其餘眾而還。1756

帥，賊帥，所類翻；暵帥，讀曰率　賊帥宗羅暵帥眾歸之。5725

帥，元帥，所類翻；帥眾，讀曰率　己丑周以河陽總管滕王逌為行軍元帥，帥眾入寇。5391

帥，所翻翻　以盧江王瑗為荊湘道行軍元帥。5930

帥，所類翻　才者，德之資也。德者，才之帥也。14

帥，渠帥，所類翻　遣兵追擊之，至漠南，殺其渠帥，餘徙冀相、定、三州為營戶。3905

帥，通帥，讀曰率　丹陽賊帥樂伯通帥眾萬餘降之。5863

帥，無帥，所類翻　戍卒裴滿等憚獻甫之嚴，乘無帥之際。7514

帥，五帥，讀曰率　與弟尚書左丞子四、東宮主帥子五帥所領百餘人開承明門
　　出戰。4990

帥，音率　秦孝公使公子少官帥師會諸侯於逢澤以朝王。58

帥，與率同　牧守苟能撫以恩信，自然帥服。6026

帥，賊帥，所類翻。瓊帥，讀曰率　賊帥王瓊帥其徒千餘人夜襲，據南城北度
　　浮航。9345

帥，賊帥，所類翻。恕帥，讀曰率　賊帥李仁恕帥眾數萬急攻徐州。9346

帥，蠻帥，所類翻；宗帥，讀曰率　光城蠻帥征虜將軍田益宗帥部落四千餘戶
　　叛降於魏。4329

帥渠帥，上讀曰率，下所類翻　蠻王梅安帥渠帥數十人入貢於魏。3757

脽，音誰　十一月甲子，立后土祠於汾陰脽上。660

涗，舒芮翻　丙午，以涗爲陳許節度使。7583

裞，師古曰：贈喪衣曰裞，音式芮翻；其字從衣　郇相爲莽太子四友，病死，
　　莽太子遣使裞以衣衾。1195

吮，徂兗翻　獨太子班晝夜侍側，不脫衣冠，親爲吮膿。2996

吮，如兗翻　知微見黯黮，舞蹈，吮其靴鼻。6515

吮，士兗翻　贊華好飲人血，姬妾多刺臂以吮之。9068

吮，徐兗翻　卒有病疽者，起爲吮之。21

楯，食尹翻　兵法：步兵、車騎、弓弩、長戟、矛鋋、劍楯之地。485

楯，食尹翻，干也　自稱大軍，其兵皆執單刀柳楯。5675

說，讀曰悅　上不說。先殿光祿大夫張猛進曰。911

說，讀爲悅　《史記》：戎王戎王受而說之，乃歸由余。217

說，讀與悅同　謀之賢知則不說。1004

說，讀曰悅　楚王說而許之。90

說，讀作悅　信任親愛者，盡佞諂容說之人也。2068

說，傅說也，音悅　臣光曰：「昔高宗命《說》曰：『若藥弗瞑眩，厥疾弗瘳。』」
　　1385

說，師古曰：說，讀曰悅　天下雖不說，咎有所分。1097

說，夏說，讀曰悅　乃陰使張同、夏說說齊王榮曰。309

說，於悅翻　是以太公起屠釣爲周師，傅說去板築爲殷相。4038

說，與悅同　肅侯大說。67

說，載記作悅，讀當從悅，一曰：說，讀如字，謂自解說也　不能思愆自貶以
　　謝百姓，方更廢君以自說。3252

說，去聲　卿非刺客顧說客耳。1320

說，如字　帝召馬援問之，援因說隗囂將帥有土崩之勢，兵進有必破之狀。1356

說，式芮翻　說以富國強兵之術。45

說，式芮翻，誘也　寶首欲以平蜀爲己功，更獎說蜀人，使攻惠開。音註：
　　獎，勸也。4127

說，輸芮翻　二子曰：「此夫讒人欲爲趙氏游說。13

說，輸芮翻。今人言說合二字，說，音如字　通使玷厥，說合阿波。5451

說，音稅　郭威與都押牙冠氏楊邠入說知遠曰。9340

說，音稅　觀往者得失之變，作孤憤、五蠹、內、外儲、說林、說難五十六篇。
　　221

矟，色角翻　嘗於仲堪聽事前戲馬，以矟擬仲堪。3408

矟，色角翻，與槊同　每戰以劍矟爲方圓大陣。3371

矟，所角翻　至是奮大矟往來督戰。5363

矟，所角翻，與槊同　其嬰兒投於空中，承之以矟。5189

矟，音朔　命黑矟龍驤三千人馳擊之。3076

矟，音槊　援矟先進。9406

矟，與槊同　斬首千餘級獲排矟兵六千。5891

矟，與槊同，色角翻　子四中矟，洞胸而死。4990

嗽，《說文》：嗽也，康所角翻　卒有病疽者，起爲吮之。音註：吮，徐兗翻；
　　《說文》：嗽也，康所角翻。21

嗽，當作「漱」，滌口也，音先奏翻　或遇事繁，日移中則嗽口以過。4933

槊，色角翻　遂下馬苦戰，槊折，執刀戰不已。2887

槊，所角翻　單雄信引槊直趨世民。5890

鑠，式約翻　南豫州刺史南平王鑠爲豫州刺史。3912

鑠，式灼翻　爽遣秀詣壽陽，奉書於南平王鑠以請降。3969

鑠，書藥翻　庚子，立皇子鑠爲南平王。3874

司，讀曰伺　遣歸國，亦因使候司匈奴。707

思，相吏翻　陛下富於春秋，方積思於六經。592

虒，音斯　潞州巡檢陳思讓敗漢兵於虒亭。9465

慮虒，師古曰：慮虒，音虜夷　而置雲中、鴈門、代郡。音註：五臺則漢太原之慮虒縣也。209

廝，音斯，今人讀如瑟　黃門侍郎裴矩知必將有亂，雖廝役皆厚遇之。5783

褫，池爾翻　仁傑等下獄，臣未嘗褫其巾帶。6480

褫，敕豸翻　自陳無罪，使就坐剝褫。4709

罳，音思　門闕罘罳甚盛。1096

嘶，先齊翻　司徒聲嘶股栗，殆不能言。4035

廝，息移翻　或夜宿客舍，或晝臥道傍，排突廝養。4193

廝，息移翻，養也，役也，使也，賤也。蘇林曰廝取薪者也。韋昭曰析薪曰廝。今或讀從詵入聲　齊氏因之，仍供廝役。5380

廝，音斯　有廝養卒走燕壁。263

廝，音斯，賤也　亦坐斥還本郡以給廝吏。2221

廝，音斯，今人讀若瑟　與所幸廝役共食之。6189

廝，音斯，今相傳讀從詵入聲　魏末以來，縣令多用廝役。5261

廝，音斯，蘇林曰：取薪之卒曰廝　廝徒十萬。70

澌，斯義翻　異屢遣其長史王澌入朝。5218

澌，賢曰：澌，音斯，冰澌也　候吏還白河水流澌。1260

死，讀曰屍　郡吏皆竄走，惟陳恂面縛詣廐，請膝死。2648

寺，陸德明曰：寺，如字，又音侍　黃門董猛，素給事東宮，為寺人監。2604

寺，音侍　夫寺人之官自三王之世具載於詩禮。8598

寺，音侍，又如字　燕寺人吳深據清河反。3370

汜，如淳曰音氾。……師古曰：……舊讀音凡。今彼鄉人呼之音氾。索隱曰：此水今見名汜水，音似　使人辱之，數日，咎怒，渡兵汜水。341

汜，師古曰：汜，舊音凡，今俗讀為氾　壬子，至汜水曲。6305

汜，祥里翻　汎濛汜而越崑崙，易如反掌。5635

汜，詳里翻　令譯田汜等五人護送至廬落。1537

汜，音似　至汜水。5706

汜，音祀　潛遣其官屬許汜、王楷求救於袁術。2005

汜，音祀，又孚梵翻　輔分遣校尉北地李傕、張掖郭汜、武威張濟將步騎數萬擊破朱儁於中牟。1931

伺，相吏翻　謹烽火，多間諜。音註：間諜者，使之間行，以伺敵觀其變動也。206

伺，相吏翻，候也，察也　漢主令思潮等伺之。9251

伺，相利翻　太原窺吾西契丹伺吾北。8742

兇，序姊翻　譬猶驅虎兇以赴犬羊。1909

姒，詳里翻　光顏使其妻奉管籥，籍財物，歸於其姒。7715

俟，康曰：渠之切　置五大俟斤，居碎葉以西，通謂之十姓。6142

俟，渠機翻　獲其俟斤阿史德烏沒啜。6019

俟，渠希翻　柔然伏跋可汗遣俟斤尉比建等請和於魏。4633

俟，渠夷翻　爾朱天光之滅万俟醜奴也。4801

俟，渠之翻　儁使中部俟釐慕輿句督薊中留事。音註：俟釐，蓋亦鮮卑部帥之稱。3104

笥，息嗣翻　則匈奴之革笥、木薦弗能支也。486

笥，相吏翻　熟食也，漿水也，酢漿也。音註：圓曰簞，方曰笥。89

竢，古俟字　乞骸骨歸鄉里，竢實溝壑。1128

竢，即俟字　龍興而致雲，蟋蟀竢秋唫，蜉蝣出以陰。841

嗣，祥吏翻　太子，君嗣也，不可施刑。48

嗣，祥使翻　紹漢嗣於既絕，斯豈非宗子之力也。2357

飼，祥吏翻　臣為陛下子，陛下為臣父，安有子飼其父而求報乎。3312

飼，與飤同，祥吏翻　此蛇所以致鳥雀而捕之者，今留付汝，幸善飼之。7611

飼、食，並詳吏翻　至是，壞尚書省為薪。撒薦，剉以飼馬，薦盡，又食以飯。5003

娍，音戎　燕王熙納故中山尹苻謨二女，長曰娍娥，為貴人。3545

廈，疏鳩翻　魏王廈為鎮東大將軍、豫州牧，鎮陝城。3148

廈，所鳩翻　桐為汝南公，廈為魏公。3112

溲，疏鳩翻　虎子，褻器，所以溲便者。15

溲，所鳩翻　衛士數十人溲其上。3943

溲，所由翻　沛公輒解其冠，溲溺其中。287

艘，疏刀翻　延政遣統軍使吳成義帥戰艦千艘攻福州。9278

艘，疏留翻　希瞻夜匿戰艦數十艘於港中。9015

艘，蘇曹翻，船之總名　乃取蒙衝鬬艦十艘。2093

艘，蘇漕翻　買弊船五六十艘置於瀆內。5504

艘，蘇刀翻　獲其妻子及船六千艘。2021

艘，蘇遭翻　彭裝戰船數千艘。1366

艘，師古曰：艘，一船爲一艘，音先勞翻，其字從木　謁者二人發河南以東船
　　五百艘。965

藪，蘇口翻　自劉石構亂，長江以北，翦爲戎藪。3042

窣，蘇骨翻　故冒姓安氏名祿山。又有史窣干者與祿山同里閈。6816

王，賢曰：王，音肅，姓也　以陳留王況爲大司徒。1405

泝，蘇故翻　吟嘯鼓枻，泝流而去。2952

涑，音速　辛卯，如河東涑川。5347

速僕丸，即蘇僕延，語有輕重耳　遼東單于速僕丸。2072

宿，先就翻　及羣臣又言老父，則大以爲仙人也，宿留海上。678

宿，音秀　臣聞天有二十八宿。213

宿留，音秀溜　遂至東萊，宿留之，數日，無所見。682

傃，桑故翻，向也　臣請禦之。乃度梯之所傃。7374

傃，音素　以其順刃者生，傃刃者死，奔命者貢。194

塑，桑故翻　希廣信巫覡及僧語，塑鬼於江上。9444

愬，與訴同　姬愬於吳主。2533

楸，蘇谷翻　吾有平蜀之功，公等樸楸相從。8947

餗，桑谷翻，鼎實也　魚朝恩執《易》升高座，講「鼎覆餗」以譏宰相。7191

餗，送鹿翻　《易》曰「鼎折足，覆公餗」，喻三公非其人也。1122

餗，蘇谷翻　初京兆尹河南賈餗。7902

餗，音速　餘皆素餐致寇之人，必有折足覆餗之凶。1815

遬，古速字　而拜昌侯盧卿為上郡將軍，甯侯魏遬為北地將軍。497

珫，思聿翻　初，吳越王鏐少子元珫數有軍功。9171

謖，所六翻　漢諸葛亮率眾討雍闓，參軍馬謖送之數十里。2222

蒜，蘇貫翻　恩帥眾鼓譟，登蒜山。3524

眭，師古曰：眭，息隨翻　符節令魯國眭弘上書。767

眭，息隨翻　軍長史與決眭都尉煇渠侯謀曰。736

眭，息隨翻，姓也　主書司馬眭祕以身蔽倫。2644

眭，息爲翻　會黑山、于毒、白繞、眭固等十餘萬眾略東郡，王肱不能禦。1925

眭，息惟翻　中書令眭邃颺言於朝曰。3428

眭，姓也。師古息隨翻，《類篇》宜爲翻　翟遼遣司馬眭瓊詣燕謝罪。3382

葰，相維翻　曹操將擊之，鑿平虜渠、泉州渠以通運。音註：《說文》：泒水，出雁門葰人戍夫山，東北入海。2069

睢，師古曰：睢，音呼季翻　乃始恣睢，奮其威詐。1251

睢，師古曰：睢睢，仰目視貌，音呼惟翻　今雄以博士行禮之日，歷階登堂，萬眾睢睢。993

睢，息隨翻　昭睢曰。112

睢，息遺翻，又七余翻　昭睢曰：「毋行而發兵自守耳！」112

睢，香萃翻　故申子曰：「有天下而不恣睢。」267

睢，音雖　初，魏人范睢從中大夫須賈使於齊。157

髓，息委翻　云金丹應用石膽、石髓。5658

髓，悉委翻　市人爭破其腦取髓。9329

祟，雖遂翻　卜曰：「涇水爲祟。」293

祟，雖遂翻，神禍也　上嘗不豫，卜云山川爲祟。7056

祟，息遂翻　因是爲姦，言上疾祟在巫蠱。728

隧，師古曰：隧，謂深開小道而行避敵抄寇也，音遂　建塞徼，起亭隧。942

隧，音遂　昔晉文公有大功於王室，請隧於襄王，襄王不許。5

誶，服虔曰：誶，猶罵也。張晏曰：誶語，讓也。誶，音碎　母取箕箒，立而誶語。473

燧，音遂　馬燧遣其行軍司馬王權及其子彙將兵五千人入援，屯中渭橋。7373

璲，徐醉翻　時溥濠州刺史張璲、泗州刺史張諫以州附於朱全忠。8437

璲，音遂　族人桓謐、桓璲、陳郡袁式等皆詣魏長孫嵩降。3712

襚，音遂　熙欲以爲殉，乃毁其襚韝中得弊氈。3596

襚，徐醉翻　贈侍中、司空，賻襚甚厚。4275

飧，蘇昆翻　朝府大吏或自挈壺飧以入官寺。2099

蓀，音孫　皇甫商以告乂，收含、蓀、粹，殺之。2683

隼，聳尹翻　夫縱食鷹隼，欲其鷙也。鷙而亨之，將何用之。1873

隼，息尹翻　犬馬鷹隼無遠不致。6251

隼，息允翻　癸酉，詔：自今京官及外州有獻鷹隼及犬馬者罪之。6276

笱，音峻　何休注《公羊》：笱，音峻。笱者竹篗，一名編。384

娑，桑何翻　將歸長沙，顧謂忿期曰：「老子婆娑，正坐諸君！」2995

娑，蘇何翻　西突厥曷娑那可汗。5826

娑，素禾翻　立奚酋娑固爲昭信王，契丹酋楷洛爲恭仁王。6871

娑，素何翻　初，西突厥曷娑那可汗入朝於隋。5860

娑，素和翻　渾瑊使其將白娑勒追之，反爲所敗。7478

娑，素那翻　以西突厥曷娑那可汗爲歸義王。5829

梭，蘇禾翻　其母投杼下機，踰墻而走。音註：《說文》曰：杼，機之持緯者，
　　蓋今所謂梭。102

晙，師古曰：晙，音子緣翻　六月，立魯頃王子部鄉侯閔爲王。音註：魯共王
　　曾孫頃王封，傳國於其子文王晙。1093

縮，所六翻　語曰：「日中則移，月滿則虧。」進退贏縮。188

索，盡也，先各翻　聞禹治河時，本空此地，以爲水猥盛則放溢，少稍自索。
　　1147

索，晉灼曰：索，音冊。師古音求索之索　楚起於彭城，常乘勝逐北，與漢戰
　　滎陽南京、索間。321

索，求也，山客翻　大王失職，獨可起而索。750

索，山客翻　襄子如廁心動，索之，獲豫讓。15

索，山客翻，求也　無故索地，諸大夫必懼。10

索，山客翻，求也，搜也　盡求捕王所與謀反賓客在國中者，索得反具，以上，
　　下公卿治其黨與。626

索，師古曰：索，求也。索，山客翻　方今去聖久遠，道術缺廢，無所更索。
　　1059

索，師古曰：索盧，姓也。……索，音先各翻　冬，無鹽索盧恢等舉兵，反城
　　附賊。1233

索，宋白曰：索，上聲　辛未，點戞斯遣使者注吾合索獻名馬二。7973

索，蘇各翻　關內侯敦煌索靖知天下將亂。2632

索，蘇各翻，盡也　后辭曰：「牝雞之晨，唯家之索。」6018

索，蘇各翻，散也，盡也　師古詐窮變索。7609

索，蘇各翻，姓也　乃命西都留守索自通。9041

索，西各翻　書稱「牝雞之辰，惟家之索。」6585

索，昔各翻　政亡則國家從之。音註：《晉志註》曰：纓在馬膺如索幨。4

索，昔各翻，盡也　勦滅殆盡。賊由是氣索。7033

索，昔各翻，姓也　初，南陽王模以從事中郎索綝爲馮翊太守。2770

索，昔各翻。索，盡也　援謂友人杜愔曰：「吾受厚恩，年迫日索。」1408

索，昔客翻　珪從之，命郡縣大索書籍，悉送平城。3489

索，昔洛翻　仰割其索。索斷，糧絕。5288

索，悉各翻　如有不虞，雖越絥無嫌。音註：絥，輴車索。4301

索，下客翻　士良等分兵閉宮門，索諸司，捕賊黨。7913

索，先各翻　竊見匈奴斗入漢地，直張掖郡。音註：張掖兩都尉，一治曰勒澤
　　索谷，一治居延；又有農都尉，治番和，是爲三都尉。1043

瑣，與鎖同　遂瑣德鈞、延壽送歸其國。9160

鏁，蘇果翻　以鐵環穿其頷而鏁之。3082

T

他，唐何翻　使珪陰與舊臣長孫犍、元他、羅結輕騎亡去。3350

他，徒何翻　操常從士徐他等謀殺操。2023

他，徒河翻　李庠帥妹壻李含、天水任回、上官晶、扶風李攀、始平費他。2649

它，徒河翻　齊王儋及楚將項它皆將兵隨市救魏。274

恎，徒河翻　使兄沙漠汗之子猗恎統之。2614

獺，他達翻　宇文黑獺常相招誘，人情去留未定。4881

猵，師古曰：猵，古舐字，食爾翻　語有之曰：「猵穄及米。518

撻，吐盍翻　巡以大木末置連鎖，鎖末置大鐶，撻其鈎頭。7028

遝，達合翻　雖宴享音伎雜遝盈庭，未嘗解顏。7927

撻，音闒　其後民以欙鉏箠梃相撻擊。615

蹋，徒盍翻　候城、提奚、蹋頓、肅慎、碣石、東暆、帶方、襄平。5660

蹋，徒臘翻　而士有飢者，其在塞外，卒乏糧或不能自振，而票騎尚穿域蹋鞠。644

蹋，賢曰：蹋，音大蠟翻。楊正衡《晉書音義》蹋，徒合翻　子樓班年少，從子蹋頓有武略，代立。2013

蹋，與踏同　僵而不腐，僬蹋而罵之曰。3174

蹹，與踏同　遂作亂王室，撞蹹省闥。1853

闒，師古曰：闒，音蹋　屠耆單于即引兵西南留闒敦地。868

闒，徒臘翻　臨淄甚富而實，其民無不鬭雞走狗六博闒鞠。71

闒，吐盍翻　卿不宜自同闒茸。音註：闒茸，不肖也，劣也。4931

闥，師古曰：闥，宮中小門也；一曰門屏也，音土曷翻　舞陽侯樊噲排闥直入。396

蹛，與蹋同　霍氏奴入御史府，欲蹛大夫門；御史爲叩頭謝，乃去。811

嗒，達合翻　以噂嗒之語。2534

嗒，達合翻，語相惡也　謀反大逆，尚以見加，其餘謗嗒。2571

嗒，徒合翻　然異常之舉，眾之所駭，遊聲噂嗒，想足下亦少聞之。3121

剔，吐嗑翻　及中常侍淳于登袁赦封剔等罪惡。1851

艦，託盍翻，大船曰艦　板艦、黃篾等數千艘。5621

翖，音榻　子晉乃僞以小船依翖而釣。5177

翖，音榻，大船也　總以一長鐷繫之置琳所坐翖下。5169

駘，《說文》曰：駘，馬鈍也，達來翻　馭委其轡，馬駘其銜。1725

駘，堂來翻　是年，鄭繻公駘之二十二年。23

台，蘇林曰：台，音胞胎之胎。索隱曰：鄭、鄒並音怡　大臣乃請立悼武王長子酈侯台為呂王。421

邰，湯來翻　周紀一。音註：杜預《世族譜》曰：周，黃帝之苗裔，姬姓，后稷之後，封於邰。2

邰，吐才翻　陛下取天下與周異。周之先，自后稷封邰。361

太，太末之太，孟康音闥　越以此散，諸公族爭立，或為王，或為君，濱於海上。音註：浙江有三源，發於太末者謂之穀水，今之衢港是也。66

忕，他蓋翻，侈也　眾實疲敝，而主驕將忕。2025

忕，他蓋翻，奢也　彼乳臭子驕侈僭忕。9135

汰，奢也，音太，又音大　而胤以忕侈之性，臥而對之。2971

汰，音太　琁復欲增損政務，沙汰人物。5321

嘽，他丹翻　其詩曰：「嘽嘽焞焞，如霆如雷。顯允方叔，征伐玁狁，蠻荊來威。」947

嘽，吐丹翻　陛下目不視鳴條之事，耳不聞檀車之聲。音註：《詩》曰：檀車嘽嘽。1732

潬，蕩旱翻　時光弼自將屯中潬，城外置柵，柵外穿塹，深廣二丈。7086

潬，徒旱翻　自永橋夜入中潬城。5346

攤，他干翻　皆由以逃戶稅攤於比隣。7771

灘，吐丹翻　周紀一。音註：在申曰涒灘。1

倓，徒甘翻　封皇孫倓為燕王，侗為越王。5625

倓，徒甘翻，又徒濫翻，徒敢翻　曦命發倓冢，斬其尸。9251

倓，徒濫翻　巴郡板楯蠻救之。音註：傷人者論，殺人者得以倓錢贖死。1591

郯，東海縣，音談　陽城人鄧說將兵居郯。266

郯，音談　憲聞之，自郯圍之。1318

惔，徒甘翻　遂殺孫奇、孫弼及前將軍謝惔等。2659

覃，徒含翻，布也，廣也　而國家爵位，以一人立功而覃及天下。9415

覃，徒含翻，姓也　溪州蠻覃行璋反。6760

曇，苦含翻　請以霸先從子曇朗為質。5138

曇，徒含翻　汝南袁閎、京兆韋著、潁川李曇。1748

曇，徒舍翻　巴山太守熊曇朗誘頜共襲高州刺史黃法𣞅。5161

譚，徒含翻　叔陵遣其所親戴溫譚騏驎詣摩訶。5453

譚，與談同　備見統，與善譚，大器之。2104

袒，徒旱翻　於是漢王爲義帝發喪，袒而大哭，哀臨三日。317

袒，音但　堂舅堂姨舅母並加至袒免。6820

毯，吐敢翻　軌遣參軍杜勳獻馬五百匹，毯布三萬匹。2756

黮，師古音怛　乃悉封徐盧等爲列侯。音註：僕黮，易侯。539

襢，與袒同　田單免冠、徒跣、肉袒而進。音註：李巡曰：「襢裼，脫衣；袒肩見體曰肉袒。143

探，他紺翻　爾速遣步探子將數十人分道追走者。8308

探，他含翻　諸將以爲不一探取。2262

探，他南翻　帝欲立皇后，而貴人有寵者四人，莫知所建，議欲探籌，以神定選。1656

探，湯勘翻　遣吏逢迎，刺探起居。1490

探，吐南翻　主父欲出不得，又不得食，探雀鷇而食之。119

探，吐南翻，又他紺翻　太子常探取二月，用之猶不足。2632

賧，何承天《纂文》曰：賧，蠻夷贖罪貨也，音徒濫翻　攸之賧罰羣蠻太甚。4172

賧，吐濫翻　遣使責其租賧。4264

湯，徒浪翻　秋，七月，曹操引水軍自渦入淮。音註：班志：淮陽扶溝縣，渦水首受狼湯渠。2098

湯，音宕　自汴入河。音註：《漢書·地理志》所謂狼湯渠是也。3689

餳，徐盈翻　目彥光爲「著帽餳」。5447

帑，底朗翻　高祖使掌內帑。9430

帑，他朗翻　諸寶物名、帑藏、錢穀官皆宦者領之。1206

帑，它朗翻　父子兄弟橫蒙拔擢，賞賜空竭帑藏。1122

帑，徒朗翻　侈靡曰崇，帑藏曰竭。2325

帑，應劭曰：帑，子也……音奴　今犯法已論，而使無罪之父母、妻子、同產坐之，及爲收帑，朕甚不取。441

帑，師古曰，府，物所聚也。帑，藏金帛之所也。帑，音他莽翻，又音奴　以
　　問公卿，亦以爲虛費府帑。1102

弢，他刀翻　尚舉別駕杜弢秀才，式爲弢說逼移利害，弢亦欲寬流民一年。2665

弢，土刀翻　南平太守應詹與醴陵令杜弢共擊破之。2758

弢，吐刀翻　爲杜弢所困。2802

絛，他刀翻，絲繩也，所以紲鷹　譬如養鷹，飢則附人，每聞風飆之起，常有
　　陵霄之志，正宜謹其絛籠，豈可解縱。3315

絛，他牢翻　應劭曰：纂，今五采屬，綷是也。組，今綬紛絛是也。544

慆，杜預曰：慆，疑也，他刀翻　天命不慆，不貳其命。1052

慆，他刀翻　刺史杜慆饗之於毬場。8122

慆，土刀翻　以子慆爲輔國將軍，與左司馬竺超民留鎮江陵。4014

瑫，他牢翻　長直都指揮使劉彥瑫。9360

瑫，土刀翻　吳越王鏐遣使者沈瑫致書。8954

綯，土刀翻　綯，安石之兄子也。6785

饕，師古曰：饕，音土高翻　考覆貪饕。1216

饕，他刀翻　上絕紀屬籍，賜姓饕餮氏。5103

饕，土刀翻　孫氏宗親冒名爲侍中、卿、校、郡守、長吏者十餘人，皆貪饕凶
　　淫。1718

饕，吐刀翻　而陛下委任近習，專樹饕餮。1798

饕，吐高翻　民漸漬惡俗，貪饕險詖，不閑義理。1050

咷，他釣翻　而望之遣御史案東郡者，得其試騎士日奢僭踰制。音註：歌者先
　　居射室，望見延壽車，噭咷楚歌。870

咷，徒刀翻　至於死、免，乃足爲叫呼蒼天，號咷泣血者矣。1571

洮，蘇林曰：洮，音兆。徐廣曰：洮，音道，在江、淮間。余據布軍既敗走江
　　南，則洮水當在江南。羅含《湘中記》：零陵有洮水。《水經註》：洮水出洮
　　陽縣西南，東流注於湘水。如淳註：洮陽之洮，音韜　漢別將擊英布軍洮
　　水南、北，皆大破之。402

洮，徒刀翻　鳳翔節度使李抱玉使右軍都將臨洮李晟將兵五千擊吐蕃。7202

洮，土刀翻　築長城，因地形，用制險塞，起臨洮至遼東，延袤萬餘里。243

洮，音韜　先零羌寇臨洮。1367

洮，音兆　殺衞尉洮陽愍侯張弘策。4521

洮，余招翻　以船載恭，將奔桓玄，至長塘湖。音註：《風土記》：陽羨縣有洮湖，別名長塘湖。3478

逃，《漢書》「逃」作「跳」，如淳音逃。《史記・項羽紀》作「逃」，《索隱》：徒彫翻。……余謂……逃，當如字　羽烹周苛，并殺樅公而虜韓王，信遂圍成皋。漢王逃。337

陶，音遙　雖皋陶聽之，猶以爲死有餘辜。814

陶，余招翻　禹、稷、皋陶同居舜朝，猶曰載采有九德，考績以九載。6921

陶，餘招翻　任城可謂社稷臣也，觀其獄辭，正復皋陶何以過之。4403

綯，徒刀翻　綯入謝上問以元和故事，綯條對甚悉。8030

駣，音桃　帝以去病功冠諸軍，以南陽穰縣盧陽鄉、宛縣臨駣聚爲冠軍侯國。621

檮，直由翻，韋昭音桃　潁陰令渤海苑康以爲昔高陽氏才子有八人。音註：《左傳》曰：昔高陽氏有才子八人，蒼舒、隤凱、檮戭、大臨、尨降、庭堅、仲容、叔達。1715

騊，徒刀翻　尙書左丞李騊駼。5328

貣，吐得翻，假借也　減公卿已下奉，貣王侯半租。1759

貸，吐得翻，假貸也　左神策軍吏李昱貸長安富人錢八千緡，滿三歲不償。7666

慝，吐得翻　妻請大會宗親爲別，因於眾中攘袂數允隱慝十五事而去。1772

滕，徒登翻　寅遣人殺山沙於路，吏於麝滕中得其事。4492

縢，徒登翻　陳主與之金兩縢。5508

剔，他歷翻　宋辟公薨，子剔成立。39

梯，史炤曰：天黎切　丙辰，振武奏吐蕃五萬餘騎至拂梯泉。7666

梯，天黎翻　子何不稱疾毋出而傳政於公子成，毋爲禍梯。118

厗，孟康曰：厗，音題　遣安東將軍奚斤發幽州及密雲丁零萬餘人。音註：魏收曰：道武帝皇始二年置密雲郡密雲縣，治提攜城，本漢厗奚縣地。3838

提，讀如冒絮提文帝之提，音大計翻，擲物以擊之也。一說：提，讀如字　近臣尙書以下至見提曳。1439

提，上支翻　朱提銀重八兩爲一流，直一千五百八十。1188

提，徒計翻　皇太子引博局提吳太子，殺之。516

提，徒計翻，《索隱》音抵，擲也　帝朝太后，太后以冒絮提帝曰。463

提，擲也，徒計翻　遣虎賁武士入高廟四面提擊。1226

嗁，與啼同　聞臣是言，當復嗁訴。1790

綈，師古曰：綈，厚繒也，音徒奚翻　乘輿席緣綈繒而已。1110

綈，田黎翻，厚繒也　留坐飲食，取一綈袍贈之。162

綈，徒奚翻　今庶人屋壁得為帝服，倡優下賤得為后飾，且帝之身自衣皁綈。
　　473

緹，丁禮翻，又丁奚翻　奏令吏民入錢穀得為關內侯、虎賁、羽林郎、五官、
　　大夫、官府吏、緹騎、營士各有差。1578

緹，杜兮翻，又他禮翻　奴客緹騎強奪人財貨，篡取罪人，妻畧婦女。1522

緹，師古曰：緹，他弟翻。《索隱》音啼　其少女緹縈上書曰。495

緹，他弟翻，又音啼　虎賁羽林緹騎營士五大夫錢各有差。1759

蹄，大計翻　瑾先繫二悍馬於廡下將，圖知訓密令人解縱之馬，相蹄齧。8829

鶗，徒奚翻　壬寅，振武、天德軍奏回鶻數千騎至鸊鶗泉。7702

体，蒲本翻　賜酒百斛，餅餤四十橐駝，以飼体夫。8161

剃，他計翻　之遜剃髮僧服而逃之。5019

倜，他狄翻　倜儻有大志，不屑細務。3141

倜，他歷翻　愚性倜儻。2390

惕，他力翻　王晏球逆戰於唐河北。9021

惕，他歷翻　怵惕之念，未離於心。1665

逷，他歷翻　迨其死亡流散，離逷未鳩。音註：《爾雅》曰：逷，遠也。鳩，集
　　也。2626

裼，他計翻，又先擊翻　翰林學士承旨兵部侍郎張裼。8163

裼，先的翻　田單免冠、徒跣、肉袒而進。音註：李巡曰：「禮裼，脫衣；袒肩
　　見體曰肉袒。143

裼，先擊翻　陝尉崔成甫著錦半臂，缺胯綠衫以裼之，紅裶首，居前船唱得
　　寶歌。6858

裼，先擊翻，又徒計翻　既而屢為官軍所敗，乃遺天平節度使張裼書。8201

裼，音錫　兵不完利，與空手同；甲不堅密，與袒裼同。485

裼，音錫，祖也　山東之士被甲蒙冑以會戰，秦人捐甲徒裼以趨敵。95

殄，他計翻　但鄭光殄我不置。8059

薙，他計翻　豈可不察臧否，不擇是非，欲草薙而禽獮之。8599

薙，他計翻，除草也　癸亥，朱全忠遣人薙城外草以困城中。8587

薙，他計翻，耘除也　吾已敕思摩燒薙秋草。6171

田，治田曰田，堂練翻　其詩曰：「田彼南山，蕪穢不治；種一頃豆，落而爲其。」877

恬，師古曰：恬，安也，徒兼翻　至於俗流失，世壞敗，因恬而不知怪。474

塡，讀曰鎭　彗星見。音註：塡星散爲赤彗、黃彗，太白、辰星變爲白彗、黑彗。107

塡，古鎭字通　國家新失大將軍，宜顯明功臣以塡藩國。805

塡，大賢翻　臣自以爲塡溝壑，不復見陛下。648

塡，讀曰鎭　塡國家，撫百姓，給餉饋，不絕糧道，吾不如蕭何。357

塡，師古曰：塡，讀與鎭同　羣臣上壽，以爲河圖所謂「以土塡水」。1209

塡，師古曰：塡，讀曰鎭，音竹刃翻　宜徵定陶王使在國邸以塡萬方。1100

塡，師古曰：塡，音竹刃翻　又莽非敢有他但欲稱攝以重其權塡服天下耳。1157

塡，師古曰：塡，竹刃翻　莽拜欽爲塡外將軍。1213

塡，亭年翻　關外有天塹，賊驅民千餘人入其中，掘土塡之。8239

塡，竹刃翻　宜尊重以塡海內。1159

窴，堂見翻　九月，車師前部王彌窴、鄯善王休駄密入朝於秦。3300

窴，徒賢翻　遂至窴顏山趙信城。642

窴，徒賢翻，又唐見翻　秦呂光發長安，以鄯善王休密駄、車師前部王彌窴爲鄉導。3307

窴，徒賢翻，又徒見翻　其東北則烏孫，東則于窴。627

窴，音塡　於是浮西河，絕大幕，破窴顏，襲王庭，窮極其地，追奔逐北，封狼居胥山。1103

窴，與塡同　奏：「九河今皆窴滅。」1064

闐，田年翻　百官趨謁，闐咽道路。5639

闐，停年翻　羣盜皆倍道歸之，闐溢郛郭。8128

闐，徒賢翻　任尙遣當闐種羌榆鬼等刺殺杜季貢。1598

闐，徒賢翻，又堂見翻　柔然攻于闐。4155

闐，徒賢翻，又徒見翻　因分遣副使使大宛、康居、大月氏、大夏、安息、身
　　毒、于闐及諸旁國。657

闐，文穎曰：闐，音塡　涉康居界，至闐池西。而康居副王抱闐將數千騎寇赤
　　谷城東。937

琠，《字林》：琠，他殄翻　南陽王模表請停瑜，武威太守張琠亦上表留軌。
　　2736

琠，他典翻　武威太守張琠帥胡騎二萬，絡繹繼發。2778

腆，他典翻　執始興相阮腆之。3576

靦，他典翻，慙惡也　上累於祖宗，下負於蒸庶，痛心靦貌。7391

靦，他典翻，慙顏也　雖荷陛下全宥之恩，然不能不自靦於天地之間耳。7465

瑱，他甸翻　鄱陽王範遣其將巴西侯瑱救之。5039

瑱，他甸翻，又音鎮　王僧辯遣江州刺史侯瑱攻郢州。5127

瑱，他殿翻，又音鎮　破陣將紀瑱於蘄口。5506

瑱，他見翻　鎬昕薦左贊善大夫永壽來瑱。6960

佻，初彫翻，輕薄也　帝以辯輕佻無威儀，欲立協。1894

佻，他彫翻　相國輕佻，正煩一刺客耳。2820

佻，他彫翻，又田聊翻　驃騎大將軍宗佻爲潁陰王。1257

佻，他雕翻　我語令勿進，今輕佻深入。3703

佻，土彫翻　確曰：「景輕佻。」5021

佻，土雕翻　秦王從榮爲人鷹視，輕佻峻急。9078

恌，他彫翻　渠车形神恌躁。7575

挑，他凋翻，蜀本作「排」，讀如字　圍其家，挑牆壞戶而入。8179

挑，他聊翻　馮氏反事明白，故欲摘抉以揚我惡。音註：師古曰：剔抉，謂挑
　　撥也。1081

挑，徒了翻　楚人數挑戰。230

祧，他彫翻　君臨萬邦，失守宗祧。7390

祧，土彫翻　準周文、武二祧與始祖而三。5630

苀，都聊翻　王宗勳等三招討追及宗弼於白苀。8942

苀，史炤曰：苀，都聊切，又音調。余按《廣韻》，苀，都聊切。又音調者，葦華也，其字從艸、從刀。又《類篇》有從艸、從力者，香菜也，歷得切。嘗見一書從艸、從力者，讀與棘同　式有才略，至交趾，樹苀木爲柵，可支數十年。8066

迢，田聊翻　又巴西、南鄭，相距千四百里，去州迢遞。4554

蓨，師古曰：蓨，音條　遂隨使者到軍，拜爲蓨令。2071

蓨，音條　蓨人高士達聚衆於清河境內爲盜。5657

髫，于聊翻　朕選市女子以賜諸王耳，憐孝本女髫亂孤露。7926（編者按：「于」疑爲「丁」字之誤）

鯈，式竹翻　召侍御史河間劉鯈。1801

鯈，直留翻　詔長水校尉樊鯈等雜治其獄。1450

朓，土了翻　鎮西功曹謝朓。4258

眺，他弔翻　言於刺史荀眺曰。2758

跳，他弔翻　使親近擲蓄首，作虎跳狼爭咋齧之。2496

跳，揚正衡曰：跳，大么翻　左右人皆跳刀大呼。2571（按：《五音集韻》么，一笑切，其下註云：「么，詞令名，有六么令也。」胡三省音註中還有「嶢，倪么翻」、「銱，丁么翻」、「鄡，古么翻」、「寮，力么翻」皆同此切。《廣韻》、《集韻》皆無此音。）

糶，他弔翻　年豐糶粟積之於倉，儉則加私之二糶之於人。4283

糶，他弔翻　委轉運使每斗取八十錢於水災州縣糶之，以救貧乏。7536

呫，叱涉翻　反呫囁於郭公之門。音註：呫囁，細語也。8947

呫，他協翻　高駢不識大體，反因一僧呫囁卑辭誘致其使。8204

餮，他結翻　而陛下委任近習，專樹饕餮。1798

听，魚隱翻，又魚巾翻　親小勞，侵衆官，听听於府庭。7710

町，音挺　至是入朝於趙，趙以斌爲句町王。2977

町，音梃　詔以鉤町侯毋波率其邑君長、人民擊反者有功。760

聽，讀與廳同　乘伯之無備，突入至聽事前。4523

聽，讀曰廳　嘗於仲堪聽事前戲馬，以稍擬仲堪。3408

聽，讀作廳　青州刺史檀祇領廣陵相，國璠兵直上聽事。3672

聽，他經翻　勒升其聽事。2812

聽，與廳同　人或至數百，聽廊皆滿。5525

聽，與廳同，毛晃曰：聽事治官處。漢、晉皆作「聽事」，六朝以來，乃始加「广」。音他經翻　於聽事前北面哀號良久，然後降。5377

廳，他經翻　乃引與坐於中書廳。6905

廷，縣廷也。師古曰：廷，音定　田儋詳為縛其奴，從少年之廷，欲謁殺奴。262

莛，音廷　臣聞千鈞之弩，不為鼷鼠發機；萬石之鐘，不以莛撞起音。2163

筳，師古曰：筳，竹挺也，音庭　以竹筳導其脈，知所終始，云可以治病。1210

從，他頂翻　癸酉，涇王從薨。7431

從，他鼎翻　立皇子佋為魏王，從為涼王，佶為蜀王。8101

挺，待鼎翻　平懼，乃封其金與印，使使歸項王；而挺身間行。316

挺，待鼎翻，拔也　以知訓首擊柱挺劍將出。8829

挺，寬也，待鼎翻　必有悔欲亡者，但外圍急不得走耳，宜小挺緩，令得逃亡。1394

挺，師古曰：挺，引也，大鼎翻　挺身晨夜，與羣小相隨。1009

挺，他鼎翻　敷圍之數重，裕倚大樹挺戰。3563

挺，徒頂翻，直也　又皆挺身不持兵伏。4781

梃，大鼎翻　其後民以耰鉏箠梃相撻擊。615

梃，待鼎翻　觀者諠隘，樂不得奏。金吾白梃如雨，不能遏。6810

梃，待鼎翻，杖也　袒身露髻徒跣，持白梃大呼而出。4863

梃，師古曰：梃，音徒鼎翻　陳、吳奮其白梃。1178

梃，徒頂翻　餘眾散投村落，村民以白梃擊之。9022

梃，徒鼎翻　執梃亂捶發，破面折齒。7841

珽，待鼎翻　陳元康手書辭母，口占使功曹參軍祖珽作書陳便宜。5027

珽，他頂翻　帝以玉珽自後擊之。5303

珽，他鼎翻　侍中盧珽。2505

珽，徒鼎翻　命崇政院直學士李珽馳往，視行襲病。8724

珽，屯鼎翻　珽因續之曰：「盲老公背受大斧，饒舌老母不得語。」5308

艇，待鼎翻，小船也　尹晷死，諧之等單艇逃去。4295

艇，徒頂翻　又有平乘、青龍、艨艟、艗艐、八櫂、艇舸等數千艘。5621

艇，徒鼎翻　而小艇先至。8577

艇，徒鼎翻，小舠也　斛律金使行臺郎中張亮以小艇百餘載長鎖，伺火船將
　　至，以釘釘之。4914

鋌，時廷翻　甲寅，敬瑄奏遣左黃頭軍使李鋌將兵擊黃巢。8247

鋌，徒鼎翻　給楊行密曰：「用之有銀五萬鋌。」8370

頲，他鼎翻　頲，夔之曾孫也。6561

佟，徒冬翻　詔驃騎將軍何佟之掌之。4603

佟，徒冬翻，姓也　遼東佟壽共討仁與仁戰於汶城北。2990

彤，徒冬翻　秦、魏遇于彤。57

潼，音同　軍於梓潼。2668

潼，音童　將兵守潼關近十年，爲眾所服。7373

橦，與撞同，傳江翻，擣也　魏人塡其三重，爲橦車以攻城。3755

橦，宅江翻　飛樓、橦、雲梯、地道四面俱進。5671

橦，職容翻。《字樣》曰：本音同，今借爲木橦字。漢有都盧緣橦，即此伎也
　　上幸會寧殿作樂，有童子緣橦，一夫來往走其下如狂。7941

橦，諸容翻，木一截也　尚書左丞韋悰句司農木橦價貴於民間。6158

瞳，徒紅翻　詔徐州觀察使夏侯瞳招諭之。8158

瞳，音同　此僧目重瞳子，手垂過膝。9287

瞳，音童　康王友敬，目重瞳子。8797

銅，孟康曰：銅，紂紅翻　初，魏主遣中書舍人銅陽董紹慰勞叛城。4592

桶，《索隱》音統，非也。甬，音勇，斛也　平斗、桶、權、衡、丈、尺。57

桶，他董翻　既夜，縋桶懸卒出，截其鉤，獲之。3965

統，他綜翻　是故天子統三公。2

統，他綜翻，或從上聲　江淮都統崔圓署李藏用爲楚州刺史。7116

統，他綜翻，俗從上聲　庭光已降，受朝廷官爵，公不告，輒殺之，是無統帥也。7466

統，他綜翻，俗讀從上聲　李忠臣統永平、河陽、懷澤步騎四萬進攻衛州。7231

統，他綜翻，俗多從上聲　戊戌，加劉洽汴、滑、宋、亳都統副使，知都統事。7399

統，他綜翻，俗音從上聲　請罷其都統之權。7407

統，他綜翻，俗音如字　在晏所統則增，非晏所統則不增也。7286

統，他綜翻，俗又讀如字　旬日，又以永平節度使李勉都統洽、嗣恭二道。7296

統，他綜翻。丁度曰：統，攝理也　寡人統位。138

箭，音同　穎川俗，豪傑相朋黨。廣漢爲鉤箭。802

慟，徒弄翻，大哭也，哀過也　帝感慟良久。1546

媮，與偷同　退誹謗之人，殺直諫之士。是以道諛、媮合苟容。449

鍮，託侯翻　安國將軍鍮勿崙曰。3517

黈，如淳注曰：黈，音主苟翻　是以先王黈纊塞耳，前旒蔽明，欲其廢耳目之近用，推聰明於四遠也。4338

黈，他口翻　雖黈纊塞耳而聽於無聲。6028

禿，吐谷翻　約將陳光起兵攻約，約左右闔禿，貌類約。2953

禿，他谷翻　芻粮俱竭，削柹淘糞以飼馬，馬相啗尾，蠶皆禿。9157

禿，吐谷翻　秦征西將軍孔子等大破契汗禿眞。3742

怵，賢曰：怵，他沒翻。怵，忽忘也　習亂安危怵不自覩。1723

突，陀忽翻　竈突炎上。173

涂，讀曰除　遣征虜將軍謝石帥舟師屯涂中。3291

涂，讀曰滁　朝議又欲作涂塘以遏胡寇。2943

涂，徐廣曰涂，音邪。索隱曰：邪，以奢翻。漢書作涿邪山　強弩都尉路博德會涿涂山。713

涂，楊正衡曰：涂，音除　丞相昱與大司馬溫會於涂中。3226

涂，音滁　琅邪王伷出涂中。2558

涂，與滁同　尙之眾潰，逃於涂中，玄捕獲之。3537

屠，音儲　獲首虜八千九百餘級，收休屠王祭天金人。630

屠，直如翻　轉擊高平，屠各皆破之。2126

屠，直於翻　南單于長死，單于汗之子宣立，爲伊屠於閭鞮單于 1502

涂，即前所作堂邑涂塘也。楊正衡曰：涂，音滁。據今滁河，自滁州至眞州。　太尉王淩聞吳人塞涂水。2388

駼，師古曰：駼，音塗　單于曰：「此溫偶駼王所居地也。」1044

駼，同都翻　尙書左丞李駒駼。5328

嶀，同都翻，與崊同　獲其子崇玉等及所署丞相靖嶀、孫愿、樞密使劉芮、國師總倫等。9411

吐谷渾，史家傳讀，吐，從曒入聲；谷，音欲　河南王吐谷渾卒。2852

吐，讀曒入聲　吐谷渾可汗伏允東走入西平境內。5641

吐，如字，或土鶻翻　佗鉢可汗處永安於吐谷渾使者之下。5376

吐，土故翻　令人身熱無色，頭痛嘔吐。979

吐，土故翻，嘔也　時冀亦在側曰恐吐不可飲水。1706

菟，讀曰兔，吐故翻　安曰：「逐麋之狗，當顧菟邪。」764

菟，古兔字，通用　盛荊、棘之林，廣狐、菟之苑。565

菟，同都翻　約定，未發，雲拜爲玄菟太守。819

菟，同都翻，又土故翻　魏主循栗水西行，至菟園水。3811

菟，吐故翻　丞相擅減宗廟羔、菟、黿，可以此罪也。819

菟，音塗　募郡國徒築遼東、玄菟城。774

剬，音專　此非有子胥、白公報於廣都之中，即疑有剬諸、荊軻起於兩柱之間。481

剬，旨兗翻，細割也　希烈使其養子千餘人環繞慢罵，拔刃擬之，爲將剬啗之勢。7340

塼，諸緣翻　演以塼叩頭。5200

摶，徒官翻　前勃海太守劉亮、北海太守王摶。2804

摶，徒丸翻　帝召華山隱士眞源陳摶。9561

鏄，補各翻　辛亥，司農卿皇甫鏄以兼中承權判度支。鏄始以聚斂得幸。7723

推，通回翻　乃脫解印綬，推與張耳。286

推，吐雷翻　王曰：「此小人也。」遠之。音註：遠，于願翻，推而遠之。53

推，吐雷翻，又如字　懷愼與崇同爲相，自以才不及崇，每事推之。6708

隤，杜回翻，下墜也　後古牆因雨隤陷。8027

隤，柔順貌，音大回翻　以爲憲隤然其處順。1624

隤，徒回翻　潁陰令渤海苑康以爲昔高陽氏才子有八人。音註：《左傳》曰：昔
　　高陽氏有才子八人，蒼舒、隤敱、檮戭、大臨、尨降、庭堅、仲容、叔達。
　　1715

隤，音頹　或置鼙鼓殿下，天子自臨軒檻上，隤銅丸以擿鼓。950

魋，徒回翻　司馬牛受桓魋之罰。4404

魋，音椎　陸生至，尉佗魋結、箕倨見陸生。395

穨，徒回翻　初安帝薄於藝文，博士不復講習，朋徒相視怠散，學舍穨敝。
　　1656

俀，吐猥翻　兄俀子及斛瑟羅、懷道等，皆可汗之孫也。6627

俀，吐猥翻，弱也　突厥可汗俀子等。6493

蛻，輸芮翻　上遊宴無節，左拾遺劉蛻上疏曰。8103

蛻，輸芮翻，又吐外翻　恩逃入海，愚民猶以泰蟬蛻不死。3485

蛻，賢曰：《說文》曰蛻，蟬蛇所解皮也，音式銳翻，或音他外翻　莫不蒙被殊
　　恩，蟬蛻滓濁。1849

涒，吐魂翻　周紀一。音註：在申曰涒灘。1

涒，音暾　魏紀十。音註：起玄黓敦牂（壬午），盡閼逢涒灘（甲申），凡三年。
　　2461

焞，土回翻　其詩曰：「嘽嘽焞焞，如霆如雷。顯允方叔，征伐玁狁，蠻荊來威。」
　　947

暾，乃昆翻　乃召黙啜時牙官暾欲谷以爲謀主。6720

暾，他昆翻　博士庾蔓、太叔廣、劉暾。2583

屯，大門翻　分相州，置毛州、魏州。音註：顏師古曰：漢武帝時河北決於館
　　陶，分爲屯氏河。5427

屯，涉倫翻　自文明草昧，天地屯象。6485

屯，師古曰：屯，音純　淵遣劉曜寇太原，取泫氏、屯留、長子、中都。2706

屯，師古曰：屯，音大門翻　後河復北決於館陶，分爲屯氏河。926

屯，殊倫翻，難也　勒本小胡，遭世饑亂，流離屯厄。2805

屯，音純　聰遂破屯留、長子。2744

屯，陟倫翻　天下屯危，禮異常日。4011

屯，陟倫翻，多難也　雖世有屯夷。音註：夷，平易也。4135

屯，株倫翻，難也　今國家未靖，不可以太平之理責人於屯邅之世也。2918

独，與豚同，豕子也　君以兵誅之，如取孤独耳！7368

独，與豚同。小豕曰独，小牛曰犢　範哭曰：「曹子丹佳人，生汝兄弟独犢耳。」
　　2378

臀，徒渾翻　杖臀一，折笞五。8052

臀，徒門翻　當笞者笞臀。541

托，與拓同　吐蕃又寇夏州，亦令刺史托跋乾暉帥眾去，遂據其城。7475

扡，音他，曳也　入越地，輿轎而隃領，扡舟而入水。570

拖，吐賀翻　東首加朝服拖紳。1194

侻，他活翻　而渾質直輕侻，無威儀於上前。7497

佗，徒何翻　高可為六國，下不失尉佗。1329

佗，徒河翻　五月，詔立秦南海尉趙佗為南粵王。394

佗，賢曰：佗，音馳　涼州刺史扶風孟佗。1825

陀，徒何翻　乙卯，宣毅司馬湛陀克新蔡城。5324

陀，徒河翻　延州刺史獨孤陀。5560

阤，徒河翻　龜茲、疏勒、烏孫、悅般、渴槃阤、鄯善、焉耆、車師、粟特九
　　國入貢於魏。3857

沱，徒河翻　時忠臣畢命之秋也，而諸君宴安江沱。3045

柁，待可翻　亮左右射賊，誤中柁工，應弦而倒。2951

駞，唐何翻　秦呂光發長安，以鄯善王休密駞、車師前部王彌寘為鄉導。3307

駞，堂何翻　九月，車師前部王彌寘、鄯善王休密駞入朝於秦。3300

駞，徒何翻　虔瓘請自募關中兵萬人詣安西討擊，皆給遞駞及熟食。6712

橐，撻各翻　全忠遣客將馬嗣勳實甲兵於橐中。8657

橐，音託，又讀為柝　壬寅，進至橐皋。2424

橐皋，……今曰柘皋。孟康音拓姑，……陸德明曰：橐，章夜翻，又音託　仁
　　不從自將萬人留橐皋。2211

妥，他果翻　太學博士何妥曰。5406

妥，吐火翻　隋何妥、劉炫等子孫以聞，當加引擢。6153

橢，師古曰：橢，圓而長也，音他果翻　小者橢之，其文龜，直三百。638

拓，達各翻　仇敬忠爲同、華等州節度、拓東王，以扞關東之師。7363

拓，宋白曰：柘州以開拓爲稱，音達各翻　生羌酋長浪我利波等帥眾內附，以
　　其地置柘、棋二州。6299

柝，達各翻　擊柝張火，布滿原野。7363

柝，他各翻　擊柝聞於陳軍。5194

唾，湯臥翻　勃知不免，手搏帝耳，唾罵之曰。4194

唾，湯臥翻，口液也　得其人則六合唾掌可清。4721

唾，土賀翻　耳珪顧王建而唾其面。3445

唾，吐臥翻　復言長安君爲質者，老婦必唾其面。163

跅，音拓　跅弛之士。694

W

娃，音於佳翻　主父初以長子章爲太子，後得吳娃，愛之。119

洼，於佳翻　是歲，得神馬於渥洼水中。636

媧，古華翻　自女媧以來，未之有也。5301

黿，古蛙字　山曰：丞相擅減宗廟羔、菟、黿，可以此罪也。819

黿，烏花翻　魏、韓、趙伐齊，至靈丘。音註：此即孟子謂蚳黿辭靈丘請士師
　　之地。33

黿，與蛙同，音下媧翻　沈竈產黿，民無叛意。11

鼃，與蛙同　水多鼃、魚。565

膃，烏沒翻　戊戌，以娑葛襲膃鹿州都督懷德王。6608

襪，望發翻　及帝與契丹爲仇，襪囉復言之。9298

韤，武伐翻　昏夜，平善，鄉晨，傅綺韤欲起。1053

韤，勿發翻　有不及束帶韤而乘馬者。7921

韤，勿伐翻，足衣　乃脫穢韤塞其口而殺之。7242

韤，武伐翻　及賜食於前，後飽；起下，韤係解。1039

剜，烏丸翻　剜腹、臠肉而殺之。5088

眳，楊正衡曰：眳眳，目深也，音一丸翻　珍曰：「目何可溺？」約曰：「卿目眳眳，正耐溺中。」3040

刌，師古曰：刌，五丸翻。蘇林：太官翻，又音專　人有疾病，涕泣分食飲；至使人，有功當封爵者，印刌敝，忍不能予。311

刌，吾官翻，鈍也　凍餒交逼，兵械刌弊。8236

紈，音丸　妻曹氏不衣紈綺。5842

宛，於兄翻　自宛襲洛陽。3137（編者按：「兄」，文淵閣本作「元」）

宛，於元翻　百里傒亡秦走宛，楚鄙人執之，繆公以五羖羊皮贖之，以為上大夫。62

挽，武遠翻。引也　王怒，顧李紹榮索劍，承業起挽王衣。8820

挽，音晚　以水牛挽之。4469

盌，烏管翻　金盃玉盌，乃貯狗矢乎。9476

莞，姑丸翻　尚書僕射何夔及東曹屬東莞徐奕獨不事儀。2146

莞，音官　青州刺史東莞竺夔鎮東陽城。3751

莞，音管　琅邪民王萬壽殺東莞、琅邪二郡太守劉晣。4598

惋，烏貫翻　燕將士由是憤惋不和。139

皖，胡板翻　戊申，又戰於皖口。8617

皖，戶板翻　因舉兵攻術於皖城。2039

皖，戶版翻　自與領江夏太守周瑜將二萬人襲皖城，克之。2020

皖，師古曰：皖，音胡管翻　江西遂虛，合淝以南，惟有皖城。2119

皖，師古曰：音胡管翻。杜佑曰：音患　率其部曲奉術柩及妻子奔廬江太守劉勳於皖城。2014

皖，下板翻　妖賊李廣攻沒皖城。1390

綰，烏板翻　漢王聽其計，使將軍劉賈、盧綰將卒二萬人。338

綰，烏版翻　絳侯始誅諸呂，綰皇帝璽。463

輓，師古曰：輓，謂牽引車輦也，音晚　侍婢以五采絲輓顯游戲第中。811

輓，師古曰：輓，音晚，引車也　輓車奉餉者不在其中。572

輓，音晚　恭身自率士輓籠。1467

万，莫北翻　久之，伯度為万俟醜奴所殺。4717

腕，烏貫翻　皆以取重諸侯，顯名天下，搤腕而游談者，以四豪爲稱首。606

萬，當作万，音莫北翻　胡琛據高平，遣其大將萬俟醜奴、宿勤明達等寇魏涇州。4699

尪，烏光翻　所留侍衞兵，纔尪老數十人。7095

尪，烏光翻　吳郡陸瓌、吳興丘尪、義興許允之。3498

尪，烏光翻，弱也　帝曰：「恪雖寡昧，忝承寶曆。比纏尪疢。」4483

尫，烏黃翻　汝曹視此人尫纖懦弱，不能彎弓持矛。3813

尫，烏黃翻，弱也　嗣主沖幼，庶政多昧，且早嬰尫疾。4367

汪，烏光翻　有子八人：儉、緄、靖、燾、汪、爽、肅、專。1715

亡，「毋波」，《漢書》作「亡波」。亡，古無字也　詔以鉤町侯毋波率其邑君長、人民擊反者有功。760

亡，讀與無同　富者田連阡陌貧者亡立錐之地。1059

亡，讀曰無　外亡以自高異。446

亡，古亡、無字通　莽以軍師外破大臣內畔左右亡所信。1246

亡，古毋、無二字通　所過亡得鹵掠。290

亡，古無字　假令京師先行讓畔、異路、道不拾遺，其實亡益廉貪、貞淫之行。874

亡，古無字，通　亡養老之義，亡輔弼之臣。449

亡，古字亡與無通　太子聞之，使人謝充曰：「非愛車馬，誠不欲令上聞之，以教敕亡素者。」724

亡，與無通　賈山亦上書諫，以爲：「錢者，亡用器也，而可以易富貴。」465

亡，與無同　兩帝並立，亡一乘之使以通其道。446

亡、無通　王閎進曰：「天下乃高皇帝天下，非陛下有也。陛下承宗廟，當傳子孫於亡窮。統業至重，天子亡戲言。」1121

亡、無字通　獲戎馬百餘萬匹，畜產、車廬，彌漫山澤，亡慮數百萬。3811

王，長王，于況翻　王必欲長王漢中，無所事信。311

王，當王，于況翻　王者，當王天下。4878

王，上王，如字；下王，于況翻。　張耳、陳餘說趙王曰：「王王趙，非楚意。」259

王，師古曰：王，音于放翻　兆遇金水王相，卦遇父母得位。1140

王，于況翻　當是之時，舍城陽而自王。144

王，于況翻，又如字　欲王者務博其德。85

王，于況翻，又音如字　於是乃欲分趙而王公子章於代。119

王王，下于況翻　天子聞君王王南越。395

王武，于況翻　拜河西王蒙遜爲……涼王，王武威、張掖、敦煌、酒泉、西海、
　　金城、西平七郡。3834

王於之王，于況翻　南方卑濕。徙王王於濟北，以襃之。531

罔，與惘同　及遷尙書，甚罔悵。2594

罔，與網同，古字通用　張羅罔罝罘。1039

惘，音罔　禧奴惘然而返。4482

旺，于放翻　杜稜等敗薛朗將李君旺於陽羨。8360

旺，于放翻，又乎曠翻　其小帥有謀略者推劉旺。8080

輞，扶紡翻　延伯取車輪去輞，削銳其輻，兩兩接對，揉竹爲絙。4622

輞，考之字書，無「輞」字，當作「輞」，音罔，車輮也　載以四輪纏輞車，轍
　　廣四尺，深二尺。3008

忘，巫放翻　王取筆牘受言，君王后曰：「老婦已忘矣。」233

迻，於爲翻　於是渡河，據陽山，迻迤而北。243

葳，音威　謝葳蕤密圖之。5086

煨，烏回翻　中郎將段煨屯華陰。1921

峞，魚委翻　遂幸獻王陵。音註：賢曰：陵在今鄆州峞山南。1503

嵬，牛罪翻，又音嵬　韋皋遣三部落揔管蘇嵬將兵至琵琶川。7525

爲，保爲，于僞翻　濤願將所部爲前鋒保爲公破之。8362

爲，必爲，于僞翻　雖以鐵爲城，必爲我取之。8731

爲，不爲，于僞翻　朕見前世帝王拒諫者多云「業已爲之」，或云「業已許之」，
　　終不爲改。6184

爲，嘗爲，于僞翻　觀察牙推沈文昌爲文精敏，嘗爲顓草檄罵行密。8622

爲，當爲，于僞翻　若吐蕃爲患，子當爲父除之。7515

爲，而爲，于僞翻　古未聞姪爲天子而爲姑立廟者也。6476

爲，符爲，于僞翻　音註：至僞周，武姓也，玄武，龜也，因改魚符爲龜。6568

爲，蓋爲，于僞翻　惟以改過爲能，不以無過爲貴，蓋爲人之行己必有過差。
　　7382

爲，后爲，于僞翻　文明太后爲魏主納其女爲嬪。4324

爲，皆爲，于僞翻　自致萬乘之主，此皆爲身不顧，後爲百姓萬世慮者也。398

爲，屢爲，于僞翻　令坤屢爲之泣請。9568

爲，乃爲，于僞翻　袁術畏呂布爲己害。乃爲子求婚。布復許之。1991

爲，寧爲，于僞翻　豈忍爲汝所爲乎！吾寧爲天子死。9046

爲，竊爲，于僞翻　子須眉若神，騎射絕倫，又爲前鋒，吾竊爲子危之。8325

爲，去聲　宮欲引還，恐爲所反。1370

爲，仍爲，于僞翻　遣使宣諭必望風降伏，仍爲選擇有威信者爲經畧使。7787

爲，如字　武曰：「武父子無功德，皆爲陛下所成就，位列將，爵通侯，兄弟親
　　近。」758

爲，此爲，如字　此爲已知季偉之賢故也。1769

爲，是爲，于僞翻　恢首爲馬邑事，今不成而誅恢，是爲匈奴報仇也。583

爲，誰爲，于僞翻　爲誰爲之。4933

爲，誰爲之爲，于僞翻　且足下本朝喪亂，社稷無主，欲誰爲爲忠乎。5090

爲，爲盜之爲，于僞翻　且所爲禁者爲盜賊之以攻奪也。615

爲，爲其，于僞翻　上愛之，欲以爲嗣，爲其非次，故久不建東宮。8075

爲，爲壤之爲，于僞翻　凡中國所以爲通厚蠻夷，愜快其求者，爲壤比而爲
　　寇。979

爲，爲吾，于僞翻　楊素殫民力爲離宮，爲吾結怨天下。5548

爲，爲言，于僞翻　裴垍引與語，爲言爲臣之義。7673

爲，爲賊，于僞翻　晟怒曰爾敢爲賊爲間。7422

爲，爲趙之爲，于僞翻　此夫讒人欲爲趙氏游說。13

爲，爲之，于僞翻　賜號廣成先生爲，之治崇玄館，置吏鑄印。8020

爲，吾爲，音于僞翻　爲人子殺父奪其位，天地所不容，吾爲太上皇討賊。
　　7072

爲，吾爲，于僞翻　王曰：「吾爲公以爲將。」311

爲，相爲，于僞翻　非朕能定，爲山止簣，相爲惜之。4848

爲，幸爲，于僞翻　諸君幸爲我語之，使勿復爲。9518

爲，許爲，于僞翻　或許爲出師。4678

爲，因爲，于僞翻　因爲焉作《讖書》，合十餘萬言。1225

爲，猶爲，于僞翻　尚書左僕射權翼曰：「昔紂爲無道，三仁在朝，武王猶爲之
　　旋師。」3301

爲，于季翻　卿至陝試爲朕招之。7462

爲，于爲翻　王郢因溫州刺史魯寔請降，寔屢爲之論奏。8186

爲，于僞翻　我欲殺之，爲其功多，故不忍。369

爲，于僞翻　爲後世開業甚光美。44

爲，上爲，于僞翻　爲之擢弼爲中郎將。6204

爲，爲人，于僞翻　又各就州縣求爲人傭，準取見直。4471

爲，爲我，于僞翻　及彥昭爲相，其母謂侍婢曰：「爲我多作靴履。」8171

爲，許爲，于僞翻　詐許爲白上立爲左皇后。1046

爲，亦爲，于僞翻　國忠將行，泣辭上，言必爲林甫所害，貴妃亦爲之請。6914

爲，止爲，于僞翻　中國貴尚禮義，不滅人國，前破突厥，止爲頡利一人爲百
　　姓害。6148

爲，于僞翻，又音如字　所過城邑皆叛燕，復爲齊。140

爲，元爲，于僞翻　余謂此亦語怪，酈道元爲後魏書之耳。98

爲，悅爲之爲，于僞翻　對曰：「以瓦爲之必不漏，上悅，爲之罷獵。」6272

爲，至爲，于僞翻　昔戰國之世，處士橫議，列國之王至，爲擁篲先驅。1823

爲，終爲，于僞翻　且凝聞彥章敗，其膽已破，安知能終爲陛下盡節乎。8898

爲，足爲，于僞翻　客坐不安席，祚曰：「狃犬不足爲起。」9570

爲草，于僞翻　歸於阡能，爲之謀主，爲草書檄。8282

爲國，于僞翻　琳自放兵作田，爲國禦捍。5114

爲師，于僞翻　爲師道謀，多買田於伊闕、陸渾之間，以舍山棚而衣食之。7716

爲天之爲，于僞翻　陛下上爲皇天，子下爲黎庶父母，爲天牧養元元。1101

爲爲，上如字，下于僞翻　攸曰：「何爲爲人死也？」4154

爲文，于僞翻　循常爲賈人，習福建山川，爲文徽畫取建州之策。9278

爲吳，于僞翻　王承宗遣牙將尹少卿奏事爲吳元濟遊說。7713

爲選，于僞翻　以贊華爲義成節度使，爲選朝士爲僚屬輔之。9067

爲言，于僞翻　崧不得已爲言之。9339

爲雲，于僞翻　祠祭詛祝上，爲雲求爲天子。1094

爲爭，于僞翻　凡所爲有兵者，爲爭奪也。195

爲之，于僞翻　又表衛尉少卿范陽王瑜爲副使，瑜爲之重斂於民，恆人不勝其　　　苦。9234

爲之之爲，于僞翻　求爲諸侯，魏文侯爲之請於王及諸侯，王許之。27

唯，以水翻，諾也　召百官會議，皆惶怖失色，徒唯唯而已。2447

唯，弋癸翻　是時，西方呼揭王來與唯犁當戶謀。868

唯，于癸翻　合從者爲楚，非爲趙也。吾君在前，叱者何也。楚王曰：唯唯。　　　177

唯，于癸翻，蓋應聲也，凡唯諾之唯皆同音　對曰：「唯唯。」如是者三。158

惟，《史記》作「惟」，《漢書》作「唯」。師古曰：唯，弋癸翻，應辭。仲馬曰　　　惟字當屬下句，讀如本字。　信再拜賀曰：「惟信亦以爲大王不如也。」311

嵬，吾回翻　扶風王駿有眾數千，保據馬嵬。3363

嵬，五灰翻　復立其少子嵬王訶爲太子。5488

嵬，五回翻　後秦始平太守姚詳據馬嵬堡以拒之。3413

幃，羽非翻　郎中令與樂俱入，射上幄坐幃。294

濰，音惟　從須陀擊賊於濰水上。5670

濰，音維　十一月，齊、楚與漢夾濰水而陳。344

鮠，五回翻　會暑，輼車臭，乃令從官令車載鮑魚一石以亂之。音註：而說者　　　乃讀鮑爲鮠魚之鮠，失義遠矣。250

委，委輸之委，亦音去聲　糧無半年之儲，常資四方委輸。5018

委，于僞翻　夫匈奴，無城郭之居，委積之守。599

委，于僞翻。流所聚曰委。毛晃曰凡物送之曰輸，則音平聲；指所送之物曰輸，　　　則音去聲、委輸之輸，亦音去聲　使遣兵詣雒陽，助修宮室，軍資委輸，　　　前後不絕。1979

委，于僞翻。委，積也　郎、從官、中都官吏食祿都內之委者。1208

委，於僞翻　置平準於京師，都受天下委輸。680

委，於僞翻，蓄也　愚以爲賢者宜死節於邊，有財者宜輸委。640

委，於僞翻。流所聚曰委。毛晃曰凡以物送之曰輸，則音平聲；指所送之物，則音去聲。委輸之委，亦音去聲　融遂斷三郡委輸以自入。1974

委，於僞切，即委積之委　諸侯有變，順流而下，足以委輸。362

洧，于軌翻　世充洧州長史繁水張公謹與刺史崔樞以州城來降。5887

萎，賢曰：萎腇，耎弱也。萎，音於罪翻。腇，乃罪翻　豈有知其無成，而但萎腇咋舌，义手從族乎。1351

隗，五猥翻　平南將軍王潤、將軍隗文等皆舉兵反。3075

隗，五罪翻　謂郭隗曰：「齊因孤之國亂而襲破燕，孤極知燕小力少，不足以報。」93

廆，乎罪翻　慕容廆自稱鮮卑大單于。2735

廆，戶賄翻　初哀侯以韓廆爲相而愛嚴遂，二人甚相害也。38

廆，戶賄翻，又五罪翻　廆亡匿於遼東徐郁家。2586

廆，戶罪翻　廆少子鷹揚將軍翰。2773

廆，賢曰：廆，音胡罪翻　冬，耿曄遣烏桓戎末廆等鈔擊鮮卑，大獲而還。1657

猥，烏賄翻　故宦達者位極公卿，其功、衰之親仍居猥任。4394

葦，于鬼翻，葭也　束兵刃於其角，而灌脂束葦於其尾。140

蔿，韋委翻　魯山令元德秀惟遣樂工數人連袂歌於蔿。6810

煒，于鬼翻　箕州錄事參軍張君澈等誣告刺史蔣王惲及其子汝南郡王煒謀反。6374

痿，師古曰：痿，風痹疾也，人隹翻　故昌邑王爲人，青黑色，小目，鼻末銳卑，少須眉，身體長大，疾痿，行步不便。831

痿，楊正衡曰：《字林》：痿，痹也，人垂翻，又於隹翻　乃言帝早有痿疾。3248

緯，于貴翻　盛言緯候災祥。5305

緯，于季翻　楊軌以其司馬郭緯爲西平相。3466

頠，魚毀翻　駿黨左軍將軍劉豫陳兵在門，遇右軍將軍裴頠。2605

頠，魚委翻　僧辯爲子頠娶霸先女。5131

薳，韋委翻　上怒，杖薳四十，流崖州。7604

薳，羽委翻　行至長安，河間王顒留沈爲軍師，遣席薳代之。2679

鮪，于軌翻　朱鮪爭之，以爲高祖約非，劉氏不王。1256

趡，羽鬼翻　董扶及太倉令趙趡。1889

趡，羽委翻　張華少子趡勸華遜位。2638

亹，《爾雅》曰：亹亹，猶勉勉也；音無匪翻　贍而不穢，詳而有體，使讀之者亹亹而不厭。1535

亹，音門　至浩亹。845

尉，讀如鬱　使其黨侯引七突殺珪。音註：西方尉遲氏，後改爲尉氏。3351

尉，尉尉，下紆勿翻　魏主欲還，太尉尉眷曰。4039

尉，姓也，讀如字　主簿尉祐，姦佞傾險。3354

尉，音鬱　又命驍騎將軍延普幽州刺史尉諾自幽州引兵趨遼西，爲之聲勢。3718

尉，紆胃翻，又紆勿翻　願執威柄以尉安天下。5418

尉，紆勿翻　司衛監尉眷、散騎侍郎劉庫仁等八人分典四部。3761

尉，於勿翻　尉遲迥遣其子魏安公惇帥眾十萬入武德，軍於沁東。5421

尉，與慰同　且縱單于不可得，恢所部擊其輜重，猶頗可得以尉士大夫心。583

尉，與慰同，安也　唯陛下裁覽眾心有以尉復師傅之臣。1079

蔚，音尉，又紆勿翻　竹木叢蔚，卒有要害，弩馬不陳。2457

蔚，音鬱　尋以東都留守李蔚同平章事，充河東節度使。8216

蔚，音鬱　諸縣戶口率皆歸復，桑麻蔚然，野無曠土。8359

蔚，紆忽翻　渾，蔚之子也。3382

蔚，紆勿翻　乃使水工鄭國爲間於秦，鑿涇水自仲山爲渠。音註：《華戎對境圖》：涇水上接蔚茹水。204

蔚，於勿翻　燕散騎侍郎餘蔚帥扶餘、高句麗及上黨質子五百餘人。3236

燹，孟康曰：燹，音衛　日中必燹，操刀必割。471

磑，五對翻　太平公主與僧寺爭碾磑。6607

磑，五對翻，並磨也　自京師及諸方都會處，邸店、碾磑。5596

磑，五對翻，磨也　敕毀白渠支流碾磑以溉田。7250

磑，五對翻，礱也　貧者磑蓬實爲麪，蓄槐葉爲齏。8169

磑，五對翻，礱也，今人謂之磨　皆命發其骨，磑而颺之。9170

磓，五對翻，礧也　使者督責嚴急，至封碓磓，不留其食。9258

緭，于貴翻　河南褚緭居建康。4521

蝟，于貴翻　飛矢集其身如蝟毛。5915

衛，字本作毚，其音同耳　音註：孟康曰：玉具劍，摽首、鐔、衛盡用玉爲之也。師古曰：鐔，劍口旁橫出者也。衛，劍鼻也。鐔，音淫，衛字本作毚，其音同耳。887

獪，烏外翻　於是婺州汪文進、越州高智慧、蘇州沈玄獪皆舉兵反。5529

濊，丁度《集韻》曰：濊，呼外翻，一作「渙」，音同字异　諸軍逐北至濊水上。4572

濊，音穢　誅貉將軍楊俊，討濊將軍嚴尤出漁陽。1187

餧，師古曰：餧，餓也。餧，音乃賄翻　流散冗食，餧死於道，以百萬數。1010

餧，與餒同　困餧甚。8084

轊，音衛。車軸頭謂之轊　臨淄市掾田單在安平，使其宗人皆以鐵籠傅車轊。137

縕，與縕同　上好文雅醞藉。音註：醞，紆運翻。藉，慈夜翻。史炤曰：醞藉，有雅度之稱。余謂炤說非也。《記禮器》云：禮有擯詔，樂有相步，縕之至也。鄭氏《註》云：皆爲縕藉重禮也。皇氏云：縕，謂丞藉。凡玉以物縕裹丞藉，君子亦以威禮擯相以自丞藉。縕，與縕同。7497

瑥，音溫　軻彈司馬翟瑥奮劍怒曰。3417

轀，師古曰：轀，於云翻　兵書曰：「脩櫓轒轀，三月乃成。」2428

轀，音溫　轀輬車未出端門，亟稱疾還內。4339

轀，音溫。「涼」，一作「輬」，音同　乃祕之不發喪，棺載轀涼車中。248

轀，於云翻　泚推雲梯，上施濕氈，懸水囊，載壯士攻城，翼以轒轀。7374

聞，文運翻；名聲所至曰聞　王烈器業過人，少時名聞在原、寧之右。1930

聞，音問　賢聖仁孝聞於天下。437

閿，音旻　以煨爲安南將軍，封閿鄉侯。2003

閿，武巾翻，亦作閺　乙丑，至閿鄉。9110

閿，音旻　乃自荊州還赴之，至閿鄉。4840

蟁，古蚊字　其視戎狄之侵，譬猶蟁蝱，敺之而已。1191

刎，扶粉翻　乃之使者之舍，刎頸而死。信陵君聞之，縞素辟舍。202

刎，武粉翻　遂為刎頸之交。136

吻，武粉翻　大單于當以授我，今乃以與黃吻婢兒。2975

抆，武粉翻，又文運翻，拭也　士民嘗膽抆血，共守孤城。3590

抆，賢曰：抆，拭也，音亡粉翻　曹節見磔甫尸道次，慨然抆淚曰。1852

紊，扶問翻　齊自和士開用事以來，政體隳紊。5321

紊，亡運翻　政刑日紊矣。7197

紊，文運翻　若才職不稱紊亂無任。7268

紊，音問　嬖寵用事，刑賞紊亂。2833

汶，《晉書》音讀曰岷　宣示漢德，威懷遠夷，自汶山以西。1464

汶，《晉書音義》：汶，讀與嶓同　夏，四月，漢主至湔，登觀阪，觀汶水之流。2315

汶，《類篇》汶，音岷。……蓋漢時古字通用也。康曰：汶，音問。非也　冉駹為汶山郡。672

汶，讀與嶓同　夏，汶山白馬胡侵掠諸種。2520

汶，讀曰岷　汶山平康夷反，維討平之。2367

汶，音嶓　亮廢立為民，徙之汶山。2299

汶，音民　李雄攻殺汶山太守陳圖。2682

汶，音岷　汶山羌反。2654

汶，音聞　帝令侍御史侯汶出太倉米豆為貧人作糜。1954

汶，楊正衡曰：汶，音問　黃門將倫自華林東門出，及太子蒡皆還汶陽里第。2659

汶，音問　魯伐齊，入陽關。音註：其城之西臨汶水。37

菟，同都翻　使秦旦、張羣、杜德、黃強等及吏兵六十人置玄菟。2289

蟂，烏公翻　觥帥諸軍入自蟂蟜塞。3039

蟂，於公翻　遣慕容農出蟂蟜塞。3349

瓮，烏貢翻　願自帥萬餘人進屯祝阿之瓮口。3375

倭，烏禾翻　生禽魯陽王倭奴、桂林王道成。3424

溛，烏禾翻　初，勒微時，與李陽鄰居，數爭漚麻池相毆。音註：楚人曰漚，齊人曰溛。2890

渦，工禾翻　紹宗戒之曰：「勿度渦水。」4969

渦，古禾翻　領軍曹仲宗、東宮直閤陳慶之攻魏渦陽。4727

渦，古禾翻，姓也　吳遣宣州副指揮使花虔將兵會廣德鎮遏使渦信屯廣德。8772

渦，師古曰：渦，音戈，又音瓜　秋，七月，曹操引水軍自渦入淮。2098

渦，音戈　八月，帝以舟師自譙循渦入淮。2225

撾，側瓜翻　士卒有罪，唯大杖撾背。5308

撾，其瓜翻　輒撾其首流血。6437（按：「其」當為「則」或「側」之誤字。「撾」字共 14 次注音，其中「則瓜翻」6 次、側瓜翻 5 次。）

撾，則瓜翻　玢年十五，撾登聞鼓，乞代父命。4534

撾，職瓜翻，擊也　因以節撾殺數人。1360

撾，陟加翻，擊也　於是太保主簿劉緤等執黃幡，撾登聞鼓。2611

偓，於角翻　左諫議大夫萬年韓偓以為不可。8546

幄，乙角翻　郎中令與樂俱入，射上幄坐幃。294

渥，音握　是歲，得神馬於渥洼水中。636

齷，於角翻　延己嘗笑烈祖戢兵為齷齪。9584

圬，哀乎翻，墁也　元濟殺元卿妻及四男，以圬射堋。7706

圬，音烏　中堂既成，召工圬墁，約錢二百萬。6892

汙，師古曰：汙，下也，音烏　白後謀反皆汙池云。1159

汙，師古曰：停水曰汙；音一胡翻　大川無防，小水得入，陂障卑下，以為汙澤。1065

汙，烏故翻　五步之內，臣請得以頸血濺大王矣。音註：頸，居郢翻。濺，音箭，康音贊，汙灑也。136

汙，烏故翻；凡染汙之汙皆同音　太史敫曰：「女不取媒，因自嫁，非吾種也，汙吾世。」140

汙，烏瓜翻　或曰營地汙下不可久處。不聽。8510

汙，烏瓜翻，汙下也　億兆汙人，四三叛帥。7464

汙，烏路翻　夏馥聞張儉亡命，歎曰：「孽自己作，空汙良善。」1821

汙，音于　項羽悉引兵擊秦軍汙水上。292

汙，烏故翻　尊自下車，以象刑赭幡汙染其衣。1224

汙，烏故翻，涴也　播纖邪，物論沸騰，不可以汙台司。7788

汙，烏路翻　今朝夕不濟，乃欲以此相汙邪。8587

洿，哀都翻　宜梟首洿宮，斬骸沈族，以明其罪。4696

洿，後五翻　乙未，以布衣姜洽爲補闕，試大理評事陸洿、布衣李虞、劉堅爲拾遺。7835

洿，汪乎翻　洿其東宮以養豬牛。3083

洿，汪胡翻　時方夏水雨，而濱海洿下。2071

洿，烏故翻　轉相洿染。2287

洿，烏故翻，染涴也　今帝辱我王，故欲殺之，何洿王爲。379

烏秅，鄭氏音鷃拏。師古曰：烏，音一加翻；秅音直加翻；急言之聲如鷃拏耳，非正音也　以其絕域不錄放其使者於縣度。音註：縣度，在烏秅國西。978

劇，音屋　一旦禍生不虞，足折刑劇。7917

鄔，烏古翻　衡陽太守樊通、武州刺史鄔居業皆請舉兵助之。5514

嗚，賢曰：嗚，音一故翻　及與公卿言國家事，未嘗不唔嗚流涕。1528

毋，《龍龕手鏡》：毋，讀如謨　羌族啖毋殺綏州刺史李仁裕叛去。9392

毋，莫胡翻，一音武由翻　羅八珍於前。音註：《周禮》膳夫，珍用八物。《註》云：珍，謂淳熬、淳毋、炮豚、炮牂、擣珍、漬、熬、肝膋也。6028

毋，武夫翻　蜀以御史中丞龍門毋昭裔爲中書侍郎、同平章事。9130

毋，音無　願陳子閉口，毋復言，以待寡人得地！91

毋，音無，姓也　淵行至龍門，擊賊帥毋端兒，破之。5697

毋，音無。基毋，複姓。　斬漢將基毋豚。2708

毋，與無通　薄昭還報曰：「信矣，毋可疑者。」437

毋，與無同　夫一隅爲不善，費尚如此，況於勞師遠攻，亡士毋功乎。905

毋、無，通　盡十二月，郡中毋聲，毋敢夜行。647

毋丘，複姓。毋，音無　以荊州刺史毋丘儉爲幽州刺史。2319

吾，讀曰虞　侍中吾丘壽王對曰：「臣聞古者作五兵。」615

吾，音牙　光以祐爲金城太守。祐至允吾。3354

郚，師古曰：郚，音吾，又音魚　六月，立魯頃王子部鄉侯閔爲王。音註：「部鄉」，據《紀》、《表》及《傳》當作「郚鄉」。1093

忤，五故翻　朝臣舛午，膠戾乖剌。912

仵，宜古翻　都督史仵龍開壁請降。4790

仵，疑古翻　僕射万俟仵自武功南渡渭，攻圍趣柵。4772

仵，音午　黠戛斯可汗遣將軍溫仵合入貢。7985

忤，立故翻　以忤犯近臣，近臣譖之。4081

忤，五故翻　太皇太后已怒，今又忤長主。559

忤，五故翻，逆也　日磾在上左右，目不忤視者數十年。745

迕，師古曰：忤，逆也，音五故翻　死有餘責。知順指不迕。1098

迕，五故翻　會稽功曹魏騰嘗迕策意。2022

迕，五故翻，逆也　將軍朱异以軍事迕恪。2407

迕，五故翻，迎也　唯爰巧於將迎，始終無迕。4077

牾，五故翻，逆也　無敢牾陛下言者。1456

旿，阮古翻　裕伏壯士丁旿於幔中。3657

旿，疑古翻　又隨始興王濬至京口，或出上民張旿家。3986

玝，阮古翻　成主雄以李玝爲征北將軍、梁州刺史、代壽屯晉壽。2965

玝，楊正衡曰：玝，音午　征東將軍李壽及玲弟玝出陰平。2916

憮，賢曰：五故翻　而二人錯憮不能對。1456

娬，罔甫翻　上大笑曰：「人言魏徵舉止疏慢，我視之更覺娬媚，正爲此耳。」
　　6098

娬，音武　勇嘗宴宮臣，唐令則自彈琵琶，歌《娬媚娘》。5583

塢，《字林》曰：塢，小障也，字或作隖，一古翻　起塢候。1371

塢，安古翻，壁壘也　帝以隴西頻被寇掠而俗，不設村塢。5473

塢，賢曰：《說文》：塢，小障也。一曰：庳城也，音烏古翻　胡閿無威畧，羌
　　遂陸梁，覆沒營塢。1760

廡，罔甫翻　無所容，積於廊廡。5539

廡，文甫翻　大王之地方千里，地名雖小，然而田舍廬廡之數，曾無所芻牧。
　　69

廡，音武　恭陵百丈廡災。1661

廡，音武，堂下周屋也　帝在宣德殿南廡下。1320

憮，罔甫翻　憮然始有懼色。3311

憮，文甫翻　上憮然。6195

憮，音呼　琦作《外戚箴》、《白鵠賦》以風。音註：詩人是刺，德用不憮。1744

憮，音武，悵也，失意貌　泓憮然不應。3709

儛，與舞同　康生乃爲力士儛。4664

芴，扶拂翻　采葑采菲，無以下體。音註：毛氏《傳》曰：葑，須也。菲，芴也。79

婺，亡遇翻　濱於海上。音註：發於烏傷者，《水經》謂之吳寧溪，今之婺港是也。66

鶩，音務　誕以遼東太守陽鶩爲才而讓之。2985

鶩，賢曰：鶩，鴨也。鶩，莫卜翻　士所謂「刻鵠不成尙類鶩」者也。1409

X

吸，音翕　令將軍薛歐、王吸出武關。313

析，先的翻，分也，離也　上詐其下，下詐其上，則是上下析也。128

析，先歷翻　還攻胡楊，遇番君別將梅鋗，與偕攻析酈皆降。290

析，折，杜佑作析，思歷翻　太子仁果立，居於折墌城。5806

淅，思歷翻　自帥所部西赴關中，至淅陽。4854

淅，音析　謹烽火，多間諜。音註：《纂要》：簁，淅箕也。206

晳，先擊翻　遣典籤張曇晳往觀形勢。4264

郗，丑之翻　使御史大夫郗慮持節策收皇后璽綬。2134

郗，丑脂翻　以光祿勳山陽郗慮爲御史大夫。2080

唏，賢曰：唏，與歔同　因涕泣噓唏。1293

唏，許既翻　丹噓唏而起。951

歔，許既翻　上問其故，對曰：「悲者不可爲累欷，思者不可爲歎息。」560

歔，許既翻，又音希　遂歔欷流涕。2085

歔，音希，又許既翻　操及左右咸歔欷。2151

歔，音希，又許氣翻　上哀痛特甚，久之，語及凝，猶歔歔流涕。4321

歔，音希，又吁既翻　因歔欷流涕。2555

歔，音許氣翻，又音希　讀策畢，莽親執孺子手，流涕歔欷。1171

悕，香衣翻　詔遣兼大鴻臚郭悕持節詣棘城冊命燕王。3045

悉，息七翻，諳也，究也，詳也，盡也　吾本無他心，諸君遽爾見推，殊非相悉。8976

奚，如字，又胡禮翻　事之不成，當於奚官中奉養大家。3559

傒，讀與奚同　五羖大夫，荊之鄙人也。音註：按《史記》晉滅虞執百里傒，爲秦繆夫人媵。百里傒亡秦走宛，楚鄙人執之，繆公以五羖羊皮贖之，以爲上大夫。62

傒，康日傒，胡啓切。余謂傒字即左傳高傒之傒，陸德明日：傒，音兮　子傒有秦國之業。184

傒，戶禮翻，待也　《書》曰：「傒我后，后來其蘇。」89

翖，許及翻　初，烏孫小昆彌安日爲降民所殺，諸翖侯大亂。1035

翖，與翕同，音許及翻　狂王傷時，驚，與諸翖侯俱去，居北山中。883

郄，與膝同　王頓首郄行。528

蜥，先擊翻　請取螻蟻蜥蝪。6892

豨，香衣翻，又許豈翻　蠻寇逼近成都，相公尙遠，萬一豨突，奈何？8175

豨，許豈翻　莽乃大募天下丁男及死罪囚、吏民奴，名曰豬突、豨勇，以爲銳卒。1219

豨，許豈翻，又音希　初，上以陽夏侯陳豨爲相國，監趙、代邊兵。388

噏，與吸同　呼噏則令伊、顏化爲桀、跖。1729

歙，師古日：歙，音攝　討丹陽黝歙、賊黝帥陳僕祖山等二萬戶屯林歷山。2096

歙，音懾　進攻歙州不克。6282

歙，音攝　隋末，歙州賊汪華據黝、歙等五州，有眾一萬。5929

歙，書涉翻　攻陷黝、歙諸縣。4596

歙，師古日：歙，音翕　眾庶歙然，莫不說喜。1114

歙，許及翻　搴歙侯之旗。947

歙，與翕同，許及翻　郡中歙然，莫不傳相敕厲，不敢犯。863

歙，與潝同，許急翻　合黨共謀，違善依惡，歙歙訿訿。914

熹，許計翻，又許里翻　中郎將宛人趙熹將出武關。1288

巂，先藥翻　各行一二千里，其北方閉氐、筰，南方閉巂、昆明。629

巂，音髓　冉駹皆振恐，請臣置吏，乃以邛都爲越巂郡。672

醯，呼西翻，醋也　初，景略嘗宴僚佐，行酒者誤以醯進。7605

醯，賢曰：醯，音火奚翻　南單于汗死，單于比之子適立，爲醯僮尸逐侯鞮單于。1437

醯，馨兮翻　國人恐發兵無，於是右部醯落反。1889

鄨，戶圭翻　初，燕人攻安平。音註：《括地志》：安平城在青州臨淄縣東十九里，古紀國之鄨邑。137

鄨，奚圭翻　八月，丁酉，鄨公薨。5860

鼷，音奚　臣聞千鈞之弩，不爲鼷鼠發機；萬石之鐘，不以莛撞起音。2163

鼷，音奚，小鼠也　千鈞之弩，不爲鼷鼠發機。5669

鸂，苦奚翻　上嘗遣宦官詣江南取鸂鶒、鸂鷘等。6716

覡，刑狄翻　催信巫覡厭勝之術。1961

檄，戶歷翻　誠聽臣之計，可不攻而降城，不戰而略地傳檄而千里定。257

霫，而立翻　啓民奉詔，因召所部諸國奚、霫、室韋等酋長數十人咸集。5630

霫，似入翻　斛薛、結、阿跌、契苾、白霫等十五部，皆居磧北。6045

霫，先立翻　奚、霫等數十部多叛突厥來降。6049

霫，音習　又引處羅，遣連奚、霫。5451

洗，《漢書》作先。如淳曰：先，前驅也。《國語》越王勾踐親爲夫差先馬。「先」，一作「洗」，音悉薦翻　帝以李熹爲太子，太傅徵犍爲李密爲太子洗馬。2503

洗，讀如字　以靈洗爲譙州刺史，領新安太守。5074

洗，昔薦翻　貶魏岑爲太子洗馬。9356

洗，息典翻　當食吐哺，納子房之策；拔足揮洗，揖酈生之說；舉韓信於行陳。1328

洗，悉典翻，又先薦翻　高涼洗夫人遣其孫馮暄將兵救廣州。5533

洗，悉薦翻　太子洗馬陳留江統。2623

洗，先典翻　沛公方倨牀，使兩女子洗足而見酈生。288

洗，音銑，又音線　數郡共奉高涼郡太夫人洗氏爲主。5515

洗，音銑；丁度《集韻》：姓，或作「邼」；《姓氏韻纂》又音綿　　高涼洗氏。
　　　5047

洗，與洒同，蘇蟹翻　　循憲召見，詢以事，嘉貞爲條析理分，莫不洗然。6561

徙，讀與斯同　　出駹，出冄，出徙，出邛、僰，指求身毒國。629

徙，師古曰：徙，音斯　　康曰：本葉榆澤，其君長因以立號，後隨畜移於徙。
　　　590

徙，師古曰：徙及筰都二國也。徙，音斯　　是歲，越巂斯叟攻成將任回。音註：
　　　《前漢書‧西南夷傳》云：自巂以東北，君長十數，徙、筰都最大。2918

喜，師古曰，喜，許吏翻　　起易去也，起爲人剛勁自喜。30

喜，師古曰：喜，好也，音許吏翻　　而天子心獨喜；其事祕，世莫知也。650

喜，師古曰：喜，許吏翻　　大將軍爲人仁，喜士退讓。644

喜，賢曰：許吏翻　　援兄子嚴敦，並喜譏議。1409

喜，許既翻　　夫父攻子守，人之笑也。見臣而下，是倍主也，父教子倍，亦非
　　　君之所喜。201

喜，許紀翻　　巢善騎射，喜任俠，粗涉書傳。8180

喜，許計翻　　契丹主曰：「漢兒喜飾說，毋多談！」8989

喜，許記翻　　初，淮南王安好讀書屬文，喜立名譽。618

喜，許吏翻　　然亦喜遊俠。790

屣，山爾翻　　天子曰：「嗟乎！誠得如黃帝，吾視去妻子如脫屣耳。」665

屣，所是翻　　棄萬乘如脫屣。4810

屣，所徙翻　　不及整巾，屣履出側門。6602

銑，蘇典翻　　彀弓未發，摩訶遙擲銑鋧。5320

憙，師古曰：憙，讀曰喜，許吏翻。喜，好也　　遇之有禮，故羣臣自憙。479

憙，許記翻　　憙陳閭里小事。1840

憙，許記翻，又讀曰熹　　懷令趙憙窮治其姦。1389

憙，許記翻，又音熹　　於是扶風王駿、光祿大夫李憙、中護軍羊琇、侍中王濟、
　　　甄德皆切諫。2582

憙，許吏翻　　是歲，侍郎會稽鄭吉與校尉司馬憙。815

憙，與喜同　　彼聞之，必憙而無備。5048

憙，與喜同，又音熹　憙亢志在公，當官而行。2502

縰，與纚同，山爾翻　故時齊有三服官。音註：李斐曰：齊國舊有三服之官，
　　春獻冠幘，縰爲首服，紈素爲冬服，輕綃爲夏服，凡三。894

璽，斯氏翻　王因收印綬。音註：《周禮》掌節有璽節，鄭氏註云：今之印章
　　也。87

纚，所爾翻　命朝野皆束髮加帽。音註：《晉書・輿服志》曰：帽，猶冠也，義
　　取於蒙覆其首；其本纚也。3483

躧，文穎曰躧，音纚。師古曰：履不著跟曰躧，躧，謂納履未正曳之而行。躧，
　　音山爾翻　不疑容貌尊嚴，衣冠甚偉，勝之躧履起迎。718

係，戶計翻　若殺其父兄，係累其子弟。89

咥，昌栗翻，又徒結翻　又立薛延陁俟斤字也咥爲小可汗。5623

咥，徒結翻　又以薛延陁乙失鉢爲也咥小可汗。6045

咥，徒結翻，又丑栗翻　乃與副護軍薛萬、徹屈咥直府左車騎萬年謝叔方。6010

盻，恨視也，《說文》音五計翻，孫奭音五禮翻，又普莧翻　上下盻盻，如寇讎
　　聚處。7773

郤，讀曰隙　夫將軍居外久，多內郤。291

郤，乞逆翻　會益州刺史郤儉賦斂煩擾，謠言遠聞。1888

郤，綺戟翻　大司農河南孟光問太子讀書及情性好尚於秘書郎郤正。2334

郤，與隙同　今吳王前有太子之郤。517

釳，許乙翻。鐵孔也　駕六馬，設五時副車。音註：駕六馬，象鑣鏤錫，金鍐、
　　方釳，插翟尾。2150

舄，與潟同，思積翻，鹵也　注塡閼之水漑舄鹵之地四萬餘頃，收皆畝一鍾。
　　204

隙，乞逆翻，怨隙也，釁隙也　諸侯聞儀與秦王有隙。98

禊，胡計翻　三月，甲申，請上禊宴於樂遊苑。5038

禊，胡計翻，被除不祥也　會睿出觀禊，導使睿乘肩輿，具威儀。2730

戲，讀曰麾　立怒，叱戲下令格之。975

戲，師古曰：戲水之鄉也。戲，音許宜翻　以新豐之戲鄉爲昌陵縣。991

戲，許宜翻　周文行收兵至關，車千乘，卒數十萬，至戲軍焉。258

戲，許宜翻。《姓譜》：伏戲氏之後　篤導儉經北海戲子然家。1821

戲，與羲同，許宜翻　大破五校於羲陽，降其眾五萬人。音註：余據《左傳》，
　　晉荀盈如齊逆女，還，卒於戲陽。1303

虩，迄逆翻　己亥，琳遣記室宗虩求援於齊。5172

餼，許既翻　呼韓入漢，厥儀未泯，饋餼之秩，每存豐厚。3921

餼，許氣翻　並給糧餼。4908

鬩，馨激翻　今公兄弟鬩鬩，困窮自歸。9467

鬩，馨激翻，鬩也，狠也，戾也　兄弟讒鬩。2051

鬩，許激翻，鬩也，狠也，戾也，又相怨也　兩軍之士，日有忿鬩。7447

鬩，許激翻，恨也，戾也　數相鬩鬩。5815

鎩，《唐韻》：戟名曰鎩，音所及翻　持矛而操鎩戟者旁車而趨。63

瞎，許轄翻，一目盲也　其祖父洪嘗戲之曰：「吾聞瞎兒一淚，信乎？」3146

蝦，何加翻　嘗在華林園聞蝦蟆。2629

蝦，戶加翻　江淮旱，飢民不得採魚蝦，餓死者甚眾。6482

俠，讀曰夾　春申君入，死士俠刺之。216

俠，讀曰夾。古者俠、夾二字通　更作大隄，左右結山，俠築兩城。2397

俠，戶頰翻　三月，盜殺韓相俠累。24

俠，與挾同，挾殿陛之兩旁也。或音夾　衛官俠陛。375

陝，與陿同，戶夾翻　自帥精騎突圍，出奔陝中。2913

祫，胡夾翻　乙巳，祫祭。2593

祫，戶夾翻　唯郊祀天地，四時禘祫奏聞。5765

祫，疾夾翻　是歲，夏既禘，冬又當祫。6840

祫，師古曰：祫，音合　五年，春，正月，祫祭明堂。1150

陿，即狹字　蜀雖陿弱。2191

陿，音狹　遣騎候四望陿中無虜。846

陿，與狹同　相國何以長安地陿。403

陿，與狹同　馬陵道陿而旁多阻隘，可伏兵。59

陿，作陝音。姚氏曰：尋陿在始興縣西三百里，近連口也。陿，音狹　樓船將
　　軍楊僕入越地，先陷尋陿。670

瑕，音遐　瑕丘申陽下河南，引兵從項羽。292

黠，戶八翻　義渠安國至羌中，召先零諸豪三十餘人，以尤桀黠者皆斬之。844

黠，戶八翻，慧也　其黠者頗覺之。5649

黠，下八翻　嘗有上書言我家昆弟驕恣，其言疾痛；山屏不奏。後上書者益黠。817

黠，下八翻，桀黠也　賊有黠計，其來必矣。2432

黠，下八翻，桀黠也　三輔兒大黠，共殺其主。1256

黠，下八翻，桀也，慧也　劭性黠而剛猛。3988

下，《史記正義》曰：下，戶嫁翻。調，徒釣翻。謂下郡縣而調發之也。余謂下，讀如字亦通　度不足，下調郡縣。253

下，班下，戶嫁翻　乙卯，分遣大使以盟誓班下四方，上下相警戒。5391

下，胡稼翻　及昌邑王廢，光權益重，每朝見，上虛己斂容，禮下之已甚。794

下，戶嫁翻　事連汙亞夫。書既聞上，下吏。吏簿責亞夫。544

下，戶嫁翻，降附也　游水發根言上郡有巫，病而鬼神下之。650

下，戶稼翻　於是天子疑焉。下有司按驗。1047

下，戶駕翻　昭悅因譖璠、昭達謀奉仁俊作亂，下獄鍛鍊成之。9300

下，師古曰：下，謂下有司也。下，音胡稼翻　候司光出沐日奏之。桀欲從中下其事。762

下，遐嫁翻　二世怒，下之吏。256

下，事下，遐嫁翻　寧王憲奏選人薛嗣先請授微官事下中書門下。6738

下，遐嫁翻，凡自上而下之下皆同音　始皇下其議。236

下，遐稼翻　秦下甲據宜陽，塞成皋。95

下，遐駕翻　上怒，下少良頌珽御史臺獄。御史奏少良頌珽凶險，比周離間君臣。7217

下之，遐嫁翻　陛下下之，吏削其爵，罰作之。499

下之之下，戶稼翻　故願陛下下之於吏。2313

夏，工雅翻　及州郡兵起寵率眾屯陽夏。1999

夏，戶雅翻　秦、魏戰於少梁。音註：班志：馮羽夏陽縣，故少梁。42

夏，賢曰：夏，音賈。……夏陽之夏，戶雅翻。　夏陽節侯馮異等。音註：《馮異傳》云：封異陽夏侯。1364

夏，音賈　秋，七月，陽城人陳勝、陽夏人吳廣起兵於蘄。254

夏，與廈同，胡雅翻　大夏既成，則獨名其功。7710

亼，許延翻　宕昌王梁亼定爲其下所殺，弟彌定立。4907

先，去聲　先東京而後諸夏，先諸夏而後夷狄。885

先，式薦翻　先是蜀民多逃亡。4524

先，昔見翻　身先士卒虜眾披靡。7177

先，昔薦翻　先是，敬宗以大河深廣，謂兆未能猝濟。4790

先，息薦翻　縮身先士卒。3035

先，悉見翻　乃跣而下殿以禳之。4853

先，悉荐翻　先是，蠲原之詔，多無事實，督責如故。4335

先，悉薦翻　正名，細務也，而孔子先之。4

先，心薦翻　國畧不崇而考課是先。2329

先、後，皆去聲　公叔召鞅，謝曰：「吾先君而後臣。……」45

先、後，皆如字　故先爲君謀，後以告子。45

先、後皆去聲　選舉之法，先門地而後賢才。4396

先是，悉薦翻　先是，帝遣騎將滿城西方鄴守汴州。8972

掀，虛言翻　臣羸入宮，道逢捕盜官與臣爭道，臣掀之墜馬，故晚。6801

銛，丑廉翻　三姊與銛、錡五家凡有請託，府縣承迎，峻於制敕，四方賂遺。
　　6891

銛，思廉翻　三月，丁酉，以左庶子李銛充入吐蕃使。7482

銛，思廉翻，利也　何平叔外靜而內躁，鉆巧好利，不念務本。2347

銛，息廉翻　從兄銛爲殿中少監，錡爲駙馬都尉。6866

銛，息廉翻，利也　然而突銛鋒、排患難者，則以是賞之。7418

暹，思廉翻　與尚書左丞王暹等謀出頊於外。5263

暹，昔廉翻　劉希暹內常自疑。7215

暹，息廉翻　催使兄子暹將數千兵圍宮，以車三乘迎帝。1960

憸，思廉翻　今賢才在野，憸人滿朝。8270

憸，息廉翻　志貞憸人不可復用。7481

鮮，少也，先淺翻　徵發之士益鮮。636

鮮，師古曰：鮮，少也。鮮，音先踐翻　惟即位以來，陰陽未和，穀稼鮮耗。
　　1222

鮮，息翦翻　得志少時，鮮不顛覆。5211

鮮，息踐翻　時鮮有所獲。1104

鮮，息淺翻　是以海內安寧，家給人足，後世鮮能及之。510

鮮，息淺翻，少也　及沛薨，裴度、韋處厚始奏以珝代之，中外相賀曰：「自今債帥鮮矣。」7854

鮮，息善翻　攸舉動以禮，鮮有過。2586

鮮，息善翻，少也　《詩》曰：「靡不有初，鮮克有終。」151

鮮，息善反　聽過計失而能久安者鮮矣。348

鮮，悉善翻　乃知百姓好亂者亦鮮，但人主不能安之耳。6028

鮮，先踐翻　祖宗且不血食，何戴侯也，《傳》不云乎：「以約失之者鮮。」969

鮮，音仙，以有汕水故也。汕，一音訕　初，全燕之世，嘗畧屬眞番、朝鮮。684

汕，一音訕　初，全燕之世，嘗畧屬眞番、朝鮮。684

孅，與纖同，息廉翻　恩愛行義，孅介有不具者。777

舷，胡田翻　有寇則叩舷相警，五百弩已彀矣。7429

舷，胡田翻，船邊也　及船舷相接。8844

嫌，當讀作慊。慊之爲言厭也，意自足也　況乎辟不嫌之辱哉。906

銜，戶監翻　珹自幕後出，偶得他馬乘之，伏鬣入其銜，馳十餘里。銜方及馬口，故矢過其背而不傷。7487

銜，戶緘翻　章邯夜銜枚擊，大破齊、楚軍於臨濟下。274

銜，其緘翻　載由是銜之。7158

嫻，賢曰：嫻，音閑　辭言嫻雅 1412

諴，戶嵓翻　從容與翰林學士、中書舍人須昌畢諴論邊事。8051

跣，先典翻　田單免冠、徒跣、肉袒而進。143

跣，先典翻，足親地也　自當給喪事服臨者，皆無跣。508

獫，虛檢翻　嘗居代、鴈門備匈奴。音註：故應劭《風俗通》曰：殷時曰獯粥，改曰匈奴，又晉灼云：堯時曰葷粥，周曰獫狁，秦曰匈奴。206

獫，音虛檢翻　其詩曰：「嘽嘽焞焞，如霆如雷。顯允方叔，征伐獫狁，蠻荆來威。」947

獮，息淺翻。杜預曰：獮，殺也　豈可不察臧否，不擇是非，欲草薙而禽獮之。
　　8599

幰，許偃翻　賜繡幰油絡駟馬安車一乘。5286

峴，戶典翻　堅逆與戰，祖敗走，竄峴山中。1928

峴，戶蹇翻　起建業抵京峴。7378

羨，讀與衍同，音弋戰翻，饒也　寖以大窮富者奢侈羨溢。555

羨，式面翻　收其錢十五萬緡爲羨餘獻之。7781

羨，延面翻　自是關中蓄積羨溢，車駕不復幸東都矣。6830

羨，延面翻，余也　所輸之物，或斤羨百銖。4636

羨，弋線翻　假官以督渭北芻粟，不旬日，皆充羨。7412

羨，弋戰翻　宜以四方貢獻及南郊羨餘。8920

羨，音夷　程普領江夏太守，治沙羨。2098

羨，于線翻　惠伯買以爲官廨，郅按之，以爲有羨利。7309

羨，于線翻，羨，贏也　及咸通中有司計費以給之，無復羨餘。7287

僴，戶簡翻　潁川王僴爲兗王。7046

僴，下赧翻　輔國等殺后幷係及兗王僴。7124

綫，私箭翻　上疏以爲自文明以來，國之祚胤，不絕如綫。6614

鋧，他典翻　彀弓未發，摩訶遙擲銑鋧。5320

縣，讀曰懸　當今兩主之命，縣於足下。346

縣，古懸字通　天下之勢方倒縣。472

縣，音玄　文公於是懼而不敢違。音註：諸侯皆縣樞而下。5

相，如字　諸生傳相告引。246

相，何承天《姓苑》：相，悉良翻　嬖人相龍、計好、朱靈等。3248

相，國相，息亮翻　及國相梅錄各擁兵數千人相攻。7288

相，昔亮翻　眞卿怒曰：「朝廷豈堪相公再壞邪。」7158

相，息醬翻　夫君子能勤小物，故無大患。今主一宴而恥人之君相。9

相，息亮翻　事魏相公孫痤，痤知其賢。45

相，息亮翻，相貌也　吳興沈文猷常語之曰：「君相不減高帝。」4388

相，悉亮翻　張儀及齊、楚之相會齧桑。76

鄉，讀曰嚮　然後秦據河、山之固，東鄉以制諸侯。60

鄉，讀曰向　起曰：「守西河秦兵不敢東鄉，韓趙賓從，子孰與起？」29

鄉，師古曰：鄉，讀曰嚮　前單于慕化鄉善，稱弟。869

緗，思良翻　緗爲集王，綠爲冀王。7614

驤，始將翻　益州刺史周撫、龍驤將軍朱燾擊范賁，斬之。3087

驤，思將翻　尋加龍驤將軍，監益、梁諸軍事。2521

驤，斯將翻　以驤爲騎督。2654

詳，讀曰佯，詐也　張儀詳墮車。91

餉，式亮翻　章邯築甬道屬河，餉王離。285

饟，古餉字　絕吳、楚兵後，塞其饟道。525

饟，息亮翻，饋也　並受尉遲迥饟金。5421

饟，與餉同，音息亮翻　翁指據阬爲壘，立使奇兵絕其饟道。975

向，式亮翻　秦昭王使向壽平宜陽。105

向，式亮翻，姓也　將軍向寵。2234

向，式亮翻，又如字　其妻向氏謂道濟曰。3861

向，式讓翻　向壽、公孫奭爭之不能得。105

向，式讓翻，姓也　秦王使甘茂約魏以伐韓，而令向壽輔行。102

向，息亮翻　穰侯薦左更白起於秦王，以代向壽將兵。120

向，姓也，式亮翻　故吏向雄哭之，哀動一市。2454

珦，式亮翻　命監察御史藍田蘇珦按其密狀。6452

珦，虛亮翻　吳越牙內先鋒都指揮使錢傳珦逆婦於閩，自是閩與吳越通好。
　　8808

珦，許亮翻　初，右臺大夫蘇珦，治太子重俊之黨，囚有引相王者，珦密爲之
　　申理。6613

珦，音向　元珦獲罪於元瓘，廢爲庶人。9169

鮖，蘇林曰：鮖，音項，如瓶，可受投書　潁川俗，豪傑相朋黨。廣漢爲鮖
　　篅。802

橡，似兩翻　入山中，拾橡實食之。2719

橡，似兩翻，說文曰栩實也　公私匱乏，以秤、橡給士卒。3535

虓，虛交翻　又使瓊子梓潼太守虓討弘，皆平之。3232

虓，虛交翻　是時，武帝族弟范陽王虓都督豫州諸軍事。2673

虓，許交翻　虓承制以晞行兗州刺史。2697

梟，工堯翻　武、紹走，諸軍追圍之，皆自殺，梟首雒陽都亭。1811

梟，古堯翻　吾選梟騎、壯士陰伏而處以爲之備。582

梟，堅堯翻　對曰：「夫博之所以貴梟者，便則食，不便則止。今何王之用智不如用梟也？」149

梟，堅堯翻，又于驕翻　故王應曰：「然。前賀西至長安，殊無梟；復來，東至濟陽，乃復聞梟聲。」831

猇，裴松之曰：猇，許交翻　軍於夷道猇亭。2200

綃，相邀翻　圓綾、紗、絹、綃、葛、布等九種。5380

囂，師古曰：囂然，眾口愁貌，音五高翻　是以四海之內，囂然喪其樂生之心。1251

囂，五羔翻　百姓囂囂。1921

囂，五羔翻，又許驕翻　長安囂然如被寇盜。7326

囂，虛驕翻　先是鄠令崔發聞外喧囂，問之，曰：「五坊人毆百姓。」7840

囂，虛驕翻，喧也　詔下，物論囂然稱屈。7858

囂，虛驕翻，喧也　賊起山東，未嘗見大敵，今度險而囂。5914

囂，虛驕翻，又牛刀翻　陳囂問荀卿曰。195

囂，許驕翻　是月，前煇光謝囂奏武功長孟通浚井得白石。1157

囂，許驕翻，又五刀翻　於是商賈囂然，不以爲便。6909

囂，音敖　初，秦二世時，南海尉任囂病且死。394

髐，呼交翻　冒頓乃作鳴鏑。音註：應劭曰：髐箭也。372

驍，古堯翻　遐妻，邵續女也，驍果有父風。2940

驍，堅堯翻　衛尉李廣爲驍騎將軍，屯雲中。577

驍，堅堯切　思政選驍勇開門出戰。4978

驍、梟，並音堅堯翻　司徒導以郭默驍勇難制，己亥，大赦，梟胤首於大航。2973

洨，下交翻　十二月，項王至垓下。音註：李奇曰：沛洨縣聚邑名。351

晈，戶了翻　千牛左右宇文晈，慶之孫也，皆有寵於帝。5650

謏，蘇了翻　侍中京兆韋謏諫曰。3052

謏，蘇鳥翻　光祿大夫韋謏諫曰：「胡羯皆我之仇敵。」3109

咲，古笑字　吾聞明主愛一嚬一咲，嚬有爲嚬，咲有爲咲。今袴豈特嚬咲哉？吾必待有功者。56

哮，虛交翻，闞也　譬如猛獸，自於山林中咆哮跳踉。7849

校，古孝翻　加馬燧兼侍中，渾瑊檢校司空，餘將卒賞賚各有差。7465

校，古効翻　行儉陽爲畋獵，校勒部伍。6391

校，古效翻　詔陳崇治校軍功，第其高下。1164

校，戶教翻　益發卒佐陵；陵亡五校。176

校，戶教翻。校，欄格也，飾其校，飾其欄格也，又居效翻，義與鉸同，以金飾器謂之鉸　壬午，詔乘輿有金銀飾校者皆剔除之。4397

校，戶孝翻　與戊己校尉曹寬、西域長史張宴將焉耆、龜茲、車師前、後部，合三萬餘人，討疏勒。1825

校，戶校翻　時戊己校尉刁護病。1185

校，居孝翻　延壽聞知，即部吏案校望之在馮翊時廩犧官錢放散百餘萬。869

校，校尉之校，戶教翻，餘並居孝翻　詔光祿大夫劉向校經傳、諸子、詩賦，步兵校尉任宏校兵書。976

校，爻教翻。《易》曰：荷校滅耳。《註》云：校者，以木絞校者也，即械也；校者取其通名也　劉仁恭父子皆荷校於露布之下。8780

斆，胡教翻　廣漢太守敦煌張斆收濬從事列上。2522

斆，音効　侍中江斆爲都官尚書。4291

斆，音效　總，斆之曾孫也。5349

些，蘇个翻，又音細　以范昵些爲安南都統。8115

楔，先結翻　乃鑿骨置楔其間，骨裂寸餘，竟出其鏃。5892

歇，許竭翻　未行，而楚使者黃歇至。149

蠍，許竭翻　多聚蠍於器，置狙其中，觀之極樂。5337

邪，即斜翻　帥百餘婢及城中女丁築邪城於其內。3285

邪，士嗟翻　商丘成軍至，追邪徑，無所見，還。735

邪，音耶　遣左軍渡膠東、東萊。音註：《水經》：膠水出琅邪黔陬縣膠山。130

邪，讀曰耶　山陰縣有五六老叟，自若邪山谷間出。1759

邪，余遮翻，疑辭也　楚王聞之，曰：「儀以寡人絕齊未甚邪？」91

挾，當作「梜」，古協翻　乃置其名於琉璃瓶，夜焚香祝天，且以筯挾之。9122

挾，戶頰翻　夫以大王之賢，挾強韓之兵，而有牛後之名，臣竊爲大王羞之。
　　69

挾，檄頰翻　挾才以爲惡者，惡亦無不至矣。15

挾，戶頰翻　挾才以爲惡者，惡亦無不至矣。音註：朱元晦曰：挾者，兼有而
　　恃之之稱。15

斜，昌遮翻　運米集斜谷口。2291

斜，士嗟翻，鄒誕生音直牙翻　冬，匈奴軍臣單于死，其弟左谷蠡王伊稚斜自
　　立爲單于。609

斜，音邪，又似嗟翻　壬申，周主如斜谷。5313

斜，余奢翻　斷絕斜谷閣。1929

斜，余遮翻　秋，命右扶風發民入南山，西自褒、斜。1039

斜，餘遮翻　鍾會統十餘萬眾分從斜谷、駱谷、子午谷趣漢中。2467

絜，音頡　章邯夜銜枚擊，大破齊、楚軍於臨濟下。音註：繲，結礙也，絜繞
　　也，蓋爲結紐而繞項也。274

絜，與潔同　師護雖無殊績，絜己節用。3907

膎，戶皆翻，脯也，又肉食肴　軍士無膎。5003

勰，音協　玘憂憤而卒，將死謂其子勰曰：「殺我者，諸傖子也。」2797

鞵，戶皆翻　恐有姦人危乘輿，相與齧臂爲盟，著行縢、釘鞵。7491

鞵，與鞋同　吳少誠以牛皮鞵材遺師古。7609

纈，戶結翻　請發左藏惡繒染爲綵纈。7494

寫，康曰：寫，四夜切，舍車解馬爲寫，或作卸。余謂此非舍車解馬之「卸」，
　　即前寫放宮室之「寫」，讀如字　發北山石椁，寫蜀、荊地材。245

泄，私列翻　城中多病腫泄，死者什六七。5328

泄，姓也，與洩同　又愛泄姬，重如耳，而恐其因愛重以壅己也。132

泄，師古曰：泄，以制翻　夏月暑時，歐泄霍亂之病相隨屬也。570

泄，音薛。泄，姓也　中大夫泄公曰。384

洩，息列翻　將發時襲化及，語洩。5784

洩，與泄同　與五王謀殺堅，事洩。5415

禼，古契字，息列翻　此誠陛下稷、禼、伊、呂之佐。1798

紲，羈也。紲，息列翻　乃始羈首係頸，就我之銜紲耳。2068

紲，私列翻　遣將不與兵符，必先請而後動，是猶紲韓盧而責之獲也。1231

紲，息列翻　卿輩自犯國刑身嬰縲紲。5587

紲，音薛，長繩也　挾守沔口，以枋閤大紲繫石爲矴。2078

褻，息列翻　退歸宮中則與臺小相褻狎。6189

褻，息列翻，汙也　是時，冒頓方強，爲書，使使遺高后，辭極褻嫚。413

媟，師古曰：媟，狎也，音私列翻　願陛下正君臣之義，無復與臺小媟黷宴飲。
　　　　1028

媟，私列翻　上下媟黷，有虧尊嚴。1754

渫，師古曰：渫，散也，先列翻　如此富人有爵，農民有錢，粟有所渫。493

渫，音泄，清也　前後相乘，憒眊不渫。1207

絏，息列翻　囚禁諸王，但無縲絏耳。6133

絏，先列翻　羈絏藩臣。7858

屧，蘇協翻，屜也，又履中薦也　繹聞其死，入閤而躍，屧爲之破。4948

緤，師古曰：緤，謂以長繩係之也。緤，先列翻　若夫束縛之、係緤之。478

緤，私列翻　趙成侯薨，公子緤與太子爭立；緤敗，奔韓。57

廨，古隘翻　復還南郡空廨。4020

廨，古隘翻，舍也　衞瓘詐稱疾篤，出就外廨。2481

廨，居隘翻　以雍州廨舍爲宮。4853

廨，居隘翻，公宇也　偏將軍朱績以膽力稱，王自至其廨。2361

懈，古隘翻　燕軍益懈。140

懈，古隘翻，怠也　而威刑未振，中外懈惰。7690

懈，居隘翻　使主疑於二家而懈於攻趙氏也。13

懈，俱賣翻　而關東戍卒，怯於應敵，懈於服勞。7546

懈，七隘翻　今不頻獵，兵士懈怠，安可復用也。4779

澥，胡買翻　遣掌書記鄭澥至鄴城。7740

獬，胡買翻　獬豸何嘗識字，但能觸邪耳。6464

邂，戶隘翻　穆之若邂逅不幸。3689

邂，戶介翻　邂逅致死。4623

邂，戶廨翻　女人既不曉大事，且絑同堂姊，邂逅漏洩，誤孤非小也。2446

邂，戶懈翻　我後子孫邂逅不肖。4440

邂，下廨翻　濟陰王在內，邂逅公卿立之，還爲大害。1634

邂，下懈翻　大丈夫爲有邂逅耳，即如卿諸人，良足貴乎。2146

褻，息列翻　虎子，褻器，所以溲便者。15

蟹，戶買翻　單騎至蟹浦。4465

齘，胡介翻　舉刃將下者三，嚌齘良久。音註：嚌齘，切齒怒也。4915

跌，奚結翻　二月，與跌跌都督思泰等亦自突厥帥眾來降。6709

褻，息列翻　又命宮女爲市肆，公卿爲商旅，與之交易，因爲忿爭，言辭褻慢。
　　6631

薤，下戒翻　及諸小國驪靬、大益、車師、扞罙、蘇薤之屬。696

薤，下戒翻，一作薙　酒闌繼以《薤露之歌》。1689

昕，許斤翻　公乘昕、王甫、鄭颯等與趙夫人、諸尚書並亂天下。1809

莘、辛相近　酒泉太守辛武賢。847

訢，讀曰欣　今陛下使天下舉賢良方正之士，天下皆訢訢焉。449

訢，許斤翻　以司隸校尉東萊李訢爲司徒。1426

訢，許靳翻　盜殺陰貴人母鄧氏及弟訢。1363

訢，音欣　十二月，庚戌，宜春敬侯王訢薨。774

訢，與欣同　庚午，右扶風王訢爲御史大夫。765

歆，許今翻　元吉幼弱，未習時事，故遣竇誕宇文歆輔之。5864

歆，許金翻　右衞將軍宇文歆。5846

歆，尹今翻　賴宗廟之靈，亦輟歆祀。4300

廞，許今翻　主簿陳廞、褚碐。2456

廞，許金翻　司徒左長史王廞，導之孫也。3453

馨，楊正衡《晉書音義》：馨，呼刑翻　衍神情明秀，少時，山濤見之，嗟歎良
　　久，曰：「何物老嫗，生寧馨兒。」2618

鐔，《類篇》曰：鐔，如心翻，姓也。賢曰：鐔，音徒南翻。《唐韻》又音尋。　長
　　樂衛尉鐔顯。1604

鐔，師古曰：鐔，劍口旁橫出者也。鐔，音淫　玉具劍、佩刀、弓一張，矢四
　　發。音註：孟康曰：玉具劍，摽首、鐔、衛盡用玉爲之也。887

鐔，徒含翻　揚化將軍堅鐔攻宛，拔之。1304

鐔，徐林翻　上洛太守鐔長生棄郡走。3870

鐔，徐林翻，又讀如覃　延平鎮爲鐔州。9247

鐔，音覃，又音尋　堅鐔。1438

信，《史記正義》曰：信，音申。康曰：如字　肥義謂信期曰。118

信，讀曰申　孤不度德量力，欲信大義於天下。2075

信，讀曰申；後屈信之信皆同音　是王不用甲，不信威，而得百里之地，王可
　　謂能矣。149

信，讀曰伸　其欲無窮，劫陛下之威，信其志若韓玘爲韓安相也。277

信，師古曰：信，讀曰申　又親盡當毀。音註：禮，公子不得爲母信。1077

信，師古曰：信，讀曰申，古字通用　信威北夷。892

信，音申　漢使既到，便偃蹇自信。1448

信，與伸同　夫能詘於一人之下而信於萬乘之上者，湯武是也。307

釁，與釁同，許覲翻　姚興死，諸子交爭，故裕乘釁伐之，今江南無釁，不可
　　比也。3748

釁，許靳翻　不如養鋭待期，坐而觀釁。3998

釁，許覲翻　夫災異之興，皆象人事，人苟無釁，又何畏焉。3723

興，許應翻　詩人託此爲高興耳，未必實然。8073

騂，思榮翻　穆單騎走，騂馬令郭文斬其首送之。3382

行，胡剛翻　汝久更陳行。6954

行，胡浪翻　獲單于父行。800

行，戶剛翻　晉六卿，智氏、范氏、中行氏、趙氏、韓氏、魏氏也。79

行，戶剛翻，列也，凡行列之行皆同音　過衞陽晉之道，經乎亢父之險，車不
　　得方軌，騎不得比行。71

行，戶江翻　使宦者燕人中行說傳翁主。468

行，戶郎翻　於是殺牛置酒，謝其鄰人，灼爛者在於上行。820

行，戶浪翻　斬單于大父行藉若侯產，生捕季父羅姑。621

行，戶孟翻　復無名迹高行以矯世。1122

行，據《經典釋文》，凡巡行之行，音下孟翻，後倣此　智伯行水。11

行，太行之行，戶剛翻　商紂之國，左孟門，右太行，常山在其北，大河經其南。29

行，下更翻　鎮撫南北軍以張武爲郎中令行殿中。440

行，下孟翻　夫士貧賤者，言不用，行不合，則納履而去耳，安往而不得貧賤哉！19

行，下孟翻，巡行也　休茂出城行營。4054

行，下孟翻，循行也　魏主行軍遇之。4338

行，下孟翻，又如字　澄苟行合天心。4975

行，下孟翻，又音如字　又命諸沈四人爲判官，與中使分行諸道求之。7290

行，孝行，下孟翻　皆先孝行。行有餘力始學文法。辛卯詔書以能章句奏案爲限。1669

行，循行也，音下孟翻　煬帝使行長城於靈武。5785

行，尊行之行，下浪翻　杜氏大族尊行不趐數十人。7705

行陳，戶剛翻　每行兵，親在行陳。5383

陘，音刑　趙王伐中山，取丹邱、爽陽、鴻之塞，又取鄗、石邑、封龍、東垣。音註：班《志》，石邑縣屬常山郡，井陘山在西。107

陘，音形　霸軍至三陘。3103

硎，戶經翻　慧景至查硎。4463

醒，先挺翻，醉寤也　朕比日以來煩懣不決，今見卿奏，如醉醒矣。9224

婞，戶頂翻　起，邛州人，性婞直。9603

悻，直也，狠也，音胡頂翻　武陵王曇多材藝而疏悻。4263

兇，恐懼聲，呼勇翻　既而收首級以示城中，城中兇懼。1332

兇，凶勇翻　及大桁之敗眾情兇懼。4506

兇，許拱翻　今社稷將危，天下兇兇。2374

兇，許勇翻　因其兇懼，盡銳攻之。3661

匈，師古曰：匈匈，喧擾之意，公休許容翻　項王謂漢王曰天下匈匈數歲者。
　　342

匈，許容翻　刺史王羆臥尚未起，聞閤外匈匈有聲。4863

匈，許容翻，又許勇翻　自外有匈匈聲，似失火者。2481

匈，與胸同　刃交匈，立死。772

匈匈，漢書無音，荀子有平、去二音　不然，人情匈匈。4497

恟，許拱翻　魏人追之，眾恟懼，將潰。3830

恟，許勇翻　是時人情恟懼。5367

恟，許拱翻　人情恟懼。2925

恟，許洪翻　鄴中恟懼。3437

恟，許勇翻　紹軍將士皆恟懼。2034

洶，許拱翻　帝見波濤洶涌。2225

訩，許容翻　君何獨迷而能反乎？雲曰：天下訩訩。1927

訩，許容翻，又許勇翻　今者論議訩訩。1523

詢，許拱翻　又聞將如鄴都，皆不悅，詢詢有流言。9013

詢，許拱翻，又音凶，義與洶洶同　段凝晚進，功名未能服人，眾議詢詢。
　　8890

詗，古迥翻，又闚正翻　汝詗事歸，得實則免汝家，不然盡死。8278

詗，古永翻，又休正翻　孟知祥聞之遣馬軍都指揮使潘仁嗣將三千人詣漢州詗
　　之。9068

詗，古永翻，又闚正翻　寶遣騎還詗魏兵。3424

詗，火迥翻，又闚正翻　使詗上意，動靜相語。6192

詗，火迥翻，又闚正翻　上追還制書，復遣薛盈珍往詗軍情。7596

詗，火迥翻，又闚正翻，候俟也　今趙思之言，未明虛實，臣請為陛下馳往詗
　　之。3468

詗，火迥翻，又闚正翻；有所候伺謂之詗　告以遙光反，不信，自往詗問，知
　　實。4449

詗，休正翻　又詗得突厥釁隙。5894

詗，休正翻，又古迥翻　詗者言文泰刻日將葬。6154

詗，喧正翻，又古迥翻　道成命敬則陰結帝左右楊玉夫……二十五人於殿中，詗伺機便。4196

詗，翾正翻，候伺也，又古迥翻　遣使馳至長安，詗問虛實。1291

詗，翾正翻，有所候伺也　常令其將劉駱谷留京師詗朝廷指趣，動静皆報之。6876

詗，翾正翻，又火迥翻　使詗伺導達雲南。7485

夐，休正翻　周處士韋夐。5187

夐，翾正翻　處厚，夐之九世孫也。7725

脩，音條　條侯不許。音註：班《志》勃海郡有脩縣，音條。（按：此處大概以註音改班《志》之誤。）524

髹，師古曰：以漆漆物謂之髹，音許求翻，又許昭翻。今關東俗，器物一再著漆者謂之捎漆。捎，即髹聲之轉重耳。「髹」字或作「髤」，音義亦與髹同。今關西俗云黑髹盤、朱髹盤，其音如此。兩義並通。毛晃曰：髹，赤黑漆。其中庭彤朱而殿上髹漆。1002

琇，息救翻　會請其子郎中琇爲參軍。2488

琇，音秀　中護軍散騎常侍羊琇與帝有舊恩。2578

琇，音秀，又音酉　徐馥殺吳興太守袁琇。2817

琇，音酉　元琇既失職。7475

鏽，息六翻，又息救翻　鄂王瑶、光王琚云與太子妃兄駙馬薛鏽潛搆異謀。6828

齅，許救翻　侯君集馬病蚘顙，行軍總管趙元楷親以指霑其膿而齅之。6160

戌，音恤　謂孟嘗君門人公孫戌曰：「象牀之直千金，苟傷之毫髮，則賣妻子不足償也。78

盱，凶于翻　二子眕、盱隨父後，亦赴敵而死。2950

盱，音吁　使光祿勳袁盱持節收冀大將軍印綬。1746

盱台，音吁怡　立代孝王玄孫之子如意爲廣宗王，江都易王孫盱台侯宮爲廣川王。1135

盱眙，音忓怡　將軍尹令思將萬餘人謀襲盱眙。

盱眙，音吁怡　陳嬰爲上柱國，封五縣，與懷王都盱眙。274

胥，私呂翻，又思餘翻　青朱雜沓於胥徒。7418

胥，新於翻　衛有胥靡亡之魏。75

虛，《索隱》虛，音墟　夏，五月，丙申，封楚元王子郢客爲上邳侯，齊悼惠王
　　子章爲朱虛侯。422

虛，讀曰墟　大虎、狼之虛，壞人塚墓。565

虛，康曰音墟。余謂虛，如字　子不若引兵疾走魏都，據其街路，衝其方虛。
　　53

虛，如字。康讀曰墟　乃詔諸將悉徙其民於江、淮之間，遂虛其地。678

揟，孟康曰：揟，子如翻　會黃龍見嘉泉。音註：據《駿傳》，嘉泉在武威揟次
　　縣。「揟次」《前漢》作「揟次」。2932

揟，孟康曰：揟，子如翻。次，音咨。即且次也　既揚聲軍從鸇陰，乃潛由且
　　次出武威。　2195

欻，賢曰：欻，音許勿翻　大將軍稱疾，不臨喪，不送葬，今欻入省，此意何
　　爲。1900

欻，許勿翻　陛下不以劉裕欻起，納其使貢，裕亦敬事。3747

虛，讀與墟字同　項羽乃與期洹水南殷虛上。292

虛，如字　杜大梁之門，舉河內，拔燕、酸棗、虛、桃，入邢。150

須，古鬚字，通　或有無須而誤死者。1901

須，與鬚同　武留匈奴凡十九歲，始以強壯出，及還，須髮盡白。759

幧，詢趨翻，繒頭也，以約髮謂之頭幧　處存令軍士繫白幧爲號。8250

頮，音須　行計之日：「樊噲，帝之故人也，功多，且又呂后弟呂頮之夫。408

頊，吁玉翻　上立兄子蒨爲臨川王，頊爲始興王。5169

噓，音虛　休徵自至，壽考無疆，何必偃仰屈伸若彭祖，呴噓呼吸如僑、松。
　　842

噓，音虛　丹噓晞而起。951

歔，音虛　讀策畢，莽親執孺子手，流涕歔欷。1171

歔，音虛　阜見敘及其母，歔欷悲甚。2122

欻，許勿翻　又二人戴竿，上有舞者，欻然騰過，左右易處。5626

諝，私呂翻　乃入雒陽，說城門校尉竇武、尙書魏郡霍諝等。1798

徐，音舒　齊王、魏王會於徐州以相王。65

徐，音舒。丁度《集韻》「徐」作「佘」，音同　吾吏有黔夫者，使守徐州。50

呴，《漢書》作「句」。師古曰：音鉤。《史記》作「呴」，音同，又音吁　匈奴立其季父右賢王呴犁湖為單于。703

呴，或作姁，音況羽翻。康吁句切　子母相哺，呴呴焉相樂也。173

呴，吁于翻　休徵自至，壽考無疆，何必偃仰屈伸若彭祖，呴噓呼吸如僑、松。842

姁，師古曰：姁，況羽翻　順成侯有姊君姁。755

姁，許于翻　高皇后。音註：荀悅曰：諱「雉」之字曰「野雞」。《索隱》曰：字娥姁。419

栩，況羽翻　詔楚王英、趙王栩、北海王興及京師親戚皆會葬。1432

珝，況羽翻　吳主使五官中郎將薛珝聘於漢。2458

詡，況羽翻　三月，丙戌，魏皇子詡生。4595

旭，吁玉翻　九月，丁巳，東魏以開府儀同三司襄城王旭為司空。4867

昫，漢書作朐，師古曰：音許于翻　遣子左祝都韓王昫留斯侯入侍，以且莫車為左賢王。992

昫，香句翻，又許羽翻　道及劉昫欲歸。9112

昫，休具翻。劉休武翻　可須夜鼓聲而發。音註：司馬法曰：昏鼓四通為大鼜，夜半三通為晨戒，旦明五通為發昫，所謂三鼜也。1511

昫，吁句翻　藺相如復請秦王擊缶。音註：劉昫曰：「缶如足盆。」136

昫，吁句翻　秦師軍武安西。音註：劉昫曰：磁州治滏陽縣，156

昫，吁句翻，又許羽翻　庚寅，以端明殿學士歸義劉昫為中書侍郎、同平章事。9081

煦，許具翻　大較江東之政，以嫗煦豪強，常為民蠹。3054

煦，吁句翻　其將士百姓懷其累代煦嫗之恩。7664

煦，陸德明曰：煦，許具翻；徐況甫翻　夫危亡之君，未嘗不先棄本枝，嫗煦旁孽。4161

煦，吁句翻　以夏綏節度使張煦為振武節度使。7702

洫，況域翻　開溝洫。1371

洫，泥逼翻　命右武勇都指揮使徐縮帥眾治溝洫。8579（編者按：「泥」疑為「況」字之誤）

畜，救六翻　爾爲人臣，畜乘輿服御物，亦可乎？9035

畜，讀與蓄同　今國家素無文帝累年節儉富饒之畜。1070

畜，讀曰蓄　畜百姓之怨。63

畜，呼玉翻　爾之父子寧而畜馬蕃者。7208

畜，呼玉翻，又許竹翻　桓溫有英雄之才，願陛下勿以常人遇之，常堮畜之。3054

畜，師古曰，畜，讀曰蓄。蓄，聚積也　欲至冬，虜皆當畜食。848

畜，師古曰：畜，讀曰蓄　公家無一年之畜。1010

畜，師古曰：直謂之畜養之耳，非六畜也。許六翻　若陛下無所用之，則繼其絕世，存其亡國，建其王侯，以爲畜越。572

畜，旴玉翻　應前朝內官及諸道監軍并私家先所畜者，不以貴賤，並遣詣闕。8912

畜，許救翻　冒頓匿其壯士、肥牛馬，但見老弱及羸畜。377

畜，許救翻，謂六畜也　土廣人稀，饒穀多畜。1287

畜，許救翻，又許六翻　浩曰：「《漢書地理志》稱『涼州之畜爲天下饒』，若無水草，畜何以蕃？」3872

畜，許六翻　生死相卹，墳墓相從，種樹畜長。490

畜，許六翻，養也　又處戰攻之世，天下趨於詐力，猶且不敢忘信，以畜其民。49

畜，許又翻　故陰陽和，風雨時，甘露降，五穀登，六畜蕃。595

畜，許竹翻　顧我能畜養。4945

畜，許竹翻，養也　給事黃門侍郎楊愔曰：「畜狗求吠。」4924

畜，《說文》：許竹翻，養也。《史記正義》：許又翻，又音蓄，聚也　多失亡，邊不得田畜。206

畜，旴玉翻　潁川太守黃霸使郵亭、鄉官皆畜雞、豚。834

畜，旴玉翻，養也　鏐以諸孫畜之。8709

稸，與蓄同　超外孫董援爲朔方太守，稸怒以待之。1753

慉，師古曰：慉，謂動而痛也。聊，賴也。慉，丑六翻　一指之大幾如股，平居不可屈伸，一二指慉，身慮無聊。472

勖，許玉翻，勉也　皆召見於前，勖以政道。4520

酗，陸德明曰：酗，況具翻　安有天子而爲酗也。2739

酗，香句翻，醉怒也　弟弼，好酒而酗。5652

酗，于句翻　酗酒、豪橫。3176

酗，吁句翻　蓋念公瑾以及於胤也。而胤恃此，酗淫自恣。2349

酌，師古曰：酌，況務翻。即酗字也。醉怒曰酌　後臨衆病免，五府復舉湯。湯數醉酌羌人。音註：醉怒曰酌。856

壻，女夫也。妻謂夫亦曰壻。旁從「女」，或從「士」，音思繼翻　元君，魏壻也。196

壻，西計翻　海州團練使張昇璘，昇雲之弟，李納之壻也。7543

淑，象呂翻　觀沙門文淑俗講。7850

淑，徐呂翻　金吾將軍吳淑獨請行。7357

淑，音敍　秦武安君定巫、黔中。音註：漢改黔中爲武陵郡，移理義陵，即今辰州漵浦縣是。146

絮，李奇曰：絮，音挐。師古曰：絮，姓也，音女居翻，又音人餘翻　敞使掾絮舜有所案驗。879

詉，音戌，誘也　今大王列在諸侯，詉邪臣浮說。536

嗅，許救翻　望塵知馬步多少，嗅地知軍遠近。4709

蓿，音宿　大宛左右多蒲萄，可以爲酒，多苜蓿。697

咺，況晚翻　或謂中書舍人王咺之云。4468

咺，況晚翻，又況遠翻　欲并二周，爲天子，狐咺正議，斮之檀衢。124

瑄，荀緣翻，當作宣　天平節度使朱瑄，有衆三萬。8312

瑄，音宣　太府少卿張瑄憒矜所薦也。6881

儇，當作「澴」，戶關翻　司馬消難以鄖、隨、溫、應、土、順、沔、儇、岳九州及魯山等八鎮來降。5422

儇，許緣翻　與副使潤州刺史韋儇、浙西節度使侯令儀屯京口。7098

儇，許緣翻，智也，疾也，利也　其間復有性識儇利。8595

諠，況遠翻　初，中常侍張讓有監奴，典任家事，威形諠赫。1825

諼，師古曰：諼，詐辭也，音許遠翻，又許元翻　抑詐諼之謀，懷附親之心。971

諼，師古曰：諼，詐也，音虛爰翻　朕惟君位尊任重，懷諼迷國。1079

諼，許元翻　雖懷詐諼之心，猶將用之。79

玹，音玄　唐衡兄玹爲京兆尹。1756

旋，與還同　潭魏至頓丘，遇晉兵而旋。8848

琁，從宣翻　兄子琁斷其首，棄之道中。6398

璇，似宣翻　日月出內道，璇璣得其常。5587

璿，從宣翻　殺漢太子璿及姜維妻子，軍眾鈔畧，死喪狼籍。2482

璿，如緣翻　遣兄子機、璿詣洛陽爲任。2523

璿，似宣翻　今邠寧有張昕，靈武有甯景璿。7409

璿，旬緣翻　立王貴人子璿爲皇太子。2334

璿，音旋　臨川內史羊璿坐與誕素善，下獄死。4048

癬，與癬同，音息淺翻　敬琯，疥癬耳。8414

暅，古鄧翻　暅，曼容之子也。4603

暅，古鄧翻，又況晚翻　員外散騎侍郎祖暅奏其父沖之考古法爲正曆不可改。
　　4596

暅，戶登翻　丁未，田神功使特進楊惠元等將千五百人西擊王暅。7103

暅，居鄧翻　使水工陳承伯、材官將軍祖暅視地形。4609

選，如字　其黔中、嶺南、閩中州縣官，不由吏部，委都督選擇土人補授。6362

選，息絹翻　濤典選十餘年。2536

選，須絹翻　費褘以選曹郎汝南陳祇代允爲侍中。2364

選，須戀翻　領軍將軍王國寶爲左僕射，領選。音註：領選者，領吏部選。3437

選，宣變翻　是時諸宿將所將士馬兵皆不如票騎，票騎所將常選。632

選，宣絹翻　初，周室以來，選無清濁。5537

選，宣戀翻　時人謂之選曹七貴。5624

選，選部之選，宣戀翻；選補之選，如字　仍敕選部、門下、內史、御史四司
　　之官於船前選補。5653

選，息兗翻　恐議者選耎，復守和解。974

選部，須絹翻　既而常侍之選復卑，選部之貴不異。4036

泫，工玄翻　趙廉頗軍於長平。音註：司馬彪志：上黨泫氏縣有長平亭。167

泫，胡犬翻　上俛首久之，既而流涕泫然。7927

泫，胡畎翻　上泫然泣下。7113

泫，戶畎翻　后亦泫然泣下。5575

泫，師古曰，泫，工玄翻　淵遣劉曜寇太原，取泫氏、屯留、長子、中都。2706

泫，師古曰：工玄翻。楊正衡：胡犬翻　秦泫氏男姚買得謀弒秦主興，不克而死。3458

炫，胡練翻　一體炫金，不及百兩。4007

炫，熒絹翻　劉炫獨以爲不可。5692

炫，熒絹翻　殿內將軍河間劉炫。5589

衒，音炫　又諫官論事，少能愼密，例自矜衒。7381

衒，熒絹翻　近聞右監門衞長史侯祥等，明自媒衒，醜慢不恥，求爲奉宸內供奉。6546

衒，師古曰：衒，行賣也。鬻，亦賣也。衒，音州縣之縣，又工縣翻。　是以天下布衣各厲志竭精以赴闕庭，自衒鬻者不可勝數。1019

眩，《漢書》作「衒」，行賣也。衒，與眩同，音州縣之縣，又工縣翻　四方士多上書言得失，自眩鬻者以千數。562

眩，師古曰：眩，亂視也，胡眄翻　好是古非今，使人眩於名實。881

眩，玄遍翻　藥弗瞑眩，厥疾弗瘳。8446

眩，陸德明音玄遍翻，徐：又呼縣翻　臣光曰：「昔高宗命《說》曰：『若藥弗瞑眩，厥疾弗瘳。』」1385

眩，與幻同　安息發使，以大鳥卵及黎軒善眩人獻於漢。696

袨，黃練翻　童妾袨服。4276

琄，胡犬翻　甲申，貶前平盧節度使于琄爲涼王府長史、分司。8164

琄，胡畎翻　太守嗣薛王琄貶夷陵別駕。6874

眴，音舜　須臾，梁眴籍曰：「可行矣。」262

眴，應邵曰：眴，音旬日之旬。卷，音菌簬之簬　眴卷縣。1599

絇，許縣翻　北兗州刺史康絢遣司馬霍奉伯討平之。4604

絇，翾縣翻　華山太守藍田康絢帥郡兵三千赴衍。4479

靴，許戈翻　惛狼狽走，遺一靴。5026

韡，許戈翻　寶使人躡鞍拔箭，血流滿韡。2959

韡，許加翻　熙欲以爲殉，乃毀其襪韡中得弊氈。3596

韡，與靴同　又以短刀置韡中。7087

翅，與啻同　杜氏大族尊行不翅數十人。7705

謔，迄却翻，戲言也　與人言謔，終日不絕。4530

謔，迄卻翻　晝則談謔如常。4701

謔，迄卻翻，戲也　太子屢謔之於朝。8721

謔，香略翻　每以珍膳餉太子，又悅太子以諧謔。7736

謔，虛約翻　新安王伯固以善諧謔，有寵於上及太子。5452

臛，黑角翻，羹也　將發引，頓食雞臛數盤。9063

臛，孟詵日：臛，音郝，肉羹也　詔太廟四時之祭，薦宣皇帝，起麪餅、鴨臛。
　　4305

觳，呼角翻　或以鐵圈觳其首而加楔。6440

勛，古勛翻　晉安王子勛爲南兗州。4058

勛，許云翻　會震繼遣牙將馬勛奉表，上語之故。7408

勛，與勳同　以秦成防禦使李承勛爲涇原節度使。8064

塤，況袁翻　奏《鹿鳴》，帝自奏塤篪和之，以娛嘉賓。1451

塤，許元翻　崔仲卿、鄭塤、都虞侯劉操、押牙張抱元。7794

獯，許云翻　嘗居代、鴈門備匈奴。音註：又樂彥《括地譜》曰：夏桀無道，
　　湯放之鳴條，三年而死。其子獯粥妻桀之眾妾，避居北野，隨畜移徙，中
　　國謂之匈奴。206

纁，許云翻　帝以玄纁羔幣聘之。1628

洵，須倫翻　赦行璋以爲洵水府別駕。6761

洵，音荀　承基等殺之及其四男洵、浩、洞、泚。6603

栒，須倫翻　又云：扶風栒邑有豳鄉，公劉所都。122

栒，音荀　於是引軍北至栒邑。1287

馴，似遵翻　縱有修廣，亦宜馴致。4033

馴，松倫翻　遣使奉表詣齊，並獻馴象。5146

馴，詳遵翻　慕容垂父子，譬如龍虎，非可馴之物。3223

鄩，徐林翻　適諸州者多事泄被擒，獨行軍司馬劉鄩取兗州。8590

鄩，徐心翻　師範密謂小校安邱劉鄩曰。8412

潯，徐林翻　駢請以從孫潯代鎮交趾。8121

燖，徐廉翻　好生剝牛、羊、驢、馬、燖雞、豚、鵝、鴨。3163

燖，徐鹽翻　自厥越失、拔悉彌、駮馬、結骨、火燖、觸水木昆等國皆附之。
　　6152

徇，辭峻翻　帝以丁公徇軍中。360

徇，辭峻翻，略地也　乃令符離人葛嬰將兵徇蘄以東。255

巽，蘇困翻　方親帥大將軍張巽等，以舟師出比景。5616

巽，與遜同，順也　深自謙巽以謝之。413

噀，蘇困翻。含水而噴之　卓嚴明無他方畧，但於殿上噀水散豆，作諸法事而
　　已。9291

Y

壓，於甲翻　宜作大丞相、假黃鉞、都督中外諸軍事，不爾，無以壓眾心。5411

牙，與芽同　大行皇帝覽古戒今，防牙遏萌。2396

牙，與衙同　嘉王府諮議高弘本正牙奏事。7599

岈，虛加翻　山河十將馬少良下嵖岈山。7733

睚，牛懈翻　有怨隙者，因相陷害，睚眦之忿，濫入黨中。1820

睚，牛懈翻，怒視也　公前屠陷王城殺戮大臣，今爭睚眦之隙。1961

睚，師古曰：睚，音厓，舉眼也，一說：睚，五懈翻，二說並通　解平生睚眦
　　殺人甚眾。605

睚，師古曰：睚眦，舉目眦也，猶言顧瞻之頃也。睚，音厓。眦，音才賜翻。
　　《字書》曰：睚，牛懈翻，怒視也　髠鉗之戮生於睚眦。1658

睚，五戒翻　頲恃才挾勢，睚眦必報。8791

睚，五懈翻　忤恨睚眦，輒被以危法。897

睚，賢曰：睚，音語懈翻　憲性果急，睚眦之怨，莫不報復。1514

衙，音牙　安定徙美陽，北地徙池陽，上郡治衙。1587

疋，僻吉翻　各賜鎧馬一疋。2776

疋，五下翻　侍中和疋、薛提等祕不發喪。3973

疋，音雅　彭仲蕩之子天護帥羣胡公賈疋。2786

啞，烏下翻　一歲再赦，善人喑啞。6055

啞，倚下翻，瘖也　豫讓又漆身爲癩，吞炭爲啞。16

迓，魚駕翻，迎也　明日將至，當出兵迓之。8582

咽，烏前翻，喉也　霅雲雖欲獨食，且不下咽。7030

咽，因肩翻　魯山必阻沔路，搤吾咽喉。4489

咽，音煙　賊之咽喉。4688

咽，音煙，喉嚨也　不如進壺頭，搤其喉咽。1410

咽，音宴，吞也　天雨雪，武臥，齧雪與旃毛并咽之。711

咽，於旬翻　玄咽不能下，昇抱其胸而撫之，玄悲不自勝。3564

咽，於賢翻　扼其咽喉。5674

烟，與煙同　烟炎漲天。3640

崦，依廉翻，又依檢翻　自西夷降者處崦嵫館，賜宅於慕義里。4661

焉，音煙　將萬騎出隴西，擊匈奴，歷五王國，轉戰六日，過焉支山千餘里。
　　630

焉，於虔翻　如委已而從人，雖有規矩、準繩焉得而用之。376

焉，於虔翻，何也　舅焉可信邪。4452

焉，於乾翻　太歲在甲曰閼逢，音註：閼，讀如字，史記作「焉」。2560

焉，於乾翻，何也　驕則速敗，焉能爲患。3331

焉氏，讀曰燕支。燕平聲　焉氏公尹升步騎五千守鼓鐘鎮。5353

傿，於建翻　校尉徐傿。1536

鄢，陸德明謁晚翻，又於建翻。師古音偃　鄢陵侯彰從長安來赴。2176

鄢，陸德明曰：鄢，謁晚翻，又於建翻。《漢書》作傿，師古曰音偃　操以其子
　　鄢陵侯彰行驍騎將軍。2155

鄢，師古曰，鄢，音偃。陸德明曰：鄢，謁晚翻，又於建翻　鄢陵庾乘。1770

鄢，謁晚翻，又於建翻，又音偃　皇弟鄢陵侯彰。2191

鄢，音謁晚翻，又於建翻；師古音偃　秦伐韓，取鄢。81

鄢，於晚翻　南取鄢、郢，東屬地於齊。163

鄢，於轙翻　率數萬之眾，興師以與楚戰，一戰而舉鄢、郢，再戰而燒夷、
　　陵。177

嫣，音偃　往者鄧通、韓嫣，驕貴失度，逸豫無厭。1112

嫣，於虔翻　武帝幸韓嫣，賞賜而已。1122

閹，衣廉翻　太后懼，自帥閹人索得之。4224

閹，衣廉翻，又衣檢翻　帝與內外臣僚莫由親接，所與居者閹宦而已。1533

閹，於廉翻　帝以立后故，假諸王閹人。4088

懕，與厭同　競赴敵場，豈懕久生而樂速死哉？4708

延，師古曰：音弋戰翻　朝廷忽略，不輒督責，遂至延蔓連州。1229

延，衍面翻　乙酉，罷魚龍曼延戲。1567

延，弋戰翻　初作角抵戲、魚龍曼延之屬。687

炎，讀與焱同　繼鵬復縱火焚宮門，煙炎蔽天。8472

炎，讀曰焱　四面縱火，煙炎際天。3083

炎，與焱同，以贍翻　頃之，烟炎張天。2093

研，楊正衡曰：研，五見翻；然有其音而無其意。……《魏書‧沮渠傳》作「妍
　　妍」，妍，讀如字，音義皆當從《魏書》　蒙遜曰：「汝問劉裕入關，敢研
　　研然也！」3711

研，與硯同　卿言聞其名久矣，贈朕柘弓銀研。2777

莚，夷然翻　續族弟黃門侍郎莚。2817

綖，與線同，私箭翻　劣於此者，謂之「綖環錢」。4081

綖，與線同　罷二銖錢，禁鵝眼、綖環錢。4091

蜒，以然翻　壬子，朱全忠穿蚰蜒壕圍鳳翔，設犬鋪、鈴架以絕內外。8582

檐，與儋同，都濫翻　劉毅家無檐石之儲。3562

檐，都濫翻　負檐者肩上皆穿。4615

檐，余廉翻　劉秉父子走至額檐湖。4207

嚴，讀曰儼　溫恭敬遜，承親之禮也；正躬嚴恪，臨眾之儀也。953

巘，與巘同，魚蹇翻　誓至襄陽，岸奔廣平，依其兄南陽太守巘。5029

沇，以轉翻　秦攻趙，拔新垣、曲陽。音註：余按班《志》，王屋山在河東垣
　　縣，沇水所出東流爲濟。123

奄，陸德明曰：奄，於檢翻。劉曰：於驗翻。徐曰：於劍翻。今讀作閹，音於
　　炎翻　奄人王寶孫年十三四。4469

奄，衣廉翻　奄奄無氣，聞人行聲輒惶悸失色，以至於貶。7623

匽，音偃　尊帝母匽氏爲博園貴人。1709

匽，與偃同　冬則爲風寒之所匽薄。776

弇，古含翻　耿況遣其子弇奉奏詣長安。1258

衍，羊善翻　取衍氏。212

衍，以善翻　大王不事秦，秦下兵攻河外，據卷衍、酸棗。84

郾，《漢書音義》音甚多；丁度、毛晃音從於建翻　梁氏寒心，許、鄢陵嬰城而
　　上蔡、召陵不往來也。音註：許、郾陵居其間。152

郾，師古曰：郾，一戰翻　尹尊爲郾王。1257

郾，一戰翻　淮西節度使吳少誠聞變，發兵屯郾城。7550

郾，音偃　至項城入澺，輸于郾城，以餽討淮西諸軍。7728

郾，於建翻　三月，王鳳與太常偏將……徇昆陽、定陵、郾，皆下之。1341

郾，於憲翻　以陝虢觀察使崔郾爲鄂岳觀察使。7877

演，師古曰：演，廣也，音弋善翻　又不知推演聖德。1075

演，師古曰：演，音衍　匈奴單于遣右皋林王伊邪莫演等奉獻，朝正月。970

演，以淺翻　懷光潛與朱泚通謀，演芬遣其客郤成義詣行在告之。7407

戭，以善翻，韋昭以震翻　潁陰令渤海苑康以爲昔高陽氏才子有八人。音註：
　　《左傳》曰：昔高陽氏有才子八人，蒼舒、隤敳、檮戭、大臨、尨降、庭
　　堅、仲容、叔達。1715

縯，以淺翻　以太常韓縯爲司空。1733

縯，以善翻　以司空韓縯爲司徒。1738

縯，音衍　生三男：縯、仲、秀。1234

壓，於琰翻　昔襃神蚖變化爲人，實生襃姒，亂周國。音註：鬻壓弧者收以奔
　　襃，是爲襃姒。1122

黶，魚險翻　庚戌，加綝黶中書令，遣還。8912

黶，於琰翻　因黶暴崩。3432

齴，魚蹇翻，露齒也　僕射劉秀之爲老慳，顏師伯爲齴。4064

黶，音烏點翻，又於琰翻　使韓廣略燕，李良略常山，張黶略上黨。259

唁，魚變翻　太后遣乘驛於嶺南採藥。及明堂火尼入唁太后。6499

唁，魚戰翻　敕書唁焉。5511

唁，與嗲同，魚戰翻　壽陽多其義故，皆受慰唁。4516

堰，於建翻　因其山勢，迤而爲堰。5223

堰，於扇翻　敕江陵督張咸作大堰遏水。2524

焱，弋贍翻　夫如是，則國家安如磐石，熾如焱火。231

厭，丁度《集韻》：厭，於琰翻　初，王浚以邵續爲樂陵太守，屯厭次。2815

厭，讀曰魘　常恐眯夢漏泄以益臣讀預罪。音註：眯，毋禮翻。《說文》曰：寐而眯，厭。厭，讀曰魘。2278

厭，服也，一葉翻　榮辨明經義，每以禮讓相厭。1396

厭，滿也，音一瞻翻　願陛下加致精誠，思承始初，事稽諸古，以厭下心。1113

厭，如字，滿也　率羣臣朝覲如舊，以厭天心，以答人望。1641

厭，師古曰：厭，滿也，音一艷翻　六管非匡所獨造，莽厭眾意而出之。1227

厭，師古曰：厭，一涉翻，又於涉翻　於人心不厭者，輒讞之。540

厭，師古曰：厭，音一瞻翻　漏泄之過不在丹，以此貶黜，恐不厭眾心。1078

厭，師古曰：厭，音一涉翻　是時上以太歲厭勝所在。1123

厭，師古曰：厭，音一葉翻　欲以厭勝眾兵。1214

厭，賢曰：厭，伏也，音一葉翻　眾心不厭。1847

厭，一涉翻　女巫楚服等教陳皇后祠祭厭勝，挾婦人媚道，事覺。591

厭，一協翻　大兵一臨，彼皆恃其符厭。4806

厭，一協翻，又於琰翻　若厭之。4808

厭，一鹽翻　聚斂無厭。5314

厭，一琰翻　令萱乃使人行厭蠱之術。5312

厭，一豔翻，滿也　願陛下誅四凶之罪，以厭人鬼憤結之望。1506

厭，一葉翻　古者國有大災，則哭以厭之。1248

厭，一葉翻，厭勝也　胡運將衰，晉當復興。宜苦役晉人以厭其氣。3078

厭，一葉翻，又於琰翻　因誣言欲爲厭勝之術。1489

厭，一葉翻。厭，伏也　自稱厭新將軍。1282

厭，衣檢翻，又益涉翻，禳也　義嘉之亂，巫師請發修寧陵，戮玄宮爲厭勝。
4146

厭，益涉翻　催信巫覡厭勝之術。1961

厭，益涉翻，伏也　仍施諸厭劾符書、藥物等。2612

厭，益涉翻，伏也，合也　才人寒族，且無子，恐不厭天下之望。8020

厭，益葉翻　倫、秀日夜禱祈、厭勝以求福。2658

厭，音一涉翻。厭，胜也　或言：「匈奴從上游來厭人。」1102

厭，於涉翻，又如字　且請以處直兄孫彰德節度使廷胤爲義武節度使，以厭其
意。9204

厭，於涉翻，又於檢翻　門內絳色物，宜悉取以爲厭勝。3559

厭，於涉翻，又於琰翻　彥與畢師鐸出師屢敗，疑骿爲厭勝。8362

厭，於協翻　賊怪之，以爲厭勝，射而下之。5001

厭，於協翻，又如字　王若厭伏人情。4848

厭，於協翻，又於琰翻　有道士郭行眞，出入禁中，嘗爲厭勝之術。6342

厭，於瞻翻，滿也　而趙、蓋、韓、楊、之死，皆不厭眾心。878

厭，於鹽翻　若田氏之於齊矣，而又貪欲無厭。277

厭，於鹽翻，又如字　專務聚斂，無有盈厭。9176

厭，於豔翻　勤差量功次輕重，國土遠近，地勢豐薄，不相踰越，莫不厭服
焉。1294

厭，於豔翻，又於鹽翻　觀其志趣殊未盈厭。9493

厭，於琰翻　遣中山公虎將兵圍厭次。2876

厭，於琰翻，又一叶翻　或告主淫亂，且爲厭禱。7497

厭，於叶翻　親釘支體以厭之。5098

厭，於叶翻，伏也　每談論，以約言析理，厭人之心，而其所不知，默如也。
2619

厭，於叶翻，又如字　今復徙駕，不厭眾心。1985

厭，於叶翻，又一琰翻　召諸道術人推算及爲厭勝。3563

厭，於叶翻，又於琰翻　詐作被創勢，使人以板揭去，用爲厭勝。4506

厭，於葉翻　虨曰：「厭屈私情，所以上嚴祖考。」3192

厭，於葉翻，伏也；又於豔翻，滿也　宋齊丘，先帝布衣之交；今棄之草萊，不厭眾心。9301

厭，於葉翻，又一琰翻　六月，武昭儀誣王后與其母魏國夫人柳氏爲厭勝。6288

厭，於葉翻，又於琰翻　上廢西州舊館，使子尚移治東城以厭之。4026

燕，烏田翻　蒙驁伐魏，取酸棗、燕、虛、長平、雍丘、山陽等三十城。210

燕，烏賢反　殺其將軍項燕。231

燕，一千翻　引兵還至燕然山。736

燕，因肩翻　燕桓公薨，子文公立。43

燕，因虔翻　魏亡，則燕、趙爲之次矣。7320

燕，音煙　會蓋主舍人父稻田使者燕倉知其謀。764

燕，音煙，姓也　留順密與巡檢使劉逐嚴、都指揮使燕顥守鄆州。8884

燕，於肩翻　或言洛中將士皆燕人。7105

燕，於堅翻　徙南昌王弘冀爲燕王，爲之副。9337

燕，於虔翻　又遣都將燕子楚將兵四百自炭竇谷趣長水。7479

燕，於虔翻，姓也　戊辰，詔以懷光外孫燕八八爲懷光後。7519

燕，於賢翻　杜大梁之門，舉河內，拔燕、酸棗、虛、桃，入邢。150

燕，於賢翻，姓也　夏代王什翼犍使燕鳳入貢於秦。3262

諺，音彥　諺曰：「野獸入家，主人將去。」3730

諺，魚變翻　文遇曰：「諺有之：『當道築室，三年不成。』茲事斷自聖志。」9141

諺，魚變翻，俗言也　鄙諺曰：「寧爲雞口，無爲牛後。」69

鷃，烏諫翻　澤州刺史李鷃上慶雲圖。7259

贗，五晏翻　道路皆言宮中有二天子，灃興眞天子，官爲贗天子。4074

醼，伊甸翻，合飲也　鳳等益懼，密謀滋甚，刻日召羣公入醼。5166

讞，賢曰：《前書・音義》曰：讞，請也。宜桀翻　一門爭死，郡縣疑不能決，乃上讞之。1821

讞，魚蹇翻　以千乘兒寬爲奏讞掾。612

讞，魚蹇翻，又魚列翻　戊申，齊使兼散騎常侍裴讞之來聘。5285

讞，魚列翻，又魚蹇翻　獄疑者讞有司，有司所不能決，移廷尉，讞而後不當，讞者不爲失。542

讞，魚列翻，又魚蹇翻，平議也　於人心不厭者，輒讞之。540

讞，魚列翻，又魚戰翻，又魚蹇翻，議獄也　雖有疑罪，不復讞正。1570

讞，語蹇翻，又魚戰翻，又魚列翻，議獄也　於是每季秋後請讞時。814

豔，以贍翻　或爲豔歌相唱和。8892

鞅，於兩翻　公孫鞅者，衞之庶孫也，好刑名之學。45

鞅鞅，志不滿也，音於兩翻　居常鞅鞅，羞與絳、灌等列。366

佯，音羊　不韋佯怒，既而獻之。孕期年而生子政。185

佯，音羊，古字多作「陽」，詐也　范雎佯爲不知永巷而入其中。158

佯，音羊，詐也　武安君佯敗而走。169

徉，音羊　又党項萬餘騎徜徉四野，抄掠糧餉。9085

洋，本音羊，今人多讀如祥　沂江、漢而上至洋川。7001

洋，師古曰：洋，音祥　懷珍軍於洋水。4233

洋，音祥　請以裨將趙光銑等爲洋、利、劍三州刺史。7406

洋，音祥，又如字　法獲棄城奔洋川之西城。3850

洋，音羊　吳王內以鼌錯爲誅，外從大王後車，方洋天下。518

洋，音羊，又音祥　聽其言，洋洋滿耳，若將可遇。1017

敭，音揚　牙將毛朝敭守隰州。7443

敭，與揚同　陝虢觀察使姚明敭。7371

煬，羊亮翻　初隋煬帝作東都。6478

煬，余亮翻　帝以齊煬王憲屬尊望重忌之。5388

煬，余尚翻　王琬乘隋煬帝驄馬。5914

煬，鄭氏曰：煬，音供養之養　立長沙煬王弟宗爲王。906

瘍，余章翻，頭瘡曰瘍　成主雄生瘍於頭。2996

颺，戶章翻　會獵者鷹皆飛颺，眾騎散去。3222（編者按：颺，中華書局本作「降」，誤，據文淵閣本改）

颺，音揚　周文育、周迪、黃法氍共討余公颺。5186

颺，音揚。大言而疾曰颺　中書令眭邃颺言於朝曰。3428

颺，于章翻　求禮颺言曰凡物反常皆爲妖。6555

颺，余章翻　追賜后父颺爵勃海公，謚曰敬。4443

颺，余章翻，又余亮翻　尙書琅邪諸葛誕、中書郎南陽鄧颺等。2259

颺，與章翻，又餘亮翻　於是遣弘嗣監納倉粟，颺得一糠一粃，皆罸之。5599

印，古仰字，通用，牛向翻　百工所取給，萬民所印足也。564

印，古仰字，魚向翻　上足印則下可用也，上不足印則下不可用也。190

印，五郎翻　殺北地都尉印。497

仰，經典釋文曰：仰，如字，又五亮翻　事無大小，皆仰成於太后。4188

仰，牛向翻　七十餘萬口，衣食皆仰給縣官，數歲假予產業。使者分部護之。636

仰，如字，又五亮翻　軍中節度皆委二人，太子仰成而已。5348

仰，師古曰：仰，牛向翻　邊兵二十餘萬人，仰衣食縣官。1207

仰，賢曰：仰，魚向翻　今吾眾雖多，能戰者少，前無可仰之積。1287

仰，魚亮翻。凡仰給、仰成之仰皆同音　如是則下仰上以義矣。127

仰，魚向翻　開口仰食。1515

養，《公羊傳》曰：炊烹爲養，音弋亮翻　長安爲之語曰：「竈下養，中郎將。」1258

養，羊亮翻　今乃幸以天年得復供養於高廟，其奚哀念之有。508

養，羊尙翻　獨子無兄弟者，歸養。181

養，弋亮翻　帝姊鄂邑公主共養省中。748

養，弋尙翻　太子承正統，當共養陛下。1045

養，弋向翻　莽復以所益納徵錢千萬遺太后左右奉共養者。1145

養，弋向翻　趙氏姊、弟驕妬，倢伃恐久見危，乃求共養太后於長信宮。997

養，余兩翻　夫以德教除殘，是以粱肉養疾也。以刑罰治平，是以藥石供養也。1725

養，余亮翻　曼寡婦渠供養東宮。1000

養，餘亮翻　或夜宿客舍，或晝臥道傍，排突廝養。4193

養，弋尙翻　大司農錢，自乘輿不以給共養；共養勞賜，一出少府。1099

瀁，以兩翻，又余亮翻　加又洪流滉瀁。2287

怏，許兩翻　怏怏有不平之色。4371

怏，於兩翻　新垣衍怏然不悅。178

恙，金亮翻　咸知家門無恙。2169

恙，余亮翻　梁王無恙也。537

恙，餘亮翻　須賈驚曰，范叔固無恙乎。162

羕，余亮翻　廣漢彭羕爲益州治中從事。2129

檥，徐廣曰：檥，音儀，一音俄。應劭曰：檥，正也。孟康曰：檥，音蟻，附
也，附船於岸也。如淳曰：南方謂整船向岸曰「檥」。索隱曰：諸家各以意
解耳。鄒誕本作「樣船」，以尚翻；劉氏亦有此音　烏江亭長檥船待。353

幺，一堯翻　又況幺麽尚不及數子。1328

幺，師古曰：幺，一遙翻　於是更作金、銀、龜、貝、錢之品，名曰寶貨。音
註：小錢徑六分重一銖名曰小錢，直一次七分。三銖曰幺，錢二十次八分。
1188

夭，於驕翻，又於表翻　閎夭、周公，豈不亦忠且聖乎！187

夭，於矯翻　且生死壽夭。6001

夭，於紹翻　於以羅元元之民，夭絕無辜，豈不哀哉。970

夭，於兆翻　或穿掘萌芽，味無所至而夭折生長。1588

妖，一遙翻　沙門法雅坐妖言誅。6062

妖，於嬌翻　妖賊犬羊萬計，絳頭毛面，挑刀走戟，其鋒不可當。2681

妖，於驕翻　禹、山等家數有妖怪。818

妖，於喬翻　御史奏君羨與妖人交通謀不軌。6259

妖，於遙翻　彗星見。音註：天文書謂五星之精爲妖。107

祅，於驕翻　以祅怪爲嘉禎。5007

祅，於喬翻　祅逆乘釁，天下亂矣。6436

祅，與妖同，於驕翻　王怒，謂勝爲祅言。782

訞，於驕翻　柞大怒，以鸞爲訞言。3148

訞，與妖同　所以通治道而來諫者也。今法有誹謗、訞言之罪。453

邀，《南史·江敩傳》作「憿」，《說文》曰：幸也。《集韻》憿、僥、徼通，音
堅堯翻　臣出自本縣武吏，邀逢聖時。4291

珧，余招翻　初聘后，后叔父珧上表曰。2545

殽，音爻（殽，謂亂雜也）　然鑄錢之情，非殽雜爲巧，則不可得贏。464

輊，小車也，弋招翻　及民有輊車若船五丈以上者皆有算。639

軺，音遙　勸課農桑，或載鉏耒於軺軒。2984

軺，音遙，小車　軺車不能載。1221

銚，賢曰：銚，音姚，姓也　或以告魏郡太守潁川銚期。1293

銚，音姚　孟康曰：刁斗，以銅作鐎，受一斗，晝炊飲食，夜擊持行，故名曰刁斗。蘇林曰：形如銷，無緣。577

嶢，倪幺翻　嶢嶢者易缺皦皦者易汙。1651

嶢，五聊翻　帥眾五萬軍於嶢柳以拒溫。3139

嶢，音堯　遣將將兵距嶢關。295

嶤，倪么翻　薛王存禮及莊宗幼子繼嵩、繼潼、繼蟾、繼嶤遭亂，皆不知所終。8979

窰，餘招翻，又作「窯」　丁酉，李穀奏敗唐兵千餘人於上窰。9534

繇，讀曰傜　不受獻，減太官，省繇賦。545

繇，讀曰傜　項羽既定河北，率諸侯兵欲西入關。先是，諸侯吏卒、繇使、屯戍過秦中者，秦中吏卒遇之多無狀。299

繇，讀曰傜，役也　因各敕以職任，務省繇費以便民。448

繇，讀曰傜，役也，古字借用。　高聞李斯以為言，乃見丞相曰：「關東羣盜多，今上急益發繇。276

繇，古傜字，通　大費既省，繇役豫息，以戒不虞，十二也。853

繇，古由字，通用　雖後欲改過自新，其道無繇也。495

繇，師古曰：繇，從也，古由字　道者，所繇適於治之路也。549

繇，師古曰：繇，丈救翻，本作籀，籀，書也，謂讀卜詞　占曰：「大橫庚庚，余為天王，夏啓以光。」音註：李奇曰：庚庚，其繇文也；占，謂其繇也。437

繇，音傜　南陽吏民苦繇役。2156

繇，余招翻　又尊皋繇為德明皇帝，涼武昭王為興聖皇帝。6857

繇，與陶同，餘招翻　誰非徇孝之人！展轉相讎，何有限極！咎繇作士。6811

繇，與傜同　伐薪樵，治官府，給繇役。492

繇，張晏曰：繇，邑號也。師古曰：繇，音搖　曰：「郢等首惡，獨無諸孫繇君丑不與謀焉。」574

繇，直又翻　帝厲聲曰：「繇云：『大人虎變。』何言不吉。」4330

謠，余昭翻　齊小兒謠曰：「大冠若箕。」144

齩，五巧翻　密得秦叔寶及東阿程齩金。5726

齩，五巧翻，齧也　罷夫、羸老，易子齩其骨。452

要，《索隱》曰：要，讀曰腰，以言山東合從，韓、魏是其腰。康曰於笑翻，約也。余謂《索隱》說是　先王三世不忘接地於齊，以絕從親之要。149

要，讀如邀　非以此要富貴。4446

要，讀曰腰　王又割濮磨之北，注齊、秦之要，絕楚、趙之脊。150

要，讀曰邀　嬰齊尚樂擅殺生自恣，懼入見要，用漢法比內諸侯。663

要，讀曰邀。康：力笑翻，非也　上親勞軍勒兵申教令賜吏卒自欲征。匈奴羣臣諫，不聽。皇太后固要，上乃止。498

要，古腰字，通　禹要斬。819

要，師古曰：要，音一遙翻　使者要說，至以印綬就加勝身。1194

要，師古曰：要，一妙翻　匈奴大侵，要死，可殺校尉，帥人眾降匈奴。1185

要，一遙翻　要以割巫、黔中郡。112

要，一遙翻，要結也　太子因要黨聚眾。88

要，一遙翻，約也，勤也，求也　臣下曉然皆知其可要也。128

要，音邀　中書令張華曰：「杜弘未行而求祿，要君之罪大矣。」3530

要，於消翻，姓也　李懷光遣其妹壻要廷珍守晉州。7443

要，於遙翻　王之地一經兩海，要約天下。152

要，與腰同　劾奏錯：「不稱主上德信，欲疏羣臣、百姓，又欲以城邑予吳，無臣子禮，大逆無道。錯當要斬。」522

要，與邀同　又匈奴希寇盜，北邊幸無事，蠻夷自相攻擊而發兵要之。770

鷂，弋召翻　竊見陛下今日即位而明日有獻鷂雛者。5796

鷂，弋照翻　爾朱兆遣監軍孫白鷂至冀州。4802

鷂，亦肖翻　有狗屠王鷂。8315

椰，以嗟翻　置毒於椰酒而殺之。3009

暍，於歇翻　比至谷口，暍死者三之一。8472

暍，於歇翻，傷暑也　釗兵往來疲暍。3405

蠮，一結翻　皝帥諸軍入自蠮螉塞。3039

蠮，於結翻　遣慕容農出蠮螉塞。3349

爺，以遮翻，俗呼父爲爺　諸王公呼之爲翁，駙馬輩直謂之爺。6889

曳，讀爲抴，羊列翻　契彥卿等謂守貞曰：「且曳隊往來乎？」9290

曳，讀曰抴，羊列翻　崇怒曰：「腐儒，欲離間吾父子！」命左右曳出斬之。9452

曳，讀曰抴，音奚結翻，拖也，引也。一說：曳，讀如字　近臣尙書以下至見提曳。1439

曳，讀作抴，音以列翻，史炤音以制切，非　上命曳倒碑樓。7661

夜，讀曰掖，羊益翻　當今將軍東有夜邑之奉，西有淄上之娛。145

掖，羊益翻　益封安平君以夜邑萬戶。音註：夜邑，《戰國策》作「掖邑」，班《志》，掖縣屬東萊郡。144

掖，音亦　出東掖門，就東邸。4224

掖，與腋同　見物如蒼犬，撠太后掖。429

液，羊益翻　臣與寧俱出京城，寧數下馬便液。7361

液，音亦　歸，使樓緩之秦，仇液之韓，王賁之楚。106

㖡，《龍龕手鏡》：㖡音夜　羌族㖡毋殺綏州刺史李仁裕叛去。9392

堨，阿葛翻　但兜鍪刀楯，俫身緣堨。2399

堨，烏葛翻　因吳人欲向徐堨。2436

堨，烏葛翻，壅也　薛眞度軍於沙堨。4373

堨，於葛翻　於是廣屯田，興陂堨。2037

腋，羊益翻　義猶骨肉不，意一旦禍生肘腋。8867

腋，音亦　常恐爲肘、腋之變。3318

葉，舊音攝，後音木葉之葉　術士鄭普思尙衣奉御葉靜能。6589

葉，式涉翻　漢王從其計，出軍宛、葉間。336

葉，之涉翻　劉表使劉備北侵，至葉。2047

楪，與葉同　益州刺史張喬遣從事楊竦將兵至楪榆。1602

鍱，丑例翻，又彼列翻　革帶，金鉤鍱。5573

曄，筠輒翻　曄爲武陵王。4229

曄，與曅同　護烏桓校尉耿曄遣兵擊鮮卑，破之。1656

歋，賢曰：《說文》曰：歋㿞，手相笑也。歋，音弋支翻。㿞，音踰，或音由。此云邪揄，語輕重不同　市人皆大笑，舉手邪揄之，霸慚憾而反。1259

鄴，魚怯翻　君內以鄴爲憂，臣進西門豹。20

嘬，益涉翻　初，高車侯倍窮奇爲嘬噠所殺。4588

撦，益涉翻　撦紫衣，以項挽公主犢車。6647

鮑，於業翻　會暑，輼車臭，乃令從官令車載鮑魚一石以亂之。音註：鮑，今之鮿魚也。250

衣，當衣，於既翻　我死，當衣以紙衣，斂以瓦棺。9500

衣，就衣，於既翻　賜以布衣一襲，絮以綵縑，遣主衣就衣諸體。4030

衣，蠻衣，於既翻　十二月，丁酉，蠻衣兗海之衣，詐爲敗卒。8151

衣，去聲　是後宦官稍增至三千餘人，除三品將軍者浸多，衣緋紫至千餘人。6686

衣，人衣，如既翻　使勇士數人衣班衣，戴虎頭帽。4413

衣，人衣，於既翻　太子遷謀令人衣衛士衣，持戟居王旁。618

衣，身衣，於既翻　身衣布衣，木緜皁帳。4934

衣，師古曰：衣，音於既翻　唐尊衣敝、履空。1195

衣，師古曰：於既翻　卜式言曰：「縣官當食租衣稅而已。」681

衣，時衣，於既翻　即日昏時衣黃衣時。1167

衣，使衣、亦衣，於既翻　使使衣羽衣，夜立白茅上；五利將軍亦衣羽衣，立白茅上。662

衣，同衣，於既翻　使典軍程同衣己衣，乘己馬，與僮僕趣河橋。3315

衣，衣人，於既翻　衣人之衣者懷人之憂，食人之食者死人之事。4363

衣，勇衣，於既翻　公孫勇衣繡衣、乘駟馬車至圍。737

衣，於既翻　太史敫女奇法章狀貌，以爲非常人，憐而常竊衣食之。131

衣，宗衣，於既翻　太后命昌宗衣羽衣吹笙，乘木鶴於庭中，文士皆賦詩以美之。6546

衣其，於既翻　豫選二百餘人大小相類者，衣其衣服。8631

衣繡，於計翻　乃使光祿大夫范昆及故九卿張德等衣繡衣，持節、虎符，發兵以興擊。717

衣衣，下於既翻　解衣衣我，推食食我。346

衣之，於既翻　衣之赭衣，使雅舂於市。520

依，師古曰：依，讀曰扆，於豈翻　臣請安漢公踐祚，服天子韍冕，背斧依立于戶牖之間。1157

猗，於綺翻，又於宜翻　如有一介臣，斷斷猗，無他技。6709

禕，許韋翻　傉檀怒，攻其昌松太守孟禕於顯美。3531

禕，吁韋翻　京兆金禕覦漢祚將移。2154

禕，吁韋翻　韓建惡刑部尙書張禕等數人皆誣奏貶之。8504（編者按：「禕」，原文作「禕」）

噫，賢曰：噫，音醫，又一戒翻　及與公卿言國家事，未嘗不�嗚流涕。音註：范《書》作「噫嗚」。1528

黟，師古音伊，劉昫音黳　求仁貶黟令。6422

黟，師古曰：黟，音伊　討丹陽黟歙、賊黟帥陳僕祖山等二萬戶屯林歷山。2096

黟，顏師古音伊，劉昫音黳　馬步判官周宗、內樞判官黟人周廷玉爲內樞使。9169

黟，音伊　攻陷黟、歙諸縣。4596

黟，音伊，劉昫曰：音同黳　隋末，歙州賊汪華據黟、歙等五州，有眾一萬。5929

黳，師古曰：黳，烏兮翻，小黑也　隕石二，黑如黳。738

夷，與痍同，創也，延知翻　哭泣之聲未絕，傷夷者未起。361

沶，楊正衡曰：沶，音怡　荊州刺史王澄自將，欲援京師，至沶口。2754

迤，移爾翻　乘輿迤邐入宣政門。7912

迤，以爾翻　要須大度水北更築一城，迤邐接黎州。7873

迤，以支翻　於是渡河，據陽山，逶迤而北。243

眙，丑吏翻　斬一人首，擲空中，以稍盛之，揭以略陳，賊徒愕眙，莫敢近。5670

眙，丑吏翻，惊愕　左右猝出不意，皆愕眙不知所爲。5903

眙，丑吏翻，驚視也　虜追騎愕眙。音註：眙，驚視也。7487

眙，音怡　淮南節度使陳少遊將兵討李希烈屯盱眙。7378

粔，盈之翻　愷以粔澳釜。2578

颰，于筆翻　謝颰王特勒遣使入奏。6762

颰，越筆翻　颰海道總管蘇海政受詔討龜茲。6332

愧，余世翻　燒大散關，南侵鳳州，殺刺史蕭愧。7105

痍，音夷　因解衣投地，出其瘢痍。6144

暆，應劭曰音移　候城、提奚、蹋頓、肅慎、碣石、東暆、帶方、襄平。5660

遺，《史記正義》：遺，唯季翻。予謂：音如字，亦通。遺，留也　此所謂養虎
　　自遺患也。349

遺，如字，墜失也　使諜人遺之於琛營。4901

遺，唯季翻　且人非金石，時事難保，豈可以建安之封遺之子孫。4513

遺，唯李翻　不可留此弊以遺吾帥。7821

遺，惟季翻　帥遺之旗曰。7142

遺，餉遺，唯季翻　主與辯機私通，餉遺億計。6279

遺，弋季翻　又遣使責闍蘇、大宛諸國歲遺。935

遺，于季翻　軍既相距，甯戚遺公子邛書曰：「吾始與公子驩，今俱爲兩國
　　將。……」60

遺，于季翻，又如字　天子欲因伐宛之威遂困胡，乃下詔曰：「高皇帝遺朕平城
　　之憂。」708

遺，于僞翻　先是建德遺秦王世民書。5908

嶷，鄂力翻　又使氾嶷取范。1952

嶷，音疑　波漢之陽亘九嶷爲長沙。1179

嶷，魚力翻　夫岐嶷形於自然。1656

已，當作以，古已、以字通　辭氣壯屬，義形於色，曾已直言逆旨。2254

已，音紀　然則且有子弒其父，臣弒其主者，而王終已不知也。53

舣，音义　景召石頭津主張賓，使引淮中舣艒及海艟。5080（編者按：「舣」，
　　原文作「舣」）

倚，於綺翻　持節夜入未央宮殿長秋門，因長御倚華具白皇后。729

扆，隱豈翻　訴姦回於陛下之扆坐。8409

扆，隱豈翻　使飛龍使唐文扆諷張格上表，請立宗衍。8777

扆，於豈翻　先帝深鑒奢泰，務崇節儉，至以紙絹爲帳扆。4541

螘，與蟻同　豈與蟲螘之虜校往來之數哉。1843

檥，徐廣曰：檥，音儀，一音俄。應劭曰：檥，正也。孟康曰：檥，音蟻，附也，附船著岸也。如淳曰：南方謂整船向岸曰檥。《索隱》曰：檥字，諸家各以意解耳。鄒誕本作「樣船」，以尙翻；劉氏亦有此音　烏江亭長檥船待。353

檥，魚豈翻　賊檥舟隄下而陳於隄外。8126

檥，魚倚翻　遣水軍檥舟於岸。9398

艤，魚倚翻　梁人斷絙斂艦，帝艤舟將度。8888

議，宜寄翻　因駙馬都尉沈議結女學士宋若憲、知樞密楊承和得爲相。7905

羛，宜崎翻　而二弟嶼、羛，與逢吉子弟俱爲朝士。9402

顗，魚豈翻　於是訷子顗與門生百餘人，舉幡候中常侍高梵車。1644

齮，丘奇翻，又去倚翻　兵未罷，將軍王翦、桓齮、楊端和伐。218

齮，魚豈翻　六月，與南陽守齮戰犨東，破之。289

齮，魚倚翻　竇氏客太尉掾徐齮深惡之。1531

弋，羊職翻，繳射也　一君之身耳，所自養者馳騁弋獵之娛。449

异，羊吏翻　散騎常侍錢唐朱异代掌機密。4690

异，羊至翻　慶之自魏還，特重北人，朱异怪而問之。4766

佚，師古曰：佚，與逸同　以輿馬聲色佚游相高。1001

杙，與職翻，橜也　先於海口多植大杙，銳其首，冒之以鐵。9193

佾，音逸　軒縣之樂，八佾之舞。2119

佾，音逸。舞行列也　八佾舞。1432

易，讀如字　巡身先士卒，直衝賊陳，人馬辟易。6956

易，讀如字，姓也　又遣其將易揣、張玲帥步騎萬三千以襲瓘。3148

易，如字　身被重鎧，腰弓韔槊，獨舞鐵槊陷陳，萬人辟易。8453

易，如字。……宋祁《國語補音》：易，以豉翻，未知其何據　項王瞋目而叱之，喜人馬俱驚，辟易數里。352

易，師古曰：易，輕也，音弋豉翻　願陛下毋難還臣而易逆天意。932

易，以豉翻　愛者易親，嚴者易疏。15

易，以豉翻，輕也　奢曰：兵，死地也，而括易言之。169

易，以豉翻，輕易　雲光以皋書生易之，乃悉以甲兵輸之而入。7368

易，以豉翻。《史記正義》音以職翻，非也　諸子功臣以公賦稅重賞賜之，甚足
　　易制。236

易，以豉翻。易，輕也　且援剛愎好勝必易吾軍。2046

易，弋豉翻　秦師乘勝取上庸路，西入以收漢中，其勢易矣。92

易，弋豉翻，慢易也　李熹見之，歎曰：「望之如可易，及至，肅如嚴君。」2749

易，弋豉翻，平易也　由是賊中險易遠近虛實盡知之。7734

易，弋豉翻，輕易也　袁尚書專以恩惠懷賊，賊易之。7729

易，弋豉翻，輕之也　祐素易官軍。7735

易，音如字　燕文公薨，子易王立。72

易，音亦　及爲江都相，事易王。556

易：師古曰：易，平勢也。易，以豉翻　臣又聞：小大異形，強弱異勢，險易
　　異備。486

泆，弋乙翻，淫放也　數年之後，漸以功業自矜，遂嗜酒淫泆。5147

泆，弋質翻　妻淫泆者，沈之於江。7708

泆，音逸　何后亦淫泆。4346

帟，羊益翻。小幕曰帟　有司常具音樂、飲食、幄帟，諸王立馬以備陪從。8117

帟，音亦　又縱回紇掠館陶頓幄帟、器皿、車、牛以去。7395

枻，以制翻　吳鈴下卒引冰入船，以蓬蓆覆之，吟嘯鼓枻，泝流而去。2952

羿，音詣　弓矢不調則羿不能以中，六馬不和則造父不能以致遠。188

悒，乙及翻　憤悒形於聲貌。4253

悒，音邑　以石、米、史、大安、小安、曹、拔汗那、悒怛、疏勒、朱駒半等
　　國置州縣府百二十七。6318

悒，於及翻　吾在上國，以射獵爲樂，至此令人悒悒。9350

挹，一及翻，義與揖同　故湯、武之誅桀、紂也，拱挹指麾，而強暴之國莫不
　　趨使。192

埸，音亦　用兵爭強，疆埸之間，朝韓暮魏。117

軼，師古曰：軼，過也，音逸　即諸侯先行之，僞聲軼於京師。874

軼，徒結翻　今遣兵侵軼。9065

軼，徒結翻，突也　諸道與淮西連接者，宜各守封疆，非彼侵軼，不須進討。
7465

軼，徒結翻，又音逸　矧乃鞭撻疲民，侵軼徐部。4964

軼，徒結翻，又音逸，突也　勇不足以鎮衞社稷而暴足以侵軼里閭。7858

軼，音逸　父特進綱自殺，后弟軼敞及朱家屬徙日南比景。1553

軼，音逸，又徒結翻　通從弟軼謂通曰。1235

軼，直結翻，突也。陸德明曰：又音逸　魏河內鎮將于栗磾有勇名，築壘於河
上，以備侵軼。3693

軼，直結翻，又音逸　胡聞我萬里遠征，以爲內有重備，必不敢動，縱有侵軼。
3073

溢，夷質翻　以黃金百溢爲政母壽。24

溢，音逸　朝夕進一溢米。5334

肄，羊至翻　桀等又詐令人爲燕王上書，言「光出都肄郎、羽林。」761

肄，羊至翻，習也　從軍征戌之役，不及盛年使之講肄道義，良可惜也。2851

肄，以四翻，習也　曹操還鄴，作玄武池以肄舟師。2076

肄，以至翻，習也　天子下太樂官常存肄河間王所獻雅聲。587

肄，弋二翻，亦習也　乃令羣臣習肄。374

嫕，於計翻　會貴人姊南陽樊調妻嫕。1546

廙，羊職翻，又羊至翻　南陽劉廙嘗著《先刑後禮論》。2256

廙，羊至翻，又逸職翻　弘農太守裴廙。2720

廙，逸職翻，又羊至翻　望之弟廙謂望之曰。2086

蝎，羊益翻　請取螻蟻蚘蝎。6892

擪，陸德明曰：擪，於至翻　肅拜五更。音註：《周禮》九拜，九曰肅拜。鄭司
農云：肅拜，但俯下手，今時擪是也。4323

毅，魚器翻　樂毅曰：「齊，霸國之餘業也。」125

瘞，一計翻　爲十餘棺，夜分，出四門，潛瘞山谷。3586

瘞，於計翻　會人有盜發孝文園瘞錢。654

瘱，於例翻　三月，上行幸泰山，脩封，祀明堂，因受計。還，祠常山，瘱玄玉。720

黓，逸職翻　周紀一。音註：七著雍攝提格（戊寅），盡玄黓困敦（壬子），凡三十五年。1

劓，魚氣翻　殺其丁壯，劓刖其羸老。8044

劓，魚器翻　其黥、劓、左趾、宮刑者，自如孝文易以髡笞，可以歲生三千人。2237

劓，魚器翻，割鼻也　乃宣言曰：「吾唯懼燕軍之劓所得齊卒。」139

劓，魚器翻，又牛例翻　除其故黥、劓刑，用漢法，比內諸侯。664

嶧，音亦　始皇東行郡、縣，上鄒嶧山，立石頌功業。237

懌，師古曰：懌，悅也，音亦　放等不懌。1012

懌，羊益翻　應侯日以不懌。187

殪，一計翻　若殪此胡。5319

殪，壹計翻　近則刀矛俱發，輒殪五六人。2913

殪，於計翻　乘鬭艦競發擊，魏洲上軍盡殪。4572

縊，一計翻，又於賜翻　悅等恐眾心未壹，遂縊殺思明。7108

縊，於賜賜，又於計翻　乃悉縊其姊妹、妻子，然後引火自焚。2012

縊，於賜翻　秋，七月，甲寅，景仲縊於閤下。5023

縊，於賜翻，經也，絞也　遂縊之。5388

縊，於賜翻，又一計翻　又奏亓志紹自縊。7865

縊，於賜翻，又於計翻　伺其昏睡，縊殺之。2395

縊，於賜翻，又於計翻，絞也　帝自解練巾授行達，縊殺之。5780

縊，於計翻　義府恐事洩，逼正義自縊於獄中。6298

縊，於計翻，又於賜翻　其大臣諫不聽而自縊者凡八輩。6139

斁，多路翻，敗也　爾刀筆小才，止堪供幾案之用，豈應汙辱門下，斁我彝倫！4712

翳，於計翻，蔽也　我當顯然往取揚州，不若彼翳行竊步也。3940

翳，與繄同，音煙兮翻　王速出令，反其旄倪。音註：陸德明曰：倪，謂翳倪小兒也。89

鎰，戍質翻　先白張鎰，鎰以告盧杞。7310

鎰，夷質翻　錢鏐遣其從弟鎰及指揮使顧全武、王球禦之，爲雅所敗。8640

鎰，弋質翻　田單又收民金得千鎰。140

鎰，音逸　下邳土豪鄭鎰聚眾三千。8144

餲，一結翻，食窒氣不通　祝鯁在前，祝餲在後。1434

屹，與屹同，魚迄翻　屹若巨山，不可轉也。9511

麩，與職翻　食盡，一鼠直錢四千，淘牆麩及馬矢以食馬。7068

㠺，師古曰：㠺，古夷字，《類篇》曰：古仁字，又延知翻　時章邯司馬㠺將兵
　　北定楚地。271

㠺，《晉書》作「尼」。按，㠺，古仁字，又音夷。……或云河內人。若作尼，
　　則當音女夷翻　陳國謝鯤、城陽王㠺。2619

堅，伊眞翻　其臣侯醫堅石洛候數諫止之。4277

殷，音隱　蓋以殷憂則竭誠以盡下。6128

殷，音隱　人民之眾，車馬之多，日夜行不絕，輷輷殷殷，若有三軍之眾。69

殷，於謹翻　陛下誠能近想重圍之殷憂。7397

陰，賢曰：陰喝，猶噎塞也。陰，於禁翻；喝，音一介翻。余謂：喝，訶也，
　　許葛翻　指以問憲，憲陰喝不得對。1493

喑，於今翻　若決機兩陳之間，喑嗚咄嗟，使敵人震慴。5672

喑，於鴆翻　項王喑噁叱咤。311

堙，音因　塹山堙谷。244

愔，師古曰：愔，音一尋翻　臨妻愔，國師公女。1224

愔，挹淫翻　勒謂徐光曰：「大雅愔愔，殊不似將家子。」音註：弘，字大雅。
　　愔愔，安和貌。2977

愔，挹淫翻　大司馬溫請與徐、兗二州刺史郗愔、江州刺史桓沖、豫州刺史袁
　　眞等伐燕。3213

愔，挹滛翻　乃遣兵馬使康愔將八千人圍邢州。7299

愔，於含翻　豫章太守劉愔反。4170

愔，於今翻　二人爭權相攻，愔遂殺歆。1291

愔，於禽翻　朕不能甘心爲屛儒之主，愔愔度日。8446

絪，音因　翰林學士鄭絪。7571

潊，音殷　禁兵利其財，託以搜賈餗入其家，執其子潊，殺之。7914

潊，於巾翻　三月，置潊州於鄾城。7298

潊，與濦同，音殷，又音隱　乙未，諸軍自潰於小潊水。7585

裡，伊真翻　西川監軍魚全裡及致仕嚴遵美。8601

瘖，師古曰：瘖，於今翻　會堪疾瘖，不能言而卒。923

瘖，於今翻　太后遂斷戚夫人手足，去眼，煇耳，飲瘖藥。410

瘖，於今翻，瘂也　唯緯弟仁英以清狂、仁雅以瘖疾得免。5381

瘖，於金翻　天子陽瘖縱酒，飲泣吞氣，自比椒、獻，不亦悲乎。8598

諲，伊真翻　翰又奏嚴挺之之子武爲節度判官，河東呂諲爲支度判官。6926

諲，音因　煒，惲之子；諲，元慶之子也。6457

駰，音因　魯國孔僖、涿郡崔駰。1498

尢，讀與猶同。按《後漢書‧馬援傳》，計尢豫未決。章懷太子賢《註》曰：尢，
　　行貌也，義見《說文》。豫，亦未定也。尢，音以林翻。毛晃曰：尢豫不定，
　　《後漢書‧馬援傳》計尢豫未決，字從犬曲其足，與古尢同。與侵韻尢韻
　　不同。《唐史》尢豫音淫，誤。今從晃　今見小敵尢豫不擊。7432

尢，賢曰：尢豫，不定之意也。《說文》曰：尢尢，行貌也，音淫。余按尢讀與
　　猶同。毛晃曰：尢字，從犬曲其足，古與尢字同。唐史以尢豫之尢音淫者，
　　誤也　事久尢豫不決。1345

尢，音淫　太后尢豫未忍，故事久不發。1809

尢，與猶同　計尢豫未決。1356

圁，音銀　發勝、夏、銀、綏、丹、延……十州兵鎮勝州。音註：貞觀二年，
　　分綏州之儒林真鄉縣復置銀州銀川郡，漢西河之圁陰、圁陽縣地也。6232

崟，魚金翻　光遠使將軍李處崟拒之。7064

崟，魚音翻　淄青節度使薛平奏突將馬廷崟作亂伏誅。7803

鄞，師古曰：鄞，音牛斤翻　剽掠海鹽，殺鄞令。4150

誾，賢曰：誾誾，忠正貌。誾，魚巾翻　蓋事以議從，策由眾定，誾誾衎衎，
　　得禮之容。1504

嚚，魚巾翻　使習俗薄惡，人民嚚頑，抵冒殊扞。551

斷，牛斤翻　上欲以爲助，乃見問興：「朝臣斷斷不可光祿勳，何邪？」915

引，讀曰靷　王三讓，乃受羣臣以次奉引。2448

引，讀曰靷，羊晉翻　綿綿常以結引馳外爲務。128

引，羊晉翻　將發引，上送之，見輼輬車不當馳道，稍指丁未之間。7272

引，與靷同，音羊晉翻　令公車令導尚書奉引。1647

靷，在馬胷，音胤　乃當車拔佩刀以斷車靷。1356

飲，師古曰：飲，於禁翻　王及貴人先飲食已，乃飲啗都尉吏。1037

飲，以飲，於禁翻　皇后出，自捧玉巵以飲全忠。8629

飲，於鴆翻　帝不聽，竟遣使齎金屑飲晃及其妻子。2338

飲，於禁翻　與人通關約交，以五百金飲人之王。197

飲之，於鴆翻　莪逃於民舍，渴，求飲，民以溺飲之。8145

隱，讀曰穩　曩以二巫師從軍，巫言此行甚安隱。7182

隱，於靳翻　延陵季子葬其子，封墳掩坎，其高可隱。1003

隱，於靳翻　杞嘗往問疾。子儀悉屏侍妾，獨隱几待之。7297

濦，師古曰：濦，於謹翻，又音殷　基屢請，乃聽，進據濦水。2421

酳，羊晉翻　帝親跪授爵以酳。5232

酳，音胤，又士覲翻　執爵而酳。1434

瑛，音英　渾參軍張瑛爲渾作檄。3496

嫈，師古曰：嫈，於耕翻……服虔曰：嫈，音瑩。劉伯莊曰：紆營翻　橫海校
　　尉福爲繚嫈侯。678

嫈，烏莖翻　其姊嫈聞而往，哭之曰。25

罃，於耕翻　魏武侯薨，不立太子。子罃與公中緩爭立，國內亂。38

雁，文穎曰：雁，音鷹　封其裨王呼毒尼等四人皆爲列侯。音註：呼毒尼爲下
　　摩侯，雁疵爲煇渠侯。633

應，《索隱》曰：應，一陵翻，謂數不同也。余謂相應之應，當從去聲　一言不
　　相應。499

應，一凌翻　以諫爭爲取名，則匡躬之臣不應垂訓於聖典。7423

應，乙陵翻　秦王、魏王會於臨晉。音註：應劭曰：臨晉水，故名。101

應，乙陵翻，當也　此屬但應掌宮掖之事，不宜委以兵權國政。7397

應，於陵翻　范睢爲丞相，封爲應侯。161

應，於證翻　秦兵日進，韓不能應，不如以上黨歸趙。166

甖，於耕翻　初帝自知必及於難，常以甖貯毒藥自隨。5780

甖，於耕翻，瓦器也　初帝以毒酒一甖。3740

鎣，余傾翻，又烏定翻　敕監察御史孫鎣鞫之，無冤。7076

罌，罌，一政翻，康於耕翻　陳船欲渡臨晉，而伏兵從夏陽以木罌渡軍，襲安邑。323

罌，烏莖翻　及行，有司緣道設酒食，獨惠元所部餅罌不發。7298

罌，於耕翻　齊人名小罌爲儋。219

罌，於耕翻，缶也　於廚廄之物皆飾以金銀，金飯罌二。6902

纓，伊盈翻　昔仲叔于奚有功於衞，辭邑而請繁纓。4

迎，魚敬翻　三月，癸卯，至長安，周主行親迎之禮。5273

塋，音營　帝尙幼小，可起陵於建陵塋內，依康陵制度。1701

塋，余傾翻　又令將作爲賢起冢塋義陵旁。1096

贏，餘經翻　府庫蓄積，四方貢獻，贍軍之外，鮮有贏餘。9499

贏，餘輕翻　語曰：「日中則移，月滿則虧。」進退贏縮。188

縈，於營翻　其少女緹縈上書曰。495

贏，怡成翻　親裹贏糧。21

贏，怡成翻，擔也　冠胄帶劍，贏三日之糧。191

贏，音盈。曹植音贏瘦之贏　魏有隱士曰侯贏。179

郢，以井翻　昔伍子胥說聽於闔閭而吳遠迹至郢。141

癭，於郢翻　有司請廢之，詔貶爲癭陶王食一縣。1778

癭，於郢翻。癭生於頸而附於咽　赤九之後，癭楊爲主。1296

媵，以證翻　五羖大夫，荆之鄙人也。音註：按《史記》晉滅虞執百里傒，爲秦繆夫人媵。62

廱，余封翻　燧出高郢李廱於獄。7463

雍，《經典釋文》：雍，於用翻；康於龍切，非也　齊王將入朝，雍門司馬前曰。233

雍，讀曰壅　辰國欲上書見天子，又雍閼不通。683

雍，師古曰：雍，讀曰壅　雍防百川，各以自利。1065

雍，于用翻　子遠屯於雍城。2880

雍，於容翻　周紀一。音註：在戊曰著雍。1

雍，於用翻　昔我穆公，自岐、雍之間修德行武。44

雍，於用翻，姓也　沛公出與戰，破之；令雍齒守豐。265

雍，在雍，於用翻　周紀一。音註：《括地志》云：故周城一名美陽城，在雍州武功縣西北二十五里。2

灉，紆容翻，又紆用翻　甲午，立皇子灌爲衛王，灉爲廣王。8063

灉，於容翻，又於用翻　戊申，加隴右經畧使、秦州刺史劉灉保義軍節度使。7630

灉，於用翻　劉濟在莫州，其母弟灉在父側，以父命召濟而以軍府授之。7538

饔，於容翻　吾小人輟饔飧以勞吏之不暇。7711

喁，賢曰：喁喁，魚口向上也，音魚容翻　昔更始西都，四方響應，天下喁喁。1337

喁，魚恭翻　以厭神鬼喁喁之心。1798

喁，魚容翻　龍興即位，天下喁喁。1666

顒，魚容翻　南陽何顒，素與陳蕃、李膺善，亦被收捕。1821

顒，魚容翻，仰也　儻實屯軍鄴下，顒望降臨。8439

甬，余拱翻　王又嘗上書：「願賜容車之地，徑至長樂宮，自使梁國士眾築作甬道朝太后。」535

甬，余隴翻　筑甬道自咸陽屬之，治馳道於天下。237

埇，余拱翻　汴水自唐末潰決，自埇橋東南悉爲汙澤。9532

埇，余隴翻　遣兵衛從轝，至埇橋而返。7812

涌，音勇　揚武將軍桓振匿於華容浦。音註：《晉書振傳》曰：匿於華容之涌中。3572

麀，於求翻　陷吾君於聚麀。6423

櫌，音憂　借父櫌鉏，慮有德色。473

由，與猶同　進退隨愛憎之情，離合繫異同之趣，是由捨繩墨而意裁曲直。7555

斿，夷周翻，旒也　輅車乘馬，後屬百兩。音註：龍斿九斿、七仞、齊軫以象大火。138

疣，音尤　天氣不和而寒暑併，人氣不和而疣贅生，地氣不和而塠阜出。6442

浟，夷周翻　歡納魏敬宗之後爾朱氏，有寵，生子浟。4862

浟，以周翻　癸未，封弟浚爲永安王，淹爲平陽王，浟爲彭城王。5046

逌，以周翻　滕王逌擊穆支。5383

逌，音由　達爲代公，通爲冀公，逌爲滕公。5191

郵，師古曰：郵，與尤同　失道妄行，逆天暴物，則咎徵著郵。1026

郵，音尤　武安君出咸陽西門十里，至杜郵。182

郵，與尤同，過也　麕裘而韠，投之無戾，韠而麕裘，投之無郵。174

蚰，與周翻　壬子，朱全忠穿蚰蜒壕圍鳳翔，設犬鋪、鈴架以絕內外。8582

猶，夷周翻，又余救翻　而韓又來侵，猶豫未能決。84

輶，夷周翻，又音酉　會稽內史謝輶發其謀。3485

卣，音攸，又羊久翻　秬鬯二卣。1152

芨，蒲撥翻　士卒乘勝氣芨涉爭進，皆忘其勞。9574

莠，與久翻　夫養稂莠者害嘉穀。6055

牖，音酉　文王聞之喟然而嘆，故拘之牖里之庫百日，欲令之死。179

黝，音伊　諸公族爭立，或爲王，或爲君，濱於海上。音註：發下黝縣者，《班志》謂之漸江水，今之徽港是也。66

右，讀如佑　昔周選建明德以左右王室。2583

右，讀爲佑　卿宜左右之。9302

右，讀曰佑　廣求於微賤之間，以遇天所開右。963

右，音又　故頎右之。卒從禮官議。6730

右，音佑　黃門侍郎宋弁素怨沖，而與彪同州相善，陰左右之。4423

幼，一笑翻　今臣心結日久，每聞幼眇之聲。560

幼眇，讀曰要眇　分刌節度，窮極幼眇。952

狖，余救翻　其升山越險，抵突叢棘，若魚之走淵，猿狖之騰木也。2301

誘，羊久翻　秦初置丞相，以樗里疾爲右丞相。音註：高誘曰：疾居渭南之陰鄉，其里有大樗樹，故號樗里子。101

誘，以九翻　或說行逢授叔嗣武安節鉞以誘之。9543

誘，以久翻　拓跋懷光使人說誘之。8047

誘，音酉　乃爲好言誘平原君至秦而執之。175

扜，音烏　及諸小國驩潛、大益、車師、扜采、蘇㲯之屬。696

迂，師古曰：迂，遠也，音于　上以其言爲迂濶。844

迂，音于　大抵詆訾聖人，即爲怪迂、析辯詭辭以撓世事。1217

迂，音于，又音紆，曲也，回遠也　我出河北，兵少路迂。9359

迂，音于，又音紆，曲也，遠也　夜行失道，迂二十餘里。4994

迂，憂俱翻，迂曲也　吳景於城內更築迂城。4996

迂，羽俱翻，又憂俱翻　稱有仙道、形解銷化之術，燕齊迂怪之士皆爭傳習
　　之。240

紆，邑具翻　下邳周紆爲雒陽令。1494

紆，邑俱翻　詔以隴西太守張紆爲校尉，將萬人屯臨羌。1509

淤，依據翻　時至而去，則填淤肥美。1066

渝，《漢書》音喻　王諒軍出臨渝關。5561

渝，《漢書音義》：渝，音喻，今讀如榆　初幽州北七百里有渝關。8812

渝，《漢書音義》音喻，今讀如榆　契丹王阿保機遣其妻兄阿鉢將萬騎寇渝關。
　　8623

渝，師古曰：音喻　從飛騎三千人馳入臨渝關。6231

渝，師古曰：渝，音喻　出於遼西臨渝。3667

渝，顏師古曰：音喻，今多讀如榆　公擁兵出其不意，長驅入薊，據臨渝之險。
　　5674

渝，音諭，又音榆　癸亥，至臨渝宮。5690

褕，與褕同音　遣內參詣晉陽取皇后服御褕翟等。音註：祭陰社、朝命婦，
　　則褕衣。5359

籅，《索隱》曰：《字林》：籅，漉米藪也，音一六翻　謹烽火，多間諜。音註：
　　《漢書音義》：烽，如覆米籅，縣著桔槔頭，有寇則舉之。206

予，讀曰與　乃立三丈之木於國都市南門，募民有能徙置北門者予十金。48

邘，音于　秦魏會於應。音註：《左傳》曰：邘、晉、應、韓，武之穆也。102

伃，音予　是歲皇子弗陵生。弗陵母曰河間趙倢伃。723

妤，音予　上官婕妤以三思故，每下制敕，推尊武氏。6611

扜，音烏　初，扜采遣太子賴丹爲質於龜茲。771

杅，飲器，音于　萬年之後，掃地而祭，杅水脯糒而已。1457

杅，與俱翻　上乃遣因杅將軍公孫敖筑塞外受降城以應之。699

於，如字　臣請獻商於之地六百里。90

於，楊於，音烏　嶺南監軍許遂振以飛語毀節度使楊於陵於上。7678

於，音如字　《括地志》曰：武關在商州上洛縣東武關之外，蓋秦丹析商於之
　　地。94

於，音烏　吏部侍郎楊於陵。7649

於邑，短氣貌，讀如本字。或曰：於，音烏。邑，烏合翻　使臣微言妙旨，不
　　得上達，於邑三歎。2264

於邑，師古曰：於邑，短氣貌，讀如本字。於，又音烏；邑，又音烏合翻　趙
　　氏亂內，外家擅朝，言之可爲於邑！1054

於邑，師古曰：於邑，氣短貌，讀並如字。又，於，音烏；邑，音烏合翻　又
　　魯將楊昂等數害其能超內懷於邑。2128

俞，師古曰：俞，音踰　夜郎王興、鉤町王禹、漏臥侯俞更舉兵相攻。973

禺，音愚　蒙問所從來。曰：「道西北牂柯江。牂柯江廣數里，出番禺城下。」
　　588

禺，《漢書音義》：音愚　清海建武節度使劉巖即皇帝位於番禺。8817

禺，魚容翻，又音愚　澄樞，番禺人也。9546

舁，羊茹翻　在內殿令內侍舁之。6712

舁，音余，又羊如翻　乙亥，帝發中都，舁王彥章自隨。8896

舁，音余，又羊茹翻　上大喜，舁詔以徇城。7375

舁，音余，又羊茹翻，對舉也　路太后兄子嘗詣僧達，趨升其榻，僧達令舁棄
　　之。4038

隃，師古曰：隃，與踰同　會暑濕，士卒大疫，兵不能隃領。444

隃，音踰　初，隃麋郭欽爲南郡太守。1195

隃，與踰同　是時，漢兵遂出，未隃領。574

雩，師古曰：雩，許于翻　揚州別駕楚國蔣濟密白刺史，僞得喜書，云步騎四
　　萬已到雩婁。2097

榆，當作「渝」。……《漢書音義》：音喻　屯於榆關之外。6801

虞，師古曰：虞，與娛同　莽欲虞樂以市其權。1146

虞，與娛同　欲虞樂以市其權。1146

虞，與娛同　丞相衡上疏曰：「陛下秉至孝，哀傷思慕，不絕於心，未有游虞弋射之宴。」952

窬，音俞　秦晉必有窺窬之計。3205

窬，音諭，又音俞　呂不韋之盜，穿窬之雄乎！219

褕，音遙　遣內參詣晉陽取皇后服御褘翟等。音註：齊制：皇后助祭、朝會以褘衣，祠郊禖以褕狄。5359

褕，音瑜，靡也　農夫莫不輟耕釋耒，褕衣甘食。328

濰，虞俱翻　高駢從子左驍衛大將軍濰。8303

覦，音俞　收陵、嬰之明分，絕信、布之覬覦。1328

覦，音俞，又音喻　班固曰：「古者天子建國，諸侯立家，自卿大夫以至於庶人，各有等差，是以民服事其上而下無覬覦。」606

踰，余按：《前書》當作隃，讀曰遙。傳寫誤作踰　故超萬里歸誠，自陳苦急，延頸踰望。1554

闟，音俞　然高句麗去國密邇，常有闟闟之志。3050

璵，音余　太常博士王璵。6830

輿，羊茹翻　公義命皆輿置己之聽事。5525

輿，音于　乘輿。7296

輿，音預　平輿侯茂，皆進爵為公。2191

輿，音預，《史記正義》讀如字　李信攻平輿。229

輿，音豫　封豫安昌子，苞平輿子，並領諫議大夫。2881

旟，音輿　又封其將佐有功者葛旟、路秀、衛毅、劉真。2663

雨，王遇翻　衡山原都雨雹，大者尺八寸。534

雨，王遇翻，自上而下曰雨　曰：「千乘、博昌之間，方數百里，雨血沾衣。」126

雨，于具翻　會天大寒，雨雪。377

俣，宇矩翻　秉與二子俣、陔踰城走。4207

圄，偶許翻，守也　下情不得上通，沈冤困於囹圄。3096

圄，音語　夫人幽苦則思，善故智者以圄圄爲福堂。4183

圄，魚巨翻　幾陷囹圄，數挂網羅。6511

峿，五乎翻　徐州將成德欽敗唐兵於峒峿鎮。9407

詡，兄羽翻　冬，十月，封皇子詡爲棣王，禊爲虔王。8458

詡，音詡　春，正月，東羌先零圍役詡，掠雲陽。1797

圉，音圉　昔周公躬吐捉之勞，故有圉空之隆。841

傴，於庾翻　頊魁岸辯口懿宗短小傴僂。6544

瑀，王矩翻　內殿直夏津馬仁瑀謂眾曰。9505

瑀，音禹　選曹郎吳興沈瑀說伯之迎衍。4497

寓，于矩翻　河中尹兼節度副使崔寓。7166

瘐，音庚，或作瘑，其音亦同，或讀作瘦，誤　又令郡國歲上繫囚以掠笞若瘐
　　死者。821

瘐，勇主翻　或歷年至有瘐死者。9394

與，讀當曰預　詔復七廟子孫及外戚緦麻服已上，賦役無所與。4276

與，讀曰歟　周公知其將畔而使之與？90

與，讀曰預　擯斥之不得與中國之會盟。43

與，讀曰豫　古者大臣不得與宴游。450

與，讀曰豫，即猶豫也　延壽猶與不聽。936

與，讀曰豫。豫，干也　舉錯各以其意，多與郡縣事。956

與，去聲　錯猶與未決。522

與，如淳師古皆曰與，弋庶翻。貢父曰：與，讀曰歟，助辭　兵不得休八年，
　　萬民與苦甚。355

與，師古曰：與，讀曰豫。余謂：與，讀如字　國家每有大政，必與定議。1032

與，師古曰：與，讀曰歟　上曰：「亦極亂耳，尚何道！」房曰：「今所任用者，
　　誰與道言也。」929

與，師古曰：與，讀曰預　古者卿大夫與謀參以蓍、龜，不吉不行。739

與，師古曰：與，讀曰豫　朝廷每有四夷大議，常與參兵謀。885

與，音如字，又讀曰預　明其所謂，使人與知焉，不務相迷也。115

與，音預　魏氏將出而攻留、方與、銍、湖陵、碭、蕭、相，故宋必盡。152

與，音預，又音余　秦伐趙，圍閼與。155

與，音豫　武帝之喪，賀游獵不止。嘗游方與。776

與，與歟同　意者朕之政有所失而行有過與？503

語，牛倨翻　齊威王召即墨大夫，語之曰：「自子之居即墨也，毀言日至。」39

語，牛據翻　顯恐急即以狀具語光。799

語，狀語，牛倨翻　張勝聞之，恐前語發，以狀語武。710

窳，羊主翻　竇憲耿秉出朔方雞鹿塞。音註：賢曰：今在朔方窳渾縣北。1521

窳，以主翻　趙武靈王北破林胡、樓煩。音註：水經注：河水自窳渾縣東屈而東流。209

窳，勇主翻，惰也　不以飭勵重其役，不以窳怠蠲其庸，則功力勤。7556

嶼，徐與翻　刺史楊嶼奔石南砦。7827

嶼，以與翻　而二弟嶼、巂，與逄吉子弟俱為朝士。9402

嶼，音余　故王嶼、黎幹皆以左道得進。7272

齬，偶許翻　端居則互防飛謗，欲戰則遞恐分功，齟齬不和。7405

吁，賢曰：吁，音于。孔安國注尚書曰：吁，者疑怪之聲。余按：吁，匈于翻　睦曰：「吁！子危我哉。」1464

聿，以律翻　兀欲姊壻番聿撚為橫海節度使。9333

芋，羊遇翻　掘野芋而食之。2691

彧，於六翻　顗，彧之子也。2454

悆，羊茹翻　召寅、恭穆及諮議參軍江悆。4293

淯，音育　劉繢與戰于淯陽下。1239

御，讀曰禦　南拒公孫之兵，北御羌、胡之亂。1321

棫，音域　夏，上行幸雍棫陽宮。504

飫，於據翻　後宮厭飫，將發之際，多棄埋之。5621

嫗，陸德明曰：嫗，於具翻；徐於甫翻　夫危亡之君，未嘗不先棄本枝，嫗煦旁孽。4161

嫗，威遇翻　有老嫗哭曰。260

嫗，楊正衡《晉書音義》：嫗，紆遇翻　衍神情明秀，少時，山濤見之，嗟歎良久，曰：「何物老嫗，生寧馨兒。」2618

嫗，衣遇翻　其將士百姓懷其累代煦嫗之恩。7664

嫗，於具翻　大較江東之政，以嫗煦豪強，常爲民蠹。3054

彧，許六翻　太尉許彧、司空張濟承望內官，受取貨賂。1862

彧，乙六翻　以太常河南孟彧爲太尉。1843

彧，於六翻　太尉劉寬免，衛尉許彧爲太尉。1860

毓，余六翻　帝深疾浮華之士，詔吏部尙書盧毓曰。2327

獄，宜欲翻　或告鴻臚卿康謙與史朝義通，事連司農卿嚴莊，俱下獄。7117

蜮，師古曰：蜮，魅也，音或　是乃國家之大賊，人主之大蜮。592

隩，於六翻　禹之治水，九州攸同，四隩既宅，然後賞其功。2330

薁，音郁　南單于所獲北虜薁鞬左賢王將其眾及南部五骨都侯合三萬餘人畔歸。1415

薁，於六翻　自擊亡虜薁鞬日逐耳。1416

薁，薁音郁　烏珠留單于有子曰比，爲右薁鞬日逐王。1406

遹，以律翻　晏爲吳王，熾爲豫章王，演爲代王，皇孫遹爲廣陵王。2595

遹，音聿　繼以孝明、孝章，遹追先志。2173

遹，余律翻　暹爲韶王，運爲嘉王，遇爲端王，遹爲循王。7229

鋊，音浴，銅屑也　周郭其上下，令不可磨取鋊。4303

燠，於六翻　故服絺綌之涼者，不苦盛暑之鬱燠；襲貂狐之燠者，不憂至寒之悽愴。840

諭，音喻　使廷望如江都諭意。9034

譽，羊諸翻　溫嶠怒曰：「諸君怯懦，乃更譽賊。」2961

譽，音余　召阿大夫，語之曰：「自子守阿，譽言日至。」39

譽，音余，稱譽　且朝廷當阽危之時，則譽臣爲韓、彭、伊、呂。8409

譽，音余，或音如字　荒亂之主樂聞其譽。2526

譽，音餘　主意所不欲，因而毀之；主意所欲，因而譽之。649

轝，考字書皆無此字，唯《類篇》有之，音羊茹切，异車也。今言乘馬轝，則當讀與輿字同，從平聲　願公帥步卒、乘馬轝徐行。5385

轝，羊茹翻　監奴乃率諸倉頭迎拜於路，遂共轝車入門。1825

轝，音余　所過州縣，五百里內皆令獻食，多者一州至百轝。5621

舉，與輿同　公但乘舉隨後。4449

寓，王矩翻　慕容仁遣兵襲新昌，督護新興王寓擊走之。2999

峹，與都同　審峹，徐州人也。9034

鬻，讀曰粥，之六翻，糜也　又令：「八十已上，月賜米、肉、酒；九十已上，加賜帛、絮。賜物當稟鬻米者。」442

鬻，音育　四方士多上書言得失，自眩鬻者以千數。562

篽，偶許翻　請令太官、尚方、考功、上林池篽諸官。1574

鷸，餘律翻　徐觀鷸蚌之勢，以收漁人之功。5743

鬱，音聿　太尉長史何𥼶欲席卷奔鬱洲。3954

悁，恚也，吉縣翻　而忿悁之間，改節易圖。1348

悁，縈年翻　至於陛下，有何悁悁。音註：悁悁，忿恚也。1790

悁，縈年翻，又吉掾翻，忿也，憂也　今陛下不忍悁悁之忿。904

睿，烏歡翻　命浚睿井。音註：睿井，廢井。7576

鳶，以專翻，名也。　秦相國穰侯伐魏，韓暴鳶救魏。147

鳶，音緣　夫鳶鵲遭害，則仁鳥增逝。1020

沅，音元　秦武安君定巫、黔中。音註：《括地志》：黔中故城，在辰州沅陵縣西二十二里江南，今黔府亦其地。146

垣，音轘　冬，上擊韓王信餘寇於東垣。381

垣，于元翻　趙王伐中山，取丹邱、爽陽、鴻之塞，又取鄗、石邑、封龍、東垣。107

員，師古曰：烏員，地名也；音云　前將軍出塞千二百餘里，至烏員。799

員，音云　丹陽大都督嬀覽、郡丞戴員殺太守孫翊。2058

員，音云，又音運，姓也　辛亥，簡州將杜有遷執刺史員虔嵩降於建。8393

員，音運　時人語曰：「令公四俊，苗、呂、崔、員。」6740

員，音運，姓也　與所部七摠管楊牙、員明等。5508

蚖，音元，又吾官翻　昔褎神蚖變化為人，實生褎姒，亂周國。1122

袁、爰通　郎中安陵袁盎諫曰。441

援，師古曰：援，音爰，引也　發三十萬眾，具三百日糧，東援海代。1192

援，師古曰：援，引也，音爰　大將軍惟思可以奉宗廟者，攀援而立大王。779

援，音爰　援近宗室，親而納信。987

援，于元翻　雖任英賢，猶援姻戚親疏相錯，杜塞間隙。1133

援，于元翻，手引也　臣光曰：穰侯援立昭王，除其災害。163

援，于元翻，引也　立於矢石之所，援枹鼓之，狄人乃下。145

援，于元翻，又于眷翻　時德裕宗閔各有朋黨，互相擠援。7899

嫄，音原　虞舜二妃。音註：《帝王紀》云帝嚳四妃，元妃有邰氏女曰姜嫄。5406

緣，去聲　不擊刁斗以自衛。音註：孟康曰：刁斗，以銅作鐎，受一斗，晝炊
　　飲食，夜擊持行，故名曰刁斗。蘇林曰：形如鋗，無緣。577

緣，師古曰：緣，熒絹翻　天子之后以緣其領，庶人孽妾以緣其履。473

緣，以絹翻　乃以白鹿皮方尺，緣以藻繢。638

緣，俞絹翻　乘輿席緣綈繒而已。1110

蝝，賢曰：蝗，蟲子也，音余專翻。余按蝝，蝗子也。　兗、豫蝗、蝝滋生。
　　1621

蝝，余專翻　昔魯宣稅畮而蝝災自生。1877

圜，師古曰：圜，音銀，今銀州銀水是。則白土縣在唐銀州東。按『圜』字乃
　　『圁』字之誤。《通典》：圁水在銀州儒林縣東北，今謂之無定河　白土人
　　曼丘臣、王黃等立趙苗裔趙利爲王。377

諑，徐園翻　冬，十月，乙丑，邕王源薨。7584

遠，丁願翻　衍童騃荒縱，不親政務，斥遠故老，昵比小人。8921（編者按：
　　此處「丁」當作「于」）

遠，師古曰：遠，謂疏而離之也，音于萬翻　黜遠外戚，毋授以政。987

遠，于萬翻　人性不甚相遠也。474

遠，于願翻　使民日遷善、遠罪而不自知也。476

遠，于願翻，推而遠之　且人有好揚人之善者，王曰：「此君子也，」近之；好
　　揚人之惡者，王曰：「此小人也，」遠之。53

苑，於阮翻　南有巴、蜀之饒，北有胡苑之利。362

怨，於元翻　王如邯鄲，故與母家有仇怨者皆殺之。224

怨，於元翻，又如字　貫高怨家知其謀，上變告之。383

媛，于眷翻　拜太子母謝氏爲淑媛。2603

媛，于絹翻　臣愚以爲可妙簡淑媛以備內官之數。2306

掾，丞相掾也，音于絹翻　亮辟廣漢太守姚伷爲掾。2235

掾，以絹翻　齊、成都、河間三府，各置掾屬四十人，武號森列。2661

掾，以絹翻，掌市官屬也　臨淄市掾田單在安平，使其宗人皆以鐵籠傅車轊。
　　137

掾，于眷翻　侃辟戎爲掾。2974

掾，于絹翻　掾、主吏蕭何、曹參曰。261

掾，余絹翻　上黨陳龜爲掾屬。1677

掾，俞絹翻　以千乘兒寬爲奏讞掾。612

瑗，于眷翻　寔，瑗之子也。1725

瑗，楊正衡曰：于眷翻　軌至，以宋配、氾瑗爲謀主。2650

瑗，于絹翻　孔目官李懷瑗因眾怒伺間殺之。7219

瑗，子眷翻　郝瑗說薛舉。5787

虇，一號翻　行軍司鎧文水武士虇。5732

刖，音月　盜者刖其足。2124

刖，音月，斷足也　而令與眾庶同黥、劓、髡、刖、笞、傌、棄市之灋。477

刖，魚決翻　殺其丁壯，劓刖其羸老。8044

汋，實若翻　顯達之北伐，軍入汋均口。4438

礿，余若翻，薄也　時將礿祭。4482

籥，與鑰同，關牡也　在內堂之後，關籥甚嚴。4638

鸑，五角翻　及昌僭號，曰：「此吾鸑鷟也。」8464

熅，師古曰：熅，謂聚火無燄者也。熅，于云翻　衛律驚，自抱持武，馳召醫，
　　鑿地爲坎，置熅火。710

熅，於云翻，又於問翻　嗣襄王熅，肅宗之玄孫也。8331

斋，於倫翻　瑱使其從弟斋守豫章。5151

頵，居筠翻　歷陽參軍陳國陳頵爲行參軍。2766

頵，居筠翻，又紆綸翻　雲麾將軍元頵等據東陽以應江陵。5074

頵，紆倫翻，又居筠翻　陳頵遺王導書曰。2772

頵，於倫翻　楊行愍遣其將合肥田頵擊走之。8304

頵，於倫翻，又居筠翻　尙書陳頵亦上言：「宜漸循舊制，試以經策。」2864

贇，於倫翻　乙巳，黃巾殺濟南王贇。2073

匀，于倫翻　存將逃走，先匀足力也。8488

鄖，音云　使鄖城竟陵之粟方舟而下。4484

鄖，于分翻　慕容垂拔鄖城。3310

溳，音云　遂帥其徒三千人屯溳口。2824

澐，音云　又立子琮為光王瀤為儀王澐為潁王。6763

允，賢曰：允，音鉛。街，音皆　敗太守劉盱於允街。1430

允，音鉛　別留允街，而首施兩端。1608

允吾，賢曰：允吾，縣名，屬金城郡……允，音鉛；吾，音牙　戰於允吾。1430

允吾，音鉛牙　西秦王乾歸，遣乞伏益州攻涼支陽、鸇武、允吾三城，克之。3464

扗，羽敏翻　魔見之曰：「此家扗扗，千斤犍也。」2774

狁，庾準翻　其詩曰：「嘽嘽焞焞，如霆如雷。顯允方叔，征伐玁狁，蠻荊來威。」947

孕，以正翻　帝曰：「后懷孕始九月，可乎？」4783

孕，以證翻　又以戟擲孕妾，子隨刃墮。2604

鄆，音運　又遣巡官趙詵結李納於鄆州。7388

惲，委粉翻　濬大悅，表陳預書。及張悌敗死，揚州別駕何惲。2565

惲，於粉翻　藺相如復請秦王擊缶。音註：楊惲曰：「仰天拊缶而歌嗚嗚，秦聲也。」136

慍，於問翻　遣其喪歸葬至吳吳王慍曰。516

慍，於運翻　廣不謝而起行，意甚慍怒。641

慍，於運翻，怒也　復恭慍懟，不肯行。8419

熨，紆勿翻，又紆胃翻　被榜捶者胸背分受，仍以銅斗火熨之。9086

薀，音縕　蜀主以內給事王廷紹、毆陽晃、李周輅、朱光葆、宋承薀、田魯儔等為將軍及軍使。8834

薀，紆粉翻　段龕遣其屬段薀來求救。3158

縕，於粉翻　長子匹候跋繼父居東邊，次子縕紇提別居西邊。3401

縕，於問翻　文學縕藉，則蘇味道李嶠固其選矣。6551

醞，紆運翻　上好文雅醞藉。7496

餫，音運　我坐食德、棣之餫，依營而陳。7431

蘊，於運翻　上目送之，深歎其蘊藉。6853

Z

帀，作答翻　行陳三帀而還。1891

帀，作答翻，周回也　異與恂追至洛陽，環城一帀而歸。1277

帀，作答翻，周也　景繞城既帀，百道俱攻。4987

匝，子答翻　賊圍淵數匝。5712

雜，師古曰：雜，謂相參也。一曰，音先合翻。雜焉，總萃　三難異科，雜焉
　　同會。1027

載，才代翻　有疑其重載而詰之者。7836

載，才再翻　犬主吠盜，牛負重載。2215

載，祖亥翻，又如字　元載以吐蕃連歲入寇，馬璘以四鎮兵屯邠寧力不能拒。
　　7203

載，子亥翻　又以五載一巡狩，用事泰山，令諸侯各治邸泰山下。680

載，九載，子亥翻　以爲禹稷皋陶同居舜朝，猶曰載采有九德，考績以九載。
　　6921

載，子亥翻，年也　子孫承業七八百載。1074

載，祖亥翻　唐天寶十二載改臨晉縣。101

載，祖亥翻，又如字　元載不從。7157

載，昨代翻　會久雨，重載不能進，士有饑色。8577

載，作亥翻　昔句踐亡吳，尚期十載。5342

繂，作代翻　中書通事舍人北地傅繂爭之。5461

昝，姓也，子感翻　上命訓與鳳翔節度使王景、客省使高唐昝居潤偕行。9527

昝，子感翻　前將軍昝堅等將之，自山陽趣合水。3074

昝，子感翻，姓也　獲李驤妻昝氏及子壽。2705

攢，才官翻　伏請以大行皇帝啟攢宮日。7621

攢，祖丸翻　黨有居外者眾皆攢刃殺之。6188

蹔，與暫同　變政教一立，蹔遭凶年，不足爲憂。1668

酇，音贊　帝使使持節拜鄧禹爲大司徒，封酇侯，食邑萬戶。1282

酇，在何翻　劉永、蘇茂、周建突出，將走酇。1314

酇，本作䣜，才多翻。師古曰：此縣本借酇字爲之，音嵯，王莽改縣爲贊，則此縣亦有贊音　乃令符離人葛嬰將兵徇蘄以東，攻銍、酇、苦、柘、譙，皆下之。255

酇，音贊　趙將黃秀等寇酇。2942

酇，音讚　蕭何封酇侯。366

酇，應劭曰：酇，音嵯。師古曰：王莽改酇曰贊治，則此縣亦有贊音　遂共表操爲鎮東將軍襲父爵費亭侯。1984

瓚，才但翻　還至桂州，逐觀察使李瓚。8187

瓚，才旱翻　十一月，癸酉，瑾與淮南將侯瓚。8510

瓚，藏旱翻　朝章臺，如藩臣禮。音註：臣瓚曰：街在章臺下。112

瓚，從旱翻　土民爨瓚，遂竊據一方。5551

讚，與擯贊之贊同　冀入朝不趨，劍履上殿，謁讚不名，禮儀比蕭何。1726

儹，作管翻　己丑制民間鐵叉、搭鉤、儹刃之類皆禁之。5643

牂，音臧　蒙問所從來。曰：「道西北牂柯江。牂柯江廣數里，出番禺城下。」588

牂，作郎翻　周紀一。音註：在午曰敦牂。1

牂柯，音臧哥　牂柯太守請發兵誅興等。973

牂柯，音臧柯　南寧州，漢世牂柯之地。5551

臧，讀曰藏　郡初取吏於遼東，吏見民無閉臧。690

臧，讀曰藏，音徂浪翻　終無傾危之憂，以府臧內充實也。1110

臧，讀曰贓　上書請，大者至族，小者乃死，家盡沒入償臧。647

臧，古藏字　多臧匿山中，依險阻。848

臧，古藏字，徂浪翻　蓋不以本臧給末用，不以民力共浮費。1099

臧，古藏字，通　遠臧溫暑毒草之地。974

臧，古藏字通，音徂浪翻　吸新吐故以練臧。776

臧，古贓字，通　清河相叔孫光坐臧抵罪。1617

臧，古贓字，通用　章爲冀州刺史有故人爲清河太守章行部欲案其姦臧。1695

臧，師古曰：臧，讀曰臟　量度五臧。1210

臧，與藏通，讀從平聲　春秋之誼，家不臧甲。1099

臧，與藏同　爲吏坐臧，終身捐棄。1500

臧，作郎翻，善也　否臧皆凶。7431

駔，子朗翻　段干木，晉國之大駔，卒爲齊之忠臣，魏之名賢。1771

糟，陸德明曰：糟，音曹　氾公糟粕書生，剌舉小才。2914

蚤，古早字　孝昭皇帝蚤崩，無嗣。781

蚤，古早字，通　關法：雞鳴而出客。時尚蚤。113

璪，子皓翻　難、超拔盱眙，執高密內史毛璪之。3290

皁，才早翻　搢紳何咎，皆爲皁隸！5129

皁，才早翻。皁，馬櫪也　必俟眾駒爭皁棧。9019

皁，在早翻　是日，坊市惡少年皆衣緋皁。7921

皁，昨早翻　奈何輕加箠辱，以皁隸待之。6754

造，七到翻　若君弗致，無忌將發十萬之師以造安陵之城下。202

造，七到翻，詣也　趙括乘勝追造秦壁。169

造，千到翻　采禮樂古事，稍稍增輯至五百餘篇，被服造次。586

造，如字，作也　澄謂崔季舒曰：「崔暹必造直諫。」4927

造，師古曰：造，詣至也。造，七到翻　其造請諸公。612

慥，七到翻　信州刺史桂陽王慥軍於西峽口。5006

篷，初救翻　又以宋蓯爲郢州刺史，蓯弟篷爲湘州刺史。5128

燥，蘇老翻　擇謹厚女徒渭城胡組、淮陽郭徵卿，令乳養曾孫，置閒燥處。788

譟，蘇到翻　金樹帥其黨大譟，攻開道閣。5977

譟，先到翻，羣呼也　而城中鼓譟從之。140

譟，則竈翻　丁亥，泚盛兵鼓譟，攻南城。7374

躁，則到翻　會往者屬、躁、簡公、出子之不寧，國家內憂，未遑外事。44

迮，側百翻，迫也　嚴騎蹙其後，人有未及回者，因以土迮之。4569

迮，側百翻，亦作「苲」　拔下迮戍。4835

則，子德翻　取古則今，今則古也。2411

唶，子夜翻，嘆也　見小能下食，則喜顧左右，不然則咄唶。2171

笮，才各翻。竹索也　賀瓌攻德勝南城，百道俱進，以竹笮聯艨艟十餘艘。8844

笮，側百翻，又在各翻　魏東荊州刺史桓暉入寇，拔下笮戍。4473

笮，丁度《集韻》：側格反，姓也　下邳相丹陽笮融依緣爲盟主。1971

笮，疾各翻　勢悉眾出戰於成都之笮橋。3075

笮，賢曰：笮，謂壓笮也，側駕翻　恭於城中穿井十五丈不得水，吏士渴乏，至笮馬糞汁而飲之。1467

笮，音昨　北自漢中，南至邛、笮，布滿山谷。4569

笮，在各翻　使四民飢餒，笮融、姚興之代也。5007

舴，陟格翻　子響即日將白衣左右三十人，乘舴艋沿流赴建康。4295

責，如字，又讀曰債　聞弘微不取財物，乃奪其妻妹及伯母、兩姑之分以還戲責。3843

責，如字，又仄懈翻。《漢書高紀》：兩家折券棄責，無音；《淮陽王傳》：張博負責，仄懈翻　教州、府、國綱紀宥所統內見刑，原逋責。3769

嘖，側革翻　姿性尤醲粹，左右見之，皆嘖嘖嗟賞。996

澤，《史記正義》曰：澤，音釋　使張黶陳澤往讓陳餘曰。285

澤，師古曰：澤，音鐸　漢三都尉居塞上。音註：張掖兩都尉，一治曰勒澤索谷，一治居延；又有農都尉，治番和。是爲三都尉。1043

簀，測革翻　海岸泥淖，須布竹簀乃可行。9349

簀，竹革翻　卷以簀，置廁中，使客醉者更溺之。158

賾，士革翻　使其妻張氏與四子留冀州，逞獨與幼子賾詣平城。3495

仄，古側字　險道傾仄。486

仄，阻力翻　新野人庾仄，殷仲堪之黨也。3553

昃，音側　口對百辟，心虞萬機，景昃而食。4348

昃，阻力翻　自旦至日昃，魏眾大潰。3952

剕，士力翻　繹與新興太守杜剕有舊。5029

曾，才登翻　曾無所芻牧。69

曾，戶增翻　於事爲無擾，於人爲不勞；曾不料兵連禍拏，變故難測。7349

鄫，茲陵翻　周鄫文公長孫儉卒。5285

罾，作滕翻　其外又以罾周圍，施鈴柱、槌磬以知所警。5638

罾，作滕翻，魚網也　己酉，吳越兵至福州，自罾浦南潛入州城。9314

繒，慈林翻　并遣暮末馬千匹及錦罽銀繒。3802

繪，慈陵翻　西南夷姑繪、葉榆復反。754

繒，慈陵翻，帛也　外府衣物、繒布、絲纊。4278

繒，慈陵翻，絹也　田單乃收城中，得牛千餘，爲絳繒衣。140

繒，疾陵翻　彼之繒綵，皆此國之物。5476

繒，師古曰：繒，慈陵翻　乘輿席緣綈繒而已。1110

甌，子孕翻　鉅鹿孟敏，客居太原，荷甑墮地，不顧而去。1770

吒，叱稼翻，噴也，叱怒也　於是怨憤形於聲色，歎吒之音發於五內。2304

吒，初加翻　右武威衛將軍沙吒忠義爲前軍總管。6517

吒，陟加翻　常之與別部將沙吒相如各據險以應福信。6337

吒，陟駕翻　侍中近臣及乳母共牽攀止之，不得出，歎吒不食。2446

咋，側革翻，啗也　使親近擲蕃首，作虎跳狼爭咋齧之。2496

咋，鉏陌翻，齧也　亟營西山，吾將歸老。猘子漸大，能咋人矣。9031

咋，吐格翻，齧也　豈有知其無成，而但萎腰咋舌，义手從族乎。1351

租，《襄陽記》曰：租，讀如租稅之租。楊正衡曰：租，側瓜翻　諸葛瑾攻租中。
　　　　2351

租，讀如祖。楊正衡：側瓜翻　吳車騎將軍朱然寇租中。2365

渣，側加翻　乃出魏境，至渣口。4754

溠，側駕翻，《字林》壯加翻　魏楊忠將至義陽，太守馬伯符以下溠城降之。5031

齇，壯加翻　指世祖像曰：「渠大齇鼻，如何不齇？」立召畫工令齇之。4077

軋，乙轄翻　如裴度、令狐楚、鄭覃皆累朝耆俊，久爲當路所軋，置之散地。
　　　　7910

雪，文甲翻　其子衛尉少卿雪嘗盛饌召客。6871

眨，側洽翻，目動也　丁巳，林邑獻五色鸚鵡。音註：其目下瞼眨上。6089

咤，涉駕翻　策馬臨敵，叱咤風生。9481

咤，師古曰：咤，亦吒字也，音竹駕翻　馳騁不止，口倦虖叱咤。776

咤，卓嫁翻　然臣嘗事之，請言項王之爲人也：項王喑噁叱咤。311

柵，側革翻　戊子，義武奏破莫州清源等三柵斬獲千餘人。7804

柵，測革翻　述進破其柵，迴兵擊瓛，大破之。5513

柵，楚格翻　戊申，樊毅克下邳、高柵等六城。5339

柵，直革翻　自南岸擊昕別柵。5499

摘，他狄翻　拜弘佐溫恭好書，禮士，躬勤政務，發摘姦伏，人不能欺。9227

翟，《索隱》曰：翟，音狄，溫公《類篇》音萇伯切　鄭圍韓陽翟。23

翟，萇伯翻　山陽太守翟超。1789

翟，萇伯翻，又徒歷翻　丁巳，以宣徽北院使翟光鄴兼樞密副使。9461

翟，萇伯翻，又音狄　收庫狄伏連、高舍洛、王子宜、劉辟強、都督翟顯貴。
　　5296

翟，亭歷翻，又直格翻　京兆尹翟方進爲御史大夫。1007

翟，徒歷翻　岐王置翟州於鄜城。8707

翟，姓也，音直格翻。又音狄。……今人多讀從上音　次問翟璜。18

翟，與狄同　皆以夷翟遇秦。43

翟，直格翻　捕鍾元弟威及陽翟輕俠趙季，李款，皆殺之，郡中震栗。1144

翟，直格翻，姓也　溫使親將翟虔告之。8699

翟，直格翻，又徒歷翻，姓也　契丹主過新州，命威塞節度使翟璋斂犒軍錢十
　　萬緡。9170

窄，側格翻　賊無故退，疑必有伏，南道窄狹。2047

砦，柴夬翻　閩中豪帥往往立砦以自保。5170

砦，與寨同，柴夬翻　餘眾保洛女砦。5361

砦，與寨同，音豺夬翻　丙寅，邕州奏黃洞蠻破欽州千金鎭，刺史楊嶼奔石南
　　砦。7827

砦，與寨同，音士賣翻　宗侃破守厚七砦，守厚走歸綿州。8422

瘵，側介翻　請許其和，使羸瘵息肩。8190

瘵，則界翻　但山東州縣彫瘵未復，吾不欲勞之耳。6170

瘵，仄介翻　巨盜始平，疲瘵之民、瘡痍之卒尚未循拊。7437

沾，他兼翻　《水經註》上黨沾縣有梁榆城即閼與故城。155

旃，與氈同　夫廣廈之下，細旃之上。776

粘，女廉翻　朕皆粘之屋壁。6026

澶，時連翻　是時田承嗣據魏、博、相、衛、洺、貝、澶七州。7250

澶，市連翻　李世勣發兵送之，自澶淵濟河。5869

邅，張連翻，行不進貌　今國家未靖，不可以太平之理責人於屯邅之世也。2918

饘，杜預曰：饘，糜也，之連翻　主簿啓內廚米三升請稍以爲饘粥。1976

展，與襢同，陟戰翻　遣內參詣晉陽取皇后服御褕翟等。音註：禮見皇帝以展衣。5359

颭，占琰翻　爾曹望吾旗而戰，吾颭旗緩，任爾擇利而戰；吾急颭旗三至地，則萬眾齊入，死生以之，少退者斬。7087

輾，音展　大臣乘朝車，處國事，固得輾轉若此乎。1633

輾，豬輦翻，又尼展翻　會雲梯輾地道，一輪偏陷，不能前卻。7375

占，之贍翻　流民自占八萬餘口。808

占，章贍翻　或詣闕上書占令長，隨縣好醜，豐約有賈。1849

占，章豔翻　黃門宦官開立占募，兵民避役，逋逃入占。2537

占，之贍翻　逼以桎梏箠楚，使各自占。凡有財者如匿贓、虛占，急徵。8403

佔，師古曰：顧，思念也。喋喋，利口也；佔佔，衣裳貌也；言漢人且當思念，無爲喋喋佔佔。佔，昌占翻　顧無多辭，喋喋佔佔。469

偡，丈減翻　眾妾生弘偡、弘億、弘偓、弘仰、弘信。9208

棧，士限翻　會丹陽賊帥費棧作亂。2153

棧，士限翻，公休士諫翻　良因說漢王燒絕所過棧道以備諸侯盜兵。308

棧，士限翻；康士諫切，非　故棧道木閣而迎王與后於城陽山中。144

棧，仕限翻。丁度曰姓也。棧，士限翻　帝將立郭貴嬪爲后，中郎棧潛上疏曰。2206

棧，土限翻　必俟眾駒爭皁棧。9019

湛，《姓譜》：湛，丈減翻，姓也　譙州刺史湛僧智圍魏東豫州。4721

湛，持林翻　陛下誠深察愚臣之言，抗湛溺之意，解偏駮之愛。963

湛，讀曰沈　湛溺盈溢之欲。820

湛，讀曰沈，又讀曰耽　又不制雅樂有以相變，豪富吏民湛沔自若。1058

湛，師古曰：湛，讀曰耽　然湛於酒色。1054

湛，師古曰：湛，讀曰沈　湛靜安舒者戒於後時，廣心浩大者戒於遺忘。925

湛，師古曰：湛，讀曰沈，音持林翻　排水澤而居之，湛溺自其宜也。1066

湛，師古曰湛讀曰沈，又讀曰耽　與從官、官奴夜飲，湛沔於酒。786

湛，徒減翻　乙卯，宣毅司馬湛陀克新蔡城。5324

綻，當作「袒」，丈莧翻　既行，濛於臥內得補綻衣，馳使歸之。8467

袒，賢曰：袒，直莧翻　且濟時拯世之術，在於補袒決壞，枝拄邪傾。1723

袒，丈澗翻，縫也　此不過欲補袒支黨，還自保耳。2370

餗，之然翻　《易》曰：「鼎折足，覆公餗」，喻三公非其人也。音註：餗，音送鹿翻。虞云：八珍之具也。馬云：餗也。餗音之然翻，鄭云：菜也。1122

餰，諸延翻，厚粥　薄田足以具餰粥。5599

張，知兩翻　吾所以不誅諸武者欲使上自誅之以張天子之威耳。6587

張，知亮翻　時荒亂之餘，胡狄雄、張，吏民亡叛入其部落。2066

張，知亮翻，又如字　今無故棄五百里地，則賊勢益張矣。7082

張，竹亮翻　公卿故人設祖道供張東都門外。833

鄣，師古約：鄣，音章　遂廢太子和爲庶人徙故鄣。2386

漳，諸良翻　與趙盟漳水上。55

仗，除兩翻　侯景圍逼已久，援軍相仗不戰。5003

仗，除兩翻，憑仗也　侃膽力俱壯，太子深仗之。4986

仗，直兩翻，憑也　儼以紇有智數，仗爲謀主。4698

仗，直亮翻，憑荷也　立則仗鍤。145

杖，除兩翻　俗競於殺伐，阻兵杖力。2143

杖，與仗同，直亮翻　時會方給姜維鎧杖。2481

杖，直兩翻，憑也　歡使將兵十萬，專制河南，杖任若己之半體。4945

杖，直亮翻　夫武臣、張耳、陳餘，杖馬箠。263

障，宋祁曰：障，之亮翻，又音章　請曰：「以爲繭絲乎？抑爲保障乎？」簡子曰：「保障哉！」8

障，與嶂同，山也　修道橋，通障谿。1391

障，與瘴同　能輕身，勝障氣。1411

障，之尙翻　復曰：「居一障間？」645

瘴，之亮翻　南州水土溫暑，加有瘴氣。1681

瘴，之亮翻，熱病也　以春瘴方起，請待至秋。4912

佋，時昭翻　偲爲召王，佋爲興王，侗爲定王。7046

佋，音韶　張后生興王佋。7054

招，師古曰：招，讀與翹同　非鄭、衛之樂者，別屬他官。音註：諸族樂人兼雲招給祠南、北郊用六十七人。1057

招，音翹　昔國子好招人過，以致怨惡。1717

招，音翹，舉也　秦以區區之地致萬乘之權，招八州而朝同列。298

招，音翹，又如字，召也　必不敗好以招禍。1975

招，之遙翻　虧既往之恩，招將來之患。2889

昭，本如字，爲漢諱昭，改音韶，或云：晉文帝名昭，改音韶　禮，太祖東向，左昭右穆。3556

昭，讀如字　從來不序昭穆。4032

昭，讀爲佋，時昭翻　孝昌以來，昭穆失序。4855

昭，讀爲佋，音韶　上自以昭穆次第，當爲元帝後。1393

昭，讀曰佋　若以兄弟同昭。6729

昭，讀曰佋，如遙翻　既尊恭，立廟京都，又寵藩妾，使比長信，敘昭穆於前殿。2255

昭，讀曰佋，時遙翻　唐初祫則序昭穆，禘則各祀於其室。6785

昭，李涪曰：本如字，爲漢諱昭，改曰韶。一曰：晉文帝名昭，故讀曰韶　議立太祖與二昭二穆爲五廟。5159

昭，上招翻　遂亂昭穆。8917

昭，時招翻　叔皆答拜，紊亂昭穆。6109

昭，市招翻　義府既貴，自言本出趙郡，與諸李敘昭穆。6317

昭，之招翻　魏主序昭穆於明堂。4323

炤，與照同　漢嘉夷王沖歸、朱提審炤、建寧爨量皆歸之。2811

炤，與照同，之笑翻　炤曰：「不知汝家司空將一家物與一家，亦復何謂。」4225

釗，音昭　李釗至寧州。2734

召，讀與邵同　即日封通少子雄爲召陵侯。1374

召，讀曰邵　杜預曰：潁川召陵縣西有鄧城。92

召，師古曰，召，讀曰邵　吏民親愛，號曰「召父」。946

召，寔照翻　廣陵人召平爲陳王徇廣陵，未下。272

召，音邵　人懷漢德，甚於周人思召公也。1232

召，與邵同　齊相召平弗聽。431

笮，側絞翻　皆受五斗織銀絲筐及笮篼各一。6902

旐，音兆　輅車乘馬，後屬百兩。音註：龜旐四斿、四仞、齊首以象營室。138

肇，《伏侯古今註》曰：肇之字曰「始」，音兆。賢曰：案許慎《說文》肇，音
　　大可翻；上諱也。但伏侯、許慎並漢時人，而帝諱音不同，蓋別有所據　孝
　　和皇帝上。音註：諱肇，肅宗第四子也。1518

曌，讀與照同，之笑翻　后姓武氏，諱曌，并州文水人。后自製「曌」字。6417

折，《姓氏略》：折，常列翻　由是府州刺史折從遠亦北屬。9273

折，常列翻，摧折也　韓、魏戰而勝，秦則兵半折。71

折，當作「析」，思歷翻　急之，則散歸隴外，折墌虛弱，仁果破膽。5822

折，而列翻　卑躬折節。5637

折，而設翻　弗救則韓且折而入於魏。58

折，而設翻，又之舌翻　橫使江、淮士子，荊、揚人物，死亡矢石之下，夭折
　　霧露之中。4966

折，屈也，之列翻　太后意折。2417

折，上列翻　殺折蘭王，斬盧侯王。630

折，食列翻　及城潰，人爭門而出，皆以轊折車敗，爲燕所擒。137

折，之截翻　杖脊一，折法杖十。8052

折，之列翻　丕外慮不成，口雖折難。4409

折，之列翻，斷也　況今萬品千群，俄折乎一面。4037

折，之舌翻　面折，不能容人之過。575

矺，《索隱》曰：矺，貯格翻。《史記正義》音宅，與磔同，謂磔裂支體而殺之；
　　溫公《類篇》音竹格翻，磓也　十公主矺死於杜。252

悊，與哲同　景以于子悅、任約、傅士悊皆爲儀同三司。5004

晣，之舌翻　三月，琅邪民王萬壽殺東莞、琅邪二郡太守劉晣。4598

嚞，音哲　己酉，立子玄嚞爲秦王。9426

摺，力答翻　魏齊怒笞擊范睢，折脅摺齒。158

摺，落合翻　伯禽就摺殺之。4518

摺，與拉同，力答翻，摧也，折也　摺脅籤爪。6486

輒，陟涉翻　桓齮伐趙，敗趙將扈輒於平陽。219

磔，陟格翻　凡殺人，皆磔尸車上，隨其罪目，宣示屬縣。1851

磔，陟格翻，開也　但能張磔網羅，而目理甚疏。1989

磔，陟格翻，裂也，張也　吳章要斬，磔尸東市門。1141

磔，陟格翻，張開也　昌義之怒，須髮盡磔。4564

磔，陟格翻，張也，開也　太后命磔於天津橋南。6537

磔，竹格翻　送大梁，磔於市。9411

謫，賢曰：謫，責也，直革翻　夫國無善政，則謫見日月。1353

鰛，音接　乃詔從官令車載一石鮑魚以亂之。音註：班書貨殖傳：鰛鮑千鈞。
　　　250

讁，則革翻　以讁徙民五十萬人戍五嶺，與越雜處。243

讁，陟革翻　沙城中讁戍士數千人，令皆厚撫之。3230

慴，即涉翻，失氣也　其眾數千人皆慴服。2019

慴，之涉翻　而留郭吉，遷之北海上。然匈奴亦慴。677

慴，之涉翻，失氣也　眾皆慴服。7409

慴，質涉翻　潛撫以恩威，單于慴服。2146

赭，音者　昭義節度使毛璋所為驕僭，時服赭袍。9012

赭，音者，赤也　始皇大怒，使刑徒三千人皆伐湘山樹，赭其山。241

赭，止也翻　太后令永巷囚戚夫人，髡鉗，衣赭衣，令舂。409

褶，寔入翻　遺上師子皮袴褶。4246

褶，席入翻　範出，便釋褠，著袴褶。1973

褶，音習　魏主賜以繡袴褶及雜絲百匹。4305

淅，音析　丙申，朱粲寇淅州。5820

浙，之列翻　乘勝盡取吳故地，東至於浙江。66

浙，之舌翻　遂引兵渡浙江。1985

蔗，之夜翻　魏主遣應至小市門，求酒及甘蔗。3955

奢，正奢翻　俗謂乳母之壻曰阿奢。6631

跤，師古曰：跤，古蹠字，之石翻，今所呼腳掌是也。蹵，古戾字；言足蹠反戾，不可行也　病非徒瘇也，又苦跤蹵。472

貞，與楨同　失國之主，其朝豈無貞幹之臣。1710

偵，丑正翻　但使慈偵視輕重。1972

偵，丑鄭翻　給其衣食，遂爲漢偵候。1413

偵，丑鄭翻，又丑貞翻，候也　爲漢偵察匈奴動靜。769

偵，賢曰：偵，候也，丑政翻。《廣雅》曰：偵，問也　外令兄弟求其纖過，內使御者偵伺得失。1489

湞，癡貞翻　韶州將劉潼復據湞、洽。8521

湞，鄭氏曰：湞，音桱。孟康曰：湞，音貞。師古曰：湞，丈庚翻　樓船將軍楊僕出豫章，下湞水。668

楨，音貞　夫朝廷者，天下之楨幹也。918

甄，側鄰翻　癸亥，歷山飛別將甄翟兒眾十萬寇太原。5703

甄，當作「鄄」，音工掾翻　夫三晉大夫皆不便秦，而在阿、甄之間者百數。233

甄，當作鄄，音吉掾翻　前宣徽使甄城翟光鄴爲樞密使。9363

甄，稽延翻　濤甄拔人物，各爲題目而奏之。2536

甄，稽延翻，別也　仍明察功過，尤甄賞罰。疏奏，太后頗嘉之。6501

甄，稽延翻，察也　而無所甄別，賢愚同滯。7258

甄，稽延翻，察也，別也　於是考微勞，甄壯烈。2243

甄，稽延翻，察也，免也　斥遠以儆其不恪，甄恕以勉其自新。7554

甄，七人翻　初，魏御史中尉甄琛。4558

甄，楊正衡曰：甄，音堅　曾先攻左、右甄。2849

甄，音絹　曹操軍甄城。1942

甄，之人翻　大司馬甄邯死。1197

甄，之人翻，姓也　引光女壻甄邯爲侍中、奉車都尉。1126

禎，音貞，祥也　以祅怪爲嘉禎。5007

蓁，側詵翻　以爵讓其弟蓁，屏居墓下終身。4249

榛，側詵翻　朕於兄弟間不至榛梗。9109

溱，側詵翻　景儉貶溱州。6498

溱，仄詵翻，又音秦　黃金橫帶而騁乎淄、澠之間。音註：繩水出管城東，世謂漢溱水，西逕樂安、博縣，與時水合。145

溱，茲詵翻　廢珍爲庶人，溱州安置，其黨皆伏誅。7112

溱，緇詵翻　慶之引兵圍魏懸瓠，破魏潁州刺史婁起等於溱水。4797

禛，之人翻　景王祕、祁王琪、雅王禛。8640

箴，之金翻　莊王滅其族而赦箴尹克黃，以爲子文無後何以勸善。821

鍼，其廉翻　會稽謝鍼、吳郡陸瓌。3498

鍼，與鉗同，其淹翻　鍼、椎、鑿、鋸，不離左右。4193

鍼，諸深翻　上讀《明堂鍼灸書》，云：「人五藏之系，咸附於背。」6083

枕，即任翻　驛中無燈，人相枕藉而寢。6973

枕，上如字，下之任翻　顯達撫枕曰：「臣年衰老，富貴已足，唯欠枕枕死。」4454

枕，之酖翻　上枕建膝而寢，既覺，始進食。8331

枕，之任翻　走者無食，相枕而死。3815

枕，之鴆翻　羣臣莫不被潤澤，蒙厚德，陛下則高枕肆志寵樂矣。252

枕，職任翻　梁足以扞齊、趙，淮陽足以禁吳、楚，陛下高枕，終無山東之憂矣。484

枕，或枕，職任翻　或枕大鈴，寐熟輒欹而寤，名曰警枕。8847

枕，職鴆翻　矢集御前，羣臣死者相枕。2675

疹，丑刃翻　是皆不勝其忿怒而有增於疾疹也。3891

眕，楊正衡曰：眕，止忍翻，又音眞　右衛將軍陳眕。2695

眕，之忍翻　二子眕、盱隨父後，亦赴敵而死。2950

眕，止忍翻　潁川陳眕、高陽許猛。2609

診，驗也，音軫　莽疑其詐死，有司奏請發賢棺，至獄診視。1124

診，章忍翻　素寢疾，帝每令名醫診候，賜以上藥。5625

診，止忍翻　病者自爲診脈分藥。3503

診，止忍翻，候脈也　宗劭等診療之時。8159

診，止忍翻，候脈也　帝不許，遣御醫診視。2585

診，止尹翻，候脈也　秦主生夜食棗多，旦而有疾，召太醫令程延，使診之。3158

稹，章忍翻　遣錄事叅軍董稹奉表詣闕。7308

稹，止忍翻　謚曰克。其子稹訟之。6800

縝，章忍翻　尚書殿中郎范縝。4259

縝，止忍翻　趙縝、呂璋等皆流嶺南。7926

縝，指忍翻　商人趙縝引之見太后。7859

紖，直忍翻，索也，牛系也。陸德明曰：綆，與紖同，又以忍翻。又《周禮釋
　　音》羊晉翻　有司言御牛青絲紖斷。2494

揕，張鴆翻。《索隱》曰：揕，謂以劍刺其胸也　臣左手把其袖，右手揕其胸。
　　226

侲，賢曰：侲，子逐疫之人也，音振　減逐疫侲子之半。1580

振，之印翻　魏永寧浮圖災，觀者皆哭，聲振城闕。4836

賑，即忍翻，救也，恤也　令曰：「城中民出者勿獲，困者賑之。」137

賑，津忍翻　揚州諸郡大水，己酉，運徐、豫、南兗穀以賑之。3858

賑，之忍翻　仲堪竭倉廩以賑饑民。3502

賑，止忍翻　上乃許以穀二萬斛賑之。7955

鎮，側人翻　兵士伏籬上觀，互相鎮壓以爲笑。1969

鎮，之人翻　若子孫不能保家，徒與人作鎮石耳。5572

爭，側迸翻　康有違失，敞輒諫爭。1524

爭，讀曰諍　開陳其端，使人主自擇，不肯面折廷爭。595

爭，與諍同　以桑遷通經術，知父謀反而不諫爭。768

爭，讀如字　應蒙殊賞。評皆抑而不行。垂數以爲言，與評廷爭，怨隙愈深。
　　3221

爭，與諍同，音則迸翻　父有過失，子當諫爭。5488

爭，則迸翻　數懇切諫爭。4031

崢，仕耕翻　臨崢嶸不測之深。979

鉦，音征　鉦、鼓聲動地。939

箏，音爭　布使人鼓箏於帳中。1945

箏，音爭　及彈箏峽。5995

徵，讀曰證　兵未戰而先見敗徵。281

徵，音懲　自北屈進屯杏城。音註：魏收《地形志》：澄城縣有杏城。師古曰：
　　澄城，漢馮翊之徵城。徵，音懲。3161

徵，與禎同　稱京師妖異，造蜀地徵神。5594

徵，陟里翻　宮、商、宜濁，徵、羽宜清。4653

錚，初耕翻　卿所謂鐵中錚錚，傭中佼佼者也。1310

丞，一本作「譙王承（丞）」，音拯　封譙剛王遜之子承爲譙王。2844

丞，音拯　敦遣參軍桓熊說譙王丞，請丞爲軍司。2894

丞，音拯。以此觀之，則前作「承」，誤也　左將軍譙王丞。2885

拯，上舉也，援也，救也，助也，音之凌翻　民以爲將拯己於水火之中也。89

聂，知領翻　淄州刺史曹全聂討誅之。8212

正，師古曰：正，之成翻　興太學，修郊祀，改正朔。747

正，之成翻　是後，上亦怠於改正、服、鬼神之事。503

正，之盈翻　母畢正臘。866

政，與正同　政是求安國家耳。4446

証，音正　故嶺南節度使胡証，家鉅富。7914

証，之盛翻　詔以戶部郎中河東胡証爲之。7697

諍，讀與爭同　輒興諍訟，論議紛錯。1557

諍，讀曰爭。諍，叶韻平聲　疇乃爲約束，相殺傷、犯盜、諍訟者，隨輕重抵
　　罪，重者至死。1947

諍，讀曰爭　東昏時諸諍訟失理。4509

諍，與爭同，……叶韻平聲，古字多假借用也　新市人王匡、王鳳爲平理諍訟。
　　1215

證，音正　裴證之曾孫也。8841

支，力知翻　高麗遣大臣乙支文德詣其營詐降。5664

支，孟康曰：支，音衹，裴松之其兒翻　留其子養守令支。3496

支，裴松之音其兒翻　慕容廆遣其世子皝襲段末杯，入令支。2910

支，裴松之曰：支，音其兒翻　王浚從事中郎陽裕，躭之兄子也，逃奔令支。
　　2814

支，音祁　燕王皝引兵攻掠令支以北諸城。3015

支，音祁，又音衹　乙卯，魏虎威將軍宿沓干伐燕攻令支。3530

支，音衹　即去令支，國人不樂。2939

知，讀曰智　荀卿曰知莫大於棄疑。192

知，古智字，通　師子素勇黠多知。1540

知，與智同　郡國吏竊笑丞相仁厚有知略。873

胝，丁尼翻，皮厚也　足下生胝。4701

揰，章移翻，拄也　光弼使穿地道周賊營中，揰之以木。7016

褆，是支翻，又是兮翻　丙寅，封皇弟褆爲潁王。8646

直，師古曰：直，讀曰值　臣敢願於廣朝白發其端，直守遠郡。818

植，孟康曰：委裘，若容衣，天子未坐〔朝〕，事先帝裘衣也。植，音值。朝，
　直遙翻。　如此，則臥赤子天下之上而安，植遺腹，朝委裘而天下不亂。
　472

植，直吏翻　封府庫，植旗幟於城上，遣羸弱居前。8612

植，直吏翻，立也　乃令軍候植戟於營門。1991

植，直吏翻，又如字　壬戌，珂植白幡於城隅。8549

植，直吏翻，又時力翻　秀實列卒取十七人首注槊上，植市門。7169

殖，音植　故衣食滋殖，倉庫盈溢。5602

塦，與埴同　春，秦師及楚戰於丹陽。音註：李塦《輿地紀勝》曰：丹陽在今
　歸州秭歸縣東八里屈沱楚王城是也。92

偫，丈里翻　并州素乏儲偫。3429

翟，直質翻　遣內參詣晉陽取皇后服御褘翟等。音註：食命婦，歸寧，則翟
　衣。5359

跖，之石翻　柳下惠、嬰盜跖之誅。4404

墌，章恕翻　薛舉進逼高墌。5800

摭，之石翻　採摭殘缺。2320

摭，之實翻　且臣前後所奏駱奉仙，詞情非不摭實。7149

縶，涉立翻　契丹主責王郁，縶之以歸。8873

縶，音執，縛也　晝則苦役，夜縶地牢。7471

縶，陟立翻　縶浩置檻內，送城南。3943

蹠，之石翻　顒屯豫章之苦竹灘，傅泰據蹠口城。5161

蹠，之石翻，踏也　以韓卒之勇，被堅甲，蹠勁弩。69

躑，直炙翻　是以馮異西征，得以數千百人躑躅三輔。1321

阯，音止　丙辰，禪泰山下阯。679

帋，與紙同，通俗書也　班、仁懷劍執帋而入。3621

抵，諸氏翻　而臣兄弟獨以無辜，爲專權之臣所見批抵。1775

枳，諸氏翻　牆垣悉布枳棘。5071

軹，音止　軹人郭解。605

軹，音只　秦大良造白起客卿錯伐魏，至軹取城大小六十一。122

軹，音紙　秦王子嬰素車、白馬，係頸以組，封皇帝璽、符、節，降軹道旁。
　　298

軹，知氏翻　乃悉斂諸軍屯軹關。3414

阤，施是翻　今宮闕、營壘、百司廨舍率已荒阤。7849

阤，丈爾翻，壞也　尉時朝廷日亂，綱紀頹阤。1785

忮，支義翻，狠也　長安鎮將陸俟曰：「長安險固，風俗豪忮。」3928

豸，馳爾翻　公何等蟲豸，欲倚婦力邪。8889

豸，宅買翻　獬豸何嘗識字，但能觸邪耳。6464

厔，音窒　鰲厔以東，宜春以西。564

厔，竹乙翻　二月行幸鰲厔五柞宮。745

治，平聲　治書侍御史安定梁毗。5439

治，師古曰：治，弋之翻　又作新平於灅水之陽。音註：又考班固地理志，雁
　　門陰館縣樓煩鄉累頭山，治水所出，東至泉州入海。2807

治，直吏翻　然後能上下相保而國家治安。3

治，直之翻　聖人之慮遠，故能謹其微而治之。4

治，直之翻，脩治也　遣牙將庾伯良將兵三千治石頭。7641

炙，之石翻　高皇帝：肉膾、菹羹；昭皇后：茗、粣、炙魚。4305

炙，之夜翻　悅廚饌甚盛，不以及毅；毅從悅求子鵝炙。3646

炙，之夜翻，燔肉也　吏民數千人送至渭城，老小扶持車轂，爭奏酒炙。870

郅，之日翻　濟南太守郅都爲中尉。534

峙，丈里翻　離宮、別館儲峙米糒、薪炭，悉令省之。1565

晊，音質　南陽太守成瑨以岑晊爲功曹。1787

晊，之日翻　張儉、翟超、岑晊、苑康。1818

桎，之日翻　甫愍然爲之改容，乃得並解桎梏。1799

桎，職日翻　命之曰「以天下爲桎梏」者，無他焉，不能督責。267

秩，直乙翻　今自有秩以上至諸大吏。161

袟，與帙同，直質翻　惟裴憲、荀綽止有書百餘袟，鹽米各十餘斛而已。2813

偫，大理翻，具也　多設儲偫。1622

偫，丈里翻　邛州軍資儲偫皆散於亂兵之手。8152

偫，直里翻　權益貴重之，賞賜儲偫，富擬其舊。2039

偫，直里翻；積物以待用謂之偫　衍既行，州中兵及儲偫皆虛。4481

猘，《漢書音義》：征例翻，又居例翻，狂犬也　譬如猘狗，或能噬人。4885

猘，征例翻。犬強爲猘　亟營西山，吾將歸老。猘子漸大，能咋人矣。9031

畤，音止　王郊見上帝於雍。音註：秦惠公都之，有五畤。196

袠，與帙同　則法書徒明於袠裏，冤魂猶結於獄中。4316

蛭，之日翻　昔楚莊吞蛭而愈疾。6711

寘，徒年翻　思結別部爲蹛林州，白霫爲寘顏州。6245（編者按：寘當爲窴。寘無此切語）

滍，丈几翻　又引滍、淯水以浸田萬餘頃。2573

滍，直几翻　乙巳，敗於滍水之南。6305

滍，直里翻　南陽節度使魯炅立柵於滍水之南。6961

滍，直理翻　雨下如注，滍川盛溢。1244

稚，《索隱》曰：稚，持利翻　冬匈奴軍臣單于死，其弟左谷蠡王伊稚斜自立爲單于。610

稚，持利翻　主上自以太子稚弱。4163

稚，遲二翻　輕我童稚。5648

稚，直利翻　故擇宗室幼稚者以爲孺子。1161

穉，與稚同，直利翻　時皇子爲都督、刺史者多幼穉。6185

穉，直二翻　今太子新立，年尙幼穉。6207

稺，直利翻　父老、童稺、垂髮、戴白滿其車下，莫不感悅。1287

跱，賢曰：儲，積也；跱，具也；言不得豫有蓄備。跱，音丈里翻　所經道上
　　　州縣，毋得設儲跱。1497

寔，師古曰：寔，音竹二翻　末振將弟卑爰寔。1036

寔，竹二翻　烏孫卑爰寔侵盜匈奴西界，單于遣兵擊之。1089

銍，陟栗翻　顥與陳慶之乘虛自銍城進拔滎城，遂至梁國。4758

銍，竹乙翻　魏氏將出而攻留、方與、銍、湖陵、碭、蕭、相，故宋必盡。152

幟，昌志翻　於是沛公乃夜引軍從他道還，偃旗幟。289

幟，尺志翻　使之偃藏旗幟，寂若無人。2977

幟，尺志翻，又音誌　皆著黃巾以爲標幟。1865

幟，赤志翻　自將步騎五千人，皆用袁軍旗幟。2034

幟，式志翻　其改正朔，易服色，變犧牲，殊徽幟，異器制。1168

摯，音至　昔伊摯在夏。175

質，《經典釋文》曰：質，職日翻。委質，委其體以事君也。《後漢書註》：委質，
　　　屈膝　豫讓曰：「既已委質爲臣。」16

質，如字　今策名委質。2018

質，音至　因爲質焉。707

質，音致　通質結盟。67

質，音致，謂侍子也　故自建武以來，西域思漢威德，咸樂內屬。數遣使置質
　　　於漢。1404

質，音致，又如字　一人逃亡，舉家質作。4601

質，與鑕同，職日翻，鐵椹也　乃解衣伏質。214

質，之日翻　蒙遜、熾磐昔皆委質於吾。3669

質，脂利翻，物相綴當也。又，質讀如字，亦通。質，謂椹質也，質的也。椹
　　　質受斧，質的受矢　奈何獨以吾爲智氏質乎！10

質，職日翻　天下終當一統明公既已委質。5831

質，職日翻。賢曰：委質，猶屈膝也，又音摯　足下推忠誠，既遣伯春委質。
　　　1345

隲，之日翻　太子與西陵都督步隲書。2256

摘，投也，持益翻；一曰：摘，礎也，丁力翻　或置鼕鼓殿下，天子自臨軒檻
　　上，隤銅丸以摘鼓。950

摘，讀與擲同　或謂備趙雲已北走，備以手戟摘之曰：「子龍不棄我走也。」
　　2084

摘，師古曰：摘，他歷翻　馮氏反事明白，故欲摘抉以揚我惡。1081

摘，師古曰：摘，謂動發之也，音他狄翻　其發姦摘伏如神。802

摘，他狄翻　雒陽令廣漢王渙，居身平正，能以明察發摘姦伏。1562

摘，他狄翻，發也，動也　彥光至，發摘姦伏。5448

摘，他歷翻　燕主暐從之，使綰專治其事，糾摘姦伏。3211

摘，他歷翻，發動也　尚書郎樂安廉昭以才能得幸，好抉摘羣臣細過以求媚於
　　上。2279

摘，他歷翻，挑也　妻以豉為藥，摘以示氾曰。1960

摘，賢曰：摘，猶發也，他狄翻　聽羣盜自相糾摘。1388

摘，與擲同，古字耳，音持益翻　荊軻廢，乃引匕首摘王，中銅柱。227

櫛，側瑟翻　妾誠無面目復奉巾櫛。2793

櫛，側瑟翻，梳也　常季賢以善養馬，陳掃靜掌櫛。4538

櫛，去瑟翻　櫛風沐雨，親冒矢石。8860

櫛，阻瑟翻，梳也　主上使妾侍巾櫛者。5893

瓆，職日翻　太原太守平原劉瓆。1788

騭，之日翻　闓，騭之子也。2492

騭，職日翻　以虎賁中郎將鄧騭為車騎將軍儀同三司。1564

騭，職日翻。賢曰：《東觀記》「騭」作「陟」　帝每欲官爵鄧氏，后輒哀請謙
　　讓，故兄騭終帝世不過虎賁中郎將。1557

礩，職日翻　邵陵王綸聞之，遣其子威正侯礩將兵擊之。5052

躓，音致　既戰，偽北，林邑逐之，象多陷地顛躓。5619

躓，陟利翻　戰方酣，克用之子鐵林指揮使落落馬遇坎而躓。8489

躓，陟利翻，跲也　與數騎北下突陳，不得入，將回趨白木陂，馬躓。2962

躓，竹二翻　景帝信誅晁錯兵解，遂戮三公。音註：周大夫亦為賦《狼跋》之
　　詩曰：「狼跋其胡，載疐其尾毛。」毛氏註云：跋，躐也。疐，跲也。《說
　　文》云跋，躓，丁千翻；跲，躓，竹二翻。763

鷙，師古曰：音竹二翻　外國天性忿鷙，形容魁健，負力怙氣，難化以善。1104

鑕，音質，椹也　河內趙承等數十人亦要鈇鑕詣闕通訴。1712

中，不中，竹仲翻　乘馬出城西走至城門左右於闇中斫玄不中。3571

中，丁仲翻　自丞相違，世鬚髮中白。音註：中，謂半也。3273

中，讀曰仲　縈遂殺公中緩而立。41

中，讀曰仲，又竹仲翻　因急攻之，中宿而拔。4560

中，陸德明曰：中，丁仲翻　今詣許昌，不過中宿。音註：中宿，次宿也。《左
　　傳》曰：命汝三宿，汝中宿至。2378

中，毛晃曰：中，直眾翻，半也　吾鬢髮中白。3174

中，如字　叡以強弩二千一時俱發，洞甲穿中。4571

中，師古曰：顧，念也。中，猶滿也；量中者，滿其數也。中，竹仲翻　顧漢
　　所輸匈奴繒絮、米糵，令其量中、必善美而已矣。469

中，師古曰：言中間之中，讀如本字，又音竹仲翻　單匈奴中亂。1270

中，師古曰：中，讀曰仲　加以功德有厚薄，期質有修短，時世有中季。1026

中，師古曰：中，傷也，竹仲翻　諸長吏牧守皆自亂鬭中兵而死。1228

中，師古曰：中，竹仲翻　細大之義吾未得其中。504

中，矢中，竹仲翻　嗣昭登城宴諸將作樂，流矢中嗣昭足。8692

中，竹仲翻　秦無韓、魏之規，則禍中於趙矣。67

中，竹仲翻，當也　上以爲忠直，所言皆中意。723

中，竹仲翻，又如字　四方所以奔馳歸附東都者，以公能中興隋室故也。5848

中，竹仲翻，中傷也　讓由是以事中允。1876

中呂，陸德明曰：音仲，又如字　而崇乃以中呂爲宮，猶用林鍾爲徵，何由可
　　諧。4653

衷，陸德明曰：衷，音中，或丁仲翻　今楚琳能兩端顧望，乃是天誘其衷。
　　7420

衷，陟仲翻　臣愚以爲可宣下百官，參其同異，然後覽擇勝否，詳采厥衷。
　　1660

衷，竹仲翻　不顧其前後，考折厥衷。1534

种，持中翻　馬援謂司馬呂种曰。1419

种，音沖　廷尉李种坐故縱死罪。755

种，直中翻　唐主幼子景邆，母种氏有寵。9244

冢，而隴翻　丙辰，命苗晉卿攝冢宰。7123

冢，之隴翻　吾懼燕人掘吾城外冢墓。139

冢，知隴翻　秦師及楚戰于丹陽。音註：班志：丹水出上洛冢嶺山。92

塚，知隴翻　昉又求小冢宰。5411

瘇，師古曰：瘇，止勇翻　天下之勢方病大瘇。472

種，師古曰：種，五穀種也，音之勇翻　流民還歸者，假公田，貸種食。810

種，章勇翻　吾臣有種首者，使備盜賊，則道不拾遺。50

種，穀種，章勇翻　與我蒸穀種，種之不生。6531

種，之隴翻　太史敫曰：「女不取媒，因自嫁，非吾種也，汙吾世。」140

種，之勇翻　三月，遣使者振貸貧民無種、食者。752

重，除用翻。重思猶言三思也　惟加重思。2019

重，康曰重，直用切。余按文義，當音輕重之重。　毛公、薛公見信陵君曰：「公
　　子所以重於諸侯者，徒以有魏也。」201

重，如字　岂以臣為重去將印哉。286

重，如字，難也　陳主重傷其意而止。5505

重，如字。康直龍切，非也　二世曰：「凡所爲貴有天下者，得肆意極欲，主重
　　明灃。」278

重，師古曰：重，謂輜重也，音直用翻　殺略大昆彌千餘人，敺畜產甚多，從
　　後與漢軍相及，頗寇盜後重。937

重，師古曰：重，直用翻　既還，重車餘棄梁肉。644

重，音輕重之重　又愛泄姬，重如耳，而恐其因愛重以壅己也。132

重，直龍翻　《史記》重黎之後，至周宣王時爲程伯休父爲司馬氏。84

重，直龍翻。重，姓　乃與三弟藍、弘、壽及故大彤渠帥重異等兵。1333

重，直隴翻　拔矟刺之，彥章重傷，馬躓。8895

重，直用翻　康曰：軯車也，軍行所以載輜重。52

重，直用翻，言再三加察也　其爲政以安民爲本，不以修飾爲先。願主公重加
　　察之。2132

重，直用翻，再也　冀然其言，明日重會公卿。1708

重，直用翻。重，再也　禍殆不測，宜見重詳。2453

重，重以，直用翻　方今賦役煩重，百姓凋弊，重以讒慝專恣，刑賞失中。6565

蚘，直眾翻，蟲食曰蚘　侯君集馬病蚘顙，行軍總管趙元楷親以指瀌其膿而齅之。6160

粥，師古曰：粥，弋六翻　陰欲自託，乃曰：「方今四夷賓服，皆爲臣妾，北無葷粥、冒頓之患。」962

粥，音育　嘗居代、鳫門備匈奴。音註：其子獯粥妻桀之眾妾。206

輈，音舟　汝今輈張，怙汝兄邪。1895

賙，音周，振贍之也　遣使唁之，且賙其乏。9226

盩，音舟　會眉州刺史英公李敬業及弟盩厔令敬猷。6422

盩，音輈　盩厔以東，宜春以西。564

盩，張流翻　二月，行幸盩厔五柞宮。745

盩厔，音舟窒　召盩厔令尹逢拜爲諫大夫遣之。1093

鵃，《集韻》：丁了翻　又以鵃舸千艘載戰士。5079

妯，直六翻　我女豈可使與田舍女爲妯娌邪。6402

帚，止酉翻，篲也　使秦女得爲大王箕帚之妾。90

伷，讀曰胄　左右呵之，伷眾奔走。2453

伷，音胄　陳留孔伷爲豫州刺史。1906

伷，與胄同　武陵部從事樊伷誘導諸夷。2169

伷，直又翻　裴炎弟子太僕寺丞伷先。6428

伷，直祐翻　癸亥，以尚書僕射江總爲尚書令吏部尚書謝伷爲僕射。5487

呪，職救翻　呪符水以療病。1864

酎，直又翻　越人名爲藩臣，貢酎之奉不輸大內。570

甃，側救翻　太武殿基高二丈八尺，縱六十五步，廣七十五步，甃以文石。3007

甃，則救翻　蜀土疏惡，以甓甃之，環城十里內取土，皆剗丘垤平之。8185

甃，則救翻，甓也　因悶絕仆地，甃傷其面。8242

甃，則又翻　以石甃地，牆中置板，如防大敵。6884

籀，直救翻　月令、兵法、史篇文字。音註：孟康曰：史籀所作十五篇，古文書也。1147

籀，直又翻　師古名籀，以字行。5756

朱，師古曰：朱音殊；提，音上支翻　朱提銀重八兩爲一流，直一千五百八十。
　　1188

朱提，蘇林音銖時　朱提大姓李猛逐太守雍約以應特。2670

朱提，音銖時　寧州刺史王遜到官，表李釗爲朱提太守。2756

侜，舊音張流翻，蓋因《書》譸張爲幻，爾雅「譸」作「侜」，遂有此音。按
　　《類篇》：侜，音張流切，其義華也　吳賊侜張，遂至於此。5318

蛛，音朱　故揚子論之，以要離爲蛛蝥之靡，聶政爲壯士之靡。232

銖，師古曰：銖，音殊　遣子右賢王銖婁渠堂入侍。882

窋，張律翻　參子窋爲中大夫。412

窋，竹律翻　周紀一。音註：及夏衰，稷子不窋竄於西戎。2

窋，竹律翻，又丁骨翻　郡人泉岳及弟猛略與順陽人杜窋等謀翻城應之。4876

舳，音逐　舳艫千里，薄樅陽而出。692

舳艫，音逐盧　琳引合肥、濡湖之眾，舳艫相次而下。5194

瘃，陟玉翻　又以攸之前敗所喪士卒瘃墮膝行者悉還攸之，以沮其氣。4139

瘃，竹足翻　將軍士寒，手足皸瘃。848

蠋，班固《古今人表》作「歜」，音觸，據「蠋」字則當音蜀，或音之欲翻；康
　　珠玉切　蠋，班固《古今人表》作「歜」，音觸，據「蠋」字則當音蜀，或
　　音之欲翻；康珠玉切　樂毅聞畫邑人王蠋賢。129

蠋，音蜀　蠋曰：「忠臣不事二君，烈女不更二夫。」129

躅，直錄翻　是以馮異西征，得以數千百人躑躅三輔。1321

斸，陟玉翻，斫也，掘也　置人其下，舉以抵城而斸之。8156

斸，株玉翻，斫也　堅如鐵石，斸鑿不能入。9085

拄，陟柱翻　且濟時拯世之術，在於補綻決壞，枝拄邪傾。1723

拄，冢庚翻　脩劍拄頤。144

拄，竹柱翻　命司空自將徒支拄橋梁。1497

麈，之庾翻　魏王所得，不過匹馬、束帛、唾壺、麈柄而已。8948

麈，腫庾翻　浚遺勒麈尾。2810

屬，讀如本字　進有憂國之心，退有死節之義；上無許、史之屬，下無金、張
　　之託。857

屬，聯屬也，音之欲翻。凡聯屬之屬皆同音　然文、武之祀猶縣縣相屬者。5

屬，師古曰：屬，連也，之欲翻　夫獄者，天下之大命也，死者不可復生，絕者不可復屬。813

屬，師古曰：屬，聯也，之欲翻　妾父爲吏，齊中皆稱其廉平；今坐法當刑。妾傷夫死者不可復生，刑者不可復屬。495

屬，師古曰：屬，委付也，之欲翻　皇天上帝隆顯大佑，成命統序，符契、圖文、金匱策書，神明詔告，屬予以天下兆民。1167

屬，師古曰：屬，委也，音之欲翻　願陛下以屬老臣。845

屬，師古曰：屬，委也，之欲翻　而漢王之將，獨韓信可屬大事，當一面。319

屬，師古曰：屬，之欲翻　屬車在後衡也。443

屬，殊玉翻　不得爲屬籍。47

屬，音蜀　輅車乘馬，後屬百兩。138

屬，之欲翻　昔者主父以王屬義也。118

屬，之欲翻，付也　且人已降，殺之不祥。乃以屬吏。298

屬，之欲翻，付也，康音蜀，非　將軍恬不矯正，知其謀，皆賜死，以兵屬裨將王離。249

屬，之欲翻，付也，託也　燕王因屬國於子之。86

屬，之欲翻，會也　宮人趙玉者固禁止之，因詐言「屬有使來」。1557

屬，之欲翻，集會也　潘叔嗣屬將士而告之曰：「吾事令公至矣。」9542

屬，之欲翻，聚會其徒也　性悍忍，多詐謀，乃屬其徒告之曰。7970

屬，之欲翻，聯屬也　樓堞相屬。7378

屬，之欲翻，聯也　舊制，禁民夜作以防火災，而更相隱蔽，燒者曰屬。1488

屬，之欲翻，託也　會疾篤，屬協於蹇碩。1894

屬，之欲翻，委也　其相曰：「王必欲應吳，臣願爲將。」王乃屬之531

屬，之欲翻，屬，近也。　廷詰皓曰屬通諫何言而今復背之。1633

屬，之欲翻，屬託也　交州刺史清河房法乘，專好讀書，常屬疾不治事。4302

屬，之欲翻。屬，近也，言近方安定也　上曰：天下屬安定。369

屬，陟玉翻　半至謂軍趨利前後不相屬，半至半不至也。59

屬，朱欲翻，會也　屬永嘉之亂。2852

屬，子欲翻　文曰：「主少國疑，大臣未附，百姓不信，方是之時，屬之子乎？屬之我乎？」29

屬玉，服虔曰：屬玉觀，以玉飾，因名焉，在扶風。李奇曰：音鸞鸞，其上有
　　此鳥，因以爲名。晉灼曰：屬玉，水鳥，似鵁鶄，以名觀也。師古曰：晉
　　說是也。屬，之欲翻　冬十二月，上行幸蒷陽宮、屬玉觀。885

囑，之欲翻，託也　且先帝付囑微臣，唯令輔導陛下。5395

囑，之欲翻，託也，私請也　爲汝有事囑之而受乎。1284

囑，之欲翻　每遊幸，左右顧囑。5639

褕，朱欲翻　遣內參詣晉陽取皇后服御褘翟等。音註：《五代志》：梁制：皇后
　　謁廟，服褘褕大衣，蓋嫁服也。皁上皁下，親蠶則青上縹下。5359

杼，師古曰：杼，音食汝翻　爲杼秋令張宣所殺。音註：杼秋縣，前漢屬梁國，
　　後漢屬沛國。2002

杼，直呂翻　及三人告之，其母投杼下機，踰牆而走。102

柷，昌六翻　宜立輝王祚爲皇太子，更名柷，監軍國事。8636

柷，之六翻　前常州刺史王柷。8519

祝，讀與呪同，職救翻　潘淑妃抱濬泣曰：「汝前祝詛事發。」3986

祝，織救翻　自知罪多，恐誅，與其后成光共使越婢下神，祝詛上。632

祝，職救翻　上且上甘泉，使巫當馳道埋偶人，祝詛上，有惡言。725

祝，職又翻　荊又使巫祭祀、祝詛。1450

紵，音佇　令賈人毋得衣錦、繡、綺、縠、絺、紵、罽，操兵、乘、騎馬。382

紵，直呂翻　三老服都紵大袍，冠進賢，扶玉杖。1434

紵，竹呂翻　從行至霸陵，上謂羣臣曰：「嗟乎！以北山石爲椁，用紵絮斮陳漆
　　其間。」460

著，側略翻　頭與身皆著毛。1219

著，陳如翻　周紀一。音註：在戊曰著雍。1

著，如字，《史記正義》音丁略翻　而盡刻始皇所立刻石，旁著大臣從者名。252

著，師古曰：音治略翻　或妄以意傅著星曆。1107

著，則略翻　而淮陽之比大諸侯，廑如黑子之著面。483

著，張呂翻　加畫，繡絪馮，黃金塗；韋絮薦輪。音註：晉灼曰：御輦以韋緣
　　輪，著之以絮。811

著，直略翻　謹烽火，多間諜。音註：《漢書音義》：烽，如覆米篝。縣著桔橰
　　頭，有寇則舉之。206

著，職略翻　命淑妃著之，然後去。5359

著，陟略翻　遂解故印紱奉上將帥，受著新紱。1183

著，竹略翻　梁侍中、郎、謁者著籍引出入天子殿門，與漢宦官無異。514

著，竹助翻　險阻林叢弗能盡著。569

著，竹筯翻　然享薦之義，不著于經。676

筑，師古曰：筑，音逐　六月，沖別將攻萬歲、筑陽，拔之。3307

筑，張六翻　燕人以左中郎將慕容筑爲洛州刺史，鎮金墉。3199

貯，丁呂翻　夫積貯者，天下之大命也。452

貯，丁呂翻，藏蓄也　吾恐爾曹謂吾心有所貯。8554

貯，丁呂翻，盛也　又以瓠貯火。4417

貯，直呂翻　廣事屯田，預爲貯積。5342

箸，遲倨翻　以鐵箸食。1221

箸，遲據翻，梜也　曾日食萬錢，猶云無下箸處。2741

箸，遲助翻　備方食，失匕箸。2023

箸，除據翻　懿方食，投箸而起。4465

箸，竹助翻　仲禮方食，投箸被甲，與其麾下百騎馳往救之。5000

羕，章恕翻　聚眾千人襲朗州，殺刺史崔羕。8261

羕，章庶翻　潘濬子羕，亦與蕃周旋。2265

睹，與豬同　軍於豬口。音註：(《水經》)註云：即睹口也。睹，與豬同。2904

睹，與豬同，陟魚翻　新野人張睹帥萬餘家據柵拒魏。4416

睹，張如翻　莨等攻賊帥馬嚴、馮睹。2839

檛，側瓜翻　侍御史擾龍宗詣卓白事，不解劍，立檛殺之。1907

檛，側加翻　季述以銀檛畫地數上日。8539

檛，則瓜翻　紹之命檛之，折其臂。6599

檛，陟瓜翻　有不用命者披樹檛之。6190

檛，陟加翻，箠也　又日鞭檛健兒而令在左右。2189

爪，側絞翻　甚者爪其膚以驗其生枯。7711

拽，戶結翻　紹威卒，子拽剌立。9170

拽，羊列翻　奚王拽剌。9334

專，本或作專，音敷　有子八人：儉、緄、靖、燾、汪、爽、肅、專。1715

磚，職緣翻　更以樞賓等為沙磚道行軍總管以討契丹。6320

顓，師古曰：顓，與專同　然尚羈縻之，計不顓制。1104

顓，師古曰：顓，與專同。專專，猶區區也，一曰圜貌也　顓顓獨居一海之中。
　　904

顓，與專同　或說陳王曰：「客愚無知，顓妄言，輕威。」269

轉，張戀翻　蒙一轉，授特進、永昌郡公。音註：勳級曰轉。5378

琢，持兗翻　以翰林學士劉琢為京西招討党項行營宣慰使。8044

琢，音篆　古者工不造琱琢。844

琢，柱兗翻　初戶部侍郎判度支劉琢。8067

撰，雛免翻　靈物仍降，宜令太史撰集，以傳來世。1426

撰，具也，述也，雛免翻　謹撰合所聞，論其成敗。2356

撰，如免翻　上又以中書所撰赦文示贄。7390

撰，士免翻　勸大將軍玄早受禪，陰撰九錫文及冊命。3552

撰，士免翻，述也　賀若弼撰其所畫策上之。5521

襈，雛戀翻　太史令服皮弁、素積。音註：積，謂襞績，若今之襈為也。1139

襈，雛免翻　隋詔郊廟冕服必依禮經。5442

襈，雛冕翻　太子法服設樂以待之。音註：黼領青褾、襈裾。5573

襈，皺戀翻，緣也　具朝服立於庭。音註：素紗中單，黼領，朱羅縠褾襈，蔽
　　膝隨裳色，以緅領為緣。6096

譔，雛免翻　壬寅，以桂管觀察使嚴譔為鎮南節度使。8111

譔，雛免翻，譔述也　使與高允等共譔《國記》。3941

譔，士免翻　善思名譔以字行。6485

譔，士免翻，又音銓　及元嘉子通州刺史黃公譔。6449

饌，雛睆翻，又雛戀翻　百姓男耕女織，不自溫飽，而羣僧安坐華屋，美衣精
　　饌。8047

饌，雛睆翻，又雛戀翻　遇高寶，為寶設饌。2912

饌，雛戀翻，又雛睆翻　乃設盛饌以餞之。2824

饌，雛戀翻，又雛睆翻　悅廚饌甚盛，不以及毅，毅從悅求子鵝炙。3646

饌，雛戀翻，又雛皖翻　其還贖，以助伊蒲塞、桑門之盛饌。1447

饌，雛戀翻，又士免翻　還館，玉帛酒饌，中使相望。5798

饌，雛宛翻，又雛皖翻　上將行，敕諸子且勿食，至會所設饌。3914

饌，雛皖翻，又雛戀翻　旦日，容殺雞爲饌。1769

饌，雛皖翻，又雛戀翻，食也　追者至驛，輒逢盛饌。5414

饌，雛皖翻，又雛戀翻，饗也　利爲之置饌。3321

饌，徂皖翻，又雛戀翻　契丹述律太后遣使以其國中酒饌脯果賜契丹主，賀平
　　晉國。9345

饌，士戀翻　廣必與蕭妃迎門接引，爲設美饌。5574

饌，賢曰：饌，具也，雛皖翻，又音雛戀翻　執金吾軍入界，一人皆兼二人之
　　饌。1302

饌，皺戀翻，又皺皖翻　庚申突利設獻饌。6199

幢，傳江翻　遣左長史殷羨奉送所假節、麾、幢、曲蓋。2995

幢，傳江翻，旛也　每一將各置五帥將持節帥持幢。1176

幢，傳江翻，旛也　白虎幢高七丈五尺，於齒上擔之，折齒不倦。4456

幢，宅江翻　以千人爲軍，軍有將；百人爲幢，幢有帥。3534

幢，直江翻　望見大幢，知其爲中軍，直衝之。3126

撞，傳江翻　衝車所撞。4569

撞，師古曰：撞，丈江翻　薛廣德上書曰：「竊見關東困極，人民流離。陛下日
　　撞亡秦之鍾。」910

撞，丈江翻　樊噲側其盾以撞，衛士仆地。302

撞，丈降翻　好家居，纖兒欲撞壞之邪！3390

撞，直江翻　以杖撞之。1439

憃，陟降翻　韓軌少憃，宜寬借之。4945

憃，陟降翻，愚也　帝爲人憃騃。2629

追，都回翻　契丹以所獻傳國寶追琢非工，又不與前史相應。9324

椎，傳追翻　慮逼太子以藥，太子不肯服，慮以藥杵椎殺之。2639

椎，賢曰：椎，直追翻　傳吏疑其僞，乃椎鼓數十通，紿言邯鄲將軍至。1260

椎，直追翻　帝不悅，或時彎弓，或時椎案，由是復與泰有隙。4858

椎，直追翻，齊人謂之終葵　朱亥袖四十斤鐵椎，椎殺晉鄙。181

騅，朱惟翻　於是項王乘其駿馬名騅。352

惴，之瑞翻　然宗室豪傑皆人人惴恐。542

惴，之睡翻　諸侯軍無不人人惴恐。286

惴，之睡翻，危恐之貌　安平君以惴惴即墨三里之城，五里之郭。144

惴，之睡翻，憂懼貌　爲上者常惴惴焉畏其下，苟得間則掩而屠之。7065

縋，馳僞翻　尙使叡夜縋出城。2678

縋，他僞翻　沙門道澄以佛幡縋之入城。5858

縋，直僞翻　戴施、蔣幹懸縋而下。3128

酹，陟衛翻　過梓宮前，酹而告曰。9255

酹，株衛翻，酹酒也　白茅爲藉，以雞置前，酹酒畢。1749

酹，竹芮翻　五帝壇環居其下四方地，爲酹食羣神從者及北斗云。665

贅，之芮翻　而發天下吏有罪者、亡命者及贅壻、賈人、故有市籍、父母大父母有市籍者凡七科，適爲兵。705

贅，之銳翻　發諸嘗逋亡人、贅壻、賈人爲兵。242

迍，株倫翻　負英傑高世之略，遭值迍阨，棲集外邦。3236

肫，徒昆翻　僑人蓋肫掠人女爲妻。2972

肫，之春翻；鳥藏曰肫。又徒渾翻，豕也　妃索煮肫。4446

肫，株倫翻，又音豚　張天錫之西歸也，李儼將賀肫說儼曰。3205

窀，杜預曰：窀，厚也。穸，夜也。厚夜，猶長夜。窀，株倫翻　死者悲於窀穸。1732

窀，株倫翻　蓋以窀穸既終。6166

諄，之純翻，又之閏翻　《詩》曰：「匪面命之，言提其耳。匪手攜之，言示之事。」又曰：「誨爾諄諄，聽我藐藐。」930

準，服虔曰：準，音拙。……文穎曰：音準的之準。……李說、文音是也。師古曰：……服音、應說皆失之　劉邦，字季，爲人隆準、龍顏，左股有七十二黑子。260

捉，仄角翻　何必更置兵守捉，妨人耕牧。6827

涿，《索隱》涿，音卓　強弩都尉路博德會涿涂山。713

涿，竹角翻　涿州刺史劉怦。7322

諑，丁度曰：諑，竹角翻　孚、韓諑屢諫不聽。3588

諑，音卓　別駕韓諑曰。3435

諑，竹角翻　尙書韓諑請加隱覈。音註：隱覈，度其實也。3549

酌，音酌　初榷酒酌。719

涊，士角翻　春，正月，甲申，封破奴爲涊野侯，王恢佐破奴擊樓蘭，封恢爲
　　浩侯。687

斲，側略翻　從行至霸陵，上謂羣臣曰：「嗟乎！以北山石爲椁，用紵絮斲陳漆
　　其間。」460

斲，側略翻，斬也　狐喧正議，斲之檀衢。124

斲，則略翻　蕭道成遣元琰以蒼梧王剒斲之具示攸之。4202

櫂，讀曰棹　又有平乘、青龍、艨艟、體艆、八櫂、艇舸等數千艘。5621

鷸，敕角翻　遣內參詣晉陽取皇后服御褘翟等。音註：從皇帝見賓客、聽女教，
　　則鷸衣。5359

鷟，士角翻　侃子鷟，爲景所獲。4988

仔，津之翻。史炤祖似切　又遣其弟仔倡據信州。8272

仔，子之翻　淮南兵攻信州，刺史危仔倡求救於吳越。8687

茲，音慈　復於龜茲置安西都護府。6773

茲，音慈，又音佳　安西節度撫寧西域統龜茲、焉耆、于闐、疏勒四鎮。6847

淄，莊持翻　田忌不能自明，率其徒攻臨淄。60

孳，津之翻，生也　盛夏草肥，羔犢孳息。6702

嵫，音茲　自西夷降者處崦嵫館，賜宅於慕義里。4662

滋，音茲　故衣食滋殖，倉庫盈溢。5602

孳，津之翻，生也　始徙之時，戶落百數，子孫孳息。2627

觜，即移翻　臣聞天有二十八宿。音註：二十八，宿、角、亢、氐、房、心、
　　尾、箕、斗、牛、女、虛、危、室、壁、奎、婁、胃、昴、畢、觜、參、
　　井、鬼、柳星、張、翼、軫，天之經星也。213

貲，即移翻　當賞報不貲。4435

趙，取私翻　是以將帥趙趄，莫敢自決。3966

趑，子移翻　迪趑且顧望，並不至。5220

輜，《韻書》曰：輜，莊持翻。重，直用翻　北報趙，車騎輜重擬於王者。72

輜，楚持翻　乃以田忌爲將，而孫子爲師，居輜車中，坐爲計謀。52

輜，莊持翻　泚閱其輜重於城下。7370

錙，莊持翻　其技也，得一首者則賜贖錙金，無本賞矣。190

髭，即移翻　對曰：「玄齡聞李緯拜尚書，但云『李緯美髭鬚』。」6248

姊，蔣兕翻　十一，癸未，以貴妃姊適崔氏者爲韓國夫人。6891

姊，蔣兕翻　上命禮官定公主拜見舅、姑及壻之諸父、兄、姊之儀。7290

訾，子斯翻，又音紫　時爲道成軍副，在城內，了不自疑。音註：杜預注曰：
　　古之爲軍，不訾小忿。4179

秭，亦姊也，蔣兕翻　秭歸山崩。1550

第，側里翻，又壯士翻，床簀也　以帝素謹無過，而床第易誣。3248

訾，讀與貲同　賞賜及賂遺訾一萬萬。934

訾，讀曰貲　夫長吏多出於郎中、中郎。吏二千石子弟，選郎吏又以富訾，未
　　必賢也。552

訾，讀曰資　大農以均輸、調鹽鐵助賦，故能贍之。然兵所過，縣爲以訾給毋
　　乏而已。686

訾，即移翻　徒李譚、稱忠、鍾祖、訾順共殺並，以聞，皆封爲侯。1018

訾，即移翻，姓也　王懷忠李隨遣遊奕將訾嗣賢濟河。6942

訾，將此翻　合黨連羣，互相褒歎，以毀訾爲罰戮。2260

訾，將此翻，毀也　漢使或訾笑匈奴俗無禮義者。469

訾，津私翻　內有以生易死不訾之恩，外無以刵易欽駮耳之聲。2237

訾，賢曰：訾，量也。言無量可比之，貴重之極也。訾，音資　而子始以不訾
　　之身怒萬乘之主。1648

訾，音資　而子始以不訾之身怒万乘之主。1649

訾，音紫　大抵詆訾聖人，即爲怪迂、析辯詭辭以撓世事。1217

訾，與貲同　徙郡國豪傑及訾三百萬以上於茂陵。605

訾，子斯翻　乃遣右大且渠蒲呼盧訾等十餘人。1185

訾，子移翻　乃自請與呼盧訾王各將萬騎，南旁塞獵，相逢俱入。807

訿，音紫　合黨共謀，違善依惡，歙歙訿訿。914
䎓字，今讀與搨同，德盍翻，或曰吐合翻　契丹設伏橫擊之，飛索以䎓玄遇仁節生獲之。6507
剚，側吏翻　天下忠義之士皆欲剚刃於其腹。4887
恣，資二翻　故申子曰：「有天下而不恣睢。」267
牸，疾置翻　負重致遠，曾不若一羸牸。3156
牸，音字　犗牸牛犢。4923
眥，疾智翻　賊自柏鄉喪敗已來，視我鎮人裂眥。8752
眥，疾智翻，目際也。毛晃曰：厓眥，舉目相忤貌。亦作眦，士懈翻　公前屠陷王城殺戮大臣，今爭睚眥之隙。1961
眥，疾智翻，又才詣翻，目眥也　尹子奇問巡曰：「聞君每戰眥裂齒碎，何也？」7038
眦，才賜翻，又在計翻　頭髮上指，目眦盡裂。302
眦，師古曰：眦，即眥字，謂目匡也，一說眦，士懈翻，二說並通　解平生睚眦殺人甚眾。605
眦，士戒翻　頲恃才挾勢，睚眦必報。8791
眦，士懈翻　有怨隙者，因相陷害，睚眦之忿，濫入黨中。1820
眦，仕懈翻　忤恨睚眦，輒被以危法。897
眦，賢曰：眦，仕懈翻　憲性果急，睚眦之怨，莫不報復。1514
胔，才賜翻　丞相匡衡等以爲：「方春掩骼、埋胔之時。」940
胾，側吏翻　帝居禁中，召周亞夫賜食，獨置大胾。543
漬，疾智翻　漸漬邪惡。778
倧，徂冬翻　乃聽元瓘納妾，鹿氏生弘僔、弘倧。9208
倧，作冬翻　以東府安撫使錢弘倧爲丞相。9351
嵏，祖紅翻　乃使水工鄭國爲間於秦，鑿涇水自仲山爲渠。音註：師古曰：仲山即今九嵏之東仲山也。204
嵕，子紅翻　乙丑，獵於九嵕。5937
嵕，祖紅翻　秋，七月，分三原、九嵕、武都、汧、雍氐十五萬戶。3295
葼，子紅翻　廢二峭道，開葼冊道。5618

緵，師古曰：緵，子公翻　一月之祿，十緵布二匹。1207

驄，子紅翻　城中食盡，民食菫泥，軍士食人，驢馬相噉驄尾。8720

鬷，子公翻　左戶侍郎劉鬷為晉安太守。4520

鬷，祖紅翻　崇親信鬷讓、出力犍等聞之。3466

鍐，亡范（祖叢）翻　乘金根車，駕六馬。音註：駕六馬，象鑣鏤錫，金鍐、方釳，插翟尾。2150

傯，作孔翻　所陳之事，與卿不異，每苦倥傯。音註：倥傯，困苦也，不暇給也。4931

總，音摠　百官總己以聽於莽。1129

粽，子宋翻　挑取眼睛，以蜜漬之，謂之「鬼目粽」。4076

粽，作弄翻，角黍也　循遺劉裕益智粽。3583

縱，如字，又子容翻　朕但不聽諸子縱橫耳。6123

縱，于容翻　寇賊縱橫，道路斷塞。2724

縱，與從同，子容翻　學縱橫之術。68

縱，子容翻　儀與蘇秦皆以縱橫之術遊諸侯。99

縱，子用翻；而讀者乃為蹤蹟之「蹤」，非也。書本皆不為「蹤」字　帝曰：「諸君知獵乎？夫獵，追殺獸兔者，狗也；而發縱指示獸處者，人也。今諸君徒能得走獸耳，功狗也；至如蕭何，發縱指示，功人也。367

陬，側鳩翻　陬溪人周岳嘗與滿獵，爭肉而鬮，欲殺滿，不果。8261

陬，將侯翻　起土山於芳林園西北陬。2322

陬，師古曰：陬，音子侯翻　其妻股子陬。1136

陬，子侯翻　宋有雀生鸇於城之陬。123

陬，子侯翻，隅也　吳奔壁東南陬。525

掫，賢曰：掫，音子侯翻　更始使王匡、陳牧、成丹、趙萌屯新豐，李松軍掫，以拒赤眉。1280

掫，音鄒，又側九翻　關東民無故驚走，持槀或掫一枚。1094

菆，側鳩翻，又祖丸翻　白狼王唐菆作詩三章，歌頌漢德。1464

緅，仄鳩翻　后退，具朝服立於庭。音註：素紗中單，黼領，朱羅縠褾襈，蔽膝隨裳色，以緅領為緣。6096

諏，將侯翻，又逡須翻　裴諏之在潁川。4888

諏，子于翻，又子侯翻　玄象垂誡，不能諮諏善道。5393

諏，遵須翻　陛下亦宜自謀，以諮諏善道。2235

騶，側鳩翻　王嘗久與騶奴、宰人遊戲飲食。777

騶，側尤翻　尤誘高句驪侯騶至而斬焉。1198

騶，師古曰：騶，矢之善者，春秋傳作「菆」，其音同耳。……騶，側鳩翻。　材官騶發，矢道同的。486

騶，則尤翻　丁巳，詔遣齊王柔之以騶虞幡宣告荊、江二州，使罷兵。3537

騶，仄尤翻　京兆尹黎幹，騶從甚盛。7243

走，讀曰奏　故尚書令唐林等爲胥附奔走，先後禦侮，是爲四友。1193

走，音奏　孫子爲師以救韓，直走魏都。59

走，音奏，又如字　勤、惇、祐東走青州。5425

走，音奏，又音如字　懷王從間道走趙。116

走，則湊翻　子不若引兵疾走魏都，據其街路，衝其方虛。53

走，則豆翻，疾趣之也　襄子將出，曰：「吾何走乎？」10

葅，臻魚翻，虀也　欲諸王之皆忠附，則莫若令如長沙王；欲臣子勿葅醢，則莫若令如樊、酈等。471

足，師古曰：足，益也，子喻翻。足其不足曰足　左右阿諛甚眾，不待臣音復諤而足。993

卒，倉猝也，讀曰猝　方今軍旅或猥或卒。2327

卒，讀曰猝　且夫秦地被山帶河，四塞以爲固；卒然有急。361

卒，讀曰猝，師古曰：子恤翻　如使匈奴後嗣卒有鳥竄鼠伏，闕於朝享。886

卒，讀曰猝，又音子恤翻，終也　淮南王爲人剛，今暴摧折之，臣恐卒逢霧露病死。467

卒，讀曰猝。後倉卒之卒皆同音　羣臣皆愕，卒起不意。227

卒，盡也，子恤翻　詩云「上帝板板，下民卒癉」。1667

卒，七沒翻　卒然問曰：「天下惡乎定？」82

卒，師古曰：卒，讀曰猝　皆以爲行錢以來久難卒變易。1078

卒，師古曰：卒，讀曰猝　十年之外，百歲之內，卒有他變，障塞破壞，亭隧滅絕，當更發屯繕治，累歲之功不可卒復。943

卒，師古曰：卒，讀曰猝，忽遽之貌也　雲舅李竟所善張赦，見雲家卒卒。817

卒，師古曰：卒，讀曰猝。物故，死也　光敕左右：「謹宿衛，卒有物故自裁。」 784

卒，師古曰：卒，終也，子恤翻　幽、厲何不覺悟而更求賢，曷爲卒任不肖以至於是？929

卒，師古曰：卒，終也，卒，子恤翻　匡衡奏言：「前以上體不平，故復諸所罷祠；卒不蒙福。」952

卒，師古曰：卒，終也。卒，子恤翻　上復令秀典領五經，卒父前業。1058

卒，師古曰：卒：讀曰猝　內則爲深宮後庭將，有驕臣悍妾、醉酒狂悖卒起之敗。1027

卒，猶終也。卒，子恤翻　庸臣遇湯，卒從吏議。967

卒，于恤翻　孝成欲誣天人而卒無所益。1053

卒，與猝同　倉卒蕪蔞亭豆粥，虖沱河麥飯。1344

卒，臧沒翻　承平漸久，武備浸微，雖府衛具存而卒乘罕習。7348

卒，臧沒翻，士卒也　竊思自長興之季，賞賚亟行，卒以是驕。9118

卒，臧沒翻。《說文》：吏人給事者衣爲卒，卒衣又題識；其字從「衣」從「十」　襄子將卒犯其前。13

卒，終也，子恤翻　弇按劍曰：「子輿弊賊，卒爲降虜耳。」1259

卒，終也，卒，子恤翻　卒其所以脫者世莫得而言也。1103

卒，子戌翻　垂乃不復問諸儒，卒遷段后，以蘭后代之。3361

卒，子恤翻　音註：紂卒以暴虐亡殷國。3

卒，子恤翻，或讀爲猝　鄧公曰：「夫鼂錯患諸侯強大不可制故請削之以尊京師萬世之利也。計畫始行，卒受大戮。」523

卒，子恤翻，終也　其勢皆足以逐君而自爲，然而卒不敢者。5

卒，子恤翻，終也　翟璜逡巡再拜曰：「璜，鄙人也。失對，願卒爲弟子。」20

卒，子恤翻，終也，竟也　田悅卒與李正己李惟岳定計。7299

族，蘇林曰：族，音奏　嚴安上書曰：「今天下人民，用財侈靡，車馬、衣裘、宮室，皆競修飾，調五聲使有節族。」601

鏃，子木翻　弩不可以及遠，與短兵同；射不能中，與無矢同；中不能入，與無鏃同。485

鏃，作木翻　咄陸建牙於鏃曷山西謂之北庭。6152

俎，在呂翻　楚軍食少，項王患之，乃爲俎，置太公其上，告漢王曰。342

祖，應劭曰：祖，音置　隴東、武都、安定、北地、扶風、始平諸郡戎、夏皆起兵應之。音註：魏收《地形志》有隴東郡，領涇陽、祖厲、撫夷三縣。2971

祖，子邪翻　李蕩、李雄收餘眾，還保赤祖。2678（按：祖厲、赤祖之「祖」當爲「祖」。《廣韻》、《集韻》「祖」，祖厲縣；《玉篇》、《類篇》皆言縣名。且「祖」音與切語不合。）

組，則古翻　乃即持其手，解脫其璽組。787

組，總五翻　秦王子嬰素車、白馬，係頸以組，封皇帝璽符節降軹道旁。297

組，祖五翻　綬組，綬，古者佩玉以綬貫之。87

詛，莊助翻　自知罪多，恐誅，與其后成光共使越婢下神，祝詛上。632

劗，晉灼曰：淮南云越人劗髮。張揖以爲古剪字。師古曰：劗，與剪同，張說是也　越，方外之地，剪髮文身之民也。569

朘，孟康曰朘音揎，謂轉蹴也。蘇林曰朘，音鐫石，俗語謂胸爲朘縮。師古曰：孟說是也。揎音宣。蹴，音子六翻　因乘富貴之資力以與民爭利於下，民安能如之哉。民日削月朘。555

朘，息緣翻，縮也，減也　租庸使以倉儲不足，頗朘刻軍糧。8968

蕞，祖內翻　魏主顧謂左右曰：「蕞爾國而用民如此，欲不亡得乎。」3795

蕞，祖外翻　吳、蜀雖蕞爾小國。2212

蕞，祖外翻，小貌　若以有道德者爲正邪，則蕞爾之國，必有令主。2187

蕞，祖外翻，小也　而蕞爾江南。3303

蕞，茲會翻　與其弟子百餘人，爲綿蕞，野外習之。374

蕞，祖外翻　蜀爲蕞爾之國。2393

僔，子損翻　丙申，赦境內，立其子弘僔爲世子。9172

噂，祖本翻　以噂喈之語。2534

撙，慈損翻　或勸太守蔡撙避之，撙不可。4596

撙，師古曰：撙，挫也，音子本翻　馮式撙銜。776

撙，祖本翻　吏部尚書蔡撙以幵姓無前賢，除廣陽門郎。4909

莋，才各翻　誅且蘭及邛君、莋侯。672

莋，音昨，又音作　各行一二千里，其北方閉氐、莋，南方閉巂、昆明。629

捽，才沒翻　思琛曰：「公面如男子，心如婦人，何也？」又捽滔等，欲笞之。6887

捽，才兀翻　上不使人捽抑而刑之也。479

捽，持頭也，音才兀翻　即捽善屬衛士長行法。780

捽，昨沒翻　乃捽其頭，擊其頰。1324

筰，才各翻　從巴、蜀筰關入。589

左，讀如佐　昔周選建明德以左右王室。2583

左，讀爲佐　卿宜左右之。9302

左，讀曰佐　節與遺愛親善。及遺愛下獄，節頗左右之。6281

左，音佐　冠蓋相望，交錯道路，召會吏民，逮捕證左。1206

左右，讀曰佐佑　賴桓階左右之得免。2146

左右，音佐佑　夫萬乘至重而壯者慮輕，實賴有德左右小子。1429

作，賢曰：作，協韻則護翻　不禁火民安作。1488（編者按：指的是與度、暮、襦、綺、火押韵）

作，音佐　臨終，執其手曰：「若憶翁，當好作！」《荀子》：貪利忘身，災禍乃作，音將祚翻。4336

坐，才臥翻　嬰見綱至誠，乃出拜謁綱，延置上坐。1694

坐，材臥翻　時乘輿幄坐張畫屏風。1012

坐，徂臥翻　壽畢，請以劍舞，因擊沛公於坐，殺之。302

坐，讀曰座　登御坐而床忽陷，羣下失色。3555

坐，狙臥翻　於坐授使持節、征西大將軍，賜以鎧馬。3087

坐，上坐之坐，才臥翻　侯生攝敝衣冠直上載公子上坐，不讓。179

坐，師古曰：坐，材臥翻　坐於太皇太后坐旁。1061

坐，賢曰：坐，才臥翻　吾昔圍翟義，坐不生得。1242

坐，御坐，徂臥翻　帝命不拜，坐於御坐之側。9569

坐，祖臥翻　帝竟不從。八坐乃議以大脯代一元大武。4632

坐，左臥翻　從事中郎馬融主爲冀作章表。融時在坐。1712

座，一作痤，音才戈翻　任座趨出。18

怍，才各翻　吾請出，不敢復言帝秦矣。音註：使新垣衍慙怍而去則有之。179

怍，疾各翻　充默然甚愧，而皓顏色無怍。2569

怍，疾各翻，慙也　曄顏色不怍。3919

柞，才各翻　遠至旁縣甘泉、長楊、五柞。991

柞，才各翻，又音作　辛卯，宗之擊破振將溫楷于柞溪。3578

柞，即各翻　二月，行幸蠡屋五柞宮。745

柞，則洛翻　魏主自將屯柞山。3774

柞，子各翻，又在各翻　該追獲之，還至柞溪。3503

柞，昨、作二音　後乃私置更衣，從宣曲以南十二所，夜投宿長楊、五柞等諸
　　宮。564